KB180827

서강,
우리 시대
문학을
말하다

조영일 · 박인성 · 허윤진 · 이소연 · 양경언
김효은 · 노지영 · 노대원 · 김해준 · 황유원

국학자료원

서강대학교 국어국문학과 창과 5ㅁ주년을 기념하며

─우리 시대 문학에 물음을 던지다

  효율과 성과, 실용을 중시해야 살아남을 수 있다는 얘기가 당연하게 받아들여지는 요즘입니다. 문학을 전공한 사람들이 "문학의 의미는 무엇이냐?"는 질문으로부터 마냥 자유로울 수 없는 시대이기도 합니다. 우리가 비단 국어국문학을 공부하고 있어서만은 아닙니다. 우리에게는 이미 문학을 통해 사유하고, 삶을 대하는 태도를 가다듬은 경험이 있기 때문입니다. '문학의 의미'를 궁금해 하는 이들에게 우리는 우리의 경험에 대한 말을 어떻게 전할 수 있을까요?

  질문에 대한 답을 구하기 위해 2014년 11월, 서강대학교 국어국문학과의 창과 50주년을 맞이하며 서강대학교 국어국문학과에서 공부를 함께한 젊은 비평가들이 <서강, 우리 시대 문학을 말하다>라는 학술대회를 준비했습니다. 학술대회 자리에서 발표한 글을 포함하여, 발표자들이 지금 시대의 문학을 진단하기 위해 솔직하고 떳떳하게 쓴 글들을 여기에 묶었습니다. 각자의 원고를 책으로 묶는 과정에서 우리는 새삼 분명한 답을 구하기보다 답을 찾으러 나선 여정이 문학에서는 중요하다는 점을 깨달았습니다. 문학은 끝없는 질문의 수행 속에서 그 의미를 되새길 수 있습니다. 이것이 우리가 답을 구하려 들수록 물음의 미로에서 헤매고, 방황하는 이유일 것입니다. 서강에서 문학을 공부한 이로서 문학에 어떤 물음을 던져야 하는지 고민하면서 학술대회와 이 책을 준비했습니다.

서강대학교 국어국문학과 창과 50주년을 맞이하면서 우리가 해야 할 일은, 50년이라는 긴 시간 동안 이어져 온 학과를 자랑스러워하는 일만이 전부여선 안 된다고 생각합니다. 그보다는 우리 시대의 문학에 대해서 진지하고도 깊이 있는 성찰의 계기를 마련하는 일이 더 중요하지 않을까 싶습니다. 그것이 학문을 탐구하고 진리를 추구하면서, 사랑과 믿음을 갖춘 교육을 지향하는 서강에서 우리가 배운 학문하는 이의 자세입니다. '서강'이라는 배움터에서 우리가 배웠던 그대로, 우리는 '현재 우리가 붙잡고 있는 문학이란 무엇인가? 왜 내내 문학이어야 하는가?'라는 물음을 던짐으로써 서강대학교 국어국문학과의 창과 50주년을 축하하고자 합니다.

원고를 모으고, 행사를 진행하는 과정에서 많은 분들의 관심과 지지가 있었습니다. 젊은 비평가들의 열정이 객기에 머무르지 않도록 전적으로 지원해주신 국어국문학과의 교수님들께 감사의 마음 전합니다. 특히 세심한 사항까지 살펴주신 김승희 교수님과 학과 차원에서 아낌없는 지원을 해주신 이정훈 학과장님께 깊이 감사드립니다. 여기에 모인 글들을 통해 제출된 생각이 몇몇 비평가들의 고민으로 그치지 않고, 모두의 고민이 될 수 있도록 발표회 진행에 도움을 주신 '시학과 언어학회', '서강대학교 국어국문학과' 측에도 감사 인사 전합니다.

젊은 비평가들의 생생한 목소리가 행사에 참여하시는 분들뿐 아니라 당대 문학에 대한 관심을 늦추지 않고 계시는 모든 분들의 비평적 감수성에 조금이라도 울림을 줄 수 있었으면 합니다. 또한 '문학의 의미'를 궁금해 하는 이들에게는 문학의 가치를 다시금 돌아보게 하는 기회가 되기를 바랍니다. 여기에 묶인 글들과 행사를 통해 국어국문 전공 학부 학생들의 미래에 신선한 이정표가 그려질 수 있다면 더 바랄게 없을 것 같습니다.

　서강대학교 국어국문학과의 무궁한 발전과 후배들의 멋진 도약을 기원합니다.

2014년 가을, 서강대학교 국어국문학과의 젊은 비평가들 일동

목차

여는글_
서강대학교 국어국문학과 창과 50주년을 기념하며

제 1 부 : 서강이 묻는다, 문학이여 답하라

제 2 부 : 오늘의 현실, 문학은 답할 수 있는가?

제 3 부 : 시의 목소리

서강이 묻는다, 문학이여 답하라.

차라리 셰익스피어를 거부하겠다

—톨스토이의 『예술이란 무엇인가』에 대하여

조영일

   당연한 이야기 같습니다만, 어떤 책을 읽는 것과 그것을 이해하는 것에는 항상 시간적 격차가 존재하는 것 같습니다. 따라서 이전에 읽었을 때는 별 감응이 없던(심지어는 짜증스럽기까지 했던) 책도 어느 정도 시간이 흐른 후 읽게 되면 "아, 그래서 그가 이런 책을 썼구나!"하고 저자에게 십분 공감을 하는 경우가 있습니다. 최근 저에게는 톨스토이의 책 한 권이 그러했습니다.

   주지하다시피 톨스토이는 『안나 카레니나』(1878)를 끝낸 후 젊은 시절부터 고민하던 근본적인 문제로 인해 정신적인 위기를 겪습니다. 그리고 그때의 고민과정을 『고백록』(1880)으로 발표한 뒤, 도덕사상가이자 설교자, 교육가이자 빈민구제운동가로 변신을 합니다. 그리고 약 10년간의 노력 끝에 1897년 드디어 모두를 경악스럽게 한 책 『예술이란 무엇인가』를 출간합니다. 이 책에서 그는 사실상 예술을 부정하고 있다고 해도 과언이 아닌데, 톨스토이의 이런 모습이 당시 많은 문학애호가들을 안타깝게 했음은 굳이 덧붙일 필요가 없을 것입니다. "톨스토이는 도덕에 미쳐 예술을 떠났다!" 이런 모습을 일찍이 예견한 투르게네프가 죽어가면서도 톨스토이에게 문학으로 돌아올 것을 호소한 일은 너무나 유명한 일화입니다.

솔직히 말해, 아무리 양보하더라도(즉 톨스토이의 의도에 아무리 우호적이라고 하더라도) 『예술이란 무엇인가』의 톨스토이는 너무 나간 감이 있는 게 사실입니다. 바그너, 보들레르나 말라르메를 퇴폐문학으로 비난하는 것은 그렇다고 하더라도, 베토벤은 물론이고 셰익스피어, 그리고 소포클레스까지 부정하면 정말이지 난감하다 하지 않을 수 없습니다. 하지만 이 책이 직접적으로 안겨주는 당황스러움을 잠시 보류하고 다시 생각하면, 우리는 약간 다른 결론에 도달할 수도 있습니다. 즉 예술이라는 것이 인간의 독립된 표현양식으로서 받아들여지기 시작한 이후로 이렇게까지 지독하게(철저하게) 부정당했던 적이 과연 있었던가? 하는 것입니다. 아마 없었을 것입니다. 그리고 앞으로도 아마 볼 수 없을 것입니다.

그렇다면 자연스럽게 그가 그토록 예술을 비판한 이유를 묻지 않을 수 없습니다. 여기서 우리가 놓치지 말아야 하는 것은 그가 모든 예술을 비판하는 것은 아니라는 사실입니다. 톨스토이는 예술을 크게 민중예술과 상층예술로 나뉘는데, 이 책에서 타깃이 되고 있는 것은 후자입니다. 그럼, 그는 왜 후자를 비판하는 것일까요? 그것은 전자가 민중의 삶 속에서 깨달은 감정을 상대방에서 전달하려는 과정에서 자연스럽게 발생한 것인데 반해, 후자는 민중들의 노동에 의해 뒷받침되고 있음에도 불구하고 정작 그들은 이해할 수 없는 언어로 표현될 뿐만 아니라, 매우 소수의 사람들에 의해서만 소비되기 때문입니다. 요약하면, 그가 생각하기에 진정한 예술이란 모두가 누릴 수 있는 것이어야 하는데, 상층예술은 그렇지 않다는 것입니다.

그렇다면, 그가 비판하는 상층(귀족)예술이란 구체적으로 어떤 것을 가리키는 것일까요? 여기서 우리가 주목해야 할 점은 두 가지입니다. 첫째 그가 말하는 상층예술이란 엄밀한 의미에서 귀족들이 향유하는 예술이라기보다는 당대의 예술, 즉 '근대적 서구예술'을 가리킨다는 점입니다. 그리고 둘째 그가 이런 비판을 수행하는 근거로 근대예술이 가지고 있는 지역적·계급적 특수성과 바로 그것이 낳는 난해성을 들고 있다는 점이다. 우리가 이 책을 단순히 한 광적인 도덕가의 예술부정론이 아닌 근대예술(근대문학)비판으로 읽어야 하는 이유는 바로 여기에 있습니다.

몇 년 전 가라타니 고진이 『근대문학의 종언』을 출간하자, 문학으로 먹고사는 사람들은 그의 주장을 이전부터 반복되어온 '위기론'의 변종으로 치부하여 무시하면서 "그렇게 떠나고 싶으면 너나 떠나라!"고 야유했고, 나름대로 유식하다고 자부하는 사람들은 그것을 헤겔의 '예술의 종언'과 연결시켜 뭐 새로운 것을 말하고 있는 것은 아니라고 중얼거렸습니다. 솔직히 저도 인정하는 사실이지만, 가라타니의 주장에서 뭔가 이전에 없던 것을 찾기는 힘듭니다. 그 스스로도 뭔가 대단한 것을 주장하는 것은 아니라고 분명히 말하고 있습니다. 하지만 그것이 당대 문학현실에 기반하여 행해진 가장 래디컬한 제스처였고, 바로 그런 점에서 이전의 어떤 주장보다 강한 임팩트를 주었다는 점은 부정하기 힘들 것입니다. 그래서 저는 『근대문학의 종언』을 문단비평에서 안주처럼 등장하는 위기론이나 헤겔의 '예술의 종언'과 연결시키기 보다는 차라리 『예술이란 무엇인가』와 연결시키고 싶습니다.

그렇습니다. 흔히 최악의 예술론으로 평가받는 톨스토이의 이 책은, 그러나(!) 근대예술의 기원을 샅샅이 파헤치고 셰익스피어까지 희생시켜가면서 그것의 종언을 선언하고 있다는 점에서 사실상 가라타니의 2대 문학서(『일본근대문학의 기원』과 『근대문학의 종언』)의 원형적인 저작이라고 해도 과언이 아닙니다.[1] 그렇다면 좀 더 구체적으로 톨스토이는 어떤 근거로 근대문학(예술)을 비판하는 것일까요? 앞서 말한 것처럼 그 근

---

[1] 이는 가라타니가 톨스토이의 책을 의식하고 있었는지 없었는지와는 상관이 없습니다. 아마 의식하지는 않았을 것입니다.

거는 크게 두 가지(특수성과 난해성)입니다. 이를 좀 더 살펴보기로 하겠습니다. 그가 생각하기에 근대문학(근대예술)이란 지극히 제한된 지역(서구)과 지극히 제한된 사람들(부르주아)에 의해 향유되는 것에 불과합니다. 따라서 그것은 필연적으로 난해성을 가질 수밖에 없습니다. 여기서 난해성이란 바로 일반대중을 소외시키는 근대예술의 특징을 가리킵니다.

(A) 우리는 근대(현대)예술이야말로 참된 예술일 뿐만 아니라 최상의 유일한 예술이라고 믿어 버린다. **그렇지만 근대예술은 (……) 극히 소수의 예술에 불과하다.** (……)

우리가 가진 예술이 예술 전체이자 진정한 예술인데도, 인류의 2/3를 차지하는 아시아나 아프리카의 모든 민족은 이 유일한 예술을 모른 채 살다가 죽어간다. 이 예술을 즐기는 것은 우리 기독교를 신봉하는 사회에서도 전체의 1%가 될까 말까 하고 그 나머지 유럽 민족의 99%는 한 번긴 이런 예술을 즐긴 적이 없다.[2]

(B) 아주 훌륭한 예술작품이란 다수의 사람들에게는 이해되지 않는, 오직 이 위대한 예술을 이해할 수 있는 바탕이 되어있는 선택된 사람들에 의해서만 받아들여지는 것이라고 한다. 그러나 대다수의 사람이 이해를 못한다면, 이를 설명하고 이해에 필요한 지식을 제공해 주어야 한다. 그러나 실상 그러한 지식이라는 것은 존재하지 않고 작품을 설명한다는 것도 불가능하다. 따라서 대중은 훌륭한 예술작품을 이해하지 못한다고 말하는 사람들도 결국 설명은 하지 않고 이해하기 위해서는 그저 같은 작품을 몇 번이고 읽고 보고 듣고 해야 한다고 이야기할 뿐이다. 하지만 그것은 설명하는 것이 아니라 익숙하게 만드는 것이다. 익숙하게 만드는 것이라는 어떤 것도, 심지어는 나쁜 것도 익숙하게 만들 수 있다. 마치 썩은 음식이나 보드카나 담배, 아편에 익숙하게 만드는 것이 가능한 것처럼, 사람들을 나쁜 예술에 익숙하게도 만들 수 있다. 또 실제로 그렇게 되고 있다. 그뿐 아니라, 대중은 최고의 예술작품을 평가할 만한 취미를 갖고 있지 않다는 투로 말해서

---

2) 톨스토이, 『예술이란 무엇인가』, 이철 옮김, 범우사, 1988, 85~86쪽.

도 안 된다. **대중은 우리가 최고의 예술이라고 인정하는 것을 언제나 이해해 왔으며, 현재도 이해하고 있다.**[3]

먼저 (A)에 대하여: 저는 다른 곳에서 근대문학(또는 세계문학)이 가진 특수성에 대해 강조한 바 있는데[4], 그것은 지금은 톨스토이의 시대가 아니라는 반론, 즉 그때와는 달리 지금은 근대문학(근대예술)이 세계적으로 보급되어 있다고 주장이 나오더라도 특별히 달라지는 것은 없습니다. 도리어 '바로 그렇기 때문에' 오늘날은 근대문학이 본래 가진 특수성이 보편성으로 오해받는 게 자연스러워진 것에 불과합니다.

다음은 (B)에 대하여: 톨스토이 예술론의 대전제는 "진정한 예술은 모두가 이해할 수 있다"는 것입니다. 이는 아름다움에 대한 감각이란 생활 경험을 통해 얻어지는 것이지 교육을 통해 얻어지는 게 아니라는 의견과 나란히 합니다. 즉 '그냥은 느낄 수 없는 아름다움'을 교육을 통해 느끼게 되었다면, 그것은 '익숙함'을 통해 만들어진 '거짓 아름다움'이라는 것입니다. 여기서 우리는 '난해성'이 항상 아름다움과 배치되는지를 물을 수 있을 것입니다. 그러나 여기서는 그런 물음보다는 난해함에 대한 거부를 통해 그가 궁극적으로 말하고자 하는 바가 무엇이었는지를 따지는 게 좀 더 생산적일 것입니다.

톨스토이는 왜 그토록 근대예술, 특히 그것의 난해함을 비판했던 것일까요? 1차적으로 그것은 사이비 아름다움으로 일반대중을 소외시키기 때문일 것입니다. 그럼 민중을 소외시킴으로써 탄생하는 난해함은 도대체 어디에서 오는 것일까요? 그에 따르면, 그것의 근원에는 근대교육이 있습니다. 즉 어떻게 보면, 그가 『예술이란 무엇인가』를 통해 최종적으로 비

---

3) 톨스토이, 『예술이란 무엇인가』, 117~118쪽.
4) 졸고, 「국민작가는 어떻게 탄생하는가?」(『세계문학으로』 제2회), 『오늘의 문예비평』, 2010년 여름호.

판하고 했던 것은 '교육을 통해서만 가능한 예술'이라는 근대예술의 명제라고 해도 과언이 아닙니다.

그는 근대예술을 '위조(모조)예술'로 간주하고, 이것이 만들어지는 데에 사용되는 방법으로 4가지(표절, 모방, 과장, 흥미)를 듭니다. 1) 차용 또는 표절은 자신이 직접 경험한 감정을 표현하기보다는 다른 작품을 통해 받았던 '예술적 인상'을 재가공하는 것을 말하고(따라서 당연히 여기서 진실성이 존재할 리 없다고 봅니다), 2) 모사 또는 모방은 서술되는 대상(외모, 몸짓, 소리, 주거와 같은 일상적 현실)에 과도하게 집착하는 것을 말하며, 3) 과장 또는 충격은 주로 무서운 것과 편안한 것, 아름다운 것과 추한 것과 같은 대비를 통해 특정 감정(성욕, 공포, 역겨움)을 과도하게 유도하는 것을 말하며, 4) 흥미는 수수께끼 같은 것을 던지거나 역사적 사실(이집트나 로마의 생활, 광부)에 이국적 관심을 갖도록 하는 것을 말합니다.

흥미롭게도 그가 말하는 <근대예술의 4가지 방법>은 근대예술을 창작하는 방법만이 아니라, 소위 포스트모더니즘 미학에서 이야기하는 '근대예술 이후의 예술'을 특징짓는 기법도 떠올리게 합니다. 이런 겹침은 그 자체로 흥미롭지만, 이 자리에서 논하지는 않겠습니다. 하지만 분명히 지적할 수 있는 것은 톨스토이의 관점에서 보면 근대문학이나 탈근대문학이나 마찬가지라는 것입니다. 따라서 지금 우리에게 중요한 것은 이런 방법들이 어떻게 근대예술의 창작하는 기본원리가 되었고, 또 그렇게 해서 만들어진 근대예술들이 어떻게 예술의 전부라고 여겨지게 되었는가 하는 데에 있다 하겠습니다.

질문 자체는 다소 어려울지 모르지만, 이에 대한 톨스토이의 답은 매우 분명합니다. 그는 근대예술이 위와 같은 방법을 통해 위조(모조)예술이 될 수밖에 없는 원인으로 크게 세 가지를 드는데, 그것은 1) 예술의 직업화, 2) 예술비평, 그리고 3) 예술학교입니다.

다소 거리가 있는 세 가지가 나란히 제시된 것에 다소 의아해하시는 분이 있을지 모르는데, 사실 이 셋은 보로메오의 매듭처럼 단단히 묶여있습니다. 즉 따지고 보면 예술비평과 예술학교는 예술의 직업화의 두 가지 형태에 지나지 않습니다. 따라서 우리는 일반적 규정인 1)이 아닌 2), 3)을 통해 문제에 접근할 필요가 있습니다. 즉 옛날 예술가들(호메로스와 수많은 전설과 민담의 작가들)은 보수를 전혀 받지 않았는데, 지금의 예술가들은 돈을 벌기 위해 예술을 한다는 톨스토이의 비판에 당황해 하며 발걸음을 되돌릴 필요는 없습니다. 문제는 예술을 통해 돈을 번다는 데에 있는 게 아니라, 예술을 위조함으로써 돈을 번다는 데에 있기 때문입니다.[5]

따라서 2), 3)을 중심에 놓고 보면, 우리는 톨스토이가 말하고자 하는 것의 핵심이 무엇인지 어렵지 않게 알 수 있습니다. 그것은 바로 예술에게 있어 비평이나 학교는 필요가 없을 뿐만 아니라 도리어 해롭다는 것입니다. 왜냐하면 그것들은 난해함(삶과의 괴리)을 예술의 전제로 만들어 예술 활동을 교육의 일종으로 만들고 있기 때문입니다. 따라서 그는 비평가야말로 예술을 감상할 능력을 잃은 사람이며(왜냐하면 만약 그들이 예술을 느낀다면, 그것을 따로 해석할 필요성은 느끼지 못할 것이기 때문에), 그런 이들이 포진해있는 학교에서 가르치는 예술이란 다른 예술가들의 예술(구체적으로 예술을 예술답게 만드는 4가지 방법)을 전달하는 것에 불과하다고 주장합니다.

톨스토이는 말하자면 예술이란 인간에게 존재하는 근본적 표현능력이기 때문에 초등학교 정도의 교육만으로도 그 방면에 소질이 있는 사람들은 알아서 그 능력을 키워갈 수 있기 때문에, 학교 교육을 통해 예술을 발전시킬 수 있다는 생각은 근대교육의 이데올로기에 불과하다고 보는 것입니다. 여기서 우리가 가라타니의 『근대문학의 종언』을 떠올리는 것은

---

5) 즉 호메로스나 민담의 작가들도 시나 이야기를 낭송하고, 지금과는 다른 형태였겠지만, 어떤 보상을 받았을 것입니다.

자연스럽습니다. 왜냐하면 그는 이 강연문의 첫머리에서 '문학을 교육하는 제도', 즉 문창과를 문제삼고 있기 때문입니다. 즉 포크너는 소설가가 되고자 한다면 사창가를 경영해 보라고 말했는데, 그런 것은 고사하고 소설가가 되고자 하는 사람은 하나같이 문창과에 가서 스킬(방법)을 익히는 게 현실이 되었다는 것입니다.[6]

톨스토이는 다양한 얼굴을 가지고 있습니다. 소설가로서의 얼굴, 종교가로서의 얼굴, 사상가로서의 얼굴 등등. 그러나 그런 수많은 얼굴 중에서 가장 중요한 것은 물론 교육가로서의 톨스토이입니다. 실제 그는 유럽의 여러 학교를 직접 찾아다니면서 아이들의 작문을 베끼는 등 매우 진지하게 '교육이라는 문제'를 연구했을 뿐만 아니라, 실제로 자신의 영지에 농민들을 위한 학교를 세워 운영하면서 교재를 제작하기도 했는데, 그곳에서 실시한 교육방법과 내용은 당시 한창 세워지던 근대학교(국가에 의한 의무교육)와는 완전히 달랐습니다.[7] 이런 관점에서 볼 때, 그의 '근대예술'비판이란 실은 군대, 공장 등과 함께 근대국가를 뒷받침하는 핵심시스템 중 하나인 '근대교육'에 대한 비판이라고 해도 무방합니다.

그렇다면, 우리는 그가 셰익스피어를 비난한 것은 어떻게 보면 셰익스피어 자체라기보다는 셰익스피어를 국민작가로 만드는 근대문학(또는 근대교육)이었는지도 모릅니다. 즉 근대문학이 "셰익스피어를 인도와 바꾸지 않겠다."고 말했다면, 톨스토이는 "인도라는 대지와 인도인을 포기하느니 차라리 셰익스피어를 내팽개치겠다."고 말했던 것입니다. 실제 그는

---

6) 주지하다시피 이는 다른 예술이라고 해도 예외는 아닙니다. 그림을 그리는 사람은 미대, 음악을 하는 사람은 음대, 연극을 하려는 사람은 연극학과에 갑니다. 그리고 이곳을 나온 사람들은 오늘날 우리가 말하는 예술가가 됩니다. 역으로 말해, 이런 교육을 받지 않으면 예술가가 될 수 없다는 점에서, 근대예술가를 만드는 것은 근대교육이라 하겠습니다.

7) 톨스토이의 교육이념은 지금도 명맥이 유지되고 있습니다. 소위 '톨스토이 학교'라고 불리는 것이 바로 그것인데, 현재 국가주도의 교육과 다른 대안교육의 대표적 사례로서 자주 이야기됩니다.

당시 영국의 식민지였던 인도의 비참한 현실에 큰 관심을 갖고 그에 관한 책을 썼을 뿐만 아니라, 간디 등 인도의 지식인들과 편지를 주고받았는데, 간디는 이를 계기로 '비폭력적 저항'이라는 사상을 형성하게 됩니다(즉 간디는 톨스토이를 한 번도 만난 적이 없지만, 사실상 그의 제자였다고 말할 수 있습니다).

그러나 이런 톨스토이를 '세계문학'이라는 화려한 가면을 쓴 근대문학이 가만히 둘리가 없었습니다. 1901년은 오늘날 사실상 '세계문학'의 상징적 존재할 수 있는 노벨문학상이 처음으로 수여된 해입니다. 이 해 작품으로 보나 지명도로 보나 많은 사람들은 톨스토이가 틀림없이 수상할 것이라고 생각했습니다. 이런 분위기를 톨스토이 역시 감지했는지 직접 한림원으로 편지를 보냈습니다. 그러나 그의 편지는 오늘날 각국의 문학계가 나서서 하는 로비와는 무관한 것으로서(자국의 문학을 위해서든 개인의 영달의 위해서든), 만약 상을 받게 되면, 그 상금을 모두 당시 러시아 정교회의 탄압을 받던 두호보르파 신도들의 캐나다 이주비용으로 써달라는 것이었습니다(그들이 탄압을 받은 이유는 여러 가지가 있었지만, 가장 문제가 되었던 것은 징병제의 거부에 있었습니다).

그가 사실상 근대문학을 버렸음에도 불구하고, 다시 펜을 들어 『부활』을 쓴 것은 예술적 욕심에 의해서라기보다는 그것의 인세로 두호보르파 신도를 돕기 위한 것이었습니다. 그러나 스웨덴 한림원은 이런 톨스토이 대신에 오늘날 아무리 기억하지 않게 된 프랑스 시인 쉴리 프뤼돔Sully Prudhomme에게 상을 줍니다. 그런데 그렇게 한 이유라는 게 정말 가관인 것은 근대국가의 기반이 되는 징병제를 거부한 그의 무정부주의적 성향이 노벨상의 취지인 '인류의 진보, 발전, 인도주의'와 배리되었기 때문이라는 것이었습니다. 도대체 무엇이 인류의 진보이고, 무엇이 인도주의일까요?

어쨌든 근대예술(세계문학)은 자신을 노골적으로 거부한 톨스토이에 대해 통쾌하게 복수를 했습니다. 그런데 그러고도 여전히 분이 풀리지 않았는지 그의 사상적 제자라 할 수 있는 간디에게도 그 복수를 이어갔습니다. 더구나 '셰익스피어의 나라' 영국은 간디가 노벨평화상을 수상하지 못하도록 엄청난 로비를 벌였다고 합니다. 그래서 오바마도 수상한 노벨문화상을 정작 '비폭력'을 외치다 죽은 간디는 받지 못하게 되었지요. 어쨌든 현재 우리는 바로 그런 예술, 평화를 인류문화의 정수인 양 떠받들고 학교에서 열심히 교육시키고 있다 하겠습니다. 그래서 여전히 다음과 같은 물음은 유효하다 하지 않을 수 없습니다. 도대체 "예술이란 무엇인가?" "문학이란 무엇인가?"

톨스토이와 한국

마지막으로 우리와 관련하여 사족을 하나만 달겠습니다. 제가 보기에 '톨스토이에 대한 복수'는 여전히 계속되고 있습니다. 그것은 '톨스토이 문학상'이라는 것을 통해서입니다. 이 상은 삼성전자의 후원으로 2003년 제정된 상으로 삼성전자 CIS총괄 조원국 전무의 말을 빌리자면, "삼성전자는 톨스토이의 휴머니즘과 관용의 정신이 온 인류에 실현되어지기를 바라고" 있답니다.[8] 설마? 만약 톨스토이가 살아있었다면, 자신의 이름을 딴 상이 자신이 그토록 거부한 근대문학(근대예술)에, 그것도 삼성전자의 러시아홍보용으로 이용되기를 원했을지 의문입니다.

솔직히 삼성으로서는 톨스토이든 도스토예프스키든 상관이 없었을 것입니다. 상대적으로 전자가 후자보다 러시아에서 지명도가 있는 작가였기 때문에 선택되었을 것입니다. 물론 이건희 회장이라면 이렇게 말할 것입니다. "모든 국민이 정직하고 온 세계가 톨스토이의 정신에 계승했으면

---

8) <노컷뉴스>, 2006년 10월 4일.

좋겠습니다." 톨스토이는 자신이 귀족이라는 것에, 자신이 재산을 가지고 있다는 것에 몹시 괴로워했던 인물입니다. 그는 자신이 쓴 책의 저작권은 물론 재산까지 모두 내동댕이치려고 했습니다.[9]

그런데 이런 상황에서 작년 『엄마를 부탁해』(창비)를 출간하여 제2의 전성기를 맞고 있는 신경숙[10]은 삼성의 사보인 『Samsung & U』(2010년 1/2월호)의 인터뷰에서 지난 10월 세미나로 모스크바에 방문했을 때, 러시아 작가들이 '톨스토이문학상'을 후원하는 삼성에 대해 매우 관심이 크다는 점을 알고, 또 크렘린 궁전을 둘러볼 때 주변에서 가장 큰 삼성광고판을 만나고 한국인으로서 자부심을 느꼈다고 말하고 있습니다. 그리고 삼성에 대한 '작은 바람'으로 삼성이 러시아에서 '톨스토이 문학상', 인도에서 '타고르 문학상'을 지원하는 것처럼 국내에서도 30년 가까이 이어져오다가 중단된 '삼성문학상'을 다시 시작해주었으면 한다고 덧붙입니다. 한국, 그리고 한국문학가에게 톨스토이란 고작 이 정도의 존재인 것입니다. 그런 의미에서 세계화를 꿈꾸는 한국(그리고 그 안의 한국문학)은 국민국가(그리고 그것이 확장된 제국주의)와 근대문학을 거부한 톨스토이에게 확실한 복수를 하고 있는 셈입니다.

* (『황해문화』, 2010년 여름호에 발표됨)

---

9) 가족(특히 부인)의 강력한 반대로 인해, 결국 가족들에게 양도하는 것으로 끝났지만 말입니다.
10) 그녀는 문창과 출신으로 가장 성공한 작가이기도 합니다.

언캐니(The Uncanny), 흘러넘치는 것들.

박 인 성

1. 어떤 언캐니

비평의 언어는 '말할 수 없는 것' 앞에서 언제나 망설인다. 그것은 비단 최근의 문제가 아니며, 특히 문학비평은 언제나 문학 내부이자 외부인 불분명한 자기 정체성을 통해 아포리아의 형상으로만 나타나는 것이기도 하다. 역설적으로 비평의 아포리아야 말로 문학의 가이드라인이거나 (비)의도적 오독誤讀이라는 풍부한 가능성을 예비한다. 그러나 2000년대 이후 한국 문학의 풍경 속에서 '문학의 종언' 이후에 비평의 태도는 그러한 잠재태로서의 가능성 이상의 것, 모종의 '새로움을 향한 열정'[1]은 아니었

---

[1] 비평의 '새로움에 대한 열정'을 경계하는 목소리 역시 새로운 것은 아니다. 강유정, 손정수 등이 이를 되물었고, 또한 그들의 작업까지 되돌아보며 한기욱 역시 이를 정리하고 있다. 물론 새로움에 대한 강박을 그저 부정적인 것으로 비판하기보다는 그러한 열정을 추동하는 충동의 기저와 그 효과를 되짚어보는 것이 전제되어야함은 당연하다. 또한 핵심적인 것은 한기욱이 지적하듯 역설적으로 문학의 새로움에 대한 비평적 입장에게 있어 "초심으로 돌아가 문학이란 무엇인가를 다시 묻는 것"이다. 우리가 주로 새로움의 강박에 빠질 때 소거되어 있는 질문이란, '새로움' 이전의 문학 자체를 되묻는 것이 아닌가. 한기욱, 「문학의 새로움은 어디서 오는가」, 『문학의 새로움은 어디서 오는가』, 창비, 2011.

나? 비평은 그토록 동시대적 작업에 주목했으면서 정작 그 동시대적 텍스트에서 그것을 넘어선 '미래성'을 요구했다. 한편으로 그 열정이 강렬하면 강렬한 만큼 그것은 우울을 벗어나기 위한 의도적인 명랑성의 몸짓처럼 보이기도 한다. '장편의 시대', '무중력 공간의 글쓰기', '문학과 정치', '장르문학적 성취' 등 비평가마다 찾는 마중물의 형태는 다를지라도 그들의 열정은 어딘가 반대급부의 성격을 띤다. 무엇에 대한 반대급부인가? 오늘날의 비평이 여전히 하나의 근본적인 태도처럼 앓고 있는 '우울'은 아니가.[2] 가장 강력한 비전인 '장편의 시대'에 대한 기대와 명랑성의 몸짓으로도 이를 온전히 벗어나기란 어려워 보인다. 어쩌면 우리에게 요구되는 것은 근대문학의 종언과 그 이후를 나누는 프레임 속에서 새로움을 향한 열정이라는 명랑성의 몸짓이라기보다는, 여전히 근대문학에 대한 강력한 애도와 우울 사이의 연접連接, 혹은 휴지休止인지도 모른다.

자연스럽게 우리 문학 내부의 결핍과 부재에 대한 극복이 아니라 근본적인 재발견으로 가는 길은 '말할 수 없는 것'에 대한 불안으로 다시금 향하게 된다. 현재 핵심적인 정동(affect)은 '우울' 이후/이전의 '불안'으로 이행하고 있다. '비평의 우울'에 전제되어야 함과 동시에 '비평의 우울' 이후에 반드시 직면해야만 하는 것은 사실 보다 근본적인 '비평의 불안'은 아닐까? 언제고 비평을 불안하게 하는 것은 무엇인가? 그것은 단순히 새로움에 대한 열정이라고만은 부르기 어려운 어떤 '충동'이다. '새로움'이라

---

2) 반드시 "근대문학의 종언"이라는 소문의 상징화(혹은 상징화의 소문)를 받아들이지 않는다 할지라도, 우리는 어떤 모더니즘의 세계, 혹은 미적 근대성과 다소간 결별한 것이 사실이며, 비평이 미규정적인 문학(그러나 언제나 미규정적이었던 문학) 앞에 더욱 심각한 요령부득의 상태임은 부정할 수 없을 것이다. 그리하여 김영찬의 주장처럼 "2000년대 소설의 탈현실과 반휴면, 고독한 농담과 유희의 세계"가 오히려 "우울이 소설의 육체적 증상으로 탈바꿈해 나타나는 일종의 전환히스테리(conversion-hystereria)"라면, 마찬가지로 비평이 앓고 있는 새로움에 대한 열정, 문학 이후의 문학을 꿈꾸는 기저의 낙관적 전망은 한편으로는 비평 그 자체가 극복하지 못하는 우울의 전환히스테리인 것은 아닌가. 김영찬, 『비평의 우울』, 문예중앙, 2011.

기보다는 '말해질 수 없는 것'을 향한 불안의 정동[3]. 문학에 대한 모든 것을 규정해버릴지도 모른다는(반대로 무엇도 규정할 수 없으리라는) 공포스러운 상황에서 벗어나기 위해서, 비평가는 '새로움'이란 이름으로 오히려 '말할 수 없는 것'을 지속적으로 개발하기 위해 자기 자신을 속이는 책략을 사용하는 것인지도 모른다. 그러나 보다 근본적으로 문학의 새로움에 대한 예견과 오래된 문학의 유해 사이에서, 명랑성과 우울 사이에서, 비평의 기능은 그런 이유로 일종의 '증언'[4]이 되어가는 것은 아닌가? 아이러니하게도 여기에서 '문학의 새로움'이라고 하는 오래된 환상은 분명 중요한 힌트를 주는 것처럼 보인다.

예를 들어 21세기 문학의 '새로움'으로 지적되었던 것은 많지만, 그 중에서도 흥미로운 것은 새로움이 명확히 규정되기보다는 미규정적인 것으

---

3) 라캉에 의하면 불안이 상상적 구조인 자아에 대한 위협에 의한 것이라 했을 때, 이는 실재의 맨살, 어머니의 젖가슴, 주체의 향유의 대상이 그에게 임박하는 것에 대한 불안으로서 설명된다. 타자와의 관계로서 이를 설명한다면 주체는 그 자신의 상실, 결여를 메울 대상을 타자에게서 찾지만, 오히려 그 자신이 타자(안)의 향락의 대상이 됨으로써 그것에 포획될 수 있음에 대한 불안이다. 이것은 주체가 대문자 어머니와 같은 게걸스러운 타자에 의해 집어 삼켜질 것이라는 환상에 의하여 뒷받침되는 것인데, 비평가의 근본적인 불안은 보다 근본적으로 '말해질 수 없는 실재'를 획득하지 못하는 것에서 오는 것이 아니라, 그것을 정말 모종의 형태로서, 규정된 답안으로서 획득해버리면 어쩌나 하는 종류의 불안은 아닐까? R. Harari, Lacan's Seminar on "Anxiety": Introduction, Other Press, 2001, p.12~16. / 맹정현, 「불안과 불안의 운명」, 『문학과 사회』 2009년 봄호, pp. 410~427. 참고.
4) 무엇에 대한 증언인가? 역설적으로 문학의 새로움에 대해 말할 수 없음을 통해서만 문학 그 자체가 여전히 가능함을, 그 자신의 장소를 바로 세운다. 바로 문학은 문학 아닌 것, 문학을 넘어선 것들의 가장 낮은 가면으로서 말해질 수 없는 것들을 말하는 방식이다. 아감벤의 표현을 빌리자면 "증언은 말의 비잠재성을 통해 현실화되는 잠재성이며, 덧붙이자면 말함의 가능성을 통해 자신에게 현존을 부여하는 불가능성이다. 이 두 개의 운동은 주체와 동일시될 수도 또 의식과 동일시될 수도 없지만 두 개의 실체로 나누어질 수도 없다. 그것들의 분리불가능한 친밀함이 증언이다." 이 말을 빌려올 수 있다면, 문학의 장소는 말할 수 없는 것 사이의 가능성과 불가능성 사이에 있으며, 문학 아닌 것에 문학을 근접시킨다. G. 아감벤, 『아우슈비츠의 남은 자들』, 새물결, 2011, pp. 192~198.

로 언급되는 경향이다. 그리고 이러한 경향에 대해 한동안 비평가들은 '미래의 징후' 등으로 종종 발음했던 것 같다. 동시대에 '이미 와 있는 미래'를 현재적 형상으로 추출해내는 것. 그러나 한편으로 이것은 실체가 없이 비평적 담론 사이를 부유하는 유령 같은 표현이다. 예를 들어 우리가 최근의 소설들의 비比─문학적인 어떤 경향을 초점화하여 '장르문법의 전유'와 같은 방식으로 규정할 때, 그것은 항상 본질적으로 소설에 있어 중요한 지점을 놓치게 된다. 단적으로 그것은 다름 아닌 문학의 규범 자체로부터 항상 초과하거나 과잉되어 있는 문학 자체의 성격(literariness)[5]이다. 극단적으로 말하자면 언제나 문학은 말한 것보다 말해지지 않은 것에서 출현한다. 이는 전혀 새로운 이야기가 아니다. 그렇다면 모종의 새로움을 상징화하는 문학의 문법을 말할 때, 우리는 오히려 문학 자체의 불투명한 위상을 간과한다. 그것이 언제나 낯설면서도 낯익은 것, 문학 자체와 닮아 있는 질문이었기 때문이다.

낯설면서도 낯익은 것, 우리는 이것이 언제나 문학에 존재했고 동시에 부재했던 문학 자체의 유령이며 타자임을 이해한다. 문제는 문학이란 그런 질문에 대한 응답의 지점에서 항상 빗겨나 있다는 점이다. 문학은 문학 그 자신에 대해서 정확히 응답하기에는 언제나 응답 이상으로 흘러넘치는 것이다. 이 과잉인 동시에 결여인 응답의 불가능성을 이해하기 위해서는 문학의 자기─규정성이 언제나 미未규정성임을 이해할 필요가 있다. 쉬클로프스키의 '낯설게 하기'를 굳이 언급하지 않아도 언제나 문학은 새로움으로 정의되지만, 그것이 정의되는 순간 그 자리에서 스스로 물러난

---

5) 토도로프를 위시한 프랑스 구조주의 시학자들이 추출하고자 했던 '문학성'의 본질은 역설적으로 문학이라는 경계선 자체에 질문을 제기한다. 개념화되지 않는 개념인 이러한 문학성은 "문학성의 본질은 언어의 "정상적" 기능(의사소통을 위한 기반으로서의 현실의 재현)에 대한 정확한 위반이기 때문에 순수한 기술적 / 권위적인 규범들 용어에서 문학은 절대 포착되지 않는 것이다."Anneleen Masschelein, The Unconcept, State University of New York, 2011, p. 90

다. 데리다가 언급한 '은유의 후퇴'를 확장할 수 있다면, 문학이란 곧 '문학의 후퇴'이다. 이 후퇴(retrait)는 언제나 다시 쓰기(re-trait)임에는 더 말할 필요가 없을 것이다. 어떤 종류의 규정의 순간에 이미 그 자신의 고쳐 쓰기이며 다시 쓰기를 수행하는 문학을 우리는 명쾌하게 정의할 수 없기에 애매한 것을 애매한대로 고쳐 말할 필요는 있다. 문학의 죽음과 문학의 새로움 사이에서 여전히 말해지지 않는 문학, 그것이 바로 문학만의 독특한 위상, 그 자신의 유령으로서의 '언캐니uncanny 문학'[6]이다.

프로이트의 정의대로 말하자면, '하임리히heimlich한 것은 곧 운하임리히unheimlich한 것'이다. 친숙한 것 속에 기입된 '억압'의 증표로서 이 기이한 낯선 것들은 '언캐니'라는 또 다른 이름으로, 정신분석을 거쳐, 해체로, 그리고 문학에 이르러서 까지 그 존재를 오로지 지나간 흔적으로서만 드러낸다. 불안을 장소로 삼아 우리의 친숙한 공간으로부터 돌출하는 풍크툼punctum인 언캐니는 초현실주의적인 회화나 조소彫塑에 닮아있지만, 어떤 형식도 오롯이 언캐니 자체를 담을 수 있는 온전한 그릇이 되지는 못한다. 니콜라스 로일Nicholas Royle의 정의를 따르자면, 언제나 "언캐니는 흘러넘치는 것이다."[7] 언캐니란 항상 장르에 있어서도 흘러넘치는 것이

---

6) 왜 운하임리히unheimlich가 아니라 '언캐니'라는 일종의 일차 번역어를 사용하는가. 프로이트가 이미 그 문화-언어상의 공통적 맥락 속에서 운하임리히만이 아니라 canny와 uncanny의 관계를 염두고 있기 때문이기도 하지만, 언캐니 자체는 번역 불가능성과 가능성 사이 공간을 열어놓는다. 이를테면 언캐니는 운하임리히와 '두려운 낯설음' 사이의 매개어이며, 그것들의 근본적인 사이-공간의 알레고리이기도 하다. S. 프로이트, 「두려운 낯설음」, 『예술, 문학 정신분석』, 열린책들, 1997.

7) 이 글의 언캐니에 대한 논의는 니콜라스 로일에게서 많은 부분 차용하고 있거나 촉발되었다. 프로이트가 「두려운 낯설음」을 E. T. A 호프만의 「모래인간」에 대한 당대의 문학비평이 놓치고 있는 어떤 것을 정향해 있는 것처럼, 로일은 프로이트 그 자신이 말하면서도 말하지 못했던 언캐니에 주목하고 있다. 직접적으로 프로이트가 촉발된 것처럼 언제나 문학은 정신분석을 가르친다. 그러나 왜 문학 비평이 아니라 정신분석인가? 바로 문학이 문학 그 내재적인 조건 속에서 항상 문학 그 자체를 초과하고 있기 때문이 아닌가. 그러므로 문학, 가르침, 정신분석이라는 3항이 그것들의 합수머리로서의 언캐니로 수렴되는 것에 주목해야만 한다. 아니, 수렴된다기보다도 흘러넘친다.

며, 문학이라는 틀 자체에서도 흘러넘친다.[8] 그러므로 언캐니라는 단어를 일단의 괴기소설의 틀에 적용하여 정의하는 토도로프의 시도는 언캐니를 개념화하고 있을 지라도 이미 실패할 수밖에 없었던 것이다.

이를테면 '언캐니'는 어떤 식으로든 '새로움을 향한 열정'이 간과하거나, 회피하고 있는 문학 그 자체의 이중회합(double session)을 드러낸다. 문학의 초점이 하나가 아니듯 새로움은 그 자체로 익숙한 새로움이며, '근대문학'에 대한 애도와 우울증이 어떤 식으로든 걸쳐 있으며 경유하는 것이자, 결코 한 번도 떠난 적이 없는 장소이기도 하다. 이 글에서 우리가 어떤 식으로든 정확히는 알지 못하면서도 이미 그 영향력에 사로잡혀 있는 '언캐니'(The Uncanny)의 개념은 바로 이러한 문학과 소설 자체의 규범성─그러나 동시에 미규범성─을 다시 기술(re-trait)하기 위한 노력에서 출현한다. 21세기의 문학들이 어떤 식으로든 자기를 기술하기 위해서 불현듯 참조하거나, 반복하며, 이중화(doubling)하고 있는 문학의 '낯익은 낯설음'이야 말로 이 글이 주목하고자 하는 지점이다.

더 나아가 언캐니는 근대문학─근대문학의 이후의 문학에 대한 이분법적 구분의 경계선에 위치하면서 그 구분선에 의문을 제기하는 것, 근본적으로 그 사이에서 문학 자체를 다시 묻고 사유하며, 휴지休止를 기입하는 충동과 일치한다. 언캐니는 형식적으로는 초현실주의적 시도나 포스트모던한 감각으로 보일 것이지만, 낯설면서도 낯익은 감정에서 억압의 증표는 전근대와 근대의 지층 없이는 이해될 수 없으며, 역설적으로 언캐니는

Nicholas Royle, The Uncanny, Manchester University Press, 2003, p. 19.

8) "하나의 완결된 세계로 향하는 내러티브의 방향성 속에서 제 스스로 방향을 잃은 이 문장들은 기존의 소설 문법이라는 잘 만들어진 항아리로부터 넘쳐흐르는 과잉에 다름 아니다. 우리가 주목해야 하는 것은 완결지향의 서사에 있어서 불필요한 이 문장들이 그 스스로 넘치는 과잉에 의해 형성하는 '이상한 가역반응'이다." 졸고, 「불필요한 문장들과 다시 서사하기」에서 '불필요한 문장들'로 정의한 서사적 과잉은 언캐니한 형상의 한 사례라고 볼 수 있다.

여전히 우리에게 유효한 근대의 지표이기도 하다. 언캐니한 소설들이란 여전히 우리가 이 근대문학의 문법을 벗어나지 못했음의 증거이기도 하다. 그러므로 언제나 문학의 새로움은 문학 바깥의 것으로만, 혹은 문학 그 자체로만 환원되지 못한다. 그렇다면 애초에 비평은 항상 언캐니한 증언의 언어였던 것은 아닌가? 비평은 새로움을 찾으면서 언제나 낯익은 낯설음을 더듬어 왔던 것에 불과하지 않은가? 언캐니는 비평의 언어 속에 손상되지 않은 '문학의 남은 것'의 한 형태다. 과거의 것도 미래의 것도 아니고, 온전히 소진되지도 않았으며 풍부한 가능성도 아닌 이것을 다른 방식, 다른 용어로 표현하는 일은 용이하지 않다.

특히 최근의 소설들에 있어서 나타나는 언캐니의 양상들은 비평이 온전히 대신하지 못할 문학의 응답을 익명적인 중얼거림으로 보여주는 듯하다. 그것은 누구에 의해서랄 것도, 언제부터랄 것도 없는 흔적으로서의 징후들이며, 소설이라는 장르 자체에서 항상 흘러넘치는 것으로서만 나타난다. 그리고 이 중얼거림이 어느 순간 하나의 분위기로서, 우리 주변에서 말을 걸어오기 시작한다. 이제 소설을 비롯한 문학 양식 전반은 항상 그 개념적 정의, 해석적 접근보다도 글쓰기−읽기의 이중적 작용의 초과로, 과잉으로서 넘쳐흐른다. 말하자면 이 글은 그러한 문학의 언캐니함에 덧붙여지는 부가물로서, 무책임하게도 그 역할을 온전히 다하지 못할 것이다.[9]

문학의 유령은 언캐니의 형태로 되돌아오고 있다. 한편으로 소설은 장편소설의 유행 속에서 고정되거나 안정화되기보다는 훨씬 더 불안정해지고 산포되고 있는 것처럼 보인다. 일종의 '유령작가'가 미학적인 의미에서

---

[9] 뒤늦게 첨언하자면 이 글은 대상 텍스트들에 있어서의 보충물이면서 동시에 필자의 졸고 「불필요한 문장들과 다시 서사하기」에서 온전히 다루어지지 못한 보충으로서 기능한다. 그러나 이 글이 과거의 글에 대한 온전한 보충물이 될 수 없음은 분명하기에 이 불완전하면서도 불가피한 시도는 그 자체로 언캐니한 방식의 글쓰기가 될 것이다.

우리에게 되돌아오는 것이며, 이 언캐니하게 되돌아오는 이야기들의 귀환에서 중요한 것은 이 이후의 이야기들이 해체/구축해나갈 이야기의 이야기들이다. 그리고 이 글은 근본적으로 '집 없는 문학'의 은유로서의 현재의 소설들을 재발견하기 것이다. 비평적 언어가 멈추는 곳에서 비평적 사유는 다시 움튼다. 그러니 우리를 멈추게 하는 그 언어와 사유 사이의 어떤 긴장, 어떤 가르침, 어떤 휴지에 주목하고자 한다. 이를 위해 김사과, 이장욱, 황정은의 소설[10]을 통해 현재 우리 소설들에 산포되어 있는 언캐니의 지표들을 살펴봄과 동시에 그들 소설을 추동하고 있는 '말할 수 없는 것'을 향한 강력한 다시—쓰기의 충동에 다가서고자 하는 것이다.

그러나 미리부터 고백하자면, 사실 이 글에서 다루고 있는 작가들(김사과, 이장욱, 황정은)을 단순히 언캐니 작가로 규정내리는 것은 사실 별 의미가 없다. 그들은 언캐니의 작가라기보다도 각기 다른 소설적 영역 속에서 각기 다른 방식으로 언캐니함을 공유하고 있을 뿐이다. 그럼에도 불구하고 그들 소설의 언캐니함의 양상들을 살펴보는 것에는 그 이상의 불가피함이 존재한다. 그것은 앞서 말한 바와 같이 작게는 '문학의 새로움'이라고 하는 요령부득의 정의로부터 문학 자체의 미규정성을 다시 살피는 것이고, 좀 더 확장하여 말한다면 이미 끝나버렸으며, 항상 새롭게 시작해버린 문학적 새로움에 대한 논의를 언캐니한 소설적 징후의 탐색이라는 예비 작업으로서 준비하고자 하는 것이다. 그러니 과연 이 낯익으면서도 낯선 중얼거림을 말하는 자는 누구인가? 김사과? 이장욱? 황정은? 그들 중 누구도 아니면서 그들 모두이기도 한, 동시에 그들을 거치면서도 항상 그들을 초과하는 익명적 유령작가의 웅성거림에 귀를 기울여보자.

---

10) 해당 작가들의 텍스트의 서지사항은 다음의 작품집들의 기준을 둔다. ① 김사과, 『02』, 창비, 2011. ② 이장욱, 「이반 멘슈코프의 춤추는 방」, 『2011년 젊은 작가상 수상집』, 문학동네, 2011 / 이장욱, 『고백의 제왕』, 창비, 2010. ③ 황정은, 『파씨의 입문』, 창비, 2012.

2. 어떤 긴장

프로이트가 운하임리히unheimlich를 발견했을 때, 그가 주목했던 것은 사전적인 의미에서 이미 하임리히heimlich 내부에 들어있었던 억압의 징표로서의 'un-'이다. 우리를 불안하게 만드는 것은 친숙한 것에서 나타나는 낯선 것의 얼굴인데, 사실 그 낯선 것은 동시에 억압 이전에는 무엇보다도 친숙한 우리 내부의 존재라는 점이 이 뭐라 정의할 수 없는 언캐니를 구성하는 요체가 된다. 그렇기 때문에 우리에게 하임리히한 공간, 바로 우리가 거주하는 가족의 집이야 말로 가장 친숙한 공간이면서 때때로 공포스러운 운하임리히의 공간임을 김사과의 소설 「영이」는 여실히 보여준다. 집 안에서 드러난 것은 숨겨진 것이고, 숨겨진 것은 드러난 것이 되는 불안한 분위기의 넘침만이 집의 공간에 잠재된 언캐니의 차원이라면, 우리는 김사과에게서 그러한 넘쳐흐르는 분위기를 확인한다. "영이네 집에는 언제나 클로즈업된 긴장감이 감돈다. 그리고 그 외엔 아무것도 없다."(p. 25)

참을 수 없는 앙팡 스키조enfant schizo[11]의 대표주자로서 김사과의 소설들은 언캐니함의 대표적인 징후들을 보여준다. 분신(double), 반복, 죽음충동. 그리고 유령의 목소리. "내 이야기를 듣지 않는 놈들은 다 죽여버리겠다. 왜냐하면 내가 말하고 있으니까(p. 23)"라고 말하는 그러한 이질적인 목소리는 인물의 것인가, 서술자의 것인가, 그것도 아니면 작가 자신의 것인가? 이 망설임은 과연 이 소설에서 보여지는 분열중이 누구에게 해당하는 것인가를 명확하게 설명할 수 없는 것과 유사하다. 언캐니는 말하려는 강박, 강박적인 스토리텔링과 관련되어 있으며, 문제는 이야기가 시작된 이상 그 강박은 어떤 방식으로든 텍스트를 선택 불가능한 것으로 수행해 나간다는 점이다. 그것은 텍스트를 하나의 반복강박으로, 텍스트 내적인 반복구조의 양적量的인 증가로 이끌어 간다. 이를테면 "열 시간의

---

11) 김영찬, 「앙팡 스키조」, 김사과, 『02』, 창비, 2011. 해설.

고통과 십분의 고통이 다른 것처럼, 백 문장의 진실과 한 문장의 진실은 다르다…… 나는 읽는 당신을 원하지 않는다. 느끼는 당신을 원한다…… 그래야 영이가 당신 마음속에 오래도록, 영이가 죽고 내가 죽은 뒤에도, '영원히' 살아남을 것이기 때문이다."(p. 25)

독자에게 하나의 협박처럼 여겨지는 반복된 언술들, 반복된 상황들 속에서 영이에게는 집으로 대변되는 현실이야 말로 가장 기이한 장소임이 드러난다. "영이가 집으로 가는 길이면 영이의 영이는 어김없이 영이의 귓속에서 흘러나오기 시작한다."(p. 9) 집은 더 이상 친숙함의 공간이 아니다. 안정이나 안전을 보장해주는 장소(place)[12]로서가 아니라, 집 없는 / 집 아닌 듯한(unhomely) 존재론적 공간. 그곳은 낯설고 기괴한 곳, 영이의 영이가 귓속에서 흘러나오게 만드는 원인이자, 불행한 소녀가 충동적으로 자신이 살기 위해 스스로를 분열하게끔 하는 공간이다.

> 영이의 마음이 두근댄다. 내 마음도 두근댄다. 영이의 마음이 이렇게 두근거리는데 순이는 즐겁다는 듯이 웃음을 짓고 있다.(중략) 두근대는 영이는 자신이 웃고 있다고 착각하고 만다. 심장이 뛰는 소리에 정신이 혼란스러웠기 때문이다. 영이는 그런 자기가 너무 사악하게 느껴졌다. 사실 영이는 순이가 진짜 영이, 그러니까 정말 자기라고 생각한다(p. 23).

위의 인용을 주목할 필요가 있다. 영이와 순이 사이의 명백하게 분열적인 분신(double)의 관계에 대해서는 굳이 언급하지 않아도 좋을 것이다.

---

12) 장소를 상실한 불안한 공간에 대한 논의는 하이데거의 『존재와 시간』에서 이루어졌으며, 이 집 없음의 감각은 언캐니와 직간접적으로 연관되어 있다. 이러한 기괴한 집의 공간성은 단순히 90년대와 2000년대 나타나는 고시원이나 하숙, 자취의 공간으로서의 집에 대한 인식으로 구체화된 바 있으며, 이제 2010년대에 이르러서는 하우스푸어(house poor) 세대의 단지 소유할 뿐 어떤 안정감도 갖추지 못한 '불안한 집' 그 자체로 돌출한다.

문제는 "내 마음도 두근댄다"고 말하는 '나'이다. 나는 그렇다면 누구인가? 작가 자신이 하나의 분열적 자아의 파편으로서 존재하는 이러한 분열증은 김사과의 텍스트가 어떤 진실을 담보한 채 분열되어 있으며 그것이 소설의 결말에서 하나의 명징한 것으로 응집되리라는 기대를 어렵게 한다. 사실상 김영찬이 앙팡 스키조라는 이름을 붙일 때, 그는 "김사과의 인물들을, 그리고 그의 소설을, 아니 차라리 그를"(p. 256)이라고 그 대상을 계속해서 덧붙인다. 이 덧붙임, 부가적인 재—지시는 그 자체로 언캐니하다. 김사과의 인물들과 소설, 그리고 김사과는 등가물인가? 엄밀히 말하자면(그러나 결국은 불확실하게 말하자면) 그들은 서로의 분신이다. 분열된 작가와 텍스트, 텍스트의 인물들이 서로 맺는 관계, 분열증자와 분열증적 텍스트가 이루는 관계는 일방적이지도 어느 한쪽이 우위를 점하지도 않는다. 그들은 감정적 회로를 공유하는 듯 보이지만, 동시에 서로를 사랑하면서도 증오한다. 영이와 순이의 관계처럼, 그들이 공유하는 것은 어떤 진실이 아니라, 서로가 서로를 통해 어떤 진실도 점유할 수 없다는 '클로즈업된 긴장'의 지점뿐이다.

더욱이 거칠게 이야기하자면 「영이」는 일종의 '귀신 들린 텍스트' (ghostly text)다. 그것은 앞서 텍스트 자체가 자신을 선택불가능하게 수행해나간다는 의미에서 이기도 하지만 더욱 복합적으로 그러하다. 일차적으로는 소설의 영이로 대표되는 인물들은 바로 '영이'라고 하는 자신의 그림자에 사로잡혔으며, 둘째로는 서술자 역시 그 자신의 목소리에 영이의 수많은 분신들(double)에 사로잡혔으며, 작가는 자신이 말하고자 하는 것보다 과잉된 에너지에 사로잡혀 있다. 그것이 흔히 김사과에게 있어서의 '분노'가 폭발되는 지점일 테지만, 그 폭발을 예비하는 것은 이미 과잉으로서 형성되는 현실의 기이함이다. 문제는 어떤 작가도 온전한 자신만의 언어로 그러한 언캐니한 현실을 재현할 수 없다는 점이다. 그렇기에 김사과는 작가의 분신이자, 영이의 분신으로서 자신의 언어도 아니고 타인의 언어도 아닌 분열된 번역의 언어로서 말한다. 그것은 정확한 축자적 의미나, 비유적 의미로 둘 중의 하나로 확정지을 수 없는 방식의 우리 내부의 이질적인 언어이다.

김사과의 경우, 이 이질적 언어는 망상이 현실 그 자체와 등가가 됨으로써, 우연적인 상황 속에서 언어 자체가 현실과 구분되지 않는 경계지대로 들어선 경우다. 극도의 분열증은 비比현실화와 비比인간화 속에서 확고한 우리의 정체성 자체를 무화시킨다. 경계가 사라지면서 우리는 얼마든지 타인−대상−사물(그리고 그 너머의 죽음)이 된다. 억압된 것이 되돌아오면서, 우리가 현실에 맞게 왜곡하고 재해석하며 검열했던 무의식을 현실 그 자체로 옮겨 놓는다. "그릇이 깨질 때마다 영이의 마음도 또 한번 깨졌다. 그러자 영이는 깨진 그릇이었다."(p. 26) "엄마가 갑자기 웃기 시작했다. 그리고 말했다. 개새끼가 정말로 개가 됐네!"(p. 32) 현실의 올바른 상징적 매개가 사라지고 감춰지지 않는 실재(the Real)가 돌출되는 순간, 온전히 거리감을 가지고 이 기이한 광경을 다만 지켜보고 있었던 독자는 필연적으로 안전거리를 상실하고 이 망상극장에 참여하게 된다. 누구도 극단적 모호함의 순간 자기 정체성을 주장할 수 있는 자는 없으며, 아이러니하게도 이 현실에 대한 극단적 이해가 과도하게 낯선 만큼 우리에게 한편으로는 익숙한 것이기 때문이다.

다음으로 「움직이면 움직일수록 이상한 일이 벌어지는 오늘은 참으로 신기한 날이다」(이하 「움직이면」)라는 제목부터 기이한 소설은 이러한 분열증적 현실과 분열적 언어가 곧 주체의 문제이기도 함을 보다 명확하게 지시해준다. 구조적−가시적인 폭력에 맨몸으로 노출되어 있는 인간 존재가 그 자신을 속이기 위해 필요한 모더니즘의 주체성, 상징적 현실, 가족 로망스의 환상 등 어떤 종류의 억압이 언캐니를 불러일으킨다는 것은 어느 정도 명확하다. 그것은 정체성을 구성해내면서도, 동시에 그것을 초과해내는 억압의 대상을 배제한다. 추방된 자아의 낯선 감각이 되돌아오는 것은 우회하는 감정적인 경로를 따라서인데, 그것은 언제나 그 자신이 생각하는 자아(ego)를 초과한다. 다음의 언술은 주체의 자기 정체성의 기술이다.

> 지금까지 모든 것을 타인의 의지에 따라 해왔다. 가끔은 나 자신이 모든 빛을 투과시키는 얇은 셀로판지로 생각된다. 나는 타인의 욕망을 대리한다. 그것에 최적화된 내 자아는 점점 더 얇고 투명해져만 간다. 모든 것은 저쪽에서 날아와 나를 통과하여 다시 반대편으로 날아간다. 그러는 동안 아무 것도 왜곡되지 않는다. 커지지도 작아지지도 않는다. 쉽게 말해 난 없는 거나 마찬가지도 난 투명한 인간이다(p. 190).

이 고백은 단순히 왜소한 자아의 자기 인식으로 그치지 않는다. 오히려 이 왜소한 자아가 말하는 역설을 주목해보자. 투명한 인간은 정말로 아무 것도 왜곡되지 않는가? 오히려 이러한 고백 자체에 무언가 왜곡시키는 것이 존재하는 것이 아닌가? 이 투명한 주체는 타인의 욕망을 어떻게도 왜곡시키지 않지만, 오히려 그 자신은 왜곡된 상으로서만 나타난다. 더 정확하게 여기에서 김사과가 가리키는 주체란 그 자신이 평소에는 가리고 있지만, 언제나 주체를 초과하는 왜상歪象적인 얼룩 자체로서 등장한다. "난 셀로판지가 아니다. 아니 난 셀로판지조차 아니다. 난 **뭔가**다. 셀로판지가 되기엔 너무 두껍고 또 인간이 되기엔 너무 얇은 **뭔가**다"(p. 191)라고 말하는 이러한 이중의 부정, A도 아니고 B도 아닌 지점에서 우리는 우리 자신의 경계 지을 수 없는 인간 정체성의 휴지休止를 경험한다. 고딕체로 표현되어 있는 뭔가는 단순히 얼버무리는 것이 아니라 다른 명확한 언어로 대체될 수 없는 종류의 미규정성의 근접한다. 비딱하게 보지 않으면 결코 발견되지 않는 이 얼룩은 모호한 경계 영역에서 언캐니함의 분위기로서만 나타난다. 거꾸로 우리가 생각하는 주체가 이 언캐니함을 적절하게 가리기 위한 외관(semblance)로만 기능하고 있음을 알게 될 때, 그 초과된 에너지는 이제 폭발만을 예비한다.

「움직이면」에서 예비된 분노는 결국 방향도 모르고 국밥집 여자와 아이를, 그리고 부모를 살해하기까지에 이른다. "삶이란 견뎌내는 것이다. (……) 단지 견딜 수 있을 뿐이다."(p. 218) 삶이 억압으로서만 가능해진다면, 그가 일종의 전환 히스테리로서의 살인행위이라는 극단적 수단을 통해 발견하고 싶었던 것은 '공포'다. 삶의 유지이자 자아의 자기-규정 속에서 극도로 회피하고자 하는 실체가 바로 공포라면, 왜소해진 자아로서 그는 자기 공포를 인지할 수도 소유할 수도 없기에 그 행위는 타자의 얼굴 속에서 공포를 (재)발견한다. 이제 공포는 억압보다 본질적인 삶 내부의 속성이기도 하다. 삶에서 배제되었으나 다시 되돌아온 이 '공포'는 언캐니한 분위기, 긴장 속에서만 발견된다. 친숙함의 지표들은 모조리 낯선 것들이 되고, 그 낯설음이 다시 낯익은 것처럼 익숙해진다. 그리고 앞서의 불가능한 자기규정은 거울을 통해 보다 명확해진다. "거울 속의 난 이제 더 이상 인간의 모습이 아니었다. 거울을 물들인 몇 점의 얼룩에 불과했다."(p. 211) 인간이면서 인간이 아닌, 이 얼룩은 얼굴로 재현되지 못한 반-얼굴(anti-prosopon)적인[13] 형상이다. 그리고 그것 앞에서 인간학적

---

13) 프로소포페이아(prosopopeia)라는 다소 생소한 수사(修辭)는 현대의 우리가 직면한 문제적인 상황, 미식별적이고 온전히 재현할 수 없는 타자 앞에서 선 우리에게, 그리고 그럼에도 불구하고 이야기를 하는 자로서의 우리에게 가장 문제적인 수사다. '의인화'(personification)로 번역되기도 하지만 의인화가 의인기표와 의인기의의 관계에 의한 국지적인 방식의 인물 형상화와 관련된 용어라면, 프로소포페이아는 '서사'로 구성된 텍스트, 자서전적인 글쓰기를 구성하는 핵심적 수사다. 프로소포페이아는 '얼굴을 만들다'라는 의미의 그리스어 'prosopon poien'에서 유래한 단어로 단순한 의인화라기보다도 부재하는 자를 되살리는 애도적 언술방식이다. 폴 드 만은 이것을 "얼굴을 부여하고 벗겨버리며, 형상을 부여하고 탈형성화한다"라고 정의함으로써 형상화와 함께 탈형상화하는 이중적 작업임을 강조한다. 불완전하고 미식별적인 존재, 더욱이 언데드(undead)로서 애도불가능한 존재들에게 프로소포페이아는 동시에

장치(dispositif)로서의 우리의 지식, 얕은 경련을 일으키듯 멈춘다. "그러니까 지식이란 사실 아무런 쓸모가 없는 것이다. 정말이지 안다는 건 시시한 일이다."(p. 219) 지식을 넘어서는 언캐니의 가르침이 필요한 이유다.

3. 어떤 가르침

김사과와 이장욱은 모두 불면不眠의 꿈을 공유한다. 왜 잠들 수 없는가? 근본적인 두려움 때문이지만, 역설적으로 공포 그 자체 때문이 아니라 공포를 마주하기 위한 주체의 태도 때문이기도 하다. 그러므로 그들은 자신이 마주해고자 하는 공포를 공유하는 것이라고 말할 수도 있을 것이다. 불면이란 잠들 수 없음으로서만 주체를 잠시 찾아오는 반수면 상태의 꿈과 같다. 자아의 자기규정이 불안정해지고, 의식의 빗장이 헐거워지는 이 순간 때때로 우리는 친숙하고 낯익은 것들이 기이하고도 낯선 것으로 돌변하는 장면들과 마주치게 되는 것이다. 단순히 그러한 장면을 정신의 착란, 뇌기능의 착오 정도로 말하는 것이 심리학과 생물학이라는 근대적 지식에 기반한 이성적 판단의 작용이라면, 문학 텍스트의 작가는 어떤 태도를 취해야 하는가. 그 기준에서 어떤 판단을 보증해주는 방식의 권위자는 작가－서술자 이외에 달리 없다. 그러나 더 나아가 그러한 작가－서술자가 불안과 공포로 뒤범벅된 자기 체험의 명징함을 더 이상 보증해줄 수 없다면 어떠한가?

그런 지점에서 이장욱의 「이반 멘슈코프의 춤추는 방」은 더할 나위 없이 문제적인 텍스트이다. 이 소설이 작가 개인의 체험을 바탕으로 한 자전소설이라는 점에서 특히 그러하다. 이 소설은 정상적인 자전소설로서는

안티－프로소포페이아을 예비한다. 아감벤이 아우슈비츠의 무젤만들에게서 얼굴이 될 수 없음을 발견한 것은 과연 우연인가. 마틴 맥퀄런, 이창남 역, 『폴드만과 탈구성적 텍스트』, 앨피, 2007 / G. 아감벤, 『아우슈비츠의 남은 것들』, 새물결, 2012.

근본적인 결함, 혹은 결함이라고만은 단언할 수 없는 작품 내적인 아이러니를 강하게 드러내고 있기 때문이다. 우리가 읽게 될 텍스트가 자전소설이라고 한들 그것이 사실만을 말할 것이라는 기대만이 가능한 것은 아니지만, 그럼에도 불구하고 우리는 묻지 않을 수 없다. 과연 이야기하는 주체로서의 주체성이 허물어지는 자전소설自傳小說이라는 것이 가능한 것일까? 그렇다면 이 글을 쓰고 있는 '나'란 무엇에 기대어 어떤 선택적 배열로서 글을 쓰는 것이며, 더 나아가 '나'란 과연 누구를 지칭한다는 말인가?

러시아의 상트페테르부르크 바실리 섬, 스레드니 15번가 98번지. 5층 7호. 이러한 명징한 지리학적·행정적 주소를 기반하고 있는 이국의 땅에서의 생활 속에서 서술자 '나', 그리고 아마도 작가 이장욱의 기억이 공포와 대면하는 것은 그곳에 과거 「꿈」이라는 소설을 쓴 이반 니콜라예비치 멘슈코프가 묶었음을 알게 되면서부터다. 문제는 '내'가 알기로 이반 멘슈코프가 이미 살해당해 죽었음에 분명함에도, 이반 멘슈코프의 친구인 안드레이는 그가 유럽으로 여행을 떠난 것이라고 말하는 부분이다. 이후로 불면 상태의 '나'를 찾아오는 이반 멘슈코프의 방에서 펼쳐지는 기이한 경험들은 주인공의 심리를 뒤흔들 듯이, 언캐니는 서술하는 주체가 점유하는 고유함의 지점 자체를 뒤흔들며, 개인 경험으로부터 오히려 거리감을 만들어 낸다. 로일은 말한다. "언캐니는 아마도 가장 확고한 그러나 가장 낮은 주체적 경험이며, 가장 강하거나 가장 약한 자전적 '사건'이다."[14]

이러한 가장 낮은 주체적 경험으로서 돌출하는 언캐니의 지점들은 그것이 불면의 탓인지, 불면을 피하기 위해 먹은 수면제에 의한 "환각이나 이상행동증세"(p. 121) 때문인지, 그것도 아니면 이반 멘슈코프의 유령 때문인지 불분명하게 만든다. "이봐, 세계를 똑바로 볼 수 있는 것은 누구인가. 과학자인가, 시인인가, 혁명가인가, 홀로 기도하는 사람은 어떤가."(p.

---

14) Nicholas Royle, The Uncanny, Manchester University Press, 2003, p. 16.

106)라고 묻는 안드레이의 질문은 이미 세계에 대한 주체의 시선 자체에 대한 깊은 불신으로 얼룩져 있다. 역설적인 문제는 일반적으로 우리가 생각하듯 공포가 주체의 시선을 흐리게 하는 것이 아니라는 점이다. 오히려 스스로 보고 있다고 생각하는 주체야 말로 언제나 왜곡된 상이며, 공포는 주체가 세계가 아닌 자기 자신을 만나게 되는 지점이라는 점이다. 안드레이는 말한다. "이 공포를 대면하지 않으면, 인간은 진정한 자신과 만날 수 없다."(p. 109)고. 이러한 공포의 역설을 언캐니의 한 양상으로 이야기할 수 있다면, 이제 이 소설이 자전소설이라는 장르적 규정의 위상 역시도 흔들릴 수밖에 없다. 오히려 이 소설은 근본적으로 주체가 자기 기술을 하는 일 자체의 언캐니함을 보여준다고도 말할 수 있을 것이다. 나를 말할 수 있는 자, 그는 누군인가, 라는 피할 수 없는 문학의 질문을 되새김질 하는 것.

이것이 '나—이장욱'이 느끼듯 하나의 악몽에 대한 것이라면 그 악몽 자체의 진실은, 안드레이의 질문처럼 우리는 우리가 유령인줄도 모르고 유령을 두려워하는 유령인지도 모른다는 방식의 자기—정체성의 문제이다. 자전 소설은 역으로 이를 해소하기 위한 주체의 자기—지시를 위한 몸부림인 바, 동시에 이 서술이 끊임없이 자기 자신을 향하면서도 동시에 어떤 진실이 아니라 희미한 흔적으로서만 우리 자신을 확인하게 될 때, 다음의 질문을 피할 수가 없다. "말해보라. 나는 지금 어떤 악몽 속에 들어와 있는 것인가? 무엇보다도, 이것은 누구의 악몽인가?"(p. 123) 오히려 작가가 어떤 소설적 유령, 이질적 육체에 사로잡혀 있는 이런 기이한 상황은 소설이 온전히 전달할 수 없는 타자의 목소리를 번역하는 방법이다.

이처럼 문학 자체가 어떤 유령적인 이방인에 사로잡히는 것, 현실과 상상, 인식과 상상의 경계가 흐려지는 지점을 예비할 때, 언캐니는 언제나 출현 가능한 것이지만, 특히 문학이 자기 서술의 양상으로 전개될 때 맞

부딪치는 지점은 서술 자체가 씨름하고 있는 죽음 자체와의 문제이기도 하다. 죽음은 피할 수 없는 것이며, 서술이 아무리 그 자신의 삶 충동을 강조하듯 떠들고 있을 때에도 조용히 그 저변에서 움직이고 있다. 그것은 심지어 텍스트가 죽음 그 자체를 내부에서 발설하고 있을 때에도 그러하다. 이를테면 이장욱의 다른 소설 「곡란」은 죽음 자체를 기술하기 위한 욕망으로부터 출발하는 소설적 목표로의 이행과정이지만, 문제는 가시적인 방법에서는 죽음 그 자체를 잃어버리고 만다는 점에서 아이러니한 소설이다. "죽음만이 삶을 전체적으로 되비추는 거울이다. 죽음을 대면하지 않고는 삶에 대해 한마디도 할 수 없다"(p. 186)는 고희성의 소설적 기획은 앞서 공포에 대한 안드레이의 주장과 겹쳐진다. 문제는 「이반 멘슈코프의 춤추는 방」에서 공포의 지점을 명확하게 읽을 수 없듯이, 고희성과 함께 자살을 위해 모인 자살 동호회 사람이 죽음을 위해 <모란> 여관에 방을 잡고 죽음을 준비하는 와중에 죽음 그 자체는 텍스트 내부에서 읽혀지지 않는 모호함으로 남아있다는 점이다.

그들이 여관으로 향하는 도중에 함께 동행하고 있었던 '데쓰'는 "미안합니다. 난 이건 아니라고 생각합니다. 돌아가겠어요"(p. 197)라고 말하며 뒤도 돌아보지 않고 떠나버린다. 말하자면 고희성을 포함한 동호회 사람들은 죽음 자체를 잃어버린 채로 죽음을 향해 걸어간 셈인데, 이를 대변하듯이 그들이 대면하게 되는 것은 죽음 그 자체가 아니라 언캐니하게 뒤틀린 위상으로 드러나는 삶의 지점, 애초에 죽음과 삶이 이분법적으로 나뉘어지지 않는 모호한 지점이다. "전구가 여기저기 떨어져나간 탓에 모텔 목란의 '목'자가 '곡'자로 보였다."(p. 200) 여관 <모란>이 곡란으로 읽혀지는 지점, 여관의 주인 김상태에게 있어서 여관은 그 자신의 공간임에도 불구하고 그곳은 언제 돌연 그 위상을 바꿀지 모르는 불안정한 공간이다. 이러한 언캐니의 공간이 탄생하는 것은 명징하지 않은 삶이 극단적으로 느슨해지며 악마적인 것이 사로잡히는 순간인데, 소설이 그 자체로도 설명하지 못하는 유령들이 개입해 들어오는 순간이기도 하다.

> 하지만 방 안에 있는 것은 그 셋뿐이 아니었다. 김상태는 어리둥절한 표정을 지었다. 여자 옆에 웬 노인네 하나가 누워 있었다. 노인네는 잠을 자다가 막 깬 듯 불만스러운 표정으로 상반신만 들어올려 김상태 쪽으로 고개를 돌리고 있었다. 퀭한 눈동자에는 뿌옇게 백태가 끼어 있었다. 낡은 양복을 차려입은 게 어디서 많이 본 노인네라고 김상태는 생각했다(p. 202).

일종의 자살 시도를 예감하고 202호에 들어선 여관 주인 김상태가 보게 되는 것은 고희성과 코끼리, 스몰 3명만이 있어야 할 방 안에 들어와 있는 예상치 못한 사람들이었다. 그 순간 "방 안은 정물화처럼 정지해 있었다."(203쪽) 이 언캐니의 침입을 통해서, 죽음 그 자체와 대면하는 소설을 쓰겠다는 고희성의 시도 자체는 항상 그 대상에 대면하지 못하고 구부러曲지는데, 오히려 여관주인 김상태가 그를 대신하여 죽음 자체와는 대면하지 못할지라도 그 대체물, 일종의 보철물과 대면한다. 그것이 바로 일종의 작은 죽음(little death)으로서의 언캐니다. 여기에서 분명한 애매함이 있다. 202호에서 김상태가 마주한 것은 그 몰래 여관에 들어온 사람들인가? 아니면 이 죽음과 마주하는 무모한 시도를 비웃듯이 지켜보고 있는 유령들인가? 이 장면 자체는 그 질문에 대한 답변을 제시해주지 않는다. 어떤 해석적 방식으로 읽어낼지라도 이 언캐한 공간은 온전한 주체성을 동요하게 만든다. 여관 주인 김상태의 "나는 해병대 출신이란 말이다. 해병대 출신. 그런데 이 모든 건 대체 뭐란 말인가?"(p. 205)라는 질문으로, 어떤 명확한 정체성도 한줌의 확실성을 안겨주지 못하는 애매함으로 미끄러진다.

죽음과 마주하고자 했던 고희성의 소설적 기획은 죽음과 대면하지 못

함으로써만, 그러나 역설적으로 그 흔적에 사로잡힘으로써만 그 자신도 알 수 없게 달성되는 셈인데, 언캐니는 삶 그 자체란 불확실하며 언제나 죽음에 쓰여있는 유령 같은 순간이 도래할 수 있음을 보여준다. 오히려 "살아야지! 살아야지! 이 씨발놈아!"라는 고희성의 메아리는 삶은 소란스러운 것이지만, 그들과 동행하지 않은 '데쓰'처럼 조용한 죽음만이 그를 참을 수 없는 침묵의 충동으로 이끌어감을 알려주는 것 같다. 더욱이 작품의 결말에 여관에서 공부를 하러 왔다는 여학생 두 사람의 모습은 더욱 기이하지만, 그 '공부'라는 단어는 어떤 울림을 만들어 낸다. 어쩌면 그것은 죽음 없는 삶은 영원히 획득하지 못할, 지적 불확실성의 지식이다. 아마도 진정한 가르침(teaching)이란 이성의 논리나 지식이 아니라, 이러한 지적 불확실성, 대상화할 수 없는 죽음의 기억이나 귀신 들림, 그리고 그 귀신 들림으로 되돌아오는 애도의 논리 없는 불가능하다는 것을 보여주는 것이다. 굳이 그녀들이 귀신 들린 '곡'란 여관의 202호에서 공부를 해야하는 이유란 그런 것이다. 삶에 개입해온 '곡哭'소리와 같은 가르침, 그것은 우리가 언캐니라 부르지 않을 수 없는 어떤 것이다.

4. 어떤 휴지(休止)

황정은의 소설들을 언캐니 텍스트로 읽기 위해서는 다소 과감하게 언캐니를 낯선 것들과 연결되는 감각으로 초점화할 필요가 있다(물론 그것은 항상 이중으로 초점화된다는 점에서 이를 단언해서는 안 된다). 그럼에도 불구하고 이것은 단순히 황정은의 소설을 타자에 대한 윤리, 연인들의 정치성만으로 읽거나 환원해서는 안 되며, 그 이야기들에 가능한 것이 적극적인 초대나 환대가 아니라 일종의 '귀신 들림'의 상태임에 주목하는 것이기도 하다. 낯선 것들에게서 느껴지는 친숙함에, 이상하고도 익명적인 힘을 지닌 낯선 자들의 목소리가 저절로 들려오거나 간신히 귀를 기울이는 것이야말로 언캐니에 대해 요구되는 우리의 태도라는 것을 분명해 해야만 할 것이다. 그러한 의미에서 황정은의 태도는 능동적이지도 수동적이지도 않다. 이를테면 이미 죽어 있거나, 이미 낙하하고 있었던, 수동적인 것의 최저 지점에서 탄생하는 능동성에 가깝다. 그렇기에 황정은의 소설들에서 기묘하게도 죽음은 삶 한복판에 있으며, 나는 '이미 죽은 나'이기도 하다. 결국 '나'는 내가 보거나 나에게 속하는 것을 넘어서는 방식으로 존재한다.

「대니 드비토」에서 삶이란 극단적으로 그렇게 오는 것이 아닌가. 죽음으로부터 되돌아오는 누군가의 목소리 속에서 삶은 한없이 유예되는 방식으로 '있다.' 물론 그것을 삶이라, 존재라 명명할 수 있을지 의구심을 가져보아야 한다. "박편薄片처럼"(p. 37) 부들거리거나, 잠시나마 유도씨에게 "점착상태"(p. 43)를 유지할 뿐인 이 존재는 산 자와 소통하지도 접촉하지도 못한다. 그럼에도 불구하고 이 소설은 그러한 순간적인 '점착' 상태처럼, 계속되는 '호명', 혹은 '말걸기' 없이는 성립하지 않는다. 물론 그것을 상호적인 대화라 부를 수 없을 것이다. 그럼에도 불구하고 이미 죽어버린 유라에게 가능한 것 중의 하나는 복자를, 그리고 유도씨를 계속해서 부르는 것이다. 그리고 유도씨 역시 누군가를 부른다. 그것이 유라든지, 미라든지, 심지어 에라든지……. 그 부름이 유라에 대한 응답도, 대화도 아닐지언정, 그저 혼잣말 또한 아니다. 그것은 어떤 대화나 혼잣말 사이, 접촉과 미끄러짐 사이의 불분명한 휴지 상태처럼 보인다.

어떻게든 타인에게 붙었다가 떨어짐으로써만, 그리고 하나의 이름으로 불림으로써만 간신히 스스로를 자각하는 이러한 휴지의 상태를 주체라 부를 수 있을지 모르겠다. "나는 그저 말틀로, 아무것도 바랄 것도, 기댈 것도 없는, 두 음절의 말로서, 유도 씨의 입버릇이 되었다."(40면) 그러나 대개의 순간, 우리가 서로에게 그렇게 불분명하게 점착하거나, 발음됨으로써만 타인에게 가까스로 '충돌'할 수 있음을 깊이 의식하고 있는 이상, 우리는 작가 스스로가 공감이나 소통이라는 단어가 아니라 '점착'이나 '충돌'이라 쓸 수밖에 없는 이유를 따져보아야 할 것이다. 황정은의 소설에 등장하는 이름들, 고유명, 특정 단어들을 통해 환기되는, '철저하게 혼자인', 그러나 '어디론가 이어지는' 이중의 감각들, 우리 자신의 존재조건으로서의 어떤 존재 상태의 중지, 중단은 중요하다. 이러한 종류의 언캐니—자아를 통해 우리는 인간도 온전히 공백도 아닌 주름처럼 남아있는 미식별적인 존재에 대해 다시 숙고하게 된다.

　이러한 작품의 태도는 단순히 눈앞에 있는 대상, 혹은 타인과의 직접적인 '소통'에 정향해 있지 않다. 오히려 "왔는지도 모르게 가버린"(「파씨의 입문」, 226면) 어떤 것을 향해 있다. 그러니 황정은의 이야기를 불분명하게나마 지시하기 위해서는 모종의 수동성, 혹은 더 민감한 수용성受容性의 차원에서 이야기하지 않으면 안된다. 이를테면 적어도 황정은은, 눈은 개폐開閉가 가능하지만 귀 스스로는 그러한 용이함이 불가능하다는 것을 민감하게 의식하는 작가다. 의지를 넘어서 항상 열려 있을 수밖에 없는 귀耳의 수용성.「대니드비토」을 비롯하여 황정은의 대다수의 이야기들의 출발점, 혹은 '부재하는 원인'은 인물을 사로잡는 외부의 목소리에서부터 비롯된다. 작가 스스로가 상정하고 있는 우리 삶 주변의 그림자, '미혹'과 '매혹'의 불분명한 경계에 걸쳐 있는 그러한 목소리들의 웅성거림 말이다. 그러니 확실한 자기의 인식도 아니고 타자의 보증도 없는 황정은 소설 속 '나'의 이야기를 일종의 언캐니한 자서전으로 보는 것은 어떨까? 더욱 정확하게 말해서 그것은 입으로 말하는 자서전이 아니라, '귀로 듣는 자서전'이다.

　이에 대한 힌트는 작가 자신의 작가론을 피력한 것으로도 볼 수 있을「낙하하다」의 영원한 독백으로 암시된다. "검은 공간을 하염없이 떨어져내릴 뿐"(p. 61)인 무시간적이고 무중력의 어떤 지점에서 자기 목소리만 들을 수 있는 화자의 영원한 자기—서술이란 곧 피할 수 없는 타자—죽음의 기록이기도 하다. "이것뿐이다./스스로의 목소리뿐이다./어디에도 부딪히지 못하고 메아리로 돌아오지도 않는 독백뿐이다."(p. 77) 온전히 누군가에게 가닿을 수도 타인의 세계에 도달할 수도 없음을, 그러니 영원한 독백으로서의 자기—서술만이 가능함을 알면서도 타인의 목소리에 사로잡혀 있다. 황정은을 읽어나가면서 주목해야 하는 것이 명시화된 문장들 사이에 깊숙하게 개입되어 있지만, 동시에 간신히 들려오는 분절된 소리들이다. 데리다가 '귀에 관한 과학'인 'otologie'와 자서전을 결합하여 만들어낸 'otobiographie'의 개념처럼(이것은 유령학hauntology으로서의 존재론ontology이다. 말하는 자는 언제나 귀신 들린 채로 말하고 있다는 언캐니 미학의 존재론), 자서전은 듣지 못하는 곳, 보지 못하는 곳에서만 역설적으로 가능해지며, 그 공백, 틈에서만 모종의 목소리가 유령처럼 존재를 사로잡는 순간을 상기하게 된다. 한결같이 그렇게 웅성거리는 목소리, 잊혀진 사람들, 쓸모없는 사물들이 정태적 활성화로서만, 야행夜行하고 점착粘着하며 낙하한다.

> 떨어지고 떨어지고 떨지지만 확실히 떨어진다고 말할 수도 없다. 떨어지는 중에 아래위가 뒤집혀 본래는 위쪽인 것을 아래쪽이라고 생각하게 된 것인지도 모른다. 올라가고 있는지도 모른다. 상승하고 있는지도 모른다. 상승 상승 이거 봐 거듭 말하자 속도가 빨라진 듯한 느낌이 든다. 낙하 낙하 낙하보다는 빠른 속도로 떠오른다. 점점 더 빠르게 떠오른다.
>
> ― 「낙하하다」, p. 78

우리는 어떤 낙하의 최저지점을 상상할 수 있을까? 이것이 세계의 끝이다, 삶의 밑바닥이다, 절망의 무저갱이다라고 단언할 수 있는 영도零度의 지점이란 존재하는가? 여기에서 저 아래의 낙차를 단언하는 자들은 언제나 착지를, 추락 이후의 반등을 전제한다. 그러니 여기가 밑바닥이라고 믿는 자들에게 영원한 낙하만큼 끔찍한 현실 인식은 없을 것이다. 그러나 심지어 그 낙하 중의 과정에도, 떨어지기 이전도 떨어진 이후도 아닌 그 사이에 누군가가 '있다'고 말하는 작가가 황정은 아닌가. 귀의 수동성, 수용성에서 역설적으로 발생하는 '귀의 자서전'이라는 전혀 새로운 형식의 수동−능동성처럼, 삶의 최저지점조차 모르는 낙하의 과정 중에서만 불가능한 상승의 진폭을 상상한다. 그것은 진정한 상승이 결코 아니며, 그러므로 순진한 낙관이나 희망이 될 수도 없는 어떤 것이다. 그러나 순전한 절망과 순진한 희망 사이에, 어떤 선택조차 할 수 없는 선택불가능 속에서도 별안간 낯선 것이 낯익어지고 낯익은 것이 낯설어지는 언캐니한 감각의 순간이 있다. 그리고 거기에 추락하며 상승하는, 인간이면서 인간이 아닌 누군가가 여전히 '있다.'

낯선 것이 낯익어지고 낯익은 것이 낯설어지는 존재−유령의 순간은 현실이나 일상 속에서 잊히거나 간신히 존재하고 있는 자들을 새롭게 (재)발견하는 순간이기도 하다. 「양산 펴기」에서 그려지는 집회와 바자회의 화합할 수 없는 목소리들의 뒤섞임("로베르따 디 까메르노 웬 말이냐 자외선 차단 노점상 됩니다 안되는 생존 양산 쓰시면 물러나라", 144면)이 기묘하게 함께하는 이중의 현실을 환기하듯 말이다. 그러나 이중의 현실보다 중요한 것은 그 이중현실이 온전히 구별될 수 없으며, 그 사이에서 대책 없이 번뜩이며 명멸하는 (비)인간−존재이기도 하다. 앞서서 이러한 휴지의 존재를 '주체'라 부를 수 있는지를 물었었다. 단적으로 <배트맨 리턴즈>의 펭귄맨으로서의 대니 드비토의 삶을 떠올려야만 한다. 영화 속에서 그는 "나의 인간성이라는 걸 인정받고 싶다"고 말하는 인간에 의해 버려지고 억압된 인간 자신의 그림자이면서, "나는 오스왈드 코플팟이 아니야! 잔혹한 냉혈동물 펭귄맨이야!"라고 자기 인간성을 부정할 수밖에 없는 인간성의 중단이기도 하다. 억압의 회귀이면서, 인간과 비인간의 휴지로서의 대니 드비토, 그 언캐니한 형상은 언제나 우리 삶의 한복판에 출현하는 친숙한 존재는 아니었는지를 되물어야만 한다. 온전한 펭귄맨도 아니고 대니 드비토도 아닌 무엇인가가 '있다'는 것. 자기 이름을 모르고, 인간성을 원하면서 부정하는 이중성 속에서도 여전히 그가 존재한다는 것. 그러니 진정으로 이 이야기를 말할 수 있는 이는 누구인가? 황정은이면서 황정은은 아닌 것 사이에서 귀로서 들으며—말하는 언캐니한 이야기 주체가 좀 전과 같은 속도로 떨어지고 있다.

떨어지고 있다.

상승하고 있다.

5. 새로움 앞에서 멈춰서는, 어떤 비평.

이 글은 어떤 명명에 실패한 어떤 새로움을 이야기하기 위한 것일까? 아니면 아주 고루하고 실패했거나, 이미 죽은 어떤 문학을 이야기하기 위한 것일까? 어느 한쪽을 이야기하고자 해도 초점은 언제나 이중화된다. 굳이 말하자면 이 글은 명명하는 행위 속에 내장된 실패를, 후퇴를, 그리고 근본적인 죽음충동을 다시 이야기하기 위한 것이다. 언캐니라고 하는 실패한 명명을, 번역을 굳이 다시 사용하는 무모함 속에서 애써 이와 같은 불필요한 행위가 문학을 되묻는 문학 그 자체이지는 않은가를 생각한다.

언캐니는 타자에 대한 직접적인 호명이나 초대와 같은 행위를 야기하는 것과는 다르다. 그것은 어떤 징후 앞에 알몸으로 버티고 서있는 비평적 입장, 혹은 그 이전의 태도의 문제일 것이다. "과거는 문학 텍스트 속에 빛에 의해 감광건판 위에 새겨지는 상에 비유될 수 있는 자체의 이미지를 남겨놓는다. 미래만이 그러한 음화를 완벽하게 드러내는 효력을 가진 현상액을 갖고 있다."15) 그러나 그 현상액을 가진 자는 누구인가? 여전히 미래가 보내는 징후는 낭만적이거나 낙관적이기보다는 언캐니하다. 그것은 부지불식간에 이미 현재의 우리가 잊어버렸거나 잃어버린 이미지들의 음화陰畵이며 음화陰畵이기 때문이다. 그러므로 새로움에 대한 비평적 열정이 우리를 사로잡을 때 오히려 요구되는 것은 '앞으로 될 것'을 섣불리 상징화하거나 기존의 비평적 영역으로 갈무리하려 노력하기보다는, 여전히 알몸으로 서서 갑작스레 나타날 '앞으로 닥칠 것', 도래할 급진적 타자성이 야기할 위험을 스스로 떠안는 것이 아닌가. 그것은 역설적으로 가장 급진적으로 이 문제적 징후에 개입하는 것은 아닌가. 미래라는 징후 앞에 멈추어 생각할 방법을 (재)발명해야만 하는 것이다.

여전히 언캐니의 초점은 이중화되며, 어떤 비평적 태도를 강조할지라도 미래가 보내는 징후에 대한 태도는 여전히 이중화될 것이다. 오히려 앞서 텍스트의 징후 앞에서 언캐니라는 용어를 사용한 것은 명명불가능한 것에 또다시 섣부르게 다가선 또 다른 명명법은 아닐까? 그러나 언캐니 자체가 프로이트가 「두려운 낯설음」에서 명명한 것 이상의 것임을 기억해야만 한다. 그것이 사실은 명명이 아니라 불완전한 (재)발견이었음을. 명명작업 자체에서 초과하거나 결여된 이 용어와 그 효과야말로 작금의 비평적 입장들에 낯설면서 친숙한 그 무엇인지는 않은가? 운하임리히와 언캐니 사이, 그리고 다시 '두려운 낯설음' 사이의 번역불가능성은 바로 그 알레고리가 된다. 언캐니라는 이국적 용어의 불가피함을 안고서, 언캐니한 것들을 언캐니라는 이름으로 명명하는 것은 항상 그 명명 작업 자체의 무력함에 대한 고백이며, 그럼에도 더 나아가지 않은 비평적 입장에 대한 자기방어다. 그럼에도 그 사이의 선택불가능성이 이 비평적 텍스트를 재잘거리는 삶충동 이면에 조용히 내장된 죽음충동이라고도 할 수 있을 것이다.

---

15) W. 벤야민, 조형준 옮김, 『아케이드 프로젝트 2』, 새물결, 2006, p. 1094.

이 글은 김사과, 이장욱, 황정은의 텍스트에, 혹은 텍스트 너머의 힘 (force)에 사로잡혀 있으면서, 그것을 초과하거나 결여되는 긴장, 가르침, 휴지 등에 대하여 주목하고자 했다. 근본적으로 어떤 긴장이, 어떤 가르침이, 어떤 휴지나 중단이 언제나 비평을 불안케 함을 불안하게 쓸 수밖에 없었기 때문이다. 그러나 언캐니라는 언어적 은유는 다시금 그곳에서 후퇴할 것이며, 동시에 후퇴해야만 한다. 나는 이론적 비평이 텍스트적 실재를 초과하거나 상징화할 수 있을지라도, 그 중핵에는 언제나 미치지 못하는 운명에 대해서 말하는 것이기도 하다. 우리는 언캐니 앞에서 전율하며 입을 다무는 것으로 그쳐야만 하는가? 비평은 더 나아가야 하는가, 그대로 중단해야 하는가? 이러한 질문 앞에서 그럼에도 비평은 손쉽게 항변하기보다는 언어의 실패를 넘어서 사유가 육화하는 길을 예비해야 한다. 그러니 지금 말할 수 있는 자는 누군인가? 그리고 그에게 요구되는 말하기의 새로운 형식이란 무엇인가? 아무런 응답이나 대답을 준비하지 않았기에 불안하다. 그러나 더욱 큰 불안이 요구되는 것은 아닐까. 아직 진정으로 그 불안을 앓아보지는 않았을지도 모르기에. 여전히 우리는 결정 불가능성 앞에서 다시 결단을 내리는 순간을 불안하게 예비할 것이다. 지금, 여기에는 여전히 언캐니라는 용어를, 더 나아가 문학이라는 공유지 (the commons)를 초과하는 어떤 비평적 입장을 재발견, 재발명하는 과제가 남아있다, 고 나는 불안하게 쓴다. 지금 창밖은 밤도 아니고 새벽도 아닌, 기이한 경계다.

사라진 시계: '현대' 혹은 '동시대' 문학의 의미에 대하여

허 윤 진

> 호레이쇼, 천지간에는 자네의 학문으로는
> 상상도 못 할 일들이 있다네.
>
> — 셰익스피어, 『햄릿』1)

죽은 사람들의 책을 주로 읽으며 나는 성장했다. 나는 늘 게으른 학생이었고 수업은 한 학기에 21학점씩 들었다. 같은 학교를 졸업하는 데 만 15년이 걸렸고 휴학은 잘 하지 않았다. 석사 논문을 쓸 때는 스페인어를

---

1) 윌리엄 셰익스피어, 스탠리 웰스 · T. J. B 스펜서 편, 노승희 역, 『햄릿』, 펭귄클래식코리아, 2014, 65쪽. 아덴Arden 판 『햄릿』의 주석에서는 "your philosophy"에서 'you'가 호레이쇼를 가리키는 것이 아니라 일반성을 나타낸다고 본다(William Shakespeare, Harold Jenkins(ed.), *Hamlet*, London: Methuen, 1982, p. 226). 한국어 번역판에서는 인간의 보편 문제가 호레이쇼라는 구체적 개인의 차원으로 번역되었다. 호레이쇼가 『햄릿』에서 가장 지적인 인물이라는 것을 감안하면, 삶의 초월적인 국면들은 호레이쇼 같은 '학자'에게조차 닿을 수 없는 지평으로 향한다는 의미가 한국어 번역을 통해 산출된다. 학문은 '우리 인간들'의 학문인가? 아니면 '당신 개인'의 학문인가? 번역을 통해서 우리는 질문을 던지게 된다.

배웠고 박사 논문을 쓸 때는 독일어를 배웠다. 이 사실을 선생님들에게는 말하지 않았다.

나는 졸업을 하고도 교문 밖을 여전히 서성이며 문학에 관한 대자보가 붙기를, 문학이 무엇인지 학교가 내게 알려주기를 바랐지만, 종이는 미풍에도 흔들리지 않았다. 나는 학교의 화석처럼, 학교의 유령처럼, 어느 학교에나 있다는 논문 쓰다 미친 사람처럼 배회하며, 문학을 찾아다녔다.

나는 유령들을 보았고 유령들의 말을 들었다. T. S.엘리엇 식으로 생각해 보자면 우리는 모두 "죽은 시인들"과의 관계 속에서 작품을 읽고 작품을 쓴다.[2] 나는 산 지 10년이 되어가지만 여전히 깨끗한 스페인어 책들을 몇 권 꺼내서 읽어보았다. 그 책들의 저자인 호르헤 루이스 보르헤스는 세계 현대 문학의 거장으로 불린다. 나는 방금 전의 문장에 '세계 현대 문학의 아버지'라는 구절을 적었다가 지웠다. 현대 문학에서 과연 누군가를 '아버지'로 부르는 것이 가능한가? 그리스 · 라틴 고전을 외우듯 현대 영미 시인들의 작품들도 암송으로 기억한다던 미국의 영문학자이자 비평가인 해럴드 블룸은 보르헤스를 정전으로서의 셰익스피어가 될 수 없는 이류 작가로 보았다.[3] 셰익스피어 이후에는 그 누구도 셰익스피어보다 혁명적일 수 없는 것이다.

세계문학의 주요 저자들을 다루는 첼시하우스 판版 비평총서의 편집자인 해럴드 블룸에게 보르헤스는 아류이고 이류였지만 나는 보르헤스를 읽기 위해 스페인어를 배웠다. 스페인어를 유럽 스페인어, 그러니까 식민 주체로서의 스페인에서 표준어의 기준이 되는 카스티야어castellano로 배운 외국인들은 남미 스페인어를 상대적으로 '열등한' 것으로 취급할 수 있다. 나는 남미 스페인어를 가르치는 선생님들의 발음 대신 녹음된 파일의 유럽 스페인어 발음만을 따라했다. 피식민지의 스페인어보다는 식민주의

---

2) T. S. Eliot, *The Sacred Wood: Essays on Poetry and Criticism*, London: Methuen, 1920, p. 45.
3) 해럴드 블룸, 양석원 역, 『영향에 대한 불안』, 문학과지성사, 2012, 29쪽.

자들의 스페인어가 더 우월하게 느껴졌기 때문이다.

유럽 스페인어와 남미 스페인어의 가장 큰 차이 중의 하나는 yeísmo라고 부르는 현상의 유무이다. 이 현상은 철자법 상으로 'll'로 표시되는 경구개 설측 접근음 /ʎ/ 이 'y'로 표시되는 유성 경구개 마찰음 /ʝ/으로 실현되는 것을 일컫는다. 스페인에서도, 남미에서도 지역에 따라 이 현상에는 다양한 편차가 있기는 하지만 유럽 스페인어, 특히 스페인 북부의 스페인어에서는 구별되는 두 음운이 스페인 남부의 안달루시아어를 원형으로 한 남미 스페인어에서는 /ʝ/으로 중화된다고 보는 것이 일반적이다. 나아가 /ʝ/ 음가는 멕시코를 비롯한 대부분의 남미 스페인어권에서는 유성 치조후 파찰음 /ʤ/으로, 보르헤스의 모국인 아르헨티나에서는 무성 후치경 마찰음 /ʃ/으로까지 변화한다고 한다.[4]

보르헤스는 생전에 생계를 위해 많은 문학 강연을 했던 것으로 알려져 있다. 그는 시청각 매체가 발달한 현대의 작가답게, 인터뷰와 강연을 기록한 비디오 파일과 오디오 파일을 우리에게 남겨주었다. 『칠일 밤Siete noches』(1980)은 보르헤스가 부에노스아이레스의 콜리세오 극장에서 1977년 6월과 9월 사이에 했던 강연을 수정, 편집한 책이다.[5] 이 책을 읽을 때 나는 'll' 와 'y'를 모두 /ʃ/로 발음하는 보르헤스를 상상했다. 그러나 그는 강연에서 시종일관 이 두 가지 철자를 콜롬비아와 멕시코 등지의 스페인어에서와 마찬가지로 /ʤ/로 발음했다.[6] 비-모국어 화자로서 내가 배운 '아르헨티나식 스페인어'에 대한 현재적 관념으로부터, 보르헤스는 멀어지고 있었다.

나는 현대적 거장의 숨은 면모를 발견하기 위해 이 『칠일 밤』을 읽었

---

4) 최재철, 「반도 스페인어와 중남미 스페인어 비교를 통해 본 스페인어 교육: seseo, yeísmo를 중심으로」, 『어학』, 전북대 어학연구소, Vol, 18, 1991, 69~72쪽 참조.
5) 호르헤 루이스 보르헤스, 송병선 역, 『칠일 밤』, 현대문학, 2004, 261쪽.
6) 『칠일 밤』으로 편집된 강연 녹취본은 www.archive.org에서 다운로드 할 수 있다.

다. 보르헤스가 찬탄해마지 않았던 『천일야화』의 뉘앙스가 느껴지는 제목의 책이다. 당황스럽게도 보르헤스는 이 강연집의 맨 마지막에 수록된 「실명La ceguera」에서 자신이 아버지로부터 물려받은 실명의 병력을 담담하게 술회하고 있었다. 자신의 약점 따위를 고백하는 병자 안에, 문학적 보나파르트로서 야심을 드러내는 대작가는 없었다.

보르헤스는 "장님들이 보는 어둠을 바라보면서Looking on darkness which the blind do see"라는 셰익스피어의 소네트 시구가 사실은 틀린 것이라고 말한다.[7] 그는 밤에 완전히 잠들 수 없게 된 것, 그러니까 절대적인 암흑을 느낄 수 없게 된 것이 괴로웠다고 했다. 시력을 상실한 그에게 검은색은 어떤 흐릿한 녹색이나 파란색으로, 붉은색은 밤색으로 감각되었다. 보르헤스가 쓴 비유를 빌리자면, 눈이 먼 사람은 『적과 흑』을 잃어버린 사람, 『적과 흑』을 읽을 수 없는 사람이다. 눈이 멀어가기 전에 검은색은 검은색이었고 붉은색은 붉은색이었다. 그러나 암흑 속에서 검은색은 검은색이 아니었던 색들로, 붉은색은 붉은색이 아니었던 색들로 변해갔다.

시력을 잃어가는 작가로서 보르헤스가 '읽을 수 없게 된' 책은 비단 『적과 흑』만이 아니었다. 그는 자신이 읽은 적 있는 책이 아닌 '새로운' 책을 자신의 눈으로는 더 이상 볼 수 없게 되었다. 그에게 있어서 눈으로 읽는 책은 색조가 불분명한 과거의 기억 같은 것이 되었다. 어린 시절부터 수많은 책을 읽어왔고 도서관장, 교수까지 역임한 바 있는 뛰어난 작가는 마치 아기처럼, 타인들이 들려주는 말 외에는 새로운 말을 배울 수 없게 된 것이다. 그는 점차 희미해져 가는 글자들의 실루엣을 잊지 않기 위해 노력하면서, 완벽하고 무한한 기억의 도서관을 사유 속에 건축하려 했다.

보르헤스는 보이는 세계를 잃었다. 그가 빛깔이 다른 어둠 속에서 발견한 새로운 영토는 바로 앵글로색슨의 영토였다. 원래는 켈트 족의 땅이었

---

7) Jorge Luis Borges, *Siete noches*, Madrid: Alianza Editorial, 2002, p. 140.

던 앵글족들의 땅, 영국England 말이다.[8] 보르헤스는 완전히 실명되기 전에 대학의 영문학과 교수였다. 그는 「실명La ceguera」에서 질문을 던진다. 어떻게 거의 무한한 문학을, 한 사람의 삶 혹은 여러 세대들의 삶을 훌쩍 뛰어넘는 문학을, 어떻게 겨우 네 달 정도에 불과한 한 학기에 가르칠 수 있겠는가? 하고 말이다.[9] 그는 시험을 통과한 후 자신을 찾아와 질문을 하는 학생들에게 시험이 끝났으니 이제 자신들이 잘 모르는 문학을 연구하자고 했고, 그 문학은 바로 앵글로색슨 문학이었다. 그는 작은 글자들에 돋보기를 들이대고 자신으로부터 시간적으로나 공간적으로나 먼 언어를 외웠다. 그는 강연의 마지막 부분에서 실명은 자신에게 선물이었고, 실명을 통해서 자신의 진정한 언어와 잃어버린 삶을 회복했다고 말한다.

한 영문학과 교수에게 '영국적인 것'은 현재가 아니라 과거에서 발견되었다. 보르헤스는 할머니가 영국계였고, 할머니의 영향으로 영어를 스페인어보다 먼저 배웠다. 10살에는 오스카 와일드의 단편을 스페인어로 번역하기도 했다. 그는 『야화Historia de la noche(夜話)』(1977)에 수록된 「나인 것The Thing I Am」이라는 시에서 영어 제목과 스페인어 본문을 충돌시키면서 주체성을 지운다. 이 시는 다음과 같은 구절로 시작된다.

> 나는 이름을 잊어버렸다. 나는 보르헤스가 아니다
> He olvidado mi nombre. No soy Borges[10]
> ((I) Have forgotten my name. (I) am not Borges)

여기에는 yeísmo 현상이 나타나는 일인칭 주어 'yo'가 빠져 있다. 이 구절을 영어로 직역해 보면 스페인어 구문 상의 특징이 더 잘 드러난다. 스

---

8) Ibid., pp. 146~147.
9) Ibid., pp. 145~146.
10) Jorge Luis Borges, *Obra poética, 3(1975~1985)*, Madrid: Alianza Editorial, 2002, p. 161.

페인어는 근대 민족어로 분화된 라틴어의 방언들인 로망스어족의 여러 언어들과 마찬가지로 주어를 특별히 강조하려는 경우 외에는 주어를 생략하는 편이 일반적인 언어이다. 여기에서 1인칭 주어 'yo'는 'he'나 'soy' 같은 동사의 직설법 현재 1인칭 단수 활용형에 기입되어 있고, 문장 표층에 명시되어 있지는 않다.

이 시에서 시적 화자는 자신이 타인의 기억이며 그림자이고 과거에 있었던 사람들이라고 이어서 말한다. 일인칭 주어가 생략되는 편이 자연스러운 언어로 서정시를 쓴다는 것은 어떤 의미인가? '잠재된 일인칭'으로서의 시적 화자는 주체성의 소멸에 대해 이 시의 종반부에서 다음과 같은 선언을 한다.

> 나는 '나인 것'이다. 셰익스피어가 그렇게 말했다.
> Soy la cosa que soy. Lo dijo Shakespeare.[11]
> ((I) Am the thing that (I) am. Shakespeare said it.)

이 시에서 주체성을 해석하는 근거는 타인―셰익스피어에게서 온다. 시의 제목은 우리를 시의 바깥으로부터 이제껏 없었던 새로운 언어적 세계로 안내한다는 점에서 '단테의 베르길리우스'와도 같다. 정체성에 관한 선언이자 인용인 「The Thing I Am」에서 베르길리우스와 연옥은 서로 다른 언어로 말하고 있다. 보르헤스에게 있어서 자신은 보르헤스가 아닌 셰익스피어의 이름 아래 발견되는 어떤 요소들이었던 것이다.

현대 문학은 고전 문학의 권위와 보편성을 인정하지 않으면서도 고전 문학을 인용하는 방식으로 자신의 존재 근거를 마련해 왔다. 현재의 대학에서 현대 문학이 차지하는 위상은 사실 자신의 시대가 '자기'가 살고 있는 시대이기 때문에 가장 중요하게 느껴지는, 일종의 자기애에서 비롯된

---

11) Ibid, p. 162.

것은 아닌가? '현대' 자체가 갓 태어난 시간으로서 과거와 투쟁할 수밖에 없다는 불가피한 정치적 상황과, 현대문학 이론/비평의 정치학적 경향은 서로 긴밀한 연관을 맺고 있다고 본다.[12] 크로노스와 자식들의 싸움은 계속되고 있는 것이다.

보르헤스는 괴테의 시구를 인용하며 실명에 관한 강연을 마무리 한다. 그는 자신이 독일어를 잘 못하지만 비교적 정확하게 외울 수 있는 문장이라고 말하며 "Alles nahe werde fern(가까운 모든 것은 멀어질 것이다)."[13]는 문장을 말한다. 괴테가 말년에 쓴 <중국-독일의 계절과 시간Chinesisch-Deutsche Jahres- und Tageszeiten> 중 여덟 번째 편 두 번째 행인 "Schon ist alle Nähe fern(모든 근경近境은 이미 멀어졌다).[14]"는 문장은 이렇게 다르게 인용되었다. 직설법 현재의 문장이지만 '이미'라는 뜻을 가진 부사("Schon")로 말미암아 이미 일어난 사실로서의 과거가 되는 문장은, 미래의 의미와 기능을 가지는 동사("werden")의 접속법 현재 사용으로 말미암아 불확실한 가정으로서의 미래가 되었다. 그리고 형용사와 명사가 결합된 원래의 명사구(alle Nähe; all closeness)는 부정대명사와 형용사가 결합된 명사구(Alles nahe; everything near)로 교묘하게 바뀌었다.

보르헤스는 셰익스피어와 괴테를 '다르게' 인용하고자 했다. 그는 현대문학의 최전선, 그러니까 현대문학의 북방한계선에 있었다. 문학의 과거를 뛰어넘을 수 없는 현대인들이 거둘 수 있는 최대의 문학적 성취란 결

---

12) 해럴드 블룸은 현대의 문학비평과 결합한 여성주의, 마르크스주의, 라캉 정신분석학, 신역사주의, 해체주의, 기호학과 같은 "원한학파school of Resentment"가 문학연구를 정치화하여 문학연구를 파괴했고 나아가 학문까지도 파괴할 것이라고 보았다. (해럴드 블룸, 앞의 책, 17쪽) 나는 해럴드 블룸의 영지주의적인 경향에는 그다지 동의하지 않지만, 현대문학 연구에서 나타나는 정치적 태도들과 '권력에의 의지'에 대한 그의 비판에는 동의한다.

13) Jorge Luis Borges, *Siete Noches*, Madrid: Alianza Editorial, 2002, p. 158.

14) Johann Wolfgang von Goethe, *Gedichte 1800~1832*, Hrsg. von Karl Eibl, Frankfurt am Main: Deutscher Klassiker, 1988, S. 697.

국 고전을 다르게 인용하는 길밖에 남지 않았는지도 모른다. 이런 현대문학의 후진성後進性, 그리고 상징적인 죽음의 상태가 혹시 현대의 축복일 수는 없을까? 보르헤스가 만났던 새로운 암흑, 새로운 실명이 우리에게 이미 와 있는 것은 아닐까? 보르헤스의 괴테 인용이 의도적인 오독이든 아니든, 중요한 것은 그의 인용을 통해 우리는 우리 자신으로부터 멀리 있는 과거의 텍스트를 다시 읽게 된다는 점이다.

인용된 시구는 괴테가 동양 고전들을 재해석하고자 했던 시편들에 속해 있다. 괴테와 에커만이 세계문학에 대해서 논했던 1827년 1월 31일 수요일의 기록은 괴테가 최근에 중국소설을 읽고 있다는 이야기에서 시작된다.[15] 최근 서구에서 재점화 된 세계문학 논의는 제국주의적인 함의를 지닐 수도 있었던 '비교문학comparative literature' 논의를 지양하고자 하는 이론적 의식을 보여준다. 세계문학 논의의 중심에 있는 학자 중 한 사람인 데이빗 댐로쉬는 『세계문학이란 무엇인가?*What Is World Literature?*』에서 괴테와 에커만이 나누었던 세계문학에 관한 대화를 계승하여, 세계문학의 정의와 독법을 심화한다. 댐로쉬가 내린 세계문학의 정의는 다음과 같다.[16] 첫째, 세계문학은 국민문학들의 타원형 굴절elliptical refraction이다. 국민문학의 둘째, 세계문학은 번역을 통해 얻어지는 글쓰기다. 셋째, 세계문학은 정전 텍스트들의 집합이 아니라 읽기의 양태이다. 즉, 세계문학은 우리 자신의 시공간을 넘어선 세계들과 거리를 두면서 참여하는 방식이다.

보르헤스는 원의 중심으로부터 반경이 동일하지 않은 찌그러진 원의 세상을 보았다. 그는 영어를, 영어의 조상에 가까운 독일어를 번역하려고 했다. 다르게 읽으려고 했다. 아무도 읽지 않는 정전은 상징적인 죽음에 빠져 있는지도 모른다. 정전은 그것을 들으려 하는 사람의 청력을 통해

---

15) 요한 페터 에커만, 곽복록 역, 『괴테와의 대화』, 동서문화사, 2007, 231쪽.

16) David Damrosch, *What Is World Literature?*, Princeton, NJ: Princeton University Press, 2003, p. 281. 이하에서 인용되는 세계문학의 세 가지 정의는 이 면을 참조할 것.

새로운 음조音調를 얻게 된다. 한국의 현대문학 연구에서, 이전에 근경近境이라고 생각했던 것은 모두 멀어진 것처럼 보인다. 그러나 영원한 것처럼 보이는 현재의 학문 역시 시간 속의 부침浮沈을 피할 수는 없다. 모든 가까운 것은 다시 멀어질 것이다. 훗날 우리는 미래 시제로 현재에 다시 참여하게 될 것이다.

보르헤스는 대학에서 문학을 가르치는 것이 과연 가능한가? 라는 질문을 던졌다. 나는 학교에 더 이상 갈 필요가 없어지고 나서야 학교에 가야겠다고 생각했다. 멀리 떨어진 학교에서 나는 언어를, 문학을 배웠다. 나는 학교에 가기 위해 시계를 끄고 잠에 빠졌다. 꿈에 앞으로 죽을 사람들이 나와서 나는 눈이 짓무르도록 울었다. 구개음화가 없는 한국어를 들었다. 내 할아버지의 말이었다.

*이 글은 2014년 11월 22일 서강대학교에서 열린
<서강, 우리 시대 문학을 말하다>에서 발표되었다.

이야기하다: 끊어진 목숨들, 잘린 역사

—문학은 궁핍한 시대에 무엇을 하는가[1]

이 소 연

떠다니다, 애도되지 못한 혼들이

죽음은 가장 느닷없이 벌어지는 사건이다. 예고되었든 갑작스럽게 찾아오든, 나에게 닥쳐온 것이든 아니든, 단 한 사람의 일이든 동시다발적 재난이든, 정도의 차이는 있을지언정 모든 죽음은 파괴적이며 충격을 준다. 함께 존재했던 것이 사라진 후에 남는 텅 빈 구멍, 다른 무엇으로 대신하려 해도 메워지지 않는 이 구멍은 자신을 둘러싸고 있는 세계의 좌표계를 차츰 바꿔 버린다. 이러한 현상을 다른 입장에서 보면 세계가 예상하지 않았던 실재의 출현에 맞서기 위하 스스로를 재편한다고 설명해도 좋을 것이다. 그리하여 상반된 두 가지 작용이 거의 동시에 일어나게 된다. 하나는 죽음이라는 이질적인 상태에 저항하는 움직임이고 또 하나는 불가항력적인 죽음을 자신의 일부로 온전히 받아들이고 그를 중심으로 해

---

1) 이 글에서 인용된 작품은 다음 네 편이다. 한강, 『소년이 온다』(창비, 2014), 이기호, 『차남들의 세계사』(2014, 민음사), 황정은 『야만적인 앨리스 씨』(문학동네, 2013), 「웃는 남자」(『문학과사회』, 2014, 가을호). 본문에서 이 작품들을 인용할 때는 발췌한 대목 옆에 작품명과 쪽수만 병기한다.

서 남아있는 전체를 재구성하는 일이다. 우리는 죽음 앞에서 보이는 반응은 이렇듯 역설적이다. 그렇다. 단순할 리가 없다.

애도는 망자들을 위한 것인가, 산 자를 위한 것인가. 아무래도 죽음과 애도의 신비에 대해 직접적으로 이야기하기로 마음먹은 이상, 역설이나 모순 같은 단어를 남용하는 일을 각오하지 않으면 안 될 것이다. 적절한 애도는 동시에 두 가지 효과를 거두어야 한다. 망자의 편에서는 그들의 존재를 가장 잘 보존하고 기억하는 길을, 산 자를 위해서는 상실의 슬픔을 서서히 망각하면서 일상에 적응하도록 장려하는 것이 애도의 소임이다. 상실한 대상의 존재감을 최대한 안전하게 보존함으로써 그의 상실을 극복한다는 것, 이러한 진술에는 분명 모순이 있다. 그래서 어쩌면 효과적인 애도는 망자에 대한 배신처럼 보일 수도 있을 것이다. 만일 망자의 영혼이 남아있어, 자신이 사랑하던 사람들이 슬픔을 잊고, 자신의 죽음 이전의 상태로 돌아가는 모습을 지켜본다면 그 심정은 어떠할까. 진정으로 충심을 지닌 연인이라면 자신을 잃은 슬픔에서 헤어 나오지 못하고 영영 병든 채 죽고 말 것이다. 그렇다면 우울증이야말로 진실한 사랑을 증명하는 유일한 방식일까. 병의 치유와 도짐, 애도와 우울증은 사실 동전의 양면처럼 본질적으로 같은 현상인지도 모르겠다.

기억을 존치하면서 동시에 마모시키기는 방식으로서의 애도 또는 우울증은 우리에게 어떤 행위를 취할 것을 간절하게 요청하고 있다. 그 안간힘에 가장 가까운 것이 바로 문학이다. 상실한 대상을 기억하는 일은 그들의 삶과 죽음에 대해 끊임없이 이야기하는 길로 통하기 때문이다. 구술과 구전을 통해, 그리고 문자를 이용한 기록의 형태로 죽음은 깊숙이 새겨진다. 종이에, 양피지에, 하드웨어에, 사본을 얼마든지 만들 수 있는 저장장치에. 혹자는 자신들이 타자의 죽음을 기록하고 쓰고 박아 넣으면서 남아 있는 인생을 견뎌내었노라고 고백하기도 한다. 그것이 이야기하기가 지닌 애도의 힘이다. 처음과 중간 그리고 적절한 종결을 지닌 서사로 대치됨으로써, 더구나 고유의 문법을 갖춘 언어의 몸으로 번역됨으로써 상실의 슬픔은 조금씩 사위어간다. 이야기는 본래 말하는 자가 있으면 듣는 자도 있는 법이 아닌가. 이러한 언어의 쌍방향성은 막막한 슬픔에 귀를 달아주고 눈을 뚫어줌으로써 이를 공감과 연민의 대상으로 만들어간다. 이들의 언어가 죽음의 공포에 공감하는 유적 존재인 타인에게 도달하는 경로를 거쳐 애도는 문학이 되고 문학은 애도가 된다.

애도되지 못한 죽음은 무엇이 되는가? 망자들에 속한 세상의 질서는 알 길이 없되 적어도 산 자들의 눈에는 그들이 온전히 '죽지' 못하고 이승과 저승 사이를 떠도는 것으로 보이곤 한다. 산 자에게는 이들을 달래고 위로해 저승으로 보내 평안한 휴식을 누리게 할 책임이 있다. 그러나 최근에 우리가 경험한 우리나라, 가깝고 먼 우리 시대의 역사는 적절한 애도 작업을 수행해 왔는가? 전쟁과 재난, 독재와 물신주의, 폭력과 저항으로 점철된 역사는 얼마나 많은 목숨들을 부자연스런 죽음의 상황으로 몰아 넣었나. 시작과 중간과 종결로 연결된 서사의 몸피를 부여하기 힘든 죽음, 채 사연을 갖지 못한 넋들. 이들은 인간으로서 죽지 못했으며 산 자들은 이들을 죽은 인간으로서 장사지내지 못했다. 숱한 목숨들이 인간 이하의 것, 비인간, 사물, 짐승의 상태로 그저 매장되거나 망각되었다. 산 것도 죽은 것도 아닌 상태에 붙들려 있는 것은 망자들의 신세에 국한되지 않는다. 살아남은 우리도 마찬가지다. 망자들의 혼령에 대해 자주 상상하는 사람들 역시 온전한 산 자의 상태에 있는 것이 아닐 터이다. 무엇이 우리를 애도되지 않은 죽음에서 헤어 나오지 못하도록 가로막고 있는가?

망자를 죽음으로 밀어 넣은 자, 폭력을 가하거나 적어도 방관한 자, 지금도 혹은 앞으로도 무모한 망각으로 덮어버릴 수많은 죽음들을 의식, 무의식적으로 계획하는 이들에게 애도는 불필요한 장애물일 뿐이다. 이 글을 적고 있는 2014년에는 세월호 참사와 가자지구에 대한 이스라엘의 공습이 있었다. 생활고에 못 이겨 자살한 일가족과 거대한 폭력조직인 군대에서 지속적인 학대 끝에 절명한 젊은이가 있었다. 햄릿은 적합한 애도를 거부당한 아버지의 혼령을 마주한 직후에 "이 시대의 관절이 어긋났구나. 내가 그것을 바로 잡기 위해 태어났다니!"하고 부르짖지 않았던가. 우리가 사는 시대를 탈골된 관절로서 인식하는 사람들은 강요된 우울증의 상태에 놓여있다. 때문에 최근의 한국문학은 애도의 문학이라기보다 우울증의 문학에 더 가깝다는 원망 섞인 탄식을 감수해야만 했다. 패배자, 사회에서 낙오된 자, 힘없는 피해자의 감수성이 상상력을 지배할 때에도 문학에는 죄를 물을 수 없었다. 그렇게라도 무언가를 적어야할, 쓰기를 멈추지 않았다는 사실만으로 존중받아야할 시대도 있는 법이다.

만일 문학이 더 거칠어지고 간곡해졌다면, 그것은 이제 더욱 쓰는 일이 어려워 졌다는 사실에 대한 방증이 될 것이다. 살아있다면 억누를수록 튀어 오르는 법이다. 이제 애도는 망각을 강제하는 힘과 맞서서, 극한에 도달할 때까지 싸우는 전사의 마음과 자세를 닮아간다. 싸우지 않고는 애도조차 할 수 없다면, 그땐 비명을 지르며 싸워야 할 것이다. 무엇이 망자를 애도하려는 산 자의 언어를 막을 것인가? 끈질기게 싸우는 유족의 마음은 이 궁핍한 시절을 응시하는 문학의 내적 본질, 바로 그것이 되었다.

부스러지다, 역사가 되지 못한 시간이

간과해서는 안 되는 점은, 대개 애도되지 못한 개인의 죽음은 불의한 공적 역사의 단절과 연결되어 있다는 사실이다. 한강이 소설 『소년이 온다』에서 그려낸 대상은 결코 '80년 5월 광주'라는 역사적 사건과 이를 중심으로 펼쳐지는 연대기적 시간에 국한되지 않는다. 물론 당시의 상황을 소름끼치도록 섬세하게 서술한 이야기를 통해 독자는 차마 역사의 한 부분이라고 믿어지지 않는, 처참한 사건들을 추체험할 수 있게 된다. 국가 권력이 무고한 시민들을 무차별 학살하고 고문한 이 일련의 사건들은 이른바 '인간'들이 모여 만들어진 유적 공동체의 역사로 고분고분하게 편입되길 거부하는 파편화된 조각들에 불과하다. 5·18을 둘러싼 시간들은 연속성과 인과관계를 갖추어야 한다는 역사의 요청 앞에서 맥없이 부스러진다. 그리고 한강의 소설에서 비참한 모습으로 흩어진 시간들은 불의의 죽음을 당한 한 소년 동호, 그의 친구 정대, 그리고 살아남았으되 죽은 것이나 다름없는 피해자들의 운명과 한데 겹쳐진다.

이를테면 이기호는 근작 『차남들의 세계사』에서 '소년'과 마찬가지로 끔찍한 피해자인 나복만을 주인공으로 한 '차남'들의 역사를 이야기하고 있다. 독자는 '차남'이라는 단어가 장남에 못 미치는, 별 볼일 없는 인간들을 가리키는 별칭임을 어렵지 않게 짐작할 수 있으리라. 소설은 이른바 주류들이 만들어온 역사에서 소외된, 비주류들의 이야기를 슬그머니 끼워 넣는 방식이다. 개인의 이야기들은 이를 통해 강자들의 역사와 싸우면서 시간의 잔해들이 굴러 떨어지는 망각으로부터 끌어올려진다.

　　그러나, 보아라. 바로 이 지점에서 어떤 사람들은 우리 이야기의 핵심을 그대로 단정지어 버릴지도 모르겠다. 그러니까 아무것도 읽지 못하고, 아무것도 읽을 수도 없는 세계. 눈앞에 있는 것도 외면하고 다른 것을 말해 버리는 세계, 그것을 조장하는 세계(전문 용어로 '눈먼 상태'되시겠다.), 그것이 어쩌면 '차남들의 세계'라고 말해 버릴지도 모를 일이다. 물론…… 그것 또한 틀린 말은 아니겠지만, 우리 이야기에는 한 가지 진실이 더 숨어 있다. 이미 눈치챈 사람들도 있겠지만…… 후에 나복만이 모든 희망을 잃고 어떤 죄를 짓게 된 것 또한 바로 그 진실을 목도했기 때문이었다.(『차남들의 세계사』, 179쪽)

"이 땅의 황당한 독재자 중 한 명"인 전두환 통치 시대를 배경으로 한 이 소설을 나복만이라는 한 사람에게 일어난 개인적인 비극의 차원으로 좁혀 읽는 사람은 아무도 없으리라. 나복만은 엄혹한 시대에 마찬가지로 고문 받고 살해당한 숱한 '차남'을 대표하는 인물이다. 그러나 한편 나복만을 통해 작가는 악과 불의와 우연이 지배하는 이 부당한 세계의 '진실'이 비단 집단과 구조에만 존재하는 것이 아님을 깨닫게 한다. 나복만은 자신을 고문한 안기부 직원에게 섬뜩한 증오를 품고 마침내는 이를 폭발시킨다. 그를 살해하고 도주하는 길에서 나복만은 자신의 내부에 자리한 악의 뿌리를 문득 알아챈 것이 아니었을까.

여기서 잠시 밀란 쿤데라의 말을 경청해 보자. "역사적 정황은 소설의 인물에게 새로운 실존적 상황을 만들어 주어야 할 뿐만 아니라, 역사는 '그 자체'가 실존적 상황으로 이해되고 분석되어야 한다."[2] 한강과 이기호의 작품에서 80년 광주와 전두환의 살인적인 독재정치는 폭로되어야 할 불의한 정치·사회적 사건들이며 동시에 야수의 마음이 인간의 핵심에 자리하고 있음을 증명하는 실존적 상황이기도 한 것이다. 여기서 개별자의(singular) 시간과 정황은 집단적이고 역사적인 보편적(universal) 시간과 만나게 된다. 이렇게 개별자와 보편자의 층위는 소설 속에서 조우하면서 변증법적 합일을 이루게 된다. 앞에서 언급한 두 소설(『소년이 온다』, 『차남들의 세계사』)은 그런 면에서 의미 있는 지평을 우리에게 보여준다. 혹자는 작금의 문학이 지나치게 협애한, 개인적인 경험 안에 침잠되어 있다고 비판하기도 한다. 소설이 내밀한 세계를 더욱 깊숙이 궁구하는 것 자체는 전혀 문제될 것이 없으나 장편소설의 경우, 개별자들의 실존적 차원이 정치·사회적 상황으로 확산되지 않는다면 그건 분명 어딘가 이상한 것이다. 보편적 역사가 지향하는 카이로스적 시간은 개인들이 달력과

---

2) 밀란 쿤데라, 『소설의 기술』, 권오룡 역, 2008, 민음사, 59쪽.

시계를 보며 날마다 되새기는 크로노스적 연대기와 매순간 만나지 않으면 안 된다. 개인의 것이건 집단의 것이건, 사적·공적 영역을 가리지 않고 이들이 머물고 살아내는 우주는 입체적이며 다층적인 실체다. 그 복잡한 구조를 이해하고 나아가 포착하는 데 성공한 소설은 무한의 차원으로 자신의 영역을 넓혀나가게 된다.

문학이, 이야기가, 서사가 (장편)소설(novel)이 되기 위해 넘어야할 시련이 있다면 개인과 공동체, 순간과 영원, 유한과 무한, 사적 영역과 공적 영역, 개별과 보편 사이에 놓여 있는 간극을 품어야 한다는 것이다. 이는 불가능한 과업이기 때문에 문학은 한없는 무력감에 시달린다. 그러나 이러한 불가능성은 문학이 기댈 수 있는 유일한 확실성이며 문학으로 하여금 끊임없는 운동 속에서 지속적으로 쓰이게끔 하는 원동력이 된다.[3] 문학을 통해서 개인의 상실에 대한 사적 애도는 집단적인 상실에 대한 공적 애도와 연결된다. 사적인 상실의 경험은 공동체 전체가 겪는 결핍과 겹쳐진다. 적어도 우리가 아는 성실한 작가들은, 이러한 시련을 기꺼이 감수하고 있다. 이를테면, 2014년 봄에 우리에게 벼락처럼 떨어진 세월호 사건의 슬픔에서 아직 벗어나지 못한 독자들에게 이런 대목이 일으키는 정념의 무게를 가늠해 보자.

> 더는 싫다.
> 여기 있고 싶지 않다. 내가 있고 싶은 곳은 디디, 디디가 있는 곳. 하지만 디디는 죽었고 나는 살아 있다. 보잘것없는 것을 무릎에 올린 채 버티고 있지만 그러나 살아 있어……
> (……)
> 죽기 싫다.

---

3) 여기서 말하는 내용은 최근 한참 논란이 되었던 것처럼 작품의 양 혹은 길이를 두고 하는 말은 아니다. 그러나 정도의 차이는 있지만 내적, 질적인 부분이 확장되면 이에 따라 물리적인 양도 늘어나는 것이 자연스러운 일이 아니겠는가?

죽기 싫다고 생각하며 매일 착실하게 생곡을 씹는다.

(……)

디디를 먹어치운 거리. 디디의 목을 부러뜨린 걸. 뼈를 부러뜨리고 피부를 찢은 거리. 의미도 희망도 없어. 죽음이나 다름없다.

— 「웃는 남자」, 125쪽.

하나의 작품을 특정한, 지극히 개인적인 슬픔과 연결지어 생각하는 것은 지나치게 해석을 협소한 지경에 가두는 것인가. 나는 그렇게 생각하지 않는다. 특수한 개인의 경험을 형상화하는 일은 결코 보편적이며 초시간적인 진실에 접근하는 일과 반대말이 아니다. 오히려 두 극단이 한 몸을 이루는 일은 문학이 지향해야할 불가능한 목표가 아닐까? 정신분석학자들은 치명적인 상실을 경험한 우울증 환자의 치료 과정에서 사적 애도는 반드시 공적 애도와 연결되어야 한다고 말하고 있다. 대리언 리더의 말을 빌린다.

이제 애도에 관한 전통적인 정신분석 이론들과 공적이고 사회적인 차원에 대한 관심을 통합하려는 노력이 절실한 것으로 보인다. 그래야 애도 과정뿐만 아니라 공동체적 애도의 쇠퇴가 초래한 결과에 대해서도 깊이 이해할 수 있을 것이다. 그렇다면 사적 차원과 공적 차원, 개인과 사회를 어떻게 연결할 수 있을까?[4]

사랑하는 연인, 친구, 가족을 잃은 나, 느닷없이 끌려가 끔찍한 고문을 당하고 개인으로서의 삶이 말소된 나, 그 처참한 학살과 재난의 광경을 맨눈으로 목도해야만 했던 나, 그럼에도 불구하고 치졸하게 살아남아 있고 앞으로도 밥을 먹고 살아가야만 하는 나. 이 낱낱의 '나'들은 문학을 통해서, 화자, 독자 그리고 이야기하기로 구성되어 있는 소설의 몸을 입고

---

4) 대리언 리더, 『우리는 왜 우울할까』, 우달임 역, 동녘사이언스, 2011, 88쪽

'우리'가 된다. 그리고 바로 이것이, 파편화된 익명의 사건들을 끌어 모아 역사로 만드는 과정이리라. 무관한 것처럼 보이는 이야기들도 실상은 서로 연결되어 있으며 남의 일처럼 보이던 사건들이 기실 우리 혹은 나 자신이 지금도 견디어 내고 있고 과거에도 겪었던, 그러므로 미래에도 닥쳐올 것이 자명한 일임을 알아챈다면 어떻게 될 것인가? 우리에겐 천국이 머지않아 도래할 것이다. 이것이 불가능한 과업임을 알기 때문에 작가는 독자가 보이지 않는 곳에서 절망적인 마음으로 멈추어지지 않는 펜을 쥔 손을 응시한다.

생각한다, 아직 할 수 있는 것을

애도를 가로막는 사회는 병病자다. 무도한 폭력으로 목숨들을 끊은 것도 모자라 그들의 상실이 남긴 상처를 치유하려는 노력마저 막는다면 이미 이 시대는 인간의 형상을 알아보기 힘들만큼 괴사되었다고 봐야 한다. 한강의 소설이 증언한 5월 광주, 이기호의 소설이 재현한 독재자의 무법통치 외에도 여러 소설들이 이 가련한 시대를 낳은 사건과 사고들에 대해, 그 치유할 수 없는 상흔에 대해 말하고 있다. 이들이 비단 긴 혹은 짧은 시간의 간격 사이에 놓인 근현대사의 사건만을 의식한 것은 아닐 것이다. 심지어 지금, 이 시간에도 억지로 매장시키려고 하는 억울한 죽음들이 자신을 증명해 줄 남루한 언어조차 찾지 못하고 여기저기서 부스러지고 떨어져 나가는 중이다. 자신의 추악한 죄를 덮기 위해 틀어막으려 하는 세월호 유족들의 목소리는 그저 그 원통한 상황을 대변하는 소리를 대표하는, 여럿 가운데 하나일 따름이다. 적절한 맥락과 이유를 갖지 못한 사건들로 인해 역사는 순조롭게 이어지지 못하고 토막 난 불연속면들이 흩어져 있는 모양새를 갖게 된다.

폭력으로 점철된 근현대의 역사를 아무리 뒤져보아도 이름 없는 피해

자들의 이야기는 어디에도 남아있지 않다. 왜 그런가? 이기호의 말을 빌면 이들은 역사의 '장자張子'들이 아닌 '차남'들이기 때문이다. 어리고 미숙한 아이들, 비전향 장기수, 고문 피해자, 평범한 시민, 힘없고 약하고 무식한 사람들의 시간은 역사로 편입되지 못한다. 그렇다면 이들의 시간은 어떻게 구제할 수 있는가? 이 때 문학은 역사가 되지 못하고 부스러진 개인들의 시간을 복원하고 역사의 절단면에 접붙이는 일을 맡는다. 물론 이는 사후적으로 일어나는 일이기에 항상 뒤늦게 이루어질 수밖에 없다. 황정은의 소설 한 토막을 읽어 본다.

그대는 어디에 있나.
이제 그대의 차례가 되었다. 이것을 기록할 단 한 사람인 그대, 그대는 어디까지 왔나.
이것을 어디까지 들었나.
이것을 기록했다. 마침내 여기까지, 기록했나.
앨리시어가 그대를 기다린다.

그대가 옳다.
모든 것은 지나갈 것이다.

다시 한 번 그대가 옳다.
그대와 나의 이야기는 언제고 끝날 것이다.
그러나 그것은 천천히 올 것이고, 그대와 나는 고통스러울 것이다.
　　　　　　　　　　　　　　　　　－『야만적인 앨리스 씨』, 161~162쪽.

『야만적인 앨리스 씨』에 등장하는 인물들 간에는 폭력의 위계질서가 존재한다. 주인공 앨리시어와 동생은 어머니가 휘두르는 폭력을 감당해야 한다. 그러나 그 어머니 역시 아버지를 비롯한 가족들과 사회로부터 무참한 폭력을 당해온 인물이다. 뿐인가. 이들을 비롯한 '고모리'의 주민들은 권력자들에 의해 저지대로 내몰린 채 비참한 삶을 살고 있다. 고모리 안에는 그나마 형편이 나은 부자들, 외지에서 파견된 공무원들이 자신보다 못한 사람을 핍박한다. 그리고 국가는 이들 전체를 재개발이란 명목으로 막 쓸어버릴 참이다. 약하고 궁핍한 사람들은 거의 '인간'으로 대접받지도 못한다. 그리고 가장 먼저, 허무하게 죽는 사람은 가장 약한 존재인 엘리시어의 어린 동생이다. 동생을 위한 작은 비석조차 갖지 못한 엘리시어의 존재는 분열된다.『야만적인 앨리스 씨』는 애도조차 거절하는 잔혹한 세계 한 가운데를 통과하는 우울증 환자의 분열, 혼돈, 발작의 기록이다. 서사 구조, 문장, 인물과 서술의 동일성은 자주 깨어지고 뒤섞인다. 앨리시어는 스스로 여장을 하고 거리를 횡단하며 욕설을 내뱉고 '앨리스 씨'라는 모호한 인물의 목소리를 내부에 끌어들인다. 화자가 "그대"라고 호명할 때, 독자는 그것이 호명하는 대상이 자기 자신을 비롯한 독자 일반인지, 아니면 작가인 황정은을 부르는 말인지, 아니면 분열된 앨리시어의 또 다른 자아를 가리키는지 혼동을 일으키게 된다. 그렇다. 황정은은 지금 서사와 픽션의 전통을 해체하려고 도전하고 있는 중이다. 자신이 사용하는 언어를 갖고 벌이는 그런 사투 외에는, 우리가 겪고 있는 '설명되지 않는' 현실을 표현할 길이 없다는 것쯤은 우리도 안다. 그러나 그러한 지식에도 불구하고 그러한 시도를 목도할 때마다 당혹스러움을 감출 수 없다.

　『야만적인 앨리스 씨』에서 정체불명의 "그대"를 호명하는 장면은 한두 군데에 국한되지 않는다. 더욱이 수시로 "그대는 어디에 있나"라는 질문을 소설 중간 중간에 끼워 넣음으로써 '그대'는 곳곳에서 상기되고 현 상태를 보고하도록 채근 당한다. 이렇게 애타게 2인칭 상대를 부르짖는 사람은 앨리시어인가 그 앨리시어를 바라보는 또 하나의 전지적 화자인가 아니면 '황정은'으로 추정되는 작가 자신인가? 흥미로운 일은 이러한 필사적인 호명이 이기호의 근작에서도 동시에 등장한다는 점이다. 『차남들의 세계사』의 각 장은 "들어 보아라.", "자, 이것을 감자칩이라도 우물거리면서 한 번 들어보아라."와 같은, 청자(혹은 독자)를 향한 명령문과 함께 시작된다. 화자는 거의 필사적일 정도로 자신이 이야기하고 있다는 사실을 인지시키려 한다. 작가는 익숙한 구술적 전통을 차용해서 적극적으로 '서술' 행위를 전면에 부각시킨다. 다시 말해 이 소설은 '이야기 된' 내용 못지않게 '이야기하는' 행위 자체를 중요한 위치에 두고 있다는 것이다. 따라서 독자는 '이야기 된' 나복만의 삶과 '이야기하기'라는 행위 사이에 모종의 연결 고리가 있다는 생각을 하지 않을 수 없다.

한강의 소설에도 이와 비슷한 구절들이 등장한다. "너에게 가자./ 그러자 모든 게 분명해졌어."(『소년이 온다』, 63쪽) 작품 제목인 '소년이 온다'라는 문장과 대구를 이루는 혼령의 독백은 앞의 두 소설에서 사용된 수행문들과 거의 비슷한 효과를 지닌다. 즉 실제 독자를 향해 텍스트가 직접 '너'라는 이인칭으로 호명하는 느낌을 불러일으키는 것이다. 『차남들의 세계사』에 나복만의 편지들을 훔쳐 읽고 소설을 쓰게 되었노라고 고백하는 소설가이자 화자가 등장한다면, 『소년이 온다』에는 열 살 때 1980년 광주를 경험한 이후 어른이 되어 이 소설을 쓰게 되었노라고 담담히 술회하는 작가가 나온다. 이 소설들에게 있어 말로 형언할 수 없는 비참한 사건은 애도로서의 '이야기하기'라는 행위를 내용의 일부이자 형식으로 내장한 이후에만 말해질 수 있는 것으로서 드러난다. 이것이야말로 절단된 사건들을 꿰어 역사로 재편성하는 그들만의 방식일 것이다. 이는 나복만, 디디, 동호, 앨리시어와 함께 이름 없이 사라져간 수많은 망자들을 '인간'으로서 정립하는 일이기도 하다.

다시 정리해 보자. 문학 양식으로서의 소설이 갖고 있는 가장 큰 미덕 가운데 하나는 자기반성적인(self-reflexive) 구조를 취할 수 있다는 점이다. 이 방법은 소설이 결함 많은 언어를 사용해 재현 불가능한 사건들을 기술하는 데 큰 도움을 준다. 즉 우리는 소설을 사용해 차마 이야기할 수 없는 것에 대해 '이야기할 수 없다고 이야기하는' 방식으로 이야기할 수 있다. 이는 '불가능성의 가능성'이라는 역설과도 통하는 바가 있다. 즉 진술 '불가능'하다고 진술하는 일은 '가능'하다는 것이다. 그 안에 무엇을 담든 이야기하기가 결국 우리가 생존하는 형식 그 자체라고 할 수 있는 이유는 바로 이런 가능성이다. 이렇게 일단 이야기가 통하고 나면, 그 이야기는 듣고 읽고 쓰고 말하는 나와 너, 그리고 우리를 유적 존재로서 재구성해 나간다. 이러한 적극적 행위로서의 '서술'은 정치·사회적 실천과 함께 전개되어야 하는 일임이 분명하다. 도저히 서사화할 수 없는 기막힌 사건들을 재현해야 할 경우 서술 행위는 더더욱 자기반성인 특성을 띠고 텍스트 전면에 나서서 스스로를 직접 구성해야 하는 부담을 떠맡게 된다. 오늘날 후기자본주의의 온갖 병폐와 더불어 정치·사회적 모순이 만연해질수록, 소설은 점점 더 억울하고 원통한 사람들의 이야기로 암울한 색채를 띠게 된다. 이와 더불어 자신의 서술 행위를 반성적으로 극화하고, 전경화하며, 수행적(performative) 발화들에 기대는 경향이 강해진 것은 범상하게 넘겨 버릴 만한 현상이 아니다. 이는 포스트모던 소설들에게서 유행했던 메타픽션의 테크닉과도 다른 선상에서 살펴볼 필요가 있다.

어떤 경우, 서술 행위는 사전에 정교하게 구상된 테크닉이라기보다 자연스런 감정의 '터져 나옴'에 가까울 때가 있다. 바로 이 자리에서 거명하는 이기호, 한강, 황정은의 소설들이 바로 그러한 경우다. 이 소설들이 강한 '구술성(orality)'을 띤다는 것은 이러한 추측을 뒷받침하는 하나의 예라고 할 수 있다.5) 『소년이 온다』에서 이러한 이야기하기의 충동은 혼과

---

5) 이기호는 『차남들의 세계사』에서 일인칭 서술자의 발화가 이중으로 이루어지도록 하는 장치를 사용한다. 화자의 서술 사이사이에 수시로 틈입하는 괄호 속의 목소리는 도대체 누구의 입에서 나온 것인가? 이기호는 이번 작품에서 '이중 서술'이라고 부를 만

유체이탈과 빙의된 목소리를 거쳐서 문자로 기록된 언어의 형태로 고정되어 간다. 이러한 소설들은 정치적인 의미에서 그리고 미학적인 연유로 혁명적이다. 왜냐하면 이 소설들에 담긴 목소리는 자신을 자신이 발명하려 하기 때문이다. 글쓰기를 통해 가능성을 정초하는 일은 이들에게서 혁명적 프로그램으로 발전된다. 이야기하기라는 행위가 이야기되는 결과를 넘어섬으로써 사라진 인간의 빈자리에 인간을 세우는 일이 가능해질 지도 모른다는 희망을 갖게 된다. 이것은 문학이 발휘할 수 있는 유일한 애도의 능력이 아니겠는가?

공연히 길어진, 두서없는 글의 마무리를 위해, 『차남들의 세계사』의 한 부분을 인용하려 한다. 플롯과 스토리를 만들 수 없는 현실의 끔찍함과 막막함을 표현하는 화자의 당혹스러움, 그럼에도 불구하고 어떻게든 독자를 향해 이를 전달하기 위해 벌이는 분투가 잘 드러나 있는 대목이다.

> 그들에게 중요했던 것은 인과관계였고, 플롯이었으며, 왜, 가른 질문에 대한 대답이었다. 그래서 그들에겐 나복만의 고통 또한 다음으로 넘어가기 위한, 하나의 스토리에 지나지 않았다. 고통은 하나의 도구일 뿐. 고통은 하나의 과정일 뿐……. 그래서 그들은 멈추지 않았다.(이봐, 친구. 자네는 어떤가? 자네는 지금 이 부분을 어떻게 읽고 있나?) 하지만, 들어 보아라. 정작 말하기 어렵고, 쓰기 힘든 것은 고통 그 자체이다. 스토리를 멈추게 하고, 플롯을 정지시키는, 그런 고통이

한 매우 특이한 서술 방식을 발명해 냈다. 이는 서술자의 전의식 아래 가려져 있는 깊은 내심의 목소리를 한 겹 더 끌어내는 역할을 한다. 이러한 촘촘한 서술의 저인망을 가리켜 '진정성의 복화술'이란 별칭을 붙여도 좋을 듯하다. 이는 서술의 구술적 효과를 더욱 끌어올림과 동시에 화자의 의식 층위를 더욱 입체적으로 드러나게 함으로써 '이야기하기'라는 행위를 본 서술된 내용 위에 덧입혀진 또 하나의 사건으로서 만든다. 이러한 서술 장치는 일종의 여담(digression)으로서 기능하기도 하고, 때로는 극의 코러스(chorus)나 광대의 역할을 맡기도 한다. 또한 서술된 내용과 독자 사이를 매개한다는 점에선 일종의 소격 효과를 갖는다고 볼 수도 있다. 이기호가 이번 작품을 위해 고안한 이중서술 장치의 문제적 성격 대해서는 추후에 더 논할 기회가 있을 것이다.

> 사라진 이야기란, 그런 고통을 감상하는 이야기란, 사파리 버스에서
> 내다보는 저녁놀 붉게 물든 초원과 아무런 차이가 없지 않은가?
> — 『차남들의 세계사』, 238쪽.

작가는 차마 이야기할 수 없는 끔찍한 현실을 서술자의 행위, 즉 어떻게든 상황을 전달해 보기 위해 늘어놓는 장광설로 덮는다. 이는 글쓰기의 어려움이며 비참하게 끊어진 수많은 목숨들을 위한 기억의 투쟁이다. 이러한 몸짓은 지금, 이곳에서 작가는 쓸 수 있는 것을 쓰고 할 수 있는 것을 해야 한다는 지극히 당연한 진실을 일깨워 준다. 생각해 본다. 그들의 고통이 나의 것이라면……. 문학은 고통의 편재성을 매개로 하여 우리를 하나로 묶는다. 산 자에게나, 망자에게나, 고통을 견디기 위해 애도를 필요로 하지 않는 이는 한 사람도 없을 것이다. 그것이 '인간'인데.

누구에게 이것을 바칠까? (1)

양 경 언

자기 테크놀로지로의 글쓰기 : 2010년대 시 읽기를 위한 한 방편

푸코가 말하길, '자기 테크놀로지'란 개인이 자기 자신의 수단을 이용하거나, 타인의 도움을 받아 저 자신의 신체와 영혼, 사고, 행위, 존재방법을 효과적으로 조정할 수 있도록 해주는 것[1]이라 했다. 그를 통해 개인은 본인이 도달하고자 하는 일정 궤도에 오를 수 있도록 스스로 변화시킬 수 있는 힘을 갖추게 된다는 것이다. 매혹적인 용어다. 한치 앞도 예측할 수 없는 사건들이 과잉이다 싶을 정도로 24시간 우리를 혼돈케 하고 있고, 가면(persona)쓰기에 능숙치 못한 왜소화된 자아들의 서툰 관계 맺기 방식이 확산되면서 주체들간 공동共動의 움직임은 말 그대로 공동화空洞化되어가고 있는 요즘 아닌가. 게다가 지금의 체제를 수호하고자 하는 권력의 통치방식은 우리들로 하여금 쉽게 냉소하는 데에 익숙해지도록 만든다. 사실 이 같은 사회에 대한 진단은 오래되었지만, 이렇다 할 공동共同의 전망을 그리지 못하고 있는 시기에(물론 이 때, '공동'의 의미는 다시금 짚

---

[1] 미셸 푸코 외, 이희원 역, 『자기의 테크놀로지』(동문선, 1997), 36쪽 참조.

어봐야겠지만 이를 차치하고서라도) 푸코가 주창한 저 개념은 상당히 유용하게 들리는 것이다. 그러나 이미 권력의 통치방식이 타의에 의한 착취가 아니라 자기 자신으로 하여금 '과잉 활동성'을 발휘하게 하여 성과를 내도록 만드는 '자기 착취'의 사회2)라고 현재를 판단하게 되면, '자기 테크놀로지'는 고도로 세련된 억압 방식의 한가지로 위험하게 탈바꿈 된다.3)

한 편, 문학에서는 어떤가. 푸코의 언급을 다시 빌리자면, 고대 그리스 적부터 "자기 자신에의 배려라는 문화 속에서 글쓰기는 중요했다."4) 인간이 끊임없이 글을 쓰는 행위와 결합되어야, 이 때 상정된 '자기'가 곧 어떤 것에 대해 쓸 수 있는 무엇, 글쓰기 행위의 주제 혹은 대상, 그리하여 주체로 구성될 수 있으므로 종래에는 자신의 경험을 형식으로 내장화할 수 있게 되기 때문이다. 2000년대 이후의 시 텍스트들이 '새로운' 화법과 함께 등장했을 때 형성되었던 곤궁이 '읽기'의 지점에 있었다고 초점화해 본다면, 지금 현재, 우리의 관심은 '쓰기'의 분화로 형성되는 시적현장으로 옮겨가야 하지 않겠느냐는 것이 이 글의 입장이다. 쓰기의 표현방식이 더욱 미세하게 분화되어, 제각각의 주체들은 각자 '쓸 수밖에 없는' 상황의 동력을 '저 스스로' 만들어내고 있다. 하지만 '쓰기' 라고? 문학은 이미 '쓰이는' 영역이지 않은가? 이 질문에 대한 답변을 분명히 하기 위해 푸코의 언급으로 길게 경유해 왔다. 2010년대에 들어서 첫 시집을 발표한 시인들로부터 우리는 "자기 삶의 매뉴얼이 없거나, 그것이 주어진다 해도 무의미함을 이미 알고 있거나, 혹은 그 점을 인지하고 있지만 그 상태대로 살 수밖에 없는 상황에 몰린 자들의 글쓰기 형태"5)를 발견한다. 이들

---

2) 한병철, 김태환 역, 『피로사회』(문학과지성, 2012), 65~73쪽 참조.

3) 이에 관해서는 서동진(『자유의 의지, 자기계발의 의지 - 신자유주의 한국 사회에서 자기 계발하는 주체의 탄생』, 돌베개, 2009) 등이 이미 사회학적인 관점으로 몇 차례 언급한 바 있었다. 하지만 이 글의 관심은 '자기 테크놀로지'라는 용어가 비평의 '쓰기' 과정을 통해 어떻게 전유될 수 있는가에 있다.

4) 미셸 푸코 외, 이희원 역, 앞의 책, 51쪽.

5) 『문학과사회』 2013년 봄호의 「좌담 -한국문학의 현재를 가늠하는 울울창창 조감도 -

은 적어도 생의 소용돌이에 자신이 휩쓸려 가지 않도록 하기 위한 방식으로의 '쓰기'를 취한다. 때문에 자기 자신을 작품의 재료로 간주하여 '실존의 미학'으로써 쓰기를 중시하게 되는 모습을 보이는 것이다.

외재적 법과 질서에 대한 거부의 방식으로6) 발화하되, 그러나 아나키적이지도, 니힐리즘적이지도 '못한 채' 간헐적으로 '이건 정말 우리가 원한 게 아니었어요'를 절규처럼 외치는 듯한 이들의 '쓰기'를 위한 펜의 잉크는 때로는 흐릿하게(최정진, 황인찬), 때로는 진하게(주하림, 조인호) 지면상에 자국을 남긴다.

자기 테크놀로지는 "도구를 다루는 법과 말하는 법, 대상들을 만들어내는 법을 배우는", 그리하여, "이러저러한 문제를 제기하고, 이러저러한 방식으로 행동하고, 타자와의 일정한 관계를 유지하는 한정된 주체가 되는 법" 역시도 저 스스로 '배우는' 기술의 하나다. 후자를 일컬어 "실존의 기술"의 영역이라 한다면, 이를 통해 자기 자신을 구축하는 주체를 우리는 윤리적 주체라 명명할 수 있을 것이다.7) 그렇다면 2010년대의 시적주체들이 구현하는 방식에의 검토를 통해서, 이들이 실현하는 윤리의 실체 역시도 확인할 수 있을 것이다. 흥미로운 점은 최정진과 황인찬 등 잉크의

<hr />

젊은 평론가들의 현장 발화(發話/發火)」에서 필자가 꺼냈던 말을 인용했다. 이 글(과 이어 필자가 조만간 발표할 「누구에게 이것을 바칠까? (2)」의 경우)은 좌담 당시에 간단한 주장으로 그쳤던 필자의 의견을 해명하는 일에 바쳐질 예정이다. 좌담에 참석하여 풍성한 사유를 필자와 나누어 주셨던, 하여 이 글의 살을 제공해주신 선생님들께 감사의 인사를 표한다.

6) 신형철은 「2000년대 시의 유산과 그 상속자들 ─ 2010년대의 시를 읽는 하나의 시각」(『창작과비평』, 2013년 봄호, 362~383쪽.) 을 통해 2000년대의 시들이 '대의불충분성과 대의 불가능성'이라는 정치적 조건 하에 '극적 독백'의 화법을 발굴했고, 이를 바탕으로 2010년대의 시들에 대한 사유를 이어갈 수 있다고 했다. 외재적 법과 질서에 대한 불신 및 거부, 하지만 또 다른 비전을 형성할만한 토대를 구축하지 못한 이들의 '끼인 시기'가 '자기 테크놀로지'로의 쓰기를 재촉했다는 이 글의 입장은 신형철이 유보했던 2010년대 작품들에 대한 평가를 (시기적으로 조금 이른감이 있음을 필자 또한 감내하면서도) 적극적으로 발화하기 위한 시도의 하나다.

7) 미셸 푸코, 심세광 역, 『주체의 해석학』(동문선, 2007), 13쪽.

농도를 '흐릿하게' 쓰는 시인들의 경우, 오히려 그들이 내거는 윤리적 기제가 더욱 진하게 읽혀지고, 반면 주하림, 조인호와 같이 잉크의 농도를 '진하게' 하여 시를 쓰는 이들의 경우, 비非윤리적인 세계의 환기에 관심을 두고 해체적인 방식으로 그 윤리적인 기제를 (어쩌면 흐릿하게) 드러낸다는 점이다. 이 글에서는 최정진과 황인찬의 첫 시집을 읽으며 시적 주체가 어떤 쓰기의 방식을 관통하면서 '자기 착취'의 방식과 변별되는지, 따라서 쓰기의 방식으로 '고립의 공간'을 창출하는 것이 아니라 어떻게 '윤리적인 장소'를 창안해내는지를 보고자 한다.[8]

흔들리는 구별로부터 : 최정진의 경우

최정진은 구별(distinction)을 흔드는 시인이다. 가령 시인에게 '문'은 '열고 닫는' 역할을 하는 사물로 국한된다. 닫으면 벽이 되고, 열면 통로가 되는 '문'의 손잡이를 시인이 붙들고 있는 한 '문'은 안과 밖 사이, 공간과 공간 사이를 알리는 자리에 위치할 수밖에 없다. 하지만 이 같은 설명으로는 '구별'을 '흔든다'는 평가를 충분히 해명할 수 없을 것 같다. 이 글의 입장은 최정진의 시적 주체가 '경계에 서 있는 자'라는 (쉬운) 단언을 하려는 데에 있지 않기 때문이다. 강조하건데, 주목해야 할 지점은 시인의 문에 대한 애티튜드에 있다.

> 내 답은 겨우 문을 열었다 닫지만 내 불안이 가본 적 없는 곳을 지
> 나간 곳으로 만들기 전에 // 도착을 거부하고 있다 용서가 잊었던 용서
> 를 생생하게 겪게
>   −「로선의 테두리」 부분

---

8) 이 글에서 분석 대상으로 삼은 작품은 시인들의 첫 시집인 최정진의 『동경』(창작과 비평, 2011), 황인찬의 『구관조 씻기기』(민음사, 2012)로 제한을 두기로 한다. 주하림과 조인호에 대한 논의는 이후를 약속한다.

인용한 시에서 문은 시적 주체의 '답'이 '겨우' 열었다 닫는 것이기도 하거니와 시적주체의 '불안'이 도착을 거부한 채 헤매고 있음을 직감하고 있는 장소이기도 하다. '불안'의 도착이 지연되는 한(문을 열고 닫았다는 '답'이 확정적이지 않으므로 불안은 떠도는 것이겠다. 따라서 '답'이 완성형으로 자리하지 않는 한) 문은 영영 닫힐 수도(벽이 될 수도), 내내 열려있을 수도(통로가 될 수도) 없는 노릇이다. 환언하면 입구와 출구의 기능을 포기하지도 않으면서 동시에 입구와 출구의 기능을 해낼 수 없는 자리에 문은 있다. 그렇기에 구별이 사라지거나 그 자체로 존재하기보다는 도리어 구별이 '흔들리는' 시적 현장이라 일컫는 자리에 최정진의 시적주체가 (잠재적으로) '있는' 것이다.

어디에도 속할 수 없으면서(이는 명백히 시적주체가 택한 태도다. 문을 통과해 전진할 수 있는 시인은 '애매한' 곳에 부러 멈춘다), 어딘가에 속하지 않았음에 대해 끊임없이 의식하는(어떤 '중단'은 중단의 반대편인 '전진'을 염두에 두고 행해지는 것이기도 하다) 시적주체가 불현듯 두드러지는 순간, 시적현장에는 균열이 일어나고, 불안이 야기된다. 불안? 존재와 인식 사이의 괴리가 자각될 때 일어나는 바로 그 불안을 "문을 열다 놓고 문을 닫다 놓"는 갈팡질팡의 상황(「동경3 – 것의 문제」)과 "나의 조금 너의 조금 우리의 전부를 생각하면 오늘 내가 연 문과 닫은 문의 개수가 같을까봐 무섭다 우리에겐 어떤 일도 벌어질 수 없을지 모른다"면서 어떠한 자극이나 사건이 일어나지 않을 수도 있다는 막연한 두려움[9])이 경련하는 상황(「그의 각오」)이 빚어낸다. 그런데 이때 형성되는 불안은 '문을 잡고

---

9) 혹자에겐 인용한「그의 각오」의 부분이 평범한 맥락도 특정한 상황으로 해석하지 못하는 시적주체의 무기력, 혹은 승인받지 못할 오독에 대한 망설임을 반증하는 것이라 받아들여질 수도 있겠다. 그러나 시적주체가 주어진 세계에 대한 과도한 읽기(over-reading)를 시도하지 않으려는 조심스러움으로도 비춰질 수 있는 것이다. 이 글은 후자에 힘을 싣고자 한다. 최정진은 늘 ('유보적'인 것이 아니라) '잠재적'이기 때문이다.

있는 자' 그 자신이 오롯이 감당해야 하는 종류의 것이 아닌가. 구별을 흔들고 있는 시적주체인지라 "아무도" "알아보지 못"하고(「펭귄과 달의 난방기」부분) "너의 입으로 너의 이름을 부르"기 때문에 구별을 뚜렷이 하기 위한 호명도 할 수 없는("물어봐, 어떻게 해야 할지 모르겠어 / 그런 생각조차 느껴지지 않게 / 너의 입으로 너의 이름을 부르며" ─「숫자를 찾아가는」부분) 시적주체가 드러나는 순간을 일컬어 우리가 '자기 자신'이 전적으로 책임을 떠맡아야 하는 애매한 지점에서 형성되는 불안의 지점이라고 한다면, 이 감정을 시적주체는 자못 함부로 여기지 않는다. 시인의 자기 테크놀로지가 발휘되는 지점은 바로 여기에서인데, 시적주체는 불안하기 때문에 오히려 더욱 자기 자신을 강하게 어필하려는 움직임을 지양하고, 최대한 흐릿하게 남고자 최선을 다하게 되는 것이다.

　푸코는 '자기 테크놀로지'라는 용어를 검토할 때, '자기(soi)'라는 말의 함의를 우선적으로 파악해야 한다고 했다. 배려 '해야만 하는' '자기'란 무엇인가? 재귀대명사에 속하는 '자기'는 '동일성'을 의미하는 동시에 '자기 정체성'의 개념을 전달하기도 한다. 특히나 '자기 정체성'의 개념은 질문의 초점을 자기에 대한 정의로부터 '자기 자신이 저 자신의 정체성을 찾을 수 있는 토대란 무엇인가?'로 바꾸어놓는데[10], 비록 저 자신이 세계의 맥락에 놓여 있을지라도 거기에 완전히 매이지 않으려는 시적주체가 그 불안의 상황을 지연시키며 세계에 응하려는 '자기'를 스스로 지우려는 과정이 최정진의 시에서는 펼쳐지는 것이다. 하여 시적주체에게는 '─하면 안된다'의 문법을 괄호로 부연하며 윤리적 기제를 구현하는 것이 중요해진다. 시적주체가 저 자신의 행위에 대해서 설명하고 있는 구절들을 눈여겨 읽기로 한다.

---

10) 미셸 푸코 외, 이희원 역, 앞의 책, 48쪽 참조.

네가 다시 보이든. 누가 유리를 의식하든. 극장에서 꺼내면서 줄거리가 구겨지든. // 두 눈은 보고 있다 // 육중한 자동차가 네 앞에서 서서히 방향을 바꾸든. 손은 손잡이의 분위기에 못박혀 떨고 있다 // 너의 역할이 잘 움직여지지 않든. // 극장에서 꺼낸 줄거리를 찢어서 얼굴의 땀을 닦든. 네 얼굴이 굳기 전에는 신경을 쓰지 않은 것이 중요하다 // 문제가 답이든.
　　　　　 ─「가능성의 엉뚱한 핑계가 아프든」 부분(밑줄은 인용자)

　'주어＋서술어'로 시작한 '나'의 행위는 ("두 눈은 보고 있다") 점차 안긴 문장의 수를 늘려가면서 복잡한 문장구조를 이루는데 ("손은 손잡이의 분위기에 못박혀 떨고 있다", "네 얼굴이 굳기 전에는 신경을 쓰지 않은 것이 중요하다") 이는 자신의 행위에 대한 조건을 추가하고 있는 것과 같다. 그만큼 시적주체 스스로가 염두에 두어야만 할 일들이 많아짐을 뜻하는 것이다. 그런데 이상하다. 문장에서 행위를 '하지 않으면 안되는' 기관들인 "눈", "손", "신경"이 누구의 것인지는 명확하게 제시되어 있지는 않다. '하지 않으면 안되는' 일들은 늘어 가는데 이 행위가 '내'가 해야 할 일인지 명확치 않은 것이다. 언급된 '두 눈'은 '나'의 두 눈인가, 혹은 '너'의 두 눈인가. 어쩌면 '우리'의 '두 눈'? 그러나 중요한건 누가 나열된 행위들을 해내느냐에 있지 않다. "나와 너를 제외하고/우리를 바꾸려는 힘은 빠지지 않는다."(「피의 설치 1」) '역할이 잘 움직여지지 않든', ('나'로 구별 지을 수 없는, 나이기도 너이기도 한) 흐릿한 '내'가 완수해야만 하는 일 자체가 중요하다. 그 과정을 통해서만이 '주체'는 구성되(어지)는 것이다. 그리고 자기 자신을 지우기 위한 강렬한 윤리적인 기제는 기어코, 미학적인 기품이 집약된 어떤 이미지를 형성하고야 마는 것이다. 다소 길지만, 독자는 한 호흡으로 다음의 시를 읽어주시길.

　여름에서 겨울로 날아오는 새가 있다 그 새에 관해 소문만 무성한 것은 겨울 하늘에 부딪혀 죽은 새의 깃털이 거리 가득 눈으로 쌓이기 때문이다 소문의 새를 실제로 본 사람은 폭염과 폭설을 구분하지 못하는 병에 걸린다 여름이 오면 폭염 속에서 얼어죽어 날아간다 // 발을 디딜 수 없어 수면이라 부르는 것이 / 바다에게는 바닥이라는 듯이 / 물속을 날아다닐 수 있었던 것은 살아 있을 때였다고 / 몸이 군자 바다는 그를 돌려보내주었지만 / 그의 몸은 수면으로 떠오르지 않고 / 수면에 비친 풍경 속 앙상한 나뭇가지에 / 새의 둥지처럼 걸려 있었다 // 어떤 구름은 하늘로 쏘아올린 공기방울이고 어떤 구름은 올려다본 눈빛이 하늘에 일으킨 균열이다 비 오는 날 울적한 건 하늘에 구름을 일으킨 눈빛이 되돌아오기 때문이다 숨을 고르면 바다에서 찬바람이 불어온다 // 사람들은 포구에 가만히 앉아 있었지만 / 눈빛만은 찬바람에 나부끼는 옷자락 사이로 / 깊이 가라앉았다 되돌아오곤 했다 / 한 켤레 구두가 놓인 포구에서 / 새들이 수면에 비친 풍경 속으로 날아갈 때 / 허공을 쥐고 있는 새들의 발을 보면 / 발금을 보고 운명을 점치지 않는 이유가 궁금했다

　　　　　　　　　　　　　　　　　　　　　　 －「새의 조각」전문

　'새'는 거리 가득 쌓이는 '눈'으로, 바다의 수면위로, 구름의 눈빛으로, 찬바람으로 계속해서 변모한다. 이미지가 금세 전환될 수 있는 이유는 변모하는 '새'가 실은 투명한 하늘을 배경으로 움직이기 때문. 우리가 새의 이동을 쉽게 눈치 채지 못하는 이유도 아마도 그 때문. 하늘을 배경 삼아 움직이는 새는 방어를 위해서 변색을 택할 필요가 없다. 다만 사람들의 소문이 무성하든 말든, 사람들이 포구에 가만히 앉아 있든 말든, '새'로 수렴되는 이미지의 운동은 미련 없이 자연의 순환에 따르면서 '날아가는' 그 행위로 반짝 "풍경 속으로" 기입된다. 풍경에 포섭되는 것이 아니라, 나란히, 풍경과 병렬적인 구도를 형성하며, 날아가는 것이다. 자기 자신을 지우면서 취하고자 하는 아름다움이 여기에 있다. 여기엔 '나'도, '너'도 없다. '나' 혹은 '너'라고 아직은 할 수 없는, '나' 혹은 '너'가 이후에 다다랐으면 하는, 운동적인 이미지가 있는 것이다.

제한과 중단으로부터 : 황인찬의 경우

최정진의 '새'가 하늘을 배경으로 병렬적으로 위치하고 있음을 상기할 때, '나란한' 그 구조를 형식으로 내장한 시를 황인찬에서 찾을 수 있을 것 같다.

> <u>그것은 함께 공원을 걸을 때의 일이었다</u> // 나는 중앙공원의 분수대 앞에 있었다 / 너는 센트럴파크의 분수대를 지나갔다 // 네가 한낮의 공원에 서 있으면 / 나는 어둠에 붙들리고 // 개를 데리고 나온 여자가 개를 놓쳤다 / 그러자 그곳에서 자전거가 쓰러진다 // <u>우리는 함께 공원을 걷고 있었다</u> // 여자의 비명이 동시에 들려올 때 / 점점 짙어지는 어둠을 보며 나는 생각했다 / <u>무엇일까, 마주 잡은 반쪽의 따뜻함은</u> // <u>갑자기 가로등에 불이 들어왔다</u> // 내가 어둡다, 말하자 / 네가 It's dark, 라고 말한다
>
> — 「듀얼타임」 전문 (밑줄은 인용자)

이 시의 구조는 상당히 특이하다. 밑줄 친 네 개의 구절이 한 행으로 한 연을 이루고 있고, 나머지 연은 모두 두 행으로 이루어져 있는데, 이 두 행의 구성이 분신(double)처럼 짝패를 이루고 있다. 두 개의 시간대를 동시에 표시한다는 "듀얼타임"이라는 제목 때문일 공산이 크지만, 두 행으로 이루어진 연들에서 '나'와 '너'의 궤적에만 집중하다보면 위의 시는 같은 시간, 다른 장소의 사람들[11]에 대한 언술로 읽힐 수 있겠다. 하지만 묘하게도, 밑줄 친 네 개의 구절을 따로 읽을 때 ("그것은 함께 공원을 걸을 때의 일이었다", "우리는 함께 공원을 걷고 있었다", "무엇일까, 마주 잡은 반쪽의 따뜻함은", "갑자기 가로등에 불이 들어왔다") 독자는 위의 시가

---

11) 하지만 장소가 다르므로 시간대 역시도 다를 수밖에 없다. '중앙공원'과 '센트럴파크' 가 비슷한 의미일 수도 있으나 번역 과정을 통해 다른 의미를 창출해내고 결과적으로는 제 각각의 장소를 지시할 가능성이 있듯, 중앙공원과 센트럴파크의 배경이 되는 시간대에도 장소들 사이에 보이지 않게 빗금이 쳐져 있을지도.

같은 시간, 같은 장소에 모인 이들의 현장을 그린 것일 수도 있겠다고 여기게 될 것이다. 누군가와 함께하고 있다는 착각이 여기에 개입한다. 아니다. 시적주체의 착각이 아니라 실재라고 해야 할 것만 같다. 네 개의 구절을 기점으로 시적주체가 정립할 수 있는 현실의 층위가 전환되기 때문이다. 가령 시적주체가 '그것'이란 대명사와 함께 "공원을 걷는" 일에 대한 언급을 두 번 반복하고 나서 그 이후 시선을 시적 주체 저 자신이 느끼는 감정/감각의 차원에 두고, (어느덧 시간이 지나) 저녁이 되어 가로등에 불이 켜졌음을 언급할 때, '걷는 행위'에서 비롯되어 인간에게 깃든 따뜻함은 가로등에까지 옮겨가는 상황을 연출하는 것이다.[12] 그러나 시선을 돌려 짝패를 이루고 있는 다른 연들을 볼 때, 두 개의 행이 이루고 있는 관계는 완전한 분신이랄 수만은 없다. "내"가 "중앙공원의 분수대 앞"에 있었다면, "너"는 "센트럴파크의 분수대를 지나갔"고, "네가 한낮의 공원에 서 있으면", "나는 어둠에" 있는 모습은 흡사 같은 장소에 쌓여있는 다른 시간대의 일들이 시적주체의 발화 속에서 구성되고 있는 것처럼 보여서다. 그리고 그것이야말로 밑줄 친 네 개의 문장이 개입해 들어가고자 하는 현실의 층위일 수도 있다. 행과 행 사이에 빗금이 쳐져 살짝 어긋나 있는, 때문에 완전한 '듀얼'이 되지 못한 '듀얼'의 층위. 그럼에도 이 '듀얼'이 당도한 층위는 가로등에 불이 들어온 이후에 들어설 수 있는 대화의 영역이다. 즉 "어둡다"/"It's dark"가 번역되지 '않은' 채 각자의 언어로 교환되

---

12) 한 편 '그것'의 정체는 끝까지 명료하게 등장하지 않는다. 이는 시인이 부러 장치한 것으로 추측되는데, 아마도 '그것'은 앞으로도 '절대' '명료해선 안될' 예정이다. 황인찬은 주로 대명사를 하나의 시적 현장이 가능하게 하는 가장 중요한 기표이자 동시에 너무나 무용한, 텅 비어있는 공백을 지시하는 기표로 활용한다. '그것'은 끝끝내 존립해서, 시의 긴장을 팽팽하게 지탱한다. 필자의 이 같은 의견을 뒷받침해주는 황인찬의 또 다른 시편을 소개한다. "그것을 생각하자 그것이 사라졌다 // 성경을 읽다가 / 다 옳다고 느꼈다 // 예쁜 것이 예뻐 보인다 / 비극이 슬퍼서 / 희극이 웃기다 // 좋은 것이 좋다 // 따뜻한 옷의 따뜻함을 느낀다 / 컵 속의 물을 본다 // 투명한 빛이 바닥에 출렁인다 // 그것은 마시라고 있는 것" −「그것」전문

는 층위에 접어드는 것이다. 번역되지 '못한' 게 아니라 번역되지 '않았다'는 점에 주목해야 한다. 여기서 우리는 바르트가 "마음속에서 통합이 아닌, 다만 논리적 모순이라는 오래된 유령으로부터 해방되기 위해 모든 장벽을 파기하는 개인의 허구적인"[13] 발화라 일컬었던 '바벨Babel'적 구성의 언어를 연상할 수 있다. 시적주체 스스로의 운용으로 택한 언어들이 바르트가 정의한 바벨탑의 언어들처럼 황홀하게 엉겨있는 것이다.

황인찬의 '듀얼적' 구성이 야기하는 숱한 상황은 그리 많지 않은 단어들로 연출된다. 최정진이 시적 주체의 실질적인 얼굴과 같은 주어를 지우고 그 위에 '-하면 안된다'의 문법으로 기능하는 행위들을 올려놓는다면, 황인찬은 하나의 의미, 하나의 상황을 현시할 수도 있을 법한 하나의 문장을 분해하는 형식으로, 하지만 그것이 주어진 말 내에서만 가능하게 하여 사회에서 통용되는 경제를 배반하는 '시적인 말의 경제'를 생성하는 방식으로 자기테크놀로지를 실현한다. 시는 결코 이윤추구를 위해서 언어를 과도하게 착취하라 하지 않는다. 주어진 말들이 분해되고 있으므로, 그를 발화하는 언술 주체가 흐릿하게, 희미하게 그 모습이 상상되지만, 덕분에 말들이 형성하고 있는 지평은 (팽창한다기 보다는) 더욱 단단해지고, 그를 밑저리 삼아 독자가 뛰어드는 해석의 지평은 더욱 무한해지는 것이다. 이를테면 시를 읽는 독자들이 살고 있는 현실층위가 지금 우리의 삶을 운용한다고 가정할 때 시적 주체는 '글을 쓰는 자기 자신'과 '생生이라는 작품' 사이에 거리를 설정하고, 자기 자신을 작품의 재료로 간주하여 '실존의 미학'으로써 쓰기를 중시하게 되는 것이다.

자기 실존의 근간 내에서 자기의 고유한 행동 원리에 따라 쓰기 충동의 기투를 이루고 있으므로, 시적 주체가 따르는 것은 외재적 법-질서가 아니다. 저 자신을 이루고 있는 저 시간적 층위(통시적), 저 자신을 형성케

---

13) 롤랑 바르트, 김희영 역, 『텍스트의 즐거움』(동문선, 1997), 50쪽.

하는 지금−여기의 층위(공시적)가 구성하는 윤리를 따른다. 때문에 「듀얼타임」에서, '나'를 강렬하게 추동하는 윤리적 기제는 무엇을 '더(more) 말하지 않는 방식'이다. 그리고 하나의 문장으로도 그럴 수 있는 상황에 대한 반복 제시, 이중적 제시를 통한 '쓰기 장소/독서 장소'의 창출이다. 황인찬의 시에서 '자기 테크놀로지'가 발휘되면 될수록 (발화 주체가 '자기'임에도) 시에서 발화되고 있는 주체에게는 벌써 또 다른 낯선 주체가 들어가 있는 것이다.[14] 쓰는 몸은 그러나 아직 '여기'에 있으므로, 자기테크놀로지를 통해 발휘되는 쓰기를 감행하는 이들은 내내 모순적인 결합에 속박될 수밖에 없다. 그들, 시인은 영원히 절합(articulation)을 떠안고 가야하는 자들인 것이다. '쓰기'를 통해 '쓰지 않은' 부분, '쓰여야 할' 부분을 반증하는 방식, 즉 황인찬이 '중단'의 윤리를 이행하는 이유는 여기에 있다.

시적주체는 더 보여줄 무언가가 있을 것만 같은 순간에 말을 멈춘다. 더 나아갈 때보다 멈추었을 때가 얻을 수 있는 의미가 더 크다고 여기는 것 같다. 이는 최정진의 '말해야 할 부분을 말하지 않는' 방식과 유사하게 겹쳐지기도 한다.

> <u>낮에도 겨울은 어두웠다</u> // 그 애는 빈 의자에 앉아 있었다 추워서 그래? 물었더니 고개를 저었다 어둡구나, 말해도 고개를 저었다 // <u>겨울은 낮에도 어두웠다</u> // 열려 있는 문이 밖을 향하고 있었다 <u>그 애는 악령이 아니었다</u> 그 애는 빈 의자에 앉아 있었다 // <u>그 애가 악령이 아니었다면 그 애는 대체 누구였는가?</u> 악령도 없이 세월이 흘렀다
> ─「연인 ─ 개종 3」 전문 (밑줄은 인용자)

---

14) 이 문장은 낭시의 사유가 빚어낸 표현을 참고한 것이다. "글쓰기는 우리가 소유하지도 않고 우리 자신이지도 않은, 그러나 그로부터 존재가 기탈되는 바로 그 몸으로부터 비롯해야 한다. 그리하여 내가 글을 쓸 때면 글을 쓰고 있는 나의 손에는 벌써 이 낯선 손이 들어와 있지 않은가." ─ 장 뤽 낭시, 김예령 역, 『코르푸스 ─ 몸, 가장 멀리서 오는 지금 여기』(문학과지성사, 2012), 23쪽.

마지막 연에서 던진 질문이 힘없이 고개를 숙여버린 후 "악령도 없이 세월이 흘렀다"는 상황에 대한 진술만 있어서, 위의 시를 얼핏 읽게 되면 독자는 시적 주체가 '그 애'에 대해 말하기를 포기한 것이라고 단정지어버릴 수 있다. 하지만 시인은 무엇을 포기했나? 포기를 하고 있기는 한가? 재차 읽는다.

  밑줄 친 구절은 또 다시 한정된 어휘들로 겹의 문장을 형성하고 있다. "낮에도 겨울은 어두웠다"라는 첫 구절에서 독자는 '–에도' 라는 주격조사 때문에, 겨울이 낮뿐만 아니라 다른 때에도 어두움을 감지한다. 어둠이 '나'와 '그애'의 사이를, '나'와 '그애'와 '독자'의 사이를 비집고 들어온다. 비슷한 말들인데, 그 순서만 바꾸니 의미가 배가(doubling)된다. "겨울은 낮에도 어두웠다"라는 구절은, 낮과 밤만이 어두울 뿐 아니라 겨울이 아닌 다른 계절 역시도 매한가지로 어두울 수 있음을 알린다. 하루의 축과 계절의 축에 모두 어둠이 내려앉아, 우리는 "어둡구나,"라고 말하는 시적 주체의 목소리에 동의를 표하게 된다. 그런데, '그 애'는 고개를 저었다고 했다. '그 애'가 고개를 저었던 때가, 어둠이 하루를 채우고 있음을 깨달을 무렵이므로 '그 애'는 어쩌면 하루뿐이 아니라 일 년 내내 아니, 어쩌면 모든 시간은 어둠에 잠긴 채로 운용된다는 것을 알고 있는 애일지도 모른다. 어둠 속에서 한 치 앞을 예감한 채 사색에 잠긴 '그 애'를 누군가는 불길하다 할 수도 있었을까. 사정에 대해 말하지 않고, 시적 주체는 갑자기 단호해진다. "그 애는 악령이 아니었다" '악령'이라는 말은 황인찬이 대명사를 활용했던 방식과 비슷하게, 시적주체의 단호함 속에서 기존의 의미가 소거되기 시작한다. 시인이 포기하는 것은 '그 애'가 아니다. 쓰기 주체들을 압박해오는, 기존의 상징질서다. 그 앞에서 시적주체는 중단을 외치고, 그 질서를 '그 것'으로 만들어버린다. 정신분석학적으로 표현하자면, 기꺼이 대타자의 지지를 포기하면서, 자신의 좌표를 재정립해나가고 그 위를 자유로이 유영하는 위험을 감수하는 것이다. 시인이 요청하는 것은 아직 도래하지 않은 형태로서의 관계다. 황인찬이 감행하는 중단의 윤리를 '자기 포기'가 아니라 죽음을 수용하고, 관계하는 방식으로의 윤리, 즉 '죽음'과의 직면이 "자기의 거부"가 아닌 이유가 여기에 있다. 이 의견을 보충할 수 있는 또 한 편의 시를 여기에 남긴다.

> "죽은 사람이 나를 보고 수인사하지만 나는 그를 모르고 / 그도 나를 모르겠지 이곳의 상냥함이 / 계속 나를 편안하게 만든다 // 너는 내 몸이 아니구나, 아니구나 내 몸이구나 // 나는 오늘도 밥상머리에서 떠올린다 / …(중략)… // 먹으면 몸이 따뜻해지니까, 나는 밥을 먹게 되고, 불을 피우게 되고, 눈을 감게 된다 // 죽은 사람과 밥 한 그릇도 나눠 먹어야지 // 이곳은 빛이 꺾여 들어오는 방이다 / 비가연성의 캄캄함이 겨울에도 내려온다"
>
> ―「목조건물」부분

(누구에게) 이것을 바칠까?

이 글의 제목으로 삼은 "누구에게 이것을 바칠까?"는 쥘 바르베 도르비이가 예의 그 악명 높았던 『악마 같은 여인들Les Diaboliques』(1874)을 출판했을 때 책의 맨 앞장에 오만한 마음으로(하지만 그는 정말 아무렇지 않았을까?) 썼던 문장이다. 정치적으로는 프랑스 혁명과 공화주의에 반대한 왕당파였던 바르베를 끌어들인 이유는, 우매하게도, 바르베 그 자신이 저 자신의 '쓰기'의 목표를 저 문장으로 하여금 만천하에 드러나게 했기 때문이다. 이미 '누구'를 상정한 가운데 쓰인 글쓰기에서 바르베는 자유로울 수 없었을 것이다. 더군다나 '바침'이라니. 누구에게 바친단 말인가? 발레리는 '누구도 자기 자신만을 위해 글을 쓰지는 않는다'고 얘기한 바 있지만, 이 글에서는 내내 바로 그 '자기 자신'을 문제 삼았었다. 2010년대의 시들은 어쩌면 '자기 착취'의 방식과 변별되는 생존의 시학으로의 테크놀로지를 애쓰며 발휘하고 있는지도 모른다. 무엇이 되기 위한 방식으로의 생존이 아니다. 어떤 존재들은 제 자리에 버티고 있는 것만으로도 저 자신의 존립을 선언하는 것이다. 모두에게 바치는 글일 수 없는 이 글이 ('자기 자신'에게 바치는 이 글이) 역으로 모두에게 바칠 수 있는 글이 될 수도 있을 가능성이 조금이라도 있다면, 아마 그 때문일 것이다.

현대시, 왜 감동이 없는가?

―'도둑맞은 감동'을 위하여

김효은

1. 변명

비평가이기 전, 한 독자로서 "현대시, 왜 감동이 없는가"라는 주제를 안고 두 가지 난점에 부딪쳤다. 이 경우 명제 안에 이미 현대시는 감동이 없다라는 명징한 사실과 현대시는 감동을 필요로 한다라는 두 가지 전제가 깔려있다. 그러나 감동이란 지극히 개인적, 주관적, 정서적 메커니즘이기에 감동을 정의내리거나 범주를 설정하는 것 자체가 쉽지 않다. 독자의 지적 수준과 과거 경험, 취향에 따라, 혹은 작품의 성격과 사회 · 역사적 배경에 따라, 또한 작품을 접하고 있는 '지금 여기'의 미세한 정황, 또는 필자와의 개인적 친분이나 회고 하나까지도 대개는 '감동'에 영향을 미치기 때문이다. 둘째, 감동의 문학적 정의는 차치하고라도, 현대시 전체를 '감동이 없다'라고 단언하는 것도 무리이다. 그렇다고 특정 시의 한 부류만을 집어내어 무감동하다고 비판하는 것도 어불성설이어서 사실상 주제에 접근하기가 조심스럽다. 혹자는 난해시, 관념시를 읽고서 지적인 쾌락을 동반한 감동을 받기도 할 것이며, 혹자는 이념이 강한 시를 읽고 경도

되거나 그에 선동되기도 하겠거니와, 혹자는 김소월이나 한용운의 시를 읽고 정한의 눈물을 흘리거나 긴 여운으로 밤을 지새울 수도 있는 노릇이다. 더러는 잔혹하고 기괴한 시를 읽고, 더러는 해체시나 민중시를 읽고 그에 마음이 동動할 수도 있는 것이므로, 이러이러한 시는 감동'이' 없다, 감동'을' 일으킬 수 없다라고 단언할 수 없다. 물론 신파적 소재의 글 또는 대중에 영합한 감동 자체를 의도화, 기획화, 상품화한 상업주의 문학에 있어 감동의 문제를 다룬다면 이야기가 다르겠지만. 그렇다면 과연 어떻게 '문학적 감동', 그 중에서도 '시적 감동'을 찾아 정의내릴 것인가. 앞서 말했듯이 독서라는 행위 자체가 지극히 개인적인 취향과 사적인 영역에 속하기도 하거니와, 감동의 범주와 메커니즘 자체는 더욱더 주관적, 정서적 차원에 속하는 것이므로, 그 다양성과 '차이'를 무시한 채, 섣불리 현대시 전체를 감동이 없다라고 진단내리는 것은 성급한 일반화의 오류이자, 위험한 진단이 아닐까. 역설적으로 우리가 여전히 감동을 주고받거나 애송하는 고전의 시 이를테면 아리랑과 민요를 막론한 소월과 만해의 시가 갖는 또는 보편성과 초월성과 공감성이 어쩌면 '지금 여기'의 우리 시에 결여되어 있기 때문은 아닐까.

2. 감동(感動), 이전

일단 감동이 있기 이전에 '독서'가 선행되어야 할 것인데, 이와 관련하여 현대시를 읽는 수효는 얼마나 될까. 시 뿐만 아니라, 문학 서적의 경우 수요보다는 공급이, 독자보다는 작가가 많은 게 요즘의 현실이다. 인터넷의 보편화와 하루가 다르게 업그레이드되어 출시되는 최첨단 디지털 기기들로 인해 '읽는 행위' 못지않게 '쓰는 행위'가 일상화되었기 때문이다. 꼭 신춘문예라든가, 문예지 신인상과 같은 등단 절차를 거치지 않더라도 네티즌 독자와 직접 실시간적으로 소통하는 작가들이 많다. 게다가 또 시집은 해마다 얼마나 많이 출간되는가. 한 해에 출간되는 시집은 총 2000여 권에 달한다. 문학 계간지와 시전문 잡지는 또 얼마나 많은가. 문학하는 필자 역시 서점에 쏟아져 나오는 신간 시집과 잡지에 발표된 시 전체를 일일이 다 찾아 읽지 못한다. 시집을 사보는 사람은 극소수인데, 자비출판, 인터넷 출판, 미디어의 발달로 시인들과 발표된 시들은 기하급수적으로 많아진 것이다. 반면 스마트폰과 태블릿 피시가 보편화된 21세기 최첨단의 시대에, 전철 안에서 책을 읽는 풍경은 찾아보기 힘들어졌다. 더욱이 버스나 전철 안에서 시집을 읽는 사람이 몇이나 될까. 시집을 적어도 구매하여 읽는 독자층이라면, 아마도 그들은 문예창작을 전공하는 학생이거나, 평생교육원이나 문화센터 창작 강좌의 수강생이거나 하는 이른바 '시인 지망생'일 것이다. 교재로서의 시집, 그나마 창비나 문지와 같은 메이저급 출판사의 시집이 아니고서는 그나마도 팔리지 않는다. 시집이 베스트셀러가 되는 경우는 원래도 드물었지만, 1980년대 도종환의 『접시꽃 당신』이라든가, 1990년대 최영미의 『서른, 잔치는 끝났다』를 끝으로 더 이상 밀리언셀러 시집을 찾아보기 어렵다. 시 자체를 읽지 않는데, 감동이라니, 감동感動은 적어도 독서행위 동시에 혹은 그 이후에 파동波動처럼 일어나는 독자의 강렬한 반응, 독서의 완성이 아니었던가.

3. 비평가와 감동

이제 범위를 좁혀 소위 말하는 순수문학, 제도권 문학의 자장 안에서 현대시단과 시비평계를 둘러보자. 과거나 지금이나, 뭇 비평가들이 주목하고 선호하는 시인들은 늘 한정되어 있다. 그 비평가라 함은 대부분, 국문학 박사급 이상의 학력소지자로 그들은 대학 교수와 문예지 편집 위원 등을 겸한 경우가 대부분이다. 게다가 더 유능한 소수는 시비평과 시창작을 겸하기도 한다. 주로 비평가로서의 그들은 새로운 담론을 생산, 유포

하는 역할을 한다. 현대시를 과거 어느 때와 구분하여 편리하게 구획 짓거나(보통은 십년 단위), 유형화하여, "~파"라는 새로운 이름을 붙이기도 하고, "~논쟁"으로 문단의 이슈와 담론을 재생산해 내기도 한다. 유행을 창조, 선점하는 유능한 소수를 제외 하고는, 유행에 뒤처지지 않으려고 서로 본의 아니게 커닝에 가까운 참조를 하는 경우도 있다. 거론되는 시인도 그렇거니와 작품들 역시 비슷한 구절들이 문예지 이곳 저곳에 동일하게 인용되곤 한다. 그들은 생업에도 바쁘거니와 여타 학문을 공부하거나, 공유하기에도 바쁘다. 철학, 심리학, 사회학, 역사학, 정치학, 정신분석학을 섭렵하는 것은 텍스트를 찾아 읽는 것에 기본적으로 선행돼야 하기 때문이다.

몇 년 전에 김선우 시인이 '시인이 평론가에게'[1]라는 소제목으로 게재한 글을 읽은 적이 있다. 시인은 오늘의 시 비평가들이 대부분 "자기를 내보이려는 욕망이 너무 승해서 ('자기표현'의 욕망이라기보다는 평론가로서의 '위치검증'의 욕망이라고 할), 비평적 논쟁거리의 선점욕망이나 자신이 공부한 바의 지적내용물들의 투사와 검증 대상으로 작품을 호출해, 줄 세우고 일회성으로 소비하기에 급급하거나 그저 그런 독법으로 이분법적인 낡은 분석을 수행하기 일쑤"라며 비평계에 쓴 소리를 던진 바 있다. 시인은 또한 같은 글에서 심장 없는 시들이 새로울 수는 있어도 감동을 주기는 힘든 것처럼 시를 향한 진정성이 느껴지지 않으면서 예리하기만한 비평 역시 좋은 비평이 아니라고 지적한다. 비평이 시를 판단하고 줄 세울 것이 아니라, 날카로우면서도 웅숭깊고 그러면서도 시(시인)에 대한 애정과 소통의지가 있는 비평이야말로 좋은 비평이라는 그녀의 '지적'에 공감한다. 김선우 시인은 비평가의 이러한 폭력적인 잣대를 심지어 담론에 의거한 신종검열체계 즉 "팬옵티콘 같다"라고까지 비판한다. 시

---

1) 김선우, 「손가락이여 심장들이여, 어떻게 이 고양이를 살리죠?」, 『실천문학』, 2007년 봄호.

인이고 비평가이고 간에 중요한 것은 '탈주체'나 '주체없음', '타자성', '분열된 주체'가 아니라 주체의 '치열한 자기갱신'이 무엇보다 절실히 필요하다는 의견에도 공감한다. 그러고 보니, "현대시, 왜 감동이 없는가"라는 문제의 책임이 이처럼 비평가에게도 있는 셈이었다. 비평가들에게 주목받지 못하는 여타의 시인들과 등단조차 하지 못한 시인지망생들은 그들의 담론에 부합하는 시, 그들에게 자주 회자되는 시를 모범작으로 삼아, "모방은 창조의 어머니"라는 모토로 아류작들을 습작하는 경우가 많다. 물론 주류 담론과 무관하게 전통 서정의 길을 묵묵히 가는 시인들도 있다. 시를 단순히 좋다/나쁘다, 감동이 있다/없다, 새롭다/진부하다로 규정할 수는 없다. 다만 각각의 독자적인 시가 독립적으로 존재할 뿐이다. 감동 역시 그러하다. 그렇다면 독자의 감동을 위해 비평가 할 수 있는 역할은 무엇인가. 비평가에게 있어 시적 감동이란 또 무엇인가. 아이러니하게도 비평가에게 감동은 배제되어야할 동시에, 꼭 필요한 작동 메커니즘인 것만은 분명해 보인다. 비평가는 작가와 독자와 작품 '사이'에 존재하기 때문이다. 그들은 작가와 작품과 독자 사이에 가교를 놓는 매개 역할을 함과 동시에, 시대를 진단하고 좋은 작가를 발굴하고, 젊은 작가들을 독려하며, 문학의 위기를 극복, 타개해나가야 할 의무가 있다. 단순히 작품의 등위를 매기거나, 새로운 담론과 현학적인 관념들을 생성, 유통, 조장하는 데 급급하기보다는, 작품에 대한 깊이 있는 성찰과, 존중의 마음, 작품의 '숨은 결'을 읽어내는 치밀하고 섬세한 읽기, 시대와 다양성을 조망하는 폭넓은 혜안과 아름다운 문체까지 갖춘다면 그는 아마 더없이 이상적이고 매력적인 비평가가 될 것이다.

4. 지적인 너무도 지적인 시인들

거대 자본주의 사회에서 살아남기 위한 경쟁은 상상을 초월한다. 무한 경쟁과 적자생존의 논리는 문학'판'에도 존재한다. 소설이나 시를 쓰기 위해 고시원이나, 사찰, 심지어는 무인도에 들어가는 지망생들도 있다. 고교생들의 경우 문예창작과 대학입시를 위해 기술이 뛰어난 현업시인에게 시창작 과외를 받거나, 수상 실적(문예 특기자 특별 전형)을 위해 전국의 백일장 등을 투어한다. 이 외에도 신춘문예나 문예지 신인상 공모를 위해, 무슨 고시준비처럼 이름난 시창작 강좌를 수강하기도 하고, 이러저러한 '시창작법'에 관한 서적을 독파하거나, 심지어 보다 전문적인 작법을 연구하기 위해 문예창작 '박사'과정에 진학하기도 한다. 시집을 필사하거나 계절과 운동과 감동에 의존하는 방법은 외려 지극히 전통적이고 구태의연舊態依然한 습작에 속한지 오래다. 기존의 평론가들도 지적한 바 있지만, 이렇게 기법에 치중한 시들에 있어 문제점이라면 시의 작위성, 산문화 경향, 유행시의 아류화 등을 지적할 수 있겠는데, 이러한 요인들이 현대시의 감동을 저해하는 데에 큰 몫을 하지 않았나 싶다. 치열한 노력과 경쟁은 있으되, 뭔가 부족하고 중심이 없다. 차가운 몰두는 비근하되 짧은 외마디로서의 호흡들은 도처에 많다. 해마다 수많은 시인들이 이러저러한 통로로 배출되는 것에 비해, 등단작만 화려하고 이후에 뚜렷한 활약을 보여주지 못하는 경우가 많은 것도 이러한 맥락에서 이리라. 시대에 따라 유행담론이 다르고 시의 흐름이나 분위기, 형식들도 변화되는 것은 당연하다. 그러나 시공을 초월한 시적 감동은 분명 존재한다. 직조되거나 날조된, 혹은 유명한 작품을 복제한 듯한 '잘빠진' 작품에서 자연스러운 감동을 찾아내기란 쉽지 않다. 김소월이나, 한용운, 백석, 서정주, 정지용, 등의 작품들은 언제 읽어도 자연스러운 감동이 인다. 1920년대 이상의 시는 거의 한 세기가 지난 지금에 읽어도 읽을 때마다 새롭고 낯설고 아프다. 그러나 낯섦 속에도 감동이 있다. 새로운 감상과 재해석, 다양한 연구가 끊이지 않는 이유도 아마 시공을 초월한 보편적인 아름다움이 분명 고전이라 불리는 이들 작품들 내부에 존재하기 때문일 것이다. 낯설지만 친숙하고 친숙하지만 낯선 시에, 감동이 있다. 그러한 감동이 새삼 그립다. 시는 적어도 진화하지 않는 장르이다.

5. 도둑맞은 감동

현대시 왜 감동이 없는가라는 주제로 현대시의 감동을 저해하는 요인들을 문단의 안팎에서 찾아보았다. 비평가로서, 시를 사랑하는 독자로서 연구자로서 글을 쓰는 내내 무언가 어긋난 느낌을 지울 수 없다. 내 스스로의 논의에 구체적인 작품 분석이 뒤따르지 못해서인지 자가당착적이다. 필자는 사실 '현대시, 감동의 부재'라는 주제에 반감을 가지고, 그동안 현대시를 뒤지며 '감동'을 찾기 위해 온통 혈안이 되어 한동안을 지냈다. 그리고 아주 멀게는 김소월의 「엄마야 누나야」에서 가깝게는 최근 등단한 80년대 이후 출생한 젊은 시인들의 작품들에서 지진과도 같은 '감동의 활어'들을 맛보았다. 필자가 맛본 낱낱의 작품들을 감동의 순위별로 나열하여, 도막도막 따옴표와 각주로 묶음(모둠)포장하고 싶지는 않았다. 그저 나는 믿는다. 시 한 줄에 사람을 살게도 하고, 죽게도 하는 '힘'이 있다고. 시인에게든 독자에게든 시詩가 신神이 되는 밤이 있다. 어제 오늘 새삼스러울 것 없이 문학은 늘 위태로웠으며, 항상 위기의 연속이었다. 문학은 늘 새로움에 대한 열망을 강력히 요구했으며, 과거와 다른 변화를 꾸준히 추구해 왔다. 반면 중심엔 항상 보수와 권력, 보이지 않는 거대한 뿌리와 유습이 존재했다. 정치가 변(퇴보)하고, 사회 경제가 하루가 다르게 변(퇴보)해도, 문학은, 특히 시詩는 늘 거대 담론의 자장 안에서도 급속히 또는 천천히 문학의 자리를 지키며 흘러왔다. 이제 주류가 아닌, 비주류, 순수보다는 차이와 다양성, 잃어버린 감동에 주목할 때이다. 실험시와 전통시, 서정과 비서정이라는 이분법의 잣대로 시를 가름할 것이 아니라,

다양한 스펙트럼으로 다양한 시적 경험과 감동을 받아들여야 한다. 새로운 상상력과 새로운 문학적 활로活路가 모두에게 필요하다. 절망絶望과 전망前望은 무한 반복된다. 절망을 절망하고 반성을 반성하고 배반을 배반하는 것이 문학이고, 시詩이다. 끊임없는 자기 갱신과 자기 부정만이, 문학의, 시의 존재 양식이다. 사실 시에 있어서만큼은 고정되거나 규정된 고전古典도 진화進化도 없다. 감동은 언제나 낯익음과 낯섦을 동시에 포함한다. 감동은 과정(또는 잠재된 지속) 속에 있다. 감동은 어쩌면 가장 잘 보이는 곳에, 포우의 '도둑맞은 편지'처럼 태연하게 놓여, 지금 이 순간에도 당신을 기다리고 있는 중일 것이다.

그 모든 것들, 그 모든 시간

노 지 영

그는 "나는 이렇다"라고 말하는 사람으로서 현존하는 것이 아니라
발화 주체와 자기 행동의 주체간의 일치 속에서 현존합니다. "내가 너
에게 말하는 진실을 너는 내 안에서 본다."

— 미셸 푸코, 「1982년 3월 10일 강의」 중에서

1. 사람의 역할

고백으로부터 시작해도 좋을까? 임성용의 시 원고를 받을 즈음 개인적
으로 어려운 시간을 보내고 있었다. 부끄럽지만, 건강이 많이 상해서 당
분간은 주변을 살피기보다는 오롯이 몸을 돌보는 이기적인 삶을 살자고
다짐하는 시간을 보내고 있었다. 그런데, 그의 원고의 첫 시를 대면하는
순간부터 딜레마에 빠졌다. 자기보존 본능에 충실하며 지내기에는 "멈출
래야 멈출 수 없는 기계의 눈들이 / 단단하고 차갑게 내 눈을 찔러왔"(「기
계의 눈」)던 것이다. 그의 절대적인 경험이 내 눈을 찔렀고, 그 앞에서 그
어떤 어쭙잖은 군더더기의 수사를 덧붙이는 것이 하염없이 부끄러워 한
동안 아무 말도 할 수가 없었다.

원고를 지체하고 있을 즈음 세월호 참사가 벌어지고 나서, 그 슬픔의 물귀신이 몸을 더 침대 속으로 끌어들였는지 모르겠다. 면역력이 더 떨어져 잔병치레가 잦았다. 눈가가 짓무르고 뇌가 짓무르는 고통에, 최소한의 신앙생활이나 생계와 연관된 일만 천천히 처리하고 힘겨운 마음이 드는 일은 무조건 미뤄두었다. 글을 쓰는 대신, 일부러 몸을 쓰는 일을 하였다. 무조건 쉬고, 틈나면 운동을 하고, 산책을 하고, 밭에 가서 일을 돕고, 계절이 익힌 열매를 따고, 안 하던 음식들을 만들었다. 몸이 회복되면, 경험으로서의 시를 대하는 마음도 강건해질 거라고 생각하면서 오래도록 해야 할 것들을 미뤄두는 민폐를 끼치고 있었다.

와식 생활 속에서 내가 자기 보존에 몰두하는 그 시기에, 주변 사람들은 서서히 침몰하기에 더욱 자세히 볼 수밖에 없었던 외부의 소식에 대해 전해주었다. 세월호를 보면서 사회적 적폐의 총화를 발견했고, 치밀어 오르는 분노를 미처 다스리기 힘들어 했다. 그들은 때로 고통스러움에 못 이겨 수면 장애에 시달렸으며, 어떤 이들은 내 혈육을 잃은 것처럼 작은 말로 건드리는 순간 하염없이 울었다. 모두가 '스타바트 마테르Stabat Mater'가 된 것처럼, 곧 죽어가는 예수의 곁에 부모의 마음으로 서 있는 성모처럼, 울고 있었다. 아무리 다른 화제로 전환하려 해도 결국 모든 대화가 진도의 해역을 떠돌고 있었다. 모든 추상 언어가 페르골레시Pergolesi의 멜로디(Stabat Mater)에 붙인 시로 환원되어 들렸다. "어머니는 서 계시네. 아드님이 십자가에 달려 계실 때, 마음 아파하시는 어머님이, 울고 서계시네. 탄식하고 슬퍼하며, 아파하는 그의 마음을, 예리한 칼이 꿰뚫었네⋯⋯." 사람들과 다른 얘기를 하면 할수록, 자꾸만 그 슬픈 노래가 우리에게 '돌아왔다.'

그러나 세월호 참사 이후에 선거를 앞두고 여러 매체에 의해 '줌 인'된 또 다른 종류의 눈물들을 보면서, '서 있는 어머니'의 애도가 그들의 눈물과 어떻게 구별될 수 있을지 혼란스러웠다. 언젠가 크리스테바가 지적한 바 있듯이 분만의 기능이 삭제되고 동정녀로 성화되어버린 성모애상의 모습으로, 즉 원죄 없이 잉태된 '무염시태無染始胎'의 애도로 오늘의 우리 사회는 그저 죽어가는 것들 앞에서 '서 있기'에 머물러 있는 건 아닐까. 슬픔의 성감대를 건드려준 외적 사건을 바라보면서도 그저 기존의 삶이 격하게 변동되고 오염되지 않기를 바라며 우리는 여전히 제 자리에 울며 서 있는 것은 아닌가. 물론 절절한 슬픔으로, 감정의 정화를 위해 필요한 통곡으로 온 마음을 바쳐 괴로워하며, 애도의 심층을 파헤쳐 미학적으로 성화聖化하기도 하지만, 때로 애도라는 것이 책임지지 않는 위정자의 눈물에 면죄부를 주고 죄악을 망각하게 하는 이미지로 도용되기도 한다면, 이는 철저히 두려워할 일이다.

그렇게 죽어가는 세계 앞에서 무력하게 누워 있고, 슬퍼하며 서 있는 우리들에게, 그렇다면 이제 어떤 노래가 '돌아와야' 할 것인가. 죄 없는 사람처럼 아무것도 안 한 채 서서 울고 있는 위장된 성모애상의 '줌 인Zoom In'된 이미지 앞에서, 우리도 그와 구별되지 않은 눈물만 지으며 애도할 것인가. 맘몬을 지배 권력으로 선출해놓고 나날이 기괴한 재난 사건 속에서 황망해하며 집단적 마조히즘에 빠져 있는 이 시대, 죽음이 일상화되어 애도를 고고한 정신성으로 승화시켜야 견딜 수 있는 시대에, 우리는 과연 어떤 노래를 부를 수 있는 것일까.

임성용의 시에서 애도의 시기에 직면하는 시인의 삶을 발견할 수 있을 것 같다. 그는 끝내 백 퍼센트의 죽음을 맞은 이 침몰의 시대에 그저 누워 있거나 서 있지 않았다. 누구보다 종종거리며 생명으로 사는 일을 행위화하였다. 누군가 몸을 뉘여 쉬고 있을 때, 몸은 쉬고 있지만 함께 하지 못하는 고통에 마음이 쉬지 못하고 괴로워할 때, 그는 대신 사람의 현장에 더 부지런히 들러 그곳의 소식들을 전해주었다. 오래전부터 그렇게 살아왔고, 이 재난의 시대에도 그는 또 그렇게 "죽지 않고 펄펄 살아있"(「새우리 말사전 1 - 섰다」)었다. 가까이서 죽음을 목격할 때, 아니 우리 스스로가 죽음을 맞은 신체가 되었을 때도, 그는 마치 성서에 나오는 나자로처럼, 분연히 일어서고 만다. 작업장에서 일하고, 더 어려운 현장에 찾아가고, 집회에 참석하고, 행사를 기획하고, 탄원서를 작성하고, 아픈 동료들을 위문하면서, 생의 진실 속으로 더 깊이 파고들어가는 시를 쓰고 있었다. 죽은 지 나흘이 되어 냄새가 진동하던 나자로의 시신이 다시 죽음을 딛고 일어서는 것이 바로 이런 것이겠구나, 우리가 이런 식으로 다시 살아날 수도 있겠구나, 그의 삶을 보면서 함께 일어설 이유들을 생각해본다.

일어나라고 외치는 것은 신이지만, 스스로 일어서서 신께 걸어가는 행위자는 바로 사람이다. 누워서, 때로 서서 울면서, 임성용의 시를 통해, 다시 '일어서는' 나자로를 보았다. '사람의 역할'을 보았다.

2. 담론의 내부, 자기에의 관심

애도가 일상화되어 있는 오늘날의 시대에는, 주체와 진실이 맺고 있는 관계가 쉽게 허약해질 때가 많다. 특히 사이버 세계를 매개로 한 다양한 정보의 통로는 사건의 접근과 인식을 손쉽게 만들지만, 역으로 그 정보의 과잉성은 손쉽게 사건에 대한 리비도를 이탈시킬 수 있는 원인이 된다. 현대인들은 정보의 물결과 억견(doxa) 속에서 특정 사건에 감정과 이념의 과잉을 보이며 리비도를 신속히 집중시키다가도, 그것의 구체적인 진실을 조목조목 알기 전에 또 다른 자극에 노출되면서 신속히 리비도를 이탈시킨다. 숭배되는 동시에 회의되고, 절대화되는 동시에 상대화되면서 새로운 사건과 '정보'에 대한 실제적 진실은 더욱 애매모호해진다. 어쩌면 정보의 과잉은 개인의 번민을 축소하고 고통을 탕감해주는 심리적 장치로 기능하는지도 모른다. 과다한 정보는 존재의 비극성을 온전히 각성하고 그 속에서 주체가 행위화할 수 있는 시간을 허어하지 않는 것이다.

정보의 과다한 가상 체험 속에서 머릿속으로만 세계를 인식하는 우리는 진실을 감당할 수 있는 주체가 아니라 매체의 통치술이 호명하는 것을 편안하게 소비하는 개인으로 존재할 때가 많다. 그리하여 정보의 과잉은 우리를 담론의 심연으로부터 소외시킨다. 가상 속에서 대리 인식되면서 진실은 언제나 인식 가능한 것으로 느껴지지만, 실제 우리가 허약하게 관계 맺고 있는 정보들은 현실태 속에서의 실천적인 힘으로 이어지지 못한다. 정보의 대중화로 많은 사람들이 인터넷과 SNS 등 다양한 경로를 통해 앎의 불평등을 해소하고 문화민주주의를 실현하고 있는 것처럼 보이지만, 실제로는 매체의 수사적 규범을 따라 세계를 피상적으로 인식할 뿐 그것을 변화시키지 못하고 그저 담론의 외부에만 존재하는 것이다.

그렇다면 세계와 존재에 대한 피상적 인식을 벗어나고 담론의 내부 안으로 진입하기 위한 새로운 주체성의 윤리적, 정치적 생산조건은 무엇일까. 이를 위해서는 푸코가 몰두했던 다양한 고민들을 참고할 수 있을 것 같다. 잘 알려져 있다시피 푸코Michel Foucault는 주체를 지배 기술의 수동적 산물로 파악했고, 이를 권력구조 안에서 면밀히 분석해온 대표적인 인물이다. 그러나 『주체의 해석학』을 비롯한 푸코의 후기 저작들에는 '자기'의 자립성에 몰두하여 이러한 수동성을 벗어나게 하는 주체의 자기 실천에 대한 고민이 열렬히 분출되고 있음을 기억할 필요가 있다. 그는 그리스 로마 철학사에 빈번하게 등장하는 철학적 주제인 '자기 배려(epimeleia heautou)'의 문제를 고민하면서 자기 자신을 구하는 주체의 실천 형식을 전면화한 바 있다. 이처럼 자신을 파고들고 통제하는 미시권력의 예속화에 저항하면서 자기 자신을 구원하고 이를 극복할 수 있는 '주체화'를 고안하고자 한 시도는 우리 시대의 노동문학의 가치를 살피는 데 유의미한 참조점이 될 것 같다. 푸코는 자신의 존재를 이용해야만 진실에 도달할 수 있음을 강조하면서, 세계 속에 통제되고 있는 개인을 발견하고, 이를 변화시킬 수 있는 '자기에로 관심'을 갖는 훈련에 대해 강조한 바 있는데, 우리의 노동문학의 태동이 바로 이러한 과정에서 시작하지 않았던가.

1970~80년대 노동문학은 자기서사 쓰기를 서발턴의 대항공중(subaltern counterpublic)의 역사 기록으로 발전시켜온 과업이 있다. 오늘날은 다양한 매체의 발전으로 그러한 과업을 잇는 주체적 권한이 노동자에게만 주어지지는 않지만, 그럼에도 '노동문학'은 어떠한 연구자들의 우스갯소리처럼 '사어死語'로만 그치지는 않을 것이다. 그것은 여전히 자신이 속한 권력장의 실제적인 면모를 직시하면서, 자신의 존재론을 성찰하는 것을 포기하지 않은 가장 인문학적인 장르로 남아있기 때문이다.

오늘날의 '노동문학'을 기술하고 지켜나간다는 것은 그리하여 자신의 예속화를 거부하고 이러한 자기에의 관심을 포기하지 않은 '실존의 기술(technique de l'existence)'을 연마하는 과정이 될 것이다. 자신이 처한 작업장의 오염된 현실태 속에서 자신이 어떻게 구축되어 있고, 권력 안에 내부화되어 있는지를 탐구하고, 진실을 받아들일 준비 속에서 그것을 솔직하게 발화해나가는 것이다. 피상적인 세계에서 진실에 접근하기 위해 인간의 신체 내에 이식된 현실을 인식하고 끊임없이 자신을 변형시키며 훈련시키는 과정이 임성용의 시에서 묵직하고 간결하게 발화될 때마다 시가 주체의 윤리와 맺는 불가분의 관계를 떠올릴 수 있어 기쁠 따름이다.

임성용 시인은 자신을 둘러싼 작업장이 자본의 통치 논리에 예속된 현장이라는 것을 직시하는 예리한 눈을 가지고 있다. 첫 시집을 해설한 오철수의 지적대로 "그의 육신"은 "곧 사상의 형상 언어"며, "노동자의 몸은 그 기록 문서"인 것이다. 그의 시에 빈번하게 드러나는 육신의 모티프와 신체의 이미지는 규율과 통제 속에 관리되는 자본주의의 압축태이며, 그가 노래하는 공장의 작업장은 생명관리정치를 인식가능하게 하는 조건을 가진 대표적인 장소로 등장한다.

코끼리 두 마리쯤 되는 기계를
각목으로 끼워서 밀고 밧줄로 끌어당겼다
무쇠 발바닥이 굴러간 흔적을 따라
우리는 조심조심 걸어갔다
닥치는 대로 무엇이든 먹어치우는 톱니바퀴를 벌리고
언제라도 콧김을 내뿜고 폭발할지 모르는 뱃속으로
숙련공 몇 사람이 절벅절벅 기어들어 갔다
노란색으로 그어진 기계의 동선 밖에서
시운전을 알리는 비상벨의 명령
일초에 한 번씩 숨을 멈추는 호흡
일분에 서른 번씩 밟아대는 발판
최단거리의 동선과 시간당 생산량을 확인하고
불량으로 밀린 시간은 제외시켰다
교대 시간, 청소하는 시간, 밥 먹는 시간,
커피 마시고 오줌 싸고 남은 여분의 휴식시간까지
정확히 계산해서 녀석의 조련사에게 알려주었다
작업을 마치고 우리가 책임져야할 불량품들이 잔뜩 쌓였다
우리의 노동으로는 도저히 녀석을 먹여 살릴 수 없었다
그는 필요 이상으로 거대한 동물이었다

— 「코끼리」 전문

이 시에는 "코끼리 두 마리쯤 되는 기계"와 '조련사'가 동시에 등장한다. '일분' '일초'를 통제하고 계측하는 규율권력으로서의 미시권력과 생명관리정치를 하는 거시권력으로서의 '조련사'가 동시에 '숙련공'을 통치하고 있다.

우리 문학에서 노동 현장은 우화 형식의 변형태로 등장하여 자연사의 전형적 형태와 생리학적 진실을 결합시키는 형태를 보여주는 경우가 많은데, 임성용의 시에도 이러한 동물적 변신 기법이 자주 사용되는 것 같다. 화자와 인접한 거대한 기계, 즉 노동자의 '필요' 이상으로 존재하는 거

대한 기계는 초식동물의 순한 이미지를 가지고 있지만 결국 거대한 포식자로 살쪄 있고, 숙련공을 '불량품' 생산 기계로 낙인하는 역할을 한다.

이러한 코끼리의 대사작용代謝作用을 따라가는 "노련한 선반공"이 되기 위해서는 "장갑을 끼고 보안경을 쓰고 / 기계에 기대거나 밤새 피곤에 지쳐" 있으면 안 된다. 곧 "팔뚝이 말려들어 가고 / 터져버린 눈알을 돌려달라며 생떼를 부리"게 되기 때문이다. 불량을 막고, 자기 생명을 보존하기 위해서는 인적 자원으로서의 '기술'을 넘어서 "모니터를 무시하는 위험한 기술"(「위험한 기술자」)을 익혀야 하는 것이다. 경제적 생산성과 이득을 최고의 합리적 가치로 이해하는 '경제적 인간'인 호모에코노미쿠스Homo economicus들은 공적 명령 체계 속에서 그 위험한 기술의 질서를 강요한다.

그러나 그 대가는 무시무시하다. "도금공장에서 십년을 일했던 형이" "코에 수십개의 작은 구멍이 뚫려"(「코」) 뒤틀리고 훼손된 육체로 돌아온 것처럼, '불량품'을 생산하지 않기 위해서는 자기 자신이 '불량품'이 되어버리는 기괴한 교환이 일어나는 것이다.

> 완전무결한 정품은 세상 어디에도 없다
> 나는 폐기통 속에 버려진 제품들을 꺼내본다
> 폐기와 반품, 교환과 수정이라는 식별에 몰두한다
> 버려야할 것과 고쳐야할 것이 뒤섞인 검사에서는
> 끝내 단 한 개의 제품도 통과하지 못한다
> 내 손으로 도면을 새로 만들고
> 내가 직접 생산을 통제하는 게 상책이다
> — 「수입검사 김과장」 부분

그의 시에서 인간은 곧 물질화되고, 물질은 곧 인간화된다. 그가 속한 작업장의 제품들은 단순한 물상으로 존재하는 것이 아니라 "불량등록딱지"가 붙여진 인간을 매개하기도 하는 것이다. 하나의 샘플 기준에 맞춰

져야 '정품'으로 '수입'되고, 그렇지 않으면 '폐기', '반품', '교환', '수정'되어야 하는 '선별검사' 속에서 "폐기통 속에 버려진 제품들"이 식별된다. '수입'되지 못한 삶, 물화 속에서 생명적 권력 안으로 진입되지 못한 존재들은 이처럼 그의 시에서 반복적으로 '노출'된다.

이러한 상황은 때로 단순한 어조로 투박하게 발화되지만, 진정성 있는 삶의 경험 속에서 자신이 속한 장소에 대한 이의를 제기할 수 있는 정치적 주체화의 계기가 되기도 한다. 사회적으로 과도하게 예속되어 있는 측면을 파악하고 "내가 직접 생산을 통제"하면서 자기에 의한 자기의 구축을 꿈꾸는 시발점이 되는 것이다. 그러한 '자기에의 회귀' 속에서야 주체는 비로소 폐기통 속에 버려져 있는 것들과 연관된 관계를 살피게 된다. '폐기통' 속에서 함께 버려진 것들을 발견하고 연대감을 느끼며 함께 예속화된 대상들을 바라봄으로써 말이다. '자기'와 '자기'와의 관계를 맺고 있는 것들을 바라보면서, 나는 누구이며, "우리들이 누구일 수 있을까" 상상하는 과정 속에서 폐기통의 제품들은 들썩대기 시작한다. 비로소 '자기'의 범위는 확장되는 것이다. 아마도 그러한 확장이 바로 "내 손으로 도면을 새로 만드"는 과정이 되리라.

3. 이상향, 다시 이상향

자기가 누구인지, 우리가 누구인지를 알아가는 '자기지(Self-knowledge)'에 대한 관심은 자신의 세계를 둘러싼 사물, 사건, 무수한 타자들과의 관계 속에서 탐구되고 완성되는 것이다. 임성용의 시에는 노동현장에서 시작하여 그것을 넘어서 소외된 약자들에 대한 인간 공동체적 관심 속에 자기 자신의 위치를 발견하는 과정이 묘사되어 있다.

자기에 대한 관심은 노동에 대한 관심으로, 또 노동에 대한 관심은 다시 '자기'의 기원과 관계망을 알아가는 노동으로 순환된다. 노동 속에 자기가 있고 자기를 알아가는 노동을 통해 인간은 비로소 '자기'의 완성으로 향해갈 수 있다. 그렇기에 노동의 기원이 인간의 기원에서부터 시작하는 것은 조금도 이상한 일이 아니다.

원형 그대로 굳어진 손가락 마디마디는
무엇보다 망치를 내려치기 좋게 만들어졌다
아주 오래 전에 직립의 꿈을 실현한 발이
손에게 자유를 얻어오라고 망치를 잡게 했지만
망치는 닳고 닳아 녹물을 흘리고 버려졌다
그러나 쇠보다는 살이 더 강한 것
손가락은 스스로 닳아 없어지지 않는다
금형에서 금방 찍어낸 제품처럼 살아 있다

그 손가락의 주인은 기타리스트였다
야적장 등나무 아래, 손가락을 잃어버린 그의 장갑이
줄이 끊어진 기타와 함께 비를 맞고 있다
이제는 어느 멀쩡한 손가락이 와서
그가 두고 간 기타를 연주하고 노래를 불러줄 것인가
오늘 밤에도 예술의 전당에서는 음악회가 열리고
바이올린을 켜는 희고 고운 손가락들
품위 있는 시간을 사려고 음악을 감상하러 가는 사람들
그들 가족은 모두가 신성한 악보가 달린 귀를 가지고 있다

만일 공장에서 바이올린을 켜는 노동자가 있다면
망치는 바이올린을 능히 지배할 수 있을 것이다
펄펄 끓는 용광로에 바이올린을 잡은 손가락을 내던지고
작업장 벽에 바이올린의 허리를 못질할 것이다
나는 바이올린을 켜는 노동자의 연주회를 위하여
망치의 선율에 따라 기계를 세우고
선명하게 주조된 손가락을 깎아내고 있다
　　　　　　　　　－「바이올린을 켜는 노동자」 부분

"아주 오래 전에 직립의 꿈을 실현한 발이 / 손에게 자유를 얻어오라고 망치를 잡게 했"(「바이올린을 켜는 노동자」)지만, 노동자는 '주조공장 쇳물'에 손가락을 빠뜨리고 더 이상 바이올린을 켜기 어려운 존재가 되었다. 그러나 그의 시에서는 오지 않은 "노동자의 연주회"를 위하여 역설적으로 "망치의 선율에 따라 기계를 세우고" 움직이는 노동의 연주를 작업장에서의 노동자가 하고 있다. 오지 않은, 쉽사리 오지 못할 이상향으로서의 "노동자의 연주회"는 오히려 노동현실의 조건 속에서 마련되게 된다.

이와 같은 '노동자의 연주회'처럼, 임성용 시의 '이상향(理想鄕, Utopia)'은 기이하게도 헤테로토피아Heterotopia의 '이상향異常鄕'과 연결되어 있다. 그 연주회는 손가락을 잃은 노동자의 현실태에서는 발견할 수 '없는' 부재의 장소이고, 그리하여 모든 장소의 '바깥'에 있는 이상향의 장소로서 '자유'를 표상하지만, 역설적으로 다른 노동자의 예속된 현실 속에 '존재한다.' "바이올린을 켜는 노동자의 연주회를 위하여" 노동하는 다른 노동자의 '노동 행위' 속에서 비로소 '자유'의 선율이 새어나오는 것이다.

푸코가 '현실화된 유토피아'로 설명한 바 있는 '헤테로토피아'는 현실에 존재하면서도 자기 이외의 모든 장소들에 맞서서 그것들을 지우고 중화시키는 '반反공간(contre-espaces)'을 의미한다. 서로 양립 불가능한 여러 요소들이 한 장소에 겹쳐져 모든 장소들의 바깥에 존재하며, 다른 모든 공간에 대해 이의를 제기할 수 있는 장소를 말하는 것이다. 그의 첫 시집의 표제인 『하늘공장』은 시인의 대표적인 유토피아이자 헤테로토피아의 표상이라고 할 수 있다. '하늘공장'은 마치 성서의 『이사야서』 11장에서처럼, 이리와 어린양이 함께 거하고 젖 먹는 아이가 독사의 구멍에서 장난하는, 양립 불가능한 존재들이 공존하는 장소로 묘사된다. "연기나는 굴뚝도 없애고 철탑도 없애고 / 손과 발을 잡아먹는 기계 옆에 순한 양을 놓아 먹이고 / 고공농성의 눈물마저 새의 날갯짓에 실어 보내"는 장소,

"큰 공장 작은 공장 모두 하나의 문으로 통하는" 즐거운 노동의 장소는 궁극의 천상적인 것들로 엮여있지만, "지상에 놓인 집 한 채"로 향하는 길목으로 제시된다.

그러나 우리는 알고 있다. 이러한 '하늘공장'이 실제로는 얼마나 비현실적인 공간인지를. 그곳의 대립적 자질로 존재하는 현실태의 공간은 연기 나는 굴뚝과 철탑이 있는 현장이요, 손과 발을 잡아먹는 기계에게 순한 양이 먹히는 작업장이며, 고공농성의 눈물이 떠나지 않고, 큰 공장이 작은 공장을 포식하는 참혹한 노동의 장소라는 것을……. 그럼에도 현실에서 양립 불가능한 존재들이 수평적인 관계를 이루며 한 장소에 겹쳐지면서, 현재의 공간에 맞서 이의를 제기하는 순간이 열리기에 이 비현실적인 부재의 유토피아는 존재하는 현실과 교차되어 더욱 환상적으로 열리고 있다는 것도…….

그의 두 번째 시집에서는 부조화된 현실을 이야기하고 그것을 정화시키며, 현실의 장소에 맞서는 가능성을 열어가는 '반공간'의 작용이 물질적 현실 속에서 더욱 구체화되어 나타난다. 예컨대 나이어린 '누이'들의 '집단기숙사'인 「근로자복지아파트」의 묘사는 매우 상징적이다. '복지'의 받침 'ㄱ'자가 떨어져 나간 그 아파트를 통해, 산업화의 전진 기지가 품고 있는 미래지향적 이미지는 한순간 격하되고 비속화된다. 이처럼 포장된 현재의 이미지에 이의를 제기하는 '잘못된 글자'의 장소, 그리하여, 그 공간의 바깥의 아픔으로 확장되는 장소들이 그의 시에는 매우 흥미로운 상황들로 결합되어 있다. 아래의 시를 보자.

> 친구들은 대부분 감옥에 수감되었다
> 농민도 노동자도
> 엔지니어도 화이트칼라도 함께 갇혔다
> 장사꾼도 청년들도

수감생활에 적응하고 저항을 포기했다
체념이란 총칼보다 무섭고 세금보다 무겁지만
때론 고픈 배를 채워주는 상한 음식처럼 시큼한 것
친구들은
왕성하게 발기된 희망을 섞어 트럼프 놀이를 하고 있다
조마조마하지만 불안정한 미래는 늘 조커처럼 숨어 있다
다행히 무기형으로 감형된 나는 더 이상 이력서를 쓰지 않는다

그렇게 풀타임 정규직이 되고 싶은가?
그렇게 그들의 완전한 가족이 되고 싶은가?

나에게 남은 것은 집단적으로 구제를 거부하는
폭동처럼 격렬한 희망뿐

　　　　　　　　　　　　　　　　　　　　　 -「풀타임」 전문

　이질적인 것이 연합되어 반공간이 열리고, 현재 장소의 특징을 현시하면서 다른 장소를 연결시키는 교차점이 형성될 때, 헤테로토피아의 기능은 더욱 분명하게 부각된다. 일반적으로 감옥이라는 공간은 규범의 요구로부터 일탈된 행동을 하는 개인들에게 마련된 장소이다. 이곳은 '저항'하는 이들을 수감하고, 사회적으로 '일탈'한 이들을 강제로 수용하여 '복종'시키는 공간, 즉 사회에 대한 거부와 사회로부터의 훈육이 동시에 이루어지는 공간이다.

　그러나 이 '감옥'이라는 장소는 주변 환경으로부터 주체를 고립시키면서 주변 환경으로 나아가고자 하는 희망을 품게 하는 양면적 공간이 된다. 감옥에 갇힌 수감자들은 시간적 고립 속에서 '풀타임'에 대해 생각하고, 사회적 단절 속에서 '완전한 가족'을 고민한다. 현실을 수납하는 개인과 그 현실적 조건 속에서 자기를 성찰하는 역사적 주체가 동시에 그 장소에 공존하는 것이다. 농민과 노동자, 엔지니어, 화이트칼라, 장사꾼, 청

년 등 다양한 계급들이 지배 계급의 통치술에 적응하고 저항을 포기할 때, 그 모든 것을 포기하는 어찌할 수 없는 장소에서 '폭동처럼 격렬한 희망'이 샘솟는 순간이 열린다.

임성용의 시에는 이렇게 양립 불가능한 것이 이질적으로 한 장소에 겹쳐져 기존의 현실에 대해 이의를 제기하고, 또 다른 현실의 장소로 연결되는 지점을 마련하는 신비하고 눈물겨운 위상학이 펼쳐지곤 한다. 특히 정규직의 근무 규정을 의미하는 시간인 '풀타임'이라는 시어는 해석의 애매성을 보여주기에 더욱 흥미롭게 읽힌다.

그것은 감옥 밖에서 일상적으로 출퇴근하는 정규직 근로자에게는 시간적 '제약'을 의미하기도 하지만, 비정규 '파트타임'직에게는 경제적인 '자유'를 의미하기도 한다. 또 감옥 밖에선 성취하지 못했지만 감옥 내에 예속되면서 비로소 '풀타임'으로 수감생활을 하는 자들의 '부자유'를 반어적으로 보여주고 있기도 하다. 그러면서도 'full time'이란 영문자 기표가 즉시적으로 상기시키는 '가득찬 시간'의 이미지는 어떠한가. 어떤 선택을 해도 부자유를 살 수밖에 없는 이들, 즉 체제의 감옥에 사는 생명들이 영원히 완성시켜 나가야 할 과업으로서의 '자유' 시간을 상징하지 않는가.

단절되고 구속된 시간 속에서 우리들에게 꽉 채워진 시간을 상상하게 하는 그 '격렬한 희망'이야말로 감옥 속에 화자를 구금하는 원인이 된 동시에 감옥 속을 탈출하게 만드는 새로운 동인일지 모른다. 닫히면서 열리는, 구금되면서 '폭동'을 꿈꾸는 공간, 모든 것에 맞서는 장소이면서, 모든 것이 가능해지는 이종적 공간이 그의 시집을 읽는 '풀타임'의 시간 또한 꽉, 채우며 펼쳐지리라.

4. 그 모든 시간, 진실에의 용기

임성용의 시에서 그러한 '풀타임'의 시간들은 다양한 방식으로 형상화된다. 우선 고된 노동 현장 속에서 만나는 '충만한' 살덩이의 '시간'이 '풀타임'으로 묘사되는 것을 살필 수 있다. 그의 「트럭」이라는 시는 이동과 정착, 노동과 휴식을 동시에 가능하게 하는 트럭이라는 공간을 통해 '풀타임'을 사는 한 노동자의 모습을 따뜻하고 서정적인 눈으로 묘사하고 있다. "과적보다 무거운" "잠의 중량"과 모성과 같이 달콤한 "잠의 살결"이 동시에 공존하는 트럭이라는 이동수단은 생/노동의 결합면을 바늘 자국 없이 꿰매고 있는 환상적인 공간을 열어내는 것이다.

그러나 그의 시가 더욱 주목하고 있는 것은 이와는 다른 종류의 '풀타임'일 것이다. 다음의 시에는 복수의 존재들이 갖는 사건적 동시성을 통해 벌거벗은 모든 것들의 그 모든 시간이 제시되는 '풀타임'의 시적 전략이 노출되어 있다.

> 방세가 밀려 연탄불을 피워 놓고 동반자살한 어머니와 두 딸이 있었다.
> 세 모녀는 죽기 전에 입술을 꽉! 깨물었다.
>
> 한강 다리 위에서 물에 빠져 죽은 어머니와 어린 자식이 있었다.
> 건져 올려보니 어머니는 자식과 떨어지지 않으려고 자식의 아주 작은 손을 꽉!
> 움켜쥐고 있었다.
>
> 아버지가 장애를 앓는 아들을 데리고 저 세상으로 먼저 떠나갔다.
> 아버지는 겨우 한 발짝씩 떼놓는 아들의 비틀어진 어깨를 꽉! 붙잡아주고 있었다.
>
> ─「꽉!」 전문

총 3연으로 구성된 이 시에서 죽음을 기도하는 하나의 순간은 함께 죽어가는 세 개의 시간 중의 하나로 배치되어 있다. 연 단위로 죽음의 세 가지 유형이 반복되고 있지만 '죽음'은 죽음 그 자체가 아니다. 고귀한 생명의 '꽉' 찬 메시지와 연결되고 있는 것이다. 최소한의 인간적 존엄을 지키면서 동반자살을 선택한 세 모녀의 "꽉!" 깨문 입술 속에서, 다리 위에서 자살한 모자의 "꽉!" 움켜진 체온 속에서, 장애를 앓는 아들과 함께 생을 마감한 아버지의 "꽉!" 붙든 염려 속에서 죽음은 생명의 진실과 꽉, 얽혀져 존재한다. '존엄이 파괴된 생'을 부정하고, '참된 존엄으로서의 생'을 꿈꾸고자 했던 '그 모든 사람들의 그 모든 시간'을 '풀타임', '풀스페이스'의 시로 보여주고 있는 것이다.

첫 번째 시집『하늘공장』에서부터 "지상으로 가는 집 한 채"를 눈물겹게 그러나간 임성용은 두 번째 시집에서는 그 지상으로 가는 여정이 얼마나 험난한지를 벌거벗은 생명들의 허다한 죽음으로 더 고통스럽게 보여준다.

돌아보니 그가 없었다
그가 서 있던 자리에
소리 없이 바람이 지나갔다
햇볕이 내려앉았다
타다 만 용접봉이 그대로 있고
스패너와 볼트는 움직이지 않았다
나는 그의 얼굴을 보지 못했다
분주하게 오가는 그의 머리만 보았다
머리통 하나가 떨어지는 것을
누가 똑바로 세어보고 기록해 놓았을까
목을 베어 몸통은 버리고
머리만 궤짝에 담아 소금이라도 뿌렸을까
돌아보면 아무도 없는 허공
아스라이 굴러다니는 머리들
도무지 몇 개인지 모르는 머리의 숫자들
허리 굽혀 하루 종일 몸에 복종하고 있는
그를 얼핏 돌아보니 그가 없었다

그의 머리는 벌써 지상으로 낙하중이었다
돌아보지 마라 퍼억, 터지듯 주저앉지 마라
망치와 못의 머리도 때가 되면 몸을 버리나니
해가 진 자리마다 굵은 빗방울이 떨어진다

                              —「돌아보니 그가 없었다」전문

    호모에코노미쿠스의 질서 체계 속에서 "허리 굽혀 하루 종일 몸에 복종하고" 살아가던 존재들은 이제 "지상으로 낙하 중"이다. "분주하게 오가는 그의 머리만" 멀리서 바라보다가 미처 그 육신을 붙들지 못한 생 하나가 다시 낙하해버렸다. 참혹한 농성의 현장을 바라보지만, 이내 "분주하게 오가는 그의 머리"만 보며 가까이 다가가지 못한 사이, 그 얼마나 많은 죽음이 연속되었는가. 가까이 있다면 붙들 수 있었던 그 존재가, '돌아서' 있는 동안 기어이 죽어버렸다.

    "아스라이 굴러다니는 머리들 / 도무지 몇 개인지 모르는 머리의 숫자들"을 모두 용납하지 못하고 슬퍼하는 '분주'한 사이에, 수습되기 어려운 죽음의 쓰나미가 다시 몰려온다. 그리하여 임성용의 시 쓰기는 삶의 분주함을 거부하고, 하나의 몸이 극한의 신체적 물질성으로 항거하면서 들려주는 행위의 노래로 '돌아온다.' '용접봉'과 '스패너'와 '볼트' 같은 자본의 부속기계가 멈추고, '목', '몸통', '머리통', '굴러다니는 머리들'이 살덩어리의 육체가 되어 직정적으로 말하는 순간을 시화하는 것이다.

    미처 말하지 못하던 서발턴들이, 도무지 몇 개인지 모르는 머리의 숫자들이 '퍼억', 참혹한 소리로 지상에 마지막 공명음을 낼 때, 시인은 그 소리를 심장의 소리로 번역해낸다. "돌아보지 마라 퍼억, 터지듯 주저앉지 마라." 죽은 자가 두려움 없이 몸으로 진실을 말하는 순간을, 그들이 노래한 '진실에의 용기'를 시인은 원음의 노래로 현상하고자 한다. '머리통'으로 울리는 진실을 힘겹게 '돌아보는' 일, 몸의 행위로 간신히 '돌아온' 진실을 말하고, 그 진실과 일치될 수 있도록 생을 실천하는 일, '주저앉지' 말라는 생명의 언어에 응하여 분연히 '일어서는' 일을 그의 시가 묵묵히 감당하고 있는 것이다.

이 애도의 시대에, '사람의 역할'을 감당하고자 하는 그의 시 쓰기를 우리는 '진실에의 용기(parrhêsia)'를 향해 나가는 '파르헤지아스트parrhêsiastes'의 글쓰기라 부를 수 있지 않을까. 푸코에 의하면, 파르헤지아스트란 오직 진실되고자 노력하는 자이다. 그는 참, 거짓을 가려내는 진리로서가 아니라 모든 것을 끌어안아 품어내는 진실을 추구한다. 그것이 설령 위험을 불러올지라도 자신이 진실이라고 생각하는 것을 솔직하고 용기 있게 말한다. 그리고 어떤 위험한 상황 앞에서도 진실을 말할 수 있는 용기를 잃지 않는다.

때로 거칠고 절제되지 않은 모습으로, 「대한민국이라는 엽기소설」을 쓴 위정자를 신랄하게 비판하고, '재앙'의 연재를 중단해 달라 요구하는 그의 모습에서 우리는 세상의 진실을 향해 자기를 던지는 단순성의 결단을 발견한다. 그렇기에 그의 시는 무수한 정보 속에서 진실의 심연에 닿지 못하는 피상의 언어나 통치술에 휘둘려 발화하는 '호모 에코노미쿠스'의 언어, 미학적 합리성을 주장하는 세련된 수사의 언어 앞에서도 결코 위엄을 잃지 않고 살아 있다. 그의 시가 자기를 바라보고, 자기와의 관계를 온전히 바라보는 과정 속에서 생의 진실을 정직하게 발화하고 있기 때문이다. 그리하여 그는 진실을 발견하는 주체와 그를 향해 나아가는 행동의 주체를 자기 안에 정확히 일치시키고자 한다. 아니, 아예 '진실' 자체가 시의 실천 속에서 '유사―주체'로 만들어지는 과정을 제시한다. 그러한 윤리적 주체의 완성 과정을 임성용의 시를 통해 응원할 수 있으니 나날이 몰려드는 황망한 비극 속에서도 이 얼마나 다행한 일인가.

진실이 없는 곳에는 '솔직히 말하기'가 존재할 수 없으므로, 파르헤지

아스트의 시인은 스스로가 가장 진실된 장소에서 영향을 받아 '장식 없는 간결한 힘'으로 진실을 작동시킨다. "텅텅, 파이프가 울릴 때"(「텅 빈 울림」) '텅 빈' 진실의 원음이 공명한다. "쇠와 숫돌 사이" "날카로운 바이트 끝에"서 "파르르, 떨리는 노래"(「돌아오라 노래여」)가 '연마'될 때, 시인의 삶도 하나의 예술작품으로 '연마'된다. 그리하여 오늘의 이 시집은 그 모든 시간, 그 모든 장소에서 진실의 원음에 귀 기울이는 시인의 수행적 몸이라 할 수 있다. "검은 때가 낀 손톱 밑에 적"(「갑골문자」)어낸 '생명'의 격렬한 '내력'인 것이다.

그리하여 정녕, 시가 우리에게 말하는 진실을, 우리는 시 안에서 볼 수 있다. 임성용이 우리에게 말하는 진실을, 우리가 임성용의 안에서 볼 수 있듯이…….

*『풀타임』해설(실천시선)

깡통과 꽃

— 삶은 어떻게 예술이 되는가[1]

노 대 원

깡통과 꽃

1) 이 글은 『신동엽, 융합적 인간을 꿈꾸다』(신동엽학회 편, 삶창, 2013)에 실렸던 글이다.

어느 날, 학교 화장실에 들어갔다가 세면대 윗자리에 놓인 꽃을 보았다. 그저 버려진 꽃들을 굴러다니는 빈 음료수 깡통에 꽂아둔 것이었다. 이 소박한 꽃꽂이는 화장실 특유의 가라앉은 느낌을 이겨낼 만큼, 화사했고 예뻤다. 저 꽃들로 인해 화장실은 단지 위생적이고 깨끗하게 청소된 공공시설 공간이 아니라 삶의 여유와 품위를 즐길 수 있는 인간적인 장소가 되었다. 특별하게 화려하고 풍성한 꽃들로 이루어진 것은 아니었지만, 그리고 분명히 어떤 전문적인 손길이 전혀 아닐 것이라고 느낄 만큼 단순히 꽃송이들을 몇 줄기 그저 무심하게 꽂아둔 것에 불과했지만, 그것은 기어이 하나의 아름다움을 이루어내고 있었던 것이다. 작고 단순하고 일상적이며, 하지만 보는 이를 한결 상쾌하게 만드는, 그저 그런 풍경의 하나였(을 지도 모른)다.

그러나, 고백하자면, 나는 몇 년간 시와 소설, 영화 등 어떤 예술 작품에서도 저처럼 아름다운 사건과 조우하지 못했다. 그것은 문학도이자 평론가로서 참담한 불행이고 부끄러움이며 동시에 한편으로는 참으로 다행이고 은밀한 즐거움이었다. 어째서 그런가? 나는 이 작은 꽃꽂이를 하나의 '미학적 충격이자 미학적 사건'으로 받아들이고 있었던 것이다. 아니, 그런 분석적인 생각을 전개하기도 전에, 그 꽃꽂이를 본 그 순간, 이미 내 마음속에는 헤아리기 어려운 어떤 파장들이 전달되고 있었던 것이다. 그렇게, 밤새 혼자 저 꽃병들을 떠올리던, 불면의 날들이 있었다. 그 불면은 고통스럽고도 즐거운 '앓이'였으며, 혼자만의 고독한 사유의 시간이었다. 그날의 이 사건은 다른 누군가와 나누어지지 않고 온전히 내 것이라는 괴이한 생각을 품은 적 있다.

꽃들은 내게 말한다. 노동과 예술의 어떤 완벽한 결합이 있다면, 이름난 예술가의 요란스런 창작 작업이 아니라 분명 이런 소박한 아름다움을 세상에 선사하는 일일 것이라고. 일상과 예술이 온전히 하나가 되고 꾸미는 자와 보는 자 모두에게 즐거움을 선사하는 저 아름다운 사태. 예술의 이데아가 있다면, 바로 이런 것이 아닐지. 그렇게, 꽃들은 내게 어떤 깨달음을 들려주었다. 그 후, 신문 기사를 통해 학교의 청소 노동자 어머니들이 노동 환경 개선을 주장하며 목소리를 냈다는 사실을 알게 되었다. 그녀들의 말대로라면, 내가 조우한 저 미학적 사건은 "하루 식비 400원"인 어느 분이 만들어 놓은 꽃꽂이로부터 비롯된 것이리라. 나는 4000원 짜리 점심밥을 사먹고 밥을 벌었던 날, 저 꽃병을 만든 손길로부터, 나는, 무언가 다시 배우고, 느꼈다.

그리하여 나는 이 미적 체험을 어떤 식으로든 사유하고 실천해나가야 한다는 무겁거도 즐거운 의무감을 느꼈다. 그것은 평론가로서의 책무이기도 했으나, 그 이전에 하나의 예술 작품을 감상한 자가 기쁨을 누렸던 대가로 받아들이는 자발적인 채무 관계였다. 그렇게, 이 글은 이 미학적 사건에 대한 주석으로서, 성찰로서 쓰일 것이다. 먼 여행을 나서며, 완결되지 않은 그저 하나의 첫 발걸음으로, 출발할 것이다.

노동과 예술

버려진 꽃들을 주워 깡통 속에 꽂은 뒤, 그것을 단정하게 화장실의 적당한 곳에 배치하는 일은 노동의 시간에 일어난 창작 활동이었다. 우리가 알기에, 노동과 예술은 어느새 서로 무관한, 심지어는 서로가 서로를 밀쳐내는 사이가 되지 않았던가. 직업적이고 전문적인 소수의 예술 노동자를 제외하고는 많은 이들에게, 예술이란, 철저한 규율로 통제되는 노동 시간에 절대로 틈입할 수 없는, 그리고 침범해서는 안 될 불순물이다. 그런 탓에 예술은 더더욱 삶으로부터 멀어진다. 멀어진 것들은 마음속에서 멀리 달아나 그저 잊히기 마련이다. 혹은 그것을 아쉬워하는 자에게는 더욱 그리운 무엇이 되는 법이다. 그래서 어떤 이들은 노동과 예술의 엄격한 분리를 받아들인다. 그들은 노동이 끝나고 난 뒤 여가 시간의 예술을 진정한 자기를 찾는 일로 보기도 한다.

최근, 늘어나는 취미 공동체에 대한 관심과 옹호는 그러한 경향을 입증한다. 그들은 일이 끝나고 유희와 창조가 시작되는 이 시간에야말로 스스로의 정체성을 발견한다고 믿는다. 노동 뒤의 취미와 예술 활동은 점점 자신을 잃어간다고 느끼는 노동자에게는, 소외된 노동으로부터 구원이다. 문화 활동이 곧 소비 활동이라는 등식으로 여겨지는 자본주의적 문화에서 노동이 끝나는 퇴근 이후의 자유로운 창조적 활동은 실제로 소비적 문화로부터의 해방이 될 수 있다. 하지만, 그것은 소외된 노동을 묵인하고 예술을 특정한 시간과 공간 속에 가두어버림으로써, 제한적인 구원이 된다는 점은 부정할 수 없다.

한편, 노동자를 부리는 기업과 국가에서도 이 시간을 적극적으로 지원하고 배려하는 추세이다. 진심으로 환영할 만한 일이지만, 어쩌면 그들은 노동자들이 스스로 자유와 회복, 휴식을 얻음으로써 언젠가는 견디다 못해 터져 나올 지도 모르는 불만과 억압의 목소리를 잠시 배출할 수 있는 안전밸브 역할을 그 시간이 해주고 있다고 여길지 모른다. 또한 즐거운 기업이나 상상력의 놀이터를 표방하는 첨단의 기업이란 여전히 극히 드물다. 그 드문 기업들의 자유로운 정책마저 대부분 인지자본주의의 원천으로서 노동자의 창조성을(=그들의 영혼을!) 기업의 이익으로 회수하고자 하는 적극적인 노력의 일환일 수도 있다. 실제로 우리가 알고 있는 그런 자유로운 기업의 이미지는 IT 기업이나 문화 기업에 국한된다. 그런 삐딱한 관점에서 우려한다면, 어쩌면 노동과 예술, 노동과 여가의 철저한 분리와 구획이 노동자들의 온전한 휴식을 위해서 차라리 계속 유지되어야만 한다.

노동과 여가, 노동과 예술의 구분에 대한 숱한 담론적 공상과 논쟁 들

사이에 저 꽃들은 홀로 아름답게 피어있다. 저 꽃들은, 일하는 자로부터 소외된 노동 시간, 그래서 더 힘겹고 괴로운 노동 시간이 끝난 뒤 노동과는 전혀 무관한 여가의 시간에 노동의 소외와 고됨을 망각하기 위한 취미 활동이 아니었다. 버려진 것들을 줍고 쓰레기통에서 재활용 제품을 분리해서, 더러운 것들을, 쓸모없이 버려진 것들을 깨끗이 씻어내는 그녀의 노동은 때때로 즐거울 수도 있겠으나 대체로 심신의 수고로움과 피로 없이는 이루어질 수는 없을 것이다. 꽃들은 노동과 더불어, 그러나 어떤 강제된 명령이나 지시 없이 자발적인 즐거움과 함께 저 깡통 속에 담길 수 있었다. 그 일은 노동의 효과적인 성취인 동시에 창작자 자신과 감상자 모두에게 즐거운 여유를 선사해주는 노동 바깥의 심미적 활동이다. 이때 노동과 예술의 구분이 사실상 지워진다.

버려진 꽃을 줍고 다듬어 깡통에 담으면서 그녀는 희미한 미소를 지었으리라. 그 미소는 꽃의 아름다움을 향한 것이며, 더불어 이 꽃을 보고 미소 지을 더 많은 사람들을 향한 기대와 만족의 미소였을 것이다. 꽃을 꾸민 사람과 꽃을 보는 사람의 미소는 결코 다르지 않을 것이다. 다른 화장실에 장식되어 있는 수많은 꽃들이 일종의 세트처럼 규격화된 꽃병에 매우 조화롭게 꽂힌 조화造花라는 사실을 우리는 안다. 그런 꽃 장식들은 세련되고 편안한 장식으로 화장실의 한 '기능'으로 작동한다. 그러나 심미적 아름다움의 체험과는 거리가 멀다. 벽지에 새겨진 꽃무늬와 같다. 화장실 벽과 바닥의 예쁘게 새겨진 문양의 그것과 같다. 그것을 지시하고 배치한 손길은 다만 근면한 노동의 손길로 인정되고 제한될 뿐이다.

이에 비해, 빈 캔 커피 깡통과 어느 꽃다발 또는 화환으로부터 떨어져 나온 것으로 보이는 꽃송이들의 이질적이고 단순한 조합과 배치는 노동의 측면에서는, 그리고 기능의 측면에서는 전혀 조화로운 것이 아닐 수 있다. 그러나 저 꽃들은 세상에서 유일한 작품으로서 아우라를 거느리는,

독창적인 꽃꽂이 작품이다. 저 꽃들은 화장실의 장식으로서 도구적인 역할을 수행해내면서, 동시에 죽은 사물로서의 위치를 받아들이는 것에 격렬히 저항한다. 꽃들은 보는 자에게 말을 건넨다. 도구가 아니라, 기능이 아니라, 의미의 눈길이 가 닿아야하는, 참여와 감상을, 해석과 사유를 강요하는 예술 텍스트로 몸 바꾼다.

예술과 민주주의 간의 관계를 깊이 사유한 철학자 자크 랑시에르는 강연문 「감성적/미학적 전복(La subversion esthétique)」에서 루이−가브리엘 고니라고 불리는 소목장이의 글을 인용한다. 고니는 어느 사저의 마루판을 까는 일을 한다. "마치 제 집에 있다고 느끼는 양, 그는 그가 마루판을 깔고 있는 방 작업을 완료하지 못하는 동안에도, 그 방의 배치를 좋아한다. 창문이 정원 쪽으로 나있거나 그림 같은 지평선을 굽어본다면, 한순간 그는 [마루판을 깔던] 팔을 멈추고 널찍한 전망을 향해 생각에 잠긴다. 그럼으로써 그는 옆집 주인보다 그 방을 더 잘 즐긴다."

랑시에르는 이 글에서 예술이 문제가 아니라, 시선이 문제라고 한다. 시선은 노동자의 자리에 걸맞은 말과 생각과 행동에서 해방하게 한다. 혁명적 노동자의 신체를 형성하는 것은 혁명적인 그림이 아니라는 것도 덧붙인다. 그러나 비정치적인 외양의 예술이 노동자의 감각적 분배를 전복할 수도 있다는 것만을 강조한다면 그것은 무지한 오독과 게으른 알리바이에 불과하다. 중요한 것은 시선과, 그 시선을 이루고 있는 상황의 맥락일 것이다. "감성적[미학적] 전복이란 감성적 경험의 자율화와 예술일 만한 대상과 그렇지 않은 대상을 나누고, 그것을 맛볼 수 있는 대중과 그렇지 못한 대중을 나누는 모든 장벽을 제거하는 것 사이의 긴장이다."

일상과 예술

무엇보다도 저 깡통 속의 꽃들은 예술의 경계에 관해 질문한다. 무엇이 예술일 수 있냐고. 무엇이 심미적 체험이냐고. 누가 감성의 체험을 할 수 있는 사람이냐고. 어떤 시선이 당신의 감각을 새롭게 구성하고 사유로 이끌 수 있느냐고. 꽃들은 감성적/미학적 전복의 시선으로 이끈다.

나는 문학장이라는 제한된 제도적 울타리 내에서 활동하는 문학평론가로서, 대학과 대학원에서 문학을 전공하고 가르치는 학생이자 강사로서, 그리고 인문학을 연구하는 학자로서, 문학 텍스트를 붙들고 산다. 문학은 텍스트이며, 인문학은 텍스트이다. 누군가의 말을 맥락과 무관하게 비틀어 쓴다면, 그런 의미에서 텍스트 바깥은 없다. 물론 여기서 텍스트란, 제도적으로 승인받은 텍스트만을 뜻한다. 특정한 시간과 공간 또는 특정한 지면 위에서, 특정한 지위와 권위를 가진 자가, 특정한 문법과 어조로 제작하고 제출한 제한적인 텍스트. 나는 그 텍스트들을 구획 짓고 평가하고 해석하면서, 즐거워하고 괴로워하면서, 보람과 관성으로 그 일을 해내면서, 계속해서 문학과 학술 제도의 생산과 유지에 일조한다. 그런 가운데 저 꽃들은 미술관 밖으로 뛰쳐나온 미술작품, 문예지 밖으로 달아난 문학작품, 강의실 밖으로 탈출한 사유의 질문이 되어, 내게로 온다. 무엇이 예술이고 무엇이 사유입니까.

예술과 일상을 가르는 확고한 태도는 점점 예술을 삶과는 무관한 저 너머 세계의 것으로 만든다. 우리는 극장에 가서 영화를 보고 감동한다. 이를테면, <광해, 왕이 된 남자>를 보고 인민을 위한 진정한 정치(또는 통치)가 무엇인지 잠시 생각해보고, <레미제라블>을 보고 혁명기의 사랑과 자유를, 정치와 인간애를 음미해본다. 그러나 여운은 딱 거기까지다. 감동과 열정은 쉽게 끝나고 쉽게 식는다. 영화가 끝나고 엔딩 스크롤이 올라가면, 삼삼오오 저마다 어두운 극장 밖을 빠져 나가버리고 나면 끝이다. 영화로 얻은 감동과 별개로, 부자로 만들어주겠다고 기름진 빈 말들로 유혹하는 보수 또는 극우 정치인에게 여전히 투표하고, 그런 선거 결과에 절망해서는 마음의 위안을 얻는답시고 잠시 힐링 타임을 갖는 것일 뿐이다.

그럴 때, 이 영화들은, 혹시, 예술의 형식으로, 감동의 형식으로, 영화의 이야기처럼 살지 못하는 우리 삶에 대한 교묘한 알리바이이자 그 위로가 되는 것은 아닌가. 영화로부터 전달된 감동이 미처 외적으로 발현되지 못했다 해도 그 감동은 보이지 않는 숨은 힘을 지녀 켜켜이 쌓이면서 언젠가 우리의 삶을 예술보다 더 유쾌한 것으로 변화시키는 마술이 될 것이라고, 나는 그렇게 애써 바라고 긍정해볼 것이다. 그럼에도 예술의 힘이 축소되는 것은 예술이 예술(제도)의 울타리 안에서만 안전하게 '흥행'하고 있는 것과 무관하지는 않다.

예술과 일상의 확고한 구분의 태도는 점점 예술을 삶과 경험으로부터 멀어지게 만든다. 마로니에 공원에 위치한 아르코 예술극장 앞에는 이런 문구가 걸려 있다. "예술은 삶을 예술보다 흥미롭게 하는 것." 희망과 이상이 아니라, 현실에서도 그 말은 진실이 될 수 있을까? 그와 다르게, 우리 시대의 예술은 따분한 삶을 위로하기 위한 심심풀이용 엔터테인먼트로, 삶의 방향과 의미에는 어떤 흔적도 남기지 못하는 외양만 화려한 소비문화의 하나로 축소된 것은 아닌가? 그런 의문을 품은 눈으로 바라보면, 예술을 예술로 인정하고 향유할 수 있도록 해주었던 예술 제도와 관습은 어느덧 자가 면역 질환(autoimmune disease)을 닮아 있다. 제 몸을 지켜주는 게 아니라 엉뚱하게도 제 몸을 공격하는 면역세포의 질환 말이다. 다른 것들로부터 예술을 구분하고 그 의미와 가치를 보호해주던 그 예술 제도와 관습은 이제는 스스로의 의미와 가치를 무너뜨리는 일에 가담하기 시작한다. 예술은 의미가 축소되고 제한되며 일상과 노동의 경계 밖으로만 허용된 놀이 시간에 불과하게 된다. 삶과 예술의 영역을 확실하게 나눔으로써 우리 삶을 안전하게, 달리 말해서 변화 없는 것으로 만든다. 미학적 체험은 예술 제도와 관습 안에서 벌어지는 신기한 이벤트로, 찰나의 여흥으로만 우리에게 기억된다. 그런 예술의 곤경에 대해서라면 이런 말도 가능할 것이다. '예술은 삶을 환기하기보다 삶을 잊게 만든다.'

아르코 예술극장.
나는
이곳을 지날 때마다
"예술은 삶을 예술보다
흥미롭게 하는 것"
이라는 문장을
음미해보곤 한다.

선물과 발견

자본주의 시대의 예술은 대부분 시장에서 거래되는 상품이다. 예술의 상업주의를 개탄하는 예술의 자성적·비판적 의견들 역시 스스로가 시장의 상업적 회로망에 직간접적으로 연루되어 있다는 것을 감추지 못할 것이다. 많이 팔린 베스트셀러가 예술적 가치를 보장받는 것이 전혀 아니라는 사실을 잘 알면서도, 상품성이 곧잘 질적 수준이나 예술적 평가와 오인된다. 그 까닭은 우리가 베스트셀러와 걸작을 구분하지 못해서가 결코 아니다. 비판적인 인식보다 힘이 센 것은 제도와 관습으로부터 만들어진 개개인들의 습관이다. 가격표가 매겨져 있지 않는 예술 작품을, 다시 말해 거래되지 않는 상품을 우리가 예술 작품으로 받아들이는 것은 아마도 습관에 반하는 일일 터다. 책의 가격, 연극과 오페라 티켓의 가격, 미술품의 경매가는 우리가 다른 상품들을 대하는 것처럼 가치 있는 예술작품을 적극적으로 향유(=소비, 소유)하고 있다는 만족스러운 기분을 준다.

그런데 제도적 장치나 권위자들로부터 인정받지 못한데다 믿을 만한 가격표마저 붙어 있지 않다면, 우리가 그것을 예술작품으로 받아들이고 감상할 만한 이유가 있는가? 그것이 교양과 문화 자본의 가치를 널리 지니고 있어서, 문화와 정신의 영역에서 유통되는 일종의 공통화폐처럼 서로 자랑하고 서로를 인정할 수 있도록 해주는 안전한 '명품'이 아니라면 말이다. 물론 이때의 명품名品이란 탁월한 작품이 아니라 그저 유명한 작품이다. 더 많은 타인들로부터 받는 더 확실한 인정이 작품 고유의 가치를 압도한다.

상품으로 매매되거나 상징적인 인정의 기호로 거래되지 않는다면, 그 작품을 더 이상 어떻게 받아들일 수 있을 것인가? 거래와 인정의 회로 밖에 있는 예술과 미학적 체험을 상상하는 일은 가능할까? 그 질문에 관해서, 내가 본 저 꽃들은 희미한 가능성의 빛으로 다가온다. 꽃들은 말한다. 우리는 제도와 관습과 거래의 쓰레기통에서 구제되어 나왔다고. 꽃들은 제도적이고 공적인 전시회에 진열된 것이 아니라 아주 개인적이고 우연적인 손길에 의해 화장실에 장식되었다. 그 일 또한 본래 화장실의 분위기를 화사하게 바꿔줌으로써 실용적인 노동이다. 꽃들은 화장실을 이용하는 자들에게도 잠시 만족스러운 미감美感을 느끼게 해주는, 그저 소박한 장식일 수도 있다. 그러나 분명한 것은 그것은 단순한 매매와 거래와 노동의 규율로부터 해방된 자리에서 피어난 것이다. 꽃을 꽂아 장식하는 일이 노동 시간에 벌어진 일이며, 보다 더 근면한 노동 활동이라는 점에서 그것은 경제 활동이다. 그러나 그것이 더 많은 임금이나 신분 보장과는 아마도 거의 무관할 것이라는 점에서, 또한 어떤 매매와는 전혀 상관 없다는 점에서 경제적 의미를 벗어나고 있다.

저 꽃들은 선물이다. 화폐의 매개 없이 증여의 방식으로 선물은 전달된다. 선물의 예술은 어떻게 존재할 수 있을까? 물론, 우선 그것은 매매 불가능한 방식으로, 소유 불가능한 방식으로만 존재할 수 있을 것이다. 말 그대로 소유하는 작품이 아니라 존재하게 된다. 증여의 방식으로 전달되지만, 모든 이들에게 전달되는 것은 아니다. 그것은 증여와 함께 '발견'을 요구한다. 증여된 존재를 발견할 수 있는 열린 눈을 가진 자에게만 허락될 것이다. 이때의 발견은 문화적, 감수성의 능력을 뜻하겠지만, 그것은 오히려 학교나 교과서에 의한 제도적 교육으로부터 길러진 것은 아닐 것이다. 오히려 관습적인 교육과 문화 체험의 독소들은 발견의 시력視力을 떨어뜨리게 할 확률이 높을 것이다. 잘 길들여진 눈과 머리는 늘 보던 것들만 보게 하므로. 폐기될 운명의 쓰레기와 재활용이 가능한 쓰레기를 분별하듯이, 높은 가격표와 낮은 가격표를 달고 있는 상품을 판단하는 능력이 뛰어난 사람에게는 오히려 선물이란 존재하지 않게 된다. '선물을 선물로 발견하고 기뻐할 수 있는 자에게만 선물은 기쁜 선물이 된다.' 이 같은 동어반복이 선물의 예술 시학이다.

선물이란 말에는 가격의 낮고 높음이 대신 판단해주는 상품성보다는 인간적 관계의 고리가 중시된다. 제도 내 예술과 관습적 예술은 관계성의 깊이보다는 미적 가치이든 경제적 가치이든 특정한 가치의 '우열'을 강조한다. 그 소설책이 얼마나 많은 독자에게 팔려서 읽혔는가, 그 영화는 평점이 별 몇 개로 나타나는가, 그 미술작품은 경매에서 얼마나 높은 금액으로 불렸는가, 그런 양적 가치의 우열 판단. 예술작품의 내적 가치를 판단하는 일은 귀중하고 의미 있는 행위이지만 그것이 예술작품의 존재 가치를 보장해주는 것은 아니다. 가격과 평가의 숫자들은 해당 예술작품을 얼마나 많은 사람들이 눈독들이고 있는지, 상품의 수요와 공급에서처럼 그 것의 수요를 가늠질하는 방식으로 여겨진다. 많은 사람들이 그것을 (소유하고 소비하기를) 원하고 있다는 사실은 중요하다. 그러나 내가 말하는 선물의 예술은 그러한 수요나 인정의 계산법을 전혀 요구하지 않는다. 오히려 단 한 사람만의 발견자가 있더라도 그것은 존재하게 되는 신기한 것이다. 오히려 때로는 많은 사람들보다는 그 한 사람만을 위한 존재이므로 존재 가치는 더욱 커지게 된다. 그런 역설이 가능한 이유는 선물을 만들고 건네준 사람과 그것을 건네받아 발견한 사람의 관계가 중시되기 때문이다.

톨스토이는 선물의 예술들을 발견하는 데에도 천재였다. 톨스토이는『예술이란 무엇인가』(1897년 출간)에서, 불후의 악성樂聖으로 불리는 베토벤의 101번 소나타보다도 이름 모르는 농가 여자의 노래가 감동적이었다고 고백한다. 또한 바그너의 <니벨룽겐의 반지>보다도 무명의 작가가 쓴 따뜻한 동화가 더욱 마음을 움직였다고 쓰고 있다. 이러한 고백은 그가 지향하는 이상적인 예술 작품의 예시이고, 우리가 말하고 있는 '선물의 예술'의 범례範例다. 여기서 더 읽을 수 있는 것은, 톨스토이가 예술을 통해서 바라는 사람과 사람 사이의 '관계'라고 할 수 있다. 베토벤의 소나타를 연주했던 악사는 직업적인 예술가로서 연주가 하나의 직업적인 노동이었다. 그에 비해서 농가 여자의 노래는 출가한 딸이 친정에 다니러 온 것을 환영하는, 진심에서 우러나오는 기쁨의 노래였다. 농가 여자의 노래에는 딸을 반기는 마음과 사랑하는 마음이 넘치고 있었던 것이다. 결국 그 여자의 노래를 참된 예술로 만들어준 것은, 딸에 대한 어머니의 사랑이었음을 톨스토이도 느꼈을 것이다. 무명작가의 동화 역시, 바그너의 악극에 비해 그 화려함과 웅장함에 있어서, 그리고 명성에 있어서 절대로 겨룰 만한 작품이 아니었을 것이다. 그러나 그 글에는 바그너의 작품을 넘어서는 인간에 대한 진실한 온정의 마음이 살아있었다는 것을 톨스토이를 통해서 알 수가 있다.

사업가와 시인, 그리고 무식한 시인―되기

여기서 톨스토이의 사례들이 일러주는 것은, 물론 직업 예술가와 민중 예술가의 단순한 비교가 아니다. 직업적이고 전문적인 예술가가 선물의 예술을 창조해내지 못할 이유도 없고, 민중 예술가가 모두 소박하면서도 위대한 창조를 해낸다는 억지 논리도 아니다. 전문가가 아닐지라도 그것이 아무리 규모와 수준면에서 소박하고 사소한 수제품에 불과할지라도 그것은 진정한 예술의 잠재태가 될 수 있다는 것이다. 그 말을 뒤집으면, 어떤 전문적 예술 교육을 받은 직업 예술가라 하더라도 '예술 비슷한 것'을 만들어낼 수는 있지만 '진정한 예술'을 만들어낼 수는 없다는 비판이 가능하다. 톨스토이는 예술의 감염성感染性을 이루는 세 가지 조건으로 감정의 독창성, 감정 표현의 방식, 전달하려는 감정을 체험하는 예술가의 성실성으로 꼽았다. 그 가운데 세 번째 예술가의 성실성이 가장 중요하다고 보았다. 민중 예술에는 이 성실성이 갖추어져 있으나, 예술가 한 사람의 욕심과 허영을 위해 만들어지는 상류 사회의 예술 속에는 이 성실성이 결여되어 있다는 것. 형식적 세련미와 규모에서는 월등히 민중 예술을 능가하는 상류 사회의 예술이라도 감정 체험의 성실성과 관계에서 비롯되는 진정성이 담기지 않을 수 있다. 반대로, 교육과 제도의 도움 없이 만들어진 장삼이사들의 창조물들이 때로는 감정의 성실성으로 인해 감동을 불러일으키는 경우도 있다.

시인 신동엽의 시인론은 톨스토이의 예술론과 함께 음미할 만하다. 신동엽은 「시인정신론(詩人精神論)」에서 현대 문명의 분업화 경향을 신랄하게 비판하면서 그의 시인론을 시작한다. "오늘날 철학, 예술, 과학, 경제학, 정치, 종교, 문학 등은 인생에의 구심력求心力을 상실한 채 제각기 천 만개의 맹목기능자로 화하여 사방팔방 목적 없는 허공虛空 속을 흩어져 달아나고 있다." 그런 가운데 문학 역시도 여타 영역과 다를 바 없다.

직업 명사화된 문학은 더욱 분가分家를 행하여 시업가, 소설업가, 평론업가의 명패를 발견할 수 있게 되었다는 것.

「시인(詩人)·가인(歌人)·시업가(詩業家)」라는 글에서도 신동엽은 "철학교수는 있어도 철인哲人은 없다. 시업가詩業家는 있어도 시인詩人은 드물다."며 일갈한다. 현대인은 제각각 칸막이를 쳐두고 분업가分業家로서 일한다. 이때 시인 역시 '언어상품言語商品'을 만드는 직업인과 다를 것이 없다면, 시인이 아니라 시업가로 칭해야 한다는 주장이다. 전통적인 가인歌人의 경우, "노래는 있어도 참여, 즉 자기와 이웃에의 인간적인 애정, 성실성이 결여되어 있다."고 비판한다. 바로 이것들이야말로 시인에게 기대할 만한 것들이라고 신동엽은 쓰고 있다. 톨스토이가 감정의 성실성을 예술가가 지녀야 할 최고의 덕목으로 꼽았다는 점에서 신동엽의 시인론과 상통한다.

신동엽은, 그리하여, '전경인全耕人'의 회복과 시인혼의 충전을 그 대안으로 내놓는다. 우리시대 최고의 시란 무엇인가? 신동엽은 "인간이 가질 수 있는 모든 인식을 전체적으로 한 몸에 구현한 하나의 생명이 있어, 그의 생명으로 털어 놓는 정신어린 이야기"(「시인정신론」)라고 답했다. 신동엽의 시인론은 특정한 개인을 향한 발화가 아니다. 그는 분명히 현대의 문명을 진단하고 있다고 스스로의 작업을 자각하고 있다. 그의 시인론은, 모든 시인론 역시 그러하겠지만, 실제로는 도달하기 불가능하다는 의미에서 하나의 이상향이다. 그 까닭은 개개의 시인과 예술가의 역량 부족이나 노력의 미흡함으로 돌려서는 안 된다. 그의 시인론은 실제로는 문명비판론이기 때문에, 그가 바라는 전경인적인 시인은 현대 문명의 제문제 탓에 실현되기 어려운 것이다. 그러면 그의 시인론은 쓸모없는 투덜거림에 불과한가?

그렇지 않다. 시업가가 직업적인 문필가에 불과하다면 신동엽이 생각하는 시인, 전경인적인 시인은 그와는 반대의 자리로부터 생각해볼 수 있을 것이다. 극단화된 현대 문명의 문제로 인해 전경인의 출현이 불가능하다면, 적어도 바로 그것을 불가능하게 한 분업과 구획의 울타리를 뛰어넘는, 탈영토화하는 언어와 행동이 진정한 시인의 길이 될 터. 하여, 전경인의 길은 맹목기능인의 자리를 되돌아보는 자의 멈칫거리고 주저하는 몸짓으로부터 시작될 것이다. 시업가가 아닌 시인의 길 역시 시업가의 되돌아봄으로부터, 그리고 시업가가 아닌 자가, 다시 말해 시를 쓰지 않는 자라 할지라도 그가 전경인적 시인의 언어와 행동을 따를 때 시작된다. 예컨대, 시인 진은영이 말한 '지게꾼—되기의 시'(「한 진지한 시인의 고뇌에 대하여」)나 시인 심보선이 말한 '무식한 시인—되기의 시'(「'천사'에서 '무식한 시인'으로」)는 맹목적인 분업화로 인한 직업적 고착, 사회적 정체성, 감수성의 역할을 교란시키고 와해시킬 수 있다.

삶다운 삶의 예술

꽃은 어째서 아름다운가? 진화론의 관점에서 상상해보자면, 만개하는 꽃들의 풍경을 보고 우리는 맛좋고 유익한 과실을 기대할 수 있을 것이다. 그러기에 우리의 유전자에 각인된 프로그램은 꽃들을 보고 심리적 만족감을 느낄 것이다. 다르게 본다면, 어쩌면, 꽃이 활짝 피어난 곳은 햇볕과 온도와 토양이 적절해서, 헐벗고 굶주린 어린 인간들이 살기에도 매우 적당한 곳으로 여겨졌을 것이다. 진화론적 미학으로 본다면 꽃은 우리의 삶이 살만하다는 적응의 징표일 것이다. 그리하여 꽃은 아름다운 것으로 받아들여진다. 죽은 꽃이 아니라 살아있는 꽃에 반응하는 것은, 오랜 세월에 걸쳐 만들어진 우리의 유전적 프로그램이 잘 작동하고 있다는 의미다.

하지만 화장실에 수줍게 피어있는 저 꽃들에 아름다움을 느낀다면, 그 아름다움의 의미는 다만 생물의 진화론적 메커니즘에 국한되는 것이 아니다. 인류의 먼 조상들이 꽃들에게서 말 그대로 직접적인 생존의 감각을 예민하게 감지했다면, 인류에게 주어졌던 세월의 힘으로 나는 이제 저 꽃들에게서 삶다운 삶의 감각을 느낀다. 꽃들을 다듬어 꽂아둔 손길은 생계를 잇는 본래 노동하는 자의 거친 손길이었으되, 노동의 무게로 짓눌려질 수 있는 삶의 존엄을 다듬는 섬세한 손길이 된다. 일하는 신체는 꽃을 다듬고 아름다움을 찾고 창조하는 예술적인 신체가 된다. 근면과 질서로 이루어지는 노동의 규율은 꽃을 대면하는 순간 아름다움과 여유로움을 채울 수 있는 시공간을 만들어내는 예술의 논리로 변모한다. 꽃들이 길바닥에 내버려지거나 쓰레기통 속으로 처박혀지는 운명으로부터 새 삶을 얻듯이, 꽃을 다듬는 손길은 그 자신을 예술가로 만들었다. 꽃을 보는 이들의 눈길마저도 심미적 삶으로, 삶다운 삶으로 변화시켰다. 저 꽃들은 예술이고, 미학적 사건이다.

그러나, 이 사건은 타인에게 널리 나누어지기 위한 것이 아니다. 이것은 다만 사적 체험의 기록이며 그렇게 남아 있어야만 한다. 이 사건은 오로지 나만의 체험일 때 의미를 얻고, 그러므로 비로소 사건의 지위를 얻는 감각의 재분할이기 때문이다. 그런데 나는 이렇게 이 일에 대해 버젓이 글로 쓰고 있고 책에 싣기까지 함으로써 독자들에게 공감을 호소하고 있지 않은가. 그러나 이 글을 읽고 당신들이 이 경험의 의미를 받아들이고 심지어는 공감한다 해도 이 사건은 다만 나만의 고유한 체험일 뿐이다. 거듭 말해서 여기서 이 사건은, 그리고 이 글은 그 제한적인 한계 덕분에 감성의 전복적 사건이 되는 것이다. 당신들의 미적 체험은 다르게 발견되고 새롭게 발명되며 제각각 자신만의 언어로 기록될 것이다. 악취가 날지도 모르는 세상의 어느 쓰레기통에서 저마다의 꽃들을 찾아내고 당신의 독특하고 유일한 꽃병을 만들어 향기를 피어오르게 할 것이다.

참고문헌

신동엽, 『신동엽전집(증보판)』, 창작과비평사, 1975/1994.

심보선, 『그을린 예술』, 민음사, 2013.

진은영, 「한 진지한 시인의 고뇌에 대하여」, 『창작과비평』 148호(2010년 여름호).

톨스토이, 이철 역, 『예술이란 무엇인가』, 범우사, 1998.

자크 랑시에르, 양창렬 역, 「감성적/미학적 전복(La subversion esthétique)」, 홍익대학교 강연문, 2008. 12. 3.

제2부

오늘의 현실, 문학은 답할 수 있는가?

한국문학은 세계문학일 수 있을까?

조영일

1.『세계문학의 구조』에 대한 평가들

저는 작년『세계문학의 구조』라는 책을 펴낸 적이 있습니다. 제목에서 드러나고 있듯이 이 책은 한국문학을 직접적으로 다루고 있는 책이 아닙니다. 그래서 그런지 학계나 문단, 그리고 신문지면으로부터 제대로 된 서평이나 비평을 받지 못했는데, 그 대신에 한국문학계와 직접적인 관계가 없거나 있다 하더라도 다소 거리가 있는 분들로부터 이런저런 평가를 받았습니다. 대표적인 것만 열거하자면 다음과 같습니다.

1. 장정일,「정말 안중근을 돈키호테라 여기는가」, <시사인>, 2011년 7월 15일.
2. 이현우,「한국에 톨스토이 없는 이유는? '식민지' 없어서!?」, <프레시안>, 2011년 7월 15일.
3. 이성민,「전쟁, 즉 근대문학의 부정성」, <연세대학원신문>, 2011년 9월호 (187호).
4. 한윤형,「세계문학의 구조 : 정말로 문학 바깥에서 바라보았을

까?」, 저자의 블로그, 2011년 8월 4일.

　5. 박가분, 「조영일과 『세계문학의 구조』」, 『오늘의문예비평』,
2011년, 겨울호.

편리하게도 위 글들은 전부 해당 언론의 인터넷사이트나 필자의 블로
그 등에서 읽을 수 있습니다. 순서대로 QR코드를 첨부합니다.

　(1) 장정일　　(2) 이현우　　(3) 이성민　　(4) 한윤형　　(5) 박가분

이 다섯 개의 서평 중 저에게 가장 많은 비판을 하고 있는 것이 장정일
의 서평이고, 그 다음은 한윤형의 서평입니다. 후자의 경우, 서평자가 문
학에 문외한인지라 약간 핀트가 어긋난 부분이 있지만, 전자의 지나친 비
판에 대해 일정 정도 교정을 하고 있다는 점에서 가치가 있는데,[1] 그렇다
고 해서 두 사람이 완전히 대립하고 있는 것은 아닙니다. 어떤 부분에서
는 저에 대한 비판에서 의견의 일치를 보기도 합니다. 그런데 여기서 일
치를 보는 부분은 사실 일반 독자들도 이의를 제기하는 것이기도 하는데,
지금부터 이야기할 내용은 바로 이와 관련된 것입니다.

2. 지역문학으로서의 한국문학의 롤－모델들 찾기

이 문제에 대해 이야기하기 위해서는 먼저 『세계문학의 구조』에 대해 이
야기할 수밖에 없는데, 제가 이 책에서 주장한 핵심은 다음과 같습니다.[2]

---

1) 참고로 이에 대한 장정일은 댓글로 이의를 제기하고, 한윤형에 그에 대해 역시 댓글로
　답을 하고 있습니다.
2) 보다 자세한 내용은 맨 뒤에 별첨으로 첨부한 「『세계문학의 구조』 요약」을 참조하시

1. 근대문학이란 보편적인 예술양식이 아니다.

2. 왜냐하면 그것은 국민전쟁(식민지 지배)을 경험한 나라에서만 발달한 것이기 때문이다.

3. 따라서 근대문학의 발전은 모든 나라가 꼭 성취해야 할 목표가 될 수 없으며, 또 인위적으로 한다고 해서 되는 문제도 아니다.

즉 저의 관점에 따르면, 한국문학은 결코 세계문학이 될 수 없습니다. 그런데 다른 부분에서는 장정일의 서평에 동의하지 않더라도 적어도 이 부분만큼은 장정일의 손을 들어주시는 분이 계시는 것 같습니다. 그분들은 아마 저에게 다음과 같은 질문을 하고 싶으실 것입니다. "좋다. 장정일의 서평에 문제가 있다는 것은 알겠다. 하지만 그렇다고 해서 『세계문학의 구조』의 아킬레스건이 사라지는 것은 아니다. 예컨대 당신의 주장과 대치되는 베케트와 조이스의 문학, 카프카의 문학, 그리고 라틴아메리카의 문학에 대해서는 뭐라고 말할 것인가?"

이 물음은 정확히 다음과 같은 장정일의 언질과 관련이 있습니다.

아직 번역되지 않은 파스칼 카자노바의 『세계문학공화국』은, 조영일과 달리 식민 경험을 가졌던 나라에서 세계 주류 문학의 판도를 바꾼 작가들이 나왔다고 한다. 제임스 조이스와 사뮈엘 베케트를 낳은 아일랜드가 그런 예로, 아예 가라타니 고진은 "우리가 보통 '영문학' '영문학' 하지만, 어떻게 보면 영문학이란 실은 아일랜드 문학입니다"라고 말하기도 했다. 언제 아일랜드가 제국주의 전쟁을 일으키고 식민지를 거느렸던가? 여기에 대독일 지배 아래 카프카, 미국의 속국이나 다름없었던 라틴아메리카 작가들을 더해보라![3]

편의상 이를 요약하면, 다음과 같습니다.

기 바랍니다.

3) 장정일, 「정말 안중근을 돈키호테라 여기는가」, <시사인>, 2011년 7월 15일.

1. 피식민지 경험을 가졌던 나라에서도 세계 주류 문학의 판도를 바꾼 작가들이 나왔다.
2. 제임스 조이스와 사뮈엘 베케트를 낳은 아일랜드, 대독일 지배 아래 카프카, 미국의 속국이나 다름없었던 라틴아메리카의 작가들이 그 증거다.

"변방의 문학도 세계문학이 될 수 있을까?" 하는 물음은 한국문학의 세계화가 이야기될 때마다 항상 제기되는 것입니다. 그리고 논의는 자연스럽게 이에 해당되는 성공모델을 찾는 것으로 이어집니다.

a. 일본문학과 아일랜드문학, 체코문학, 라틴아메리카문학

이때 우선적으로 들고 올 수 있는 것은 물론 일본문학입니다. 지리적으로나 문화적으로나 우리와 매우 가까운 나라이기 때문입니다. 하지만 우리 안에 존재하는 양가감정은 공개적으로 일본을 롤−모델로 설정하는 것을 허락하지 않는 측면이 있습니다. 그 한 예가 일본문학의 해외적 성공을 작품의 질보다는 일본정부의 지원으로 보는 입장입니다.

일본 정부는 1945년부터 1990년까지 2만여 종의 해외 출간을 지원했다. 한국은 한국문학번역원을 통해 79년부터 현재까지 25개국 796건을 지원하는 데 그쳤다.[4]

위 주장은 노벨문학상 발표가 나면, 의례 나오는 기사에서 반복되는 내용인데, 전혀 근거 없는 내용으로 일본에 대한 양가감정을 활용한 한국문학 활성화의 논리에 불과합니다. 즉 국가적 지원에 의한 번역이라면 도리어 한국에서 활발하게 이루어져 왔습니다. 한국문학번역원이라는 국가기

---

4) <취재수첩>「한국서 노벨문학상 나오려면」, <문화일보>, 2005년 10월 14일자.

관이 따로 있을 정도이니까요. 그래서인지 아이러니컬하게 일본에서는 최근 이런 한국을 배워야 한다는 이야기까지 나오고 있다고 합니다.[5]

어쨌든 이런저런 이유로 일본을 제외하고 나면, 등장하는 게 위에서 이야기되는 제임스 조이스, 사무엘 베케트, 프란츠 카프카, 그리고 호르헤 루이스 보르헤스나 가브리엘 가르시아 마르케스와 같은 작가들입니다. 확실히 그들의 문학이 세계문학이라는 것에는 이의를 제기할 수 없으니까요. 그런데 이들의 예가 한국문학의 세계화 가능성의 근거가 될 수 있을까요? 바꿔 말해, 그들을 롤-모델로 삼는 것은 가능할까요?

결론부터 이야기를 드리자면, 그렇지 않습니다. 식민지를 경험했다는 점에서 아일랜드, 체코, 그리고 라틴아메리카는 우리와 유사할지 모릅니다. 하지만 조금만 들여다보면, 전혀 그렇지 않다는 것을 금방 알 수 있습니다. 쉽게 말해, 이 나라들은 똑같이 지배를 당했던 우리보다는 오히려 그들을 지배한 쪽과 유사한 국가들입니다. 즉 아일랜드, 체코, 라틴아메리카는 한국이나 베트남보다 서유럽과 압도적으로 많은 공통분모를 가지고 있습니다.

아일랜드와 라틴아메리카의 문학이 세계문학이 될 수 있었던 가장 큰 이유는 물론 문화전달의 신경이라고 할 수 있는 언어(영어, 스페인어)를 지배자와 공유하고 있었기 때문이라고 할 수 있습니다. 특정 언어의 사용이란 거기에 담긴 문화까지 사랑하지 않고서는 불가능하다는 점에서, 우리들이 일본어에 대해 가지고 있는 생리적 위화감 따위는 그들에게 없었을 뿐만 아니라 도리어 다행으로 여기는 측면까지 있었습니다.

그도 그럴 것이 베케트나 조이스는 '아일랜드문학으로서' 유명해진 것이 결코 아니기 때문입니다. 우리의 경우만 봐도 그것은 매우 명백한 데, 베케트나 조이스를 번역하고 논하는 사람은 100% 영문학자들이고, 보르

---

5) 백원근, 「일본문학의 해외소개 역사와 현황」, 김영희·유희석 엮음, 『세계문학론』, 창비, 2010 참조.

헤스나 마르케스를 번역하고 논하는 사람은 대부분 스페인문학자들입니다. 그렇다면, 카프카는? 당연히 독문학자들입니다.

이것이 의미하는 것은 이렇습니다. 베케트나 조이스가 세계적인 작가인 것은 분명하지만, 그들의 유명세만큼 아일랜드문학이나 체코문학의 위상 자체가 높은 것은 아니라는 사실입니다. 이런 어긋남은 우리로서는 잘 이해가 가지 않을 수 있기에 다음과 같은 정식화로 그것을 명료하게 표현하고 싶습니다.

> 베케트나 조이스, 카프카는 아일랜드, 체코 출신으로서 가장 세계적으로 유명한 작가일지 모르지만, 그렇다고 해서 꼭 그들이 아일랜드, 체코의 국민작가인 것은 아니다.

그래도 감이 안 오신다고요? 그렇다면 그들이 걸어온 경로를 잠깐 살펴보기로 하지요. 이런 작가들에게는 몇 가지 특징이 있습니다. 첫째는 자신의 민족적 아이덴티티를 거부했다는 점. 둘째는 유럽(파리)을 자신의 정신적 고향으로 삼았다는 점. 즉 놀랍게도 그들은 자신이 아일랜드임을 부정함으로써, 그리고 체코인임을 부정함으로써 세계적인 작가가 된 것입니다. 이것이 의미하는 것은 명확합니다. 그들은 자신의 문학이 아일랜드문학이나 체코문학이 아니라 영문학이나 독문학에 속하기로 원했고, 바로 그럼으로써 세계적인 작가가 되었다는 것입니다.

b. 조이스와 베케트의 경우

좀 더 구체적으로 살펴보지요. 제임스 조이스의 경우, 자전적 소설『젊은 예술가의 초상』에서 그려지고 있는 것처럼 아일랜드에 머무는 대신에 '망명'(조이스의 표현)을 선택합니다. 그리고 무려 40년여 간 유럽을 떠돌아다닙니다. 그리고 그는 게일어는 거들떠보지도 않고 평생 지배자의 언어인 영어로 작품을 썼습니다. 사무엘 베케트는 어떠했을까요? 그 역시 아일랜드를 떠났을 뿐만 아니라 아예 프랑스에 귀화했고(그렇습니다. 그는 아일랜드인이 아니라 프랑스인입니다) 프랑스어와 영어로 작품 활동을 했습니다.

따라서 이 두 사람을 아일랜드문학의 대표자라고 생각하는 사람은 두 가지 점에서 큰 오류를 저지르고 있는 셈입니다. 첫째는 (세계적으로 유명하지만) 사실상 아일랜드문학이라고 볼 수 없는 문학을 아일랜드문학의 대표로 간주하고 있다는 점에서. 둘째는 그럼으로써 정작 '진짜 아일랜드문학'(아일랜드에서 생산되고 아일랜드의 현실을 다루는 작품들)에 대해서는 무관심하다는 점에서. 그렇다면 왜 이런 문제가 발생하는 것일까요? 이유는 간단합니다. 진짜 아일랜드 작가들은 세계적으로 유명하지 않기 때문입니다.

여기에서 우리는 서로 다른 두 가지 관점이 교차하고 있음을 알 수 있습니다. 첫째는 '출생주의'(이것이 확장되면 내셔널리즘이 될 것입니다)에 대한 집착이고(조이스와 베케트는 아일랜드 출신이다!), 둘째는 제국주의적 문학담론(영문학, 프랑스문학)에 의해 만들어진 유명세에 대한 집착입니다. 이런 의미에서 우리는 아직 아일랜드문학, 체코문학이 어떻게 생겼는지 전혀 감도 못 잡고 있다고 할 수 있습니다. 그런데 아마도 이런 무지는 앞으로 계속 지속될 텐데, 왜냐하면 우리에게 중요한 것은 세계적으로 유명한 문학이지 우리와 마찬가지로 비실비실한(즉 영향력이 없는) 민족문학이 아니기 때문입니다.

c. 카프카의 경우

다음은 조이스, 베케트 못지않게 복잡한 카프카입니다. 장정일은 서평에서 '대독일 지배 아래 카프카'라는 표현을 쓰고 있는데, 이는 애써 지적하기도 멋쩍은 잘못입니다. 주지하다시피 당시 프라하는 독일제국이 아니라 오스트리아-헝가리제국에 속해 있었습니다. 그거나 이거나 마찬가지가 아니냐고 말할 수 있겠지만, 그것은 영어를 쓴다고 해서 미국과 캐나다를 한 나라로 보는 것이나 마찬가지입니다.

보통 카프카는 독일문학가로 간주됩니다. 약간의 교양이 있는 사람은 그를 체코작가(프라하에서 나고 생활을 했다는 이유로)라고 말하겠지만요. 하지만 카프카는 지배층의 언어인 독일어로만 작품을 썼으며(체코어를 유창하게 말할 수 있었음에도 불구하고), 더구나 그는 유대인이었습니다.

당시 프라하에는 세 민족(체코인, 독일인, 유대인)이 뒤엉켜 살고 있었는데, 다수는 물론 체코어를 말하는 체코인이었습니다. 1900년 시점의 통계에 따르면, 당시 프라하의 인구는 약 45만 명이었고, 그중에 독일어를 사용하는 인구는 3만 4천 명 정도에 불과했다고 합니다.[6] 이런 상황에서 그가 체코인으로서 정체성을 가지고 있었다고 보기 힘듭니다. 더구나 카프카와 같은 유대인은 체코인들로부터 사실상 독일인 취급을 받았습니다.[7] 왜냐하면 그들에게는 독일어를 말하는 독일인과 독일어를 말하는 유대인의 구별이 그리 중요하지 않았기 때문입니다.

따라서 카프카를 단순히 '지금의' 체코라는 나라에 살았다는 이유만으로 한국에서 사는 한국작가들의 위치와 동일시하는 것은 역사적 문화적 맥락을 몰라도 한참 모르는 것이라 하겠습니다. 물론 조이스든 베케트든 카프카든 그들이 태어나고 성장한 곳이 제국의 주변이었던 터라 영국이나 프랑스 작가들에게는 자연스럽게 내재되어 있었던 제국주의적 경험이 그들의 작품에 직접적인 영향을 주었다고 보기는 힘듭니다.

---

6) 池内紀, 『カフカの生涯』, 白水社, 2010 참조.
7) 말년에 카프카는 이디시어 극단과의 만남을 계기로 유대인으로서의 정체성에 큰 관심을 갖게 됩니다. 그 후 히브리어를 공부하면서 팔레스타인으로의 이주를 심각하게 고민하게 되는데, 이른 죽음으로 그것은 결국 이루어지지 못합니다.

하지만 '식민지의 지배경험'은 비단 국민적 경험에 의해서만 유통되는 것이 아닙니다. 그것은 그와 같은 국가에 의해 만들어진 문화(문학)에 의해서도 전염됩니다. 다르게 말하면, 이는 피해자로서의 의식을 버리고 가해자로서의 의식에 동참할 때는 우회적으로나마 제국주의적 경험을 흡수하는 게 가능하다는 의미입니다. 물론 여기서의 '동참'은 어디까지나 정치적인 차원의 것이라기보다는 문학적인 차원의 것입니다(미학이란 바로 이런 '동참'과 연동되어 있는 학문입니다). 따라서 그것은 필연적으로 뒤틀린 방식으로서만 가능한데, 조이스, 베케트, 카프카의 모더니즘이란 바로 이런 '뒤틀림'과 무관하지 않습니다.

정리하자면, 조이스나 베케트, 그리고 카프카는 외세의 지배에 대항한 민족주의의 발흥을 몸소 체험한 작가들입니다. 그들이 산 시대가 그러했지요. 하지만 그들은 소위 민족적 정체성을 받아들이기를 거부했을 뿐만 아니라, 망명을 선택하여 근대문학이 발달한 나라(이들은 모두 식민지를 경영하는 국가들이었습니다)의 문학예술에 자신의 생명줄을 대었고, 바로 그렇게 함으로써 세계적인 작가가 되었다고 해도 과언이 아닙니다.

따라서 조이스, 베게트, 카프카를 제국주의를 경험하지 못한 국가(식민지배를 받은 국가)에서도 제대로 된 근대문학이 가능하다는 증거로 삼는 것은 확실히 한국에서도 세계적인 작가가 나올 수 있다는 희망(환상)을 굳건히 하는 데에는 보탬이 될지는 모르지만, 그것은 어디까지나 '근대문학의 보편성'에 대한 생리적 믿음을 고수할 때 발생하는 신기루가 아닐까 합니다.

3. 라틴아메리카문학의 기원 : 『백년간의 고독』의 성공에 대하여

"그렇다면, 라틴아메리카 문학은?"하고 질문을 하실 분이 계실지 모르겠습니다. 확실히 라틴아메리카 문학은 베케트, 조이스, 카프카의 예와는 조금 다르지요. 그런데 우리가 이야기하는 소위 '라틴아메리카 문학'이 과연 어떤 것인지 자문을 해보신 분이 혹시 계신가요? 이 부분에 대해 조금이라고 진지하게 생각해본 적이 있다면, 장정일처럼 '미국의 속국이나 다름없었던 라틴아메리카'라는 식의 표현은 사용하지 않을 것이 분명합니다.

장정일이 언제부터 '종속이론'에 심취했는지는 모르지만, 라틴아메리카가 언제부터 그리고 언제까지 미국의 속국이었는지 알려주시면 고맙겠습니다. 물론 비유적인 것이라고 주장할 수도 있습니다. 하지만 그런 것이라면, 전후 한국이나 일본도 미국의 속국이었고, 유럽 일부와 사회주의권을 제외하고는 전 세계가 미국의 속국이었다고 주장해야 할 것입니다. 그런데 지금 그런 식의 주장을 할 사람은 '늦게 도착한 종속이론가'인 장정일 정도밖에 없을 것입니다.

그렇다면 다시 본론으로 돌아와 라틴아메리카 문학은 도대체 어떻게 세계적인 문학이 되었을까요? 여기서 먼저 주의할 점을 일반적으로 이야기되는 '라틴아메리카 문학'이란 엄밀히 말해 '라틴아메리카 문학' 전체를 통칭한다기보다는 특정 국가들의 문학만을 가리킨다는 사실입니다. 이는 남미축구가 강하다고 해서 남미의 모든 나라가 축구를 잘 하지는 않는 것과 유사합니다. 이는 '중남미 문학선'이니 '붐 그리고 포스트붐 문학선'이니 하는 기존에 나온 책들을 살펴보는 것으로 충분합니다. 그러면 아마 뜻밖의 사실 하나를 발견하실 수 있을 것입니다.

그것은 바로 남미 면적의 무려 절반이나 차지하고 있는(면적으로 세계 5위) 브라질의 작가가 빠져있다는 것입니다. 우리는 보르헤스든 마르케스든 푸엔테스든 요사든 '라틴아메리카 작가'라고 뭉뚱그려서 이야기하기 때문에(그들의 국적 따위에는 관심이 없습니다) 의식하지 못했을지 모르지만, 사실이 그렇습니다. 그렇다면 소위 '라틴아메리카 문학'에 브라질 문학은 왜 빠져있는 것일까요? 이유는 간단합니다. 라틴아메리카에서 브라질만 유일하게 포르투칼어를 사용하기 때문입니다.

이것은 소위 '라틴아메리카문학'을 '라틴아메리카'의 문학이라기보다는 '스페인어를 사용하는 문학'으로 받아들여야 하는 이유입니다. 실제로 '라틴아메리카문학'의 작가들은 이웃나라인 브라질보다는 대서양 반대편이 있는 스페인과 문화적 동질감을 느끼며, '라틴아메리카 문학'이라는 것을 번역하고 소개하는 사람들도 대부분 스페인문학 전공자들입니다. 따라서 멕시코의 소설가 푸엔테스가 다음과 같이 말한 것도 무리는 아닙니다.

> 스페인 없이 우리가 존재할 수 있을까? 우리 없이 스페인이 존재할 수 있을까?[8]

여기서 지배를 당한 쪽의 작가가 라틴아메리카(브라질을 뺀)의 정체성을 그곳을 지배한 스페인과 연결시키는 것에 의아해할 분이 있을지 모르겠습니다. 하지만 따지고 보면 이것은 북미(앵글로아메리카)가 항상 자신들의 정체성을 유럽(영국, 프랑스)의 연장선상에서 이해하려고 하는 것과 크게 다르지 않습니다.

그렇다면 그들은 왜 지배자들과의 연관성을 애써 강조하는 것일까요? 우리로서는 잘 이해가 가지 않은 이런 현상(예를 들어, 한국인이 자신의 정체성을 일본에서 찾는다면, 아마 친일파로서 낙인이 찍힐 것입니다)을 이해하는 열쇠는 앵글로아메리카든 라틴아메리카든 유럽의 지배자들로이 독립을 쟁취한 것은 원래 그곳에 살던 인디언이나 인디오들이 아니라 실질적으로 그것을 지배하고 있던(하지만 본토인들에 의해 차별을 받았던) 크리올(criole)[9]들이었다는 데에 있습니다.[10]

---

8) 카를로스 푸엔테스, 『라틴아메리카의 역사』, 서성철 옮김, 까치, 1997, 420쪽.

9) 단어는 두 가지 의미로 사용된다. 첫째는 유럽인의 자손으로 식민지에서 태어나 그곳에서 자라난 사람을, 둘째는 유럽계와 현지인 사이의 혼혈인을 가리킨다.

10) 참고로 베네딕트 앤더슨은 크리올 부호들을 봉건영주에 비유했습니다(앤더슨, 『상

남미에서 브라질 다음으로 큰 나라라고 하면, 아르헨티나(라틴아메리카에서 스페인어를 사용하는 나라 중 가장 큰 나라)를 들 수 있습니다. 그런데 이 나라는 땅만 남미에 있지 백인의 비율이 무려 97%에 달하는 사실상 유럽국가입니다. 우루과이 역시 백인 88%, 메스티소 8%, 흑인 4%로 원주민은 사실상 전멸한 상태입니다. 마르케스의 나라인 콜롬비아의 경우도 크게 다르지 않습니다. 백인과 원주민의 혼혈인이 58%, 백인이 20%, 백인과 흑인의 혼혈인 물라토가 14%, 흑인이 4%, 흑인과 원주민 혼혈이 3%로 순수원주민은 공룡처럼 사라졌다고 해도 과언이 아닙니다.

푸엔테스의 나라인 멕시코의 경우도 원주민의 비율은 30% 정도에 그치고, 원주민 비율이 매우 높은 페루조차 50%를 넘지 못합니다. 잉카제국이 있었던 나라인 칠레의 경우, 원주민은 고작 3%(백인과 혼혈인이 97%)에 지나지 않습니다. 쿠바는 백인과 흑인의 혼혈인 물라토가 51%, 백인이 37%, 흑인이 11%, 중국인이 1%이고, 도미니카공화국도 물라토 73%, 백인16%, 흑인 11%로 구성되어 있습니다.

따라서 똑같이 제국주의의 지배를 당했다고 해서 한국문학의 세계문학화 가능성을 라틴아메리카의 성공에 의탁하는 것은 신호가 바뀌었다고 좌우도 둘러보지 않고 횡단보도를 건너는 행위와 다름없습니다. 즉 소박하게 '제3세계문학'이라고 묶어서 이해할 성격의 것이 아닙니다. 또 우리가 아무리 그래 봐야 '라틴아메리카문학'은 한국문학에 관심을 주지도 않을 것입니다.

제가 생각하기에 라틴아메리카문학은 스페인문학, 그리고 유럽문학의 정식일원(즉 분점)으로서, 혹 존재할지도 모르는 차이란 기껏해야 영국문학과 미국문학의 차이 정도에 불과합니다. 이점을 놓치면, 소위 마술적 리얼리즘으로 대표되는 라틴아메리카 문학의 성공을 한국문학이 세계화

상의 공동체』, 윤형숙 옮김, 2002, 나남, 91쪽 참조).

하는 데에 있어 참조할 만한 롤-모델로 착각하는 정말 '마술 같은 일'이 발생하는 것입니다. 그리고 마술적 리얼리즘을 흉내내면 우리도 라틴아메리카문학처럼 될 수 있다는 착각을 하게 됩니다.

먼저 이 점을 먼저 생각해 보기 바랍니다. 라틴아메리카문학은 도대체 어떤 경로를 통해 세계적으로 인정을 받았던 것일까요? 두말할 나위 없이 유럽과 미국을 통해서입니다. 그렇다면 그들은 왜 마르케스에 그토록 감탄했던 것일까요? 자신들에게는 없는 무언가가 있었기 때문일까요? 아니면 자신들과 동일한 어떤 것을 보았기 때문일까? 이에 대한 답은 둘 다가 아닐까 합니다.

1970년대 후반에서 1980년에 걸쳐 활동을 한 한국작가들의 대부분은 『백년간의 고독』을 읽고 큰 충격을 받았습니다. 서구소설에서는 좀처럼 볼 수 없었던 '신화적 공간에서 펼쳐지는 이야기의 향연', 정형화하기 힘든 무수한 캐릭터들이 엮어내는 역사와 신화의 혼합. 이는 한편으로 서사적 풍요의 회복으로 받아들여졌고, 다른 한편으로 우리의 역사를 되돌아보는 거울(불행한 라틴아메리카의 역사)로 받아들여졌습니다. 그리고 거기다 라틴아메리카라는 당시로서는 좀처럼 가기 힘들었던 공간(나라)에 대한 동경이 어떤 아우라를 부여했을 것입니다.

마르케스가 한국에 소개되는 것은 라틴아메리카문학 연구가들을 통해서가 아니라 영문학자와 불문학자를 통해서였습니다. 지금 활발히 활동하는 라틴아메리카문학 연구자들은 대부분 그때 분 마르케스 붐의 영향으로 라틴아메리카문학(정확히 말하면, 스페인어권 문학) 연구를 정식으로 지원했던 사람들이라고 해도 과언이 아닐 것입니다.

마르케스가 『백년간의 고독』을 출간한 것은 1967년입니다. 그리고 이 책이 한국어로 출판된 것은 그로부터 약 10년 후입니다. 김병호(1976, 육문사)와 안정효(1977, 문학사상사)에 의해 앞서거니 뒤서거니 해서 번역되었는데, 정작 이 책이 폭발적인 반응을 얻게 된 계기는 1982년 마르케스가 노벨문학상을 받음으로써입니다. 그렇습니다, 아직 그때만 해도 '노벨문학상'은 영향력을 가지고 있었습니다.

그리고 필연인지 모르지만 그 즈음 해서 한국의 '스페인문학 연구'라는 것이 성립되게 됩니다. 실용적인 목적으로 일찍부터 개설되어 있었던 (1955년) 한국외국어대학의 스페인어과를 제외하면, 대부분의 스페인문학 관련학과는 바로 이 1980년대 초 이후로 우후죽순처럼 생겨나게 됩니다. 1981년에 경희대에, 1982년에는 고려대에, 1984년에는 마침내 서울대에 서어서문학과가 개설됩니다. 그리고 그 후로 울산대, 배재대, 덕성여대, 단국대 등에 스페인문학 관련학교가 생겨나게 됩니다. 즉 한국도 비로소 라틴아메리카문학을 제대로 받아들일 준비를 갖추어갔던 것입니다.

그런데 한바탕 붐을 이끌었던 소위 '라틴아메리카문학'이 과연 우리의 기억처럼 기존의 유럽문학과 큰 차이가 있는 문학이었을까요? 저는 이에 대해 매우 회의적입니다. 저명한 라틴아메리카 문학가들의 이력을 살펴다 보면 흥미로운 사실을 두 가지 발견하게 됩니다. 첫째는 그들 중 상당수가 유럽에 장기체류한 경험이 있다는 것이고, 둘째는 본격적으로 이름을 알리기 전에 유럽과 미국문학에 매우 심취했었다는 사실입니다.

마르케스의 경우만 해도 그러합니다. 그 역시 유럽에 체재한 경험이 있으며 젊은 시절 조이스, 카프카, 포크너, 울프 등의 작품에 몰두했습니다. 여기서 특히 주목을 요하는 것은 포크너인데, 왜냐하면 마르케스가 이후 행한 노벨상 수상연설의 첫 부분에서 바로 그를 호출하고 있기 때문입니다. "나는 포크너가 섰던 장소와 똑같은 곳에 서게 되어서 기쁩니다."라고 말입니다.

여기서 우리는 잠시 한국으로 되돌아올 필요가 있습니다. 서슬이 퍼렇던 1970년대 후반에 덩치가 큰 한 일본작가가 한국을 찾아옵니다. 그는 얼마 전에 아쿠타가와상을 수상한 매우 촉망받는 작가였는데, 한국에 온 이유가 판소리의 원류를 찾기 위해서였습니다. 이 작가의 이름은 나카가미 겐지로, 가라타니 고진의 친우로서도 유명한 소설가입니다. 당시 일본 지식인들에게 한국행은 여러모로 구설수에 휘말리기 쉬운 행동이었습니다. 남한의 군사정권을 인정하는 행위처럼 보였기 때문입니다. 하지만 나카가미는 그런 오해(중앙정보부의 지원을 받고 있다)에 개의치 않고 적극적으로 한국 쪽 인사들과 교류를 나누었는데, 이때 우리가 기억될 필요가 있는 만남은 윤흥길과 김지하와의 만남입니다.

윤흥길과 관련해서는 책에 이미 쓴 바 있으니 그쪽[11]을 참고하시고, 김지하와 관련하여 우리의 논의와 관련된 에피소드를 말씀드리자면 이렇습니다. 나카가미는 한 에세이에서 당시 한국 민주화운동의 상징이었던 김지하를 만나고는 깜짝 놀랐다고 쓰고 있는데, 그 이유라는 게 김지하가 마르케스의 『백년간의 고독』(영어판)을 이미 읽었기 때문이라는 것이었습니다. 즉 나카가미는 김지하가 독재국가의 시인으로서 오랜 수감생활에도 불구하고 세계문학계의 동향을 놓치지 않고 있었다는 사실에 감탄했던 것입니다.

주지하다시피 『백년간의 고독』은 내용적으로는 가족사소설(연대기소설)의 형태를 띠고 있습니다. 그런데 이 작품이 이전 가족사소설과 다른 점은 아마도 그것을 신화적 공간에서 기술하고 있다는 사실 때문일 것입니다. 그런데 어떻게 보면 그것은 나카가미 겐지 소설의 특징이기도 합니다. 즉 그가 『백년간의 고독』에 크게 공명한 것도 무리는 아니었던 것입니다. 그렇다면 나카가미 겐지는 마르케스의 영향을 받을 것일까요?

그렇다고 할 수도 있고 그렇지 않다고 할 수도 있습니다. 왜냐하면 방금 이야기한 것처럼 나카가미는 마르케스의 소설에 열광했습니다. 하지

---

11) 졸저, 『가라타니 고진과 한국문학』, 도서출판b, 2008.

만 그에게 직접적으로 영향을 준 작가는 마르케스라기보다는 윌리엄 포크너였습니다.[12] 남부출신이었던 포크너는 어떤 의미에서 가족사를 신화적인 공간에서 서술한 최초의 작가라 할 수 있었는데, 그런 의미에서 우리는 나카가미든 마르케스든 포크너의 자식들로 볼 수 있을 것입니다.

　이제는 유럽 쪽으로 가보겠습니다. 마르케스가 유럽에서 성공한 이유를 찾다보면, 우리는 이쪽에서도 포크너라는 이름을 발견하게 됩니다. 주지하다시피 포크너는 미국에서 크게 주목을 받은 작가가 아니었지만, 프랑스로 건너가 세계적인 작가로 재평가된 인물입니다. 사르트르 등은 그를 적극적으로 옹호했습니다(물론, 이는 '지드적인 것'에 대한 거부와 관련이 있는, 다소 전략적인 태도이긴 했습니다만). 이는 다른 말로 마르케스가 유럽에 도착하기 전에 마르케스에게 큰 영향을 준 포크너가(이에 덧붙이자면, 카프카도) 이미 와있었던 것입니다.

　다시 말해, 라틴아메리카의 작가들이 어느 순간 갑자기 나타나 유럽의 독서계나 비평계를 휩쓴 것이 아닙니다. 그들은 마르케스를 받아들일 준비가 되어있었으며, 마르케스는 라틴아메리카 작가이기 이전에 포크너(그리고 카프카)의 후계자로서 받아들여진 측면 또한 없지 않아 있었습니다. 이즈음에서 마르케스의 육성을 직접 들어보도록 하겠습니다.

> 　내 문학에 끼친 기본적인 영향은 카프카의 「변신」입니다만, 아마 비평가들이 내 작품을 분석할 때 카프카의 직접적인 영향을 찾아내기는 그리 쉽지 않을 것입니다. 난 내가 그 책을 처음 사서 읽었을 때, 그 책이 내게 글을 쓰고 싶다는 욕망을 불러일으킨 것을 잘 기억하고 있습니다. (……) 포크너의 영향은 이미 모든 비평가들이 지적하고 있습니다. (……) 나는 유나이티드 프루트 회사가 있었던, 바나나가 많이 나는 아라카타카에서 태어났는데, 그곳은 나의 추억이 많이 담긴 마을입니다. 후에 포크너를 읽으면서 그의 작품에 등장하는 미국 남부

---

12) 참고로 나카가미에게 포크너를 권한 사람은 가라타니 고진이었습니다.

지방이 내가 자랐던 마을과 분위기가 아주 흡사하다는 것을 알았습니다. (……) 포크너는 어떤 의미에서 라틴아메리카 작가입니다. (……) **보르헤스나 카르펜티에르의 영향은 거의 없습니다.** 내가 상당히 성숙한 후에 그들을 읽었지요. 말하자면, 보르헤스와 카르펜티에르가 없었어도 어떻게든 내 책들을 썼겠지만, 포크너가 없었다면 내 글을 상당히 다른 것이 되었을 것입니다.[13]

여기서 제가 말하고 싶은 것은 마르케스의 주장처럼 포크너가 라틴아메리카 작가라면(그는 그 이유로 풍경의 유사함 내지 지리적 근접성을 문제삼는데, 이를 곧이곧대로 받아들이는 것은 너무 단순한 태도라 하겠습니다), 나카가미 겐지도 어떤 의미에서 라틴아메리카 작가이며, 마르케스 자신은 역으로 유럽작가 내지 앵글로아메리카 작가일 수 있다는 것입니다. 이와 관련하여 이의를 제기하실 분이 혹 있을지 모르겠습니다만, 분명한 사실 중 하나는 포크너든 마르케스든 나카가미든 하나같이 유럽(프랑스)문학계의 환영을 받았다는 것입니다.

그렇다면 유럽은 왜 그들에게 열광을 했던 것일까요? 이야기를 『백년간의 고독』으로 한정시켜볼 때, 프랑코 모레티는 이와 관련하여 주목할 만한 이야기하고 있습니다.

> 간단히 말해 m(ac)ondo(세계)로서의 마콘도(『백년간의 고독』의 무대: 인용자). 세계체제의 맥락에서 바라본 『부덴브로크가의 사람들』의 이야기인 셈이다. 따라서 유럽인들이 『백년간의 고독』에 그토록 열광한 것은 그리 놀랄 만한 일이 아니다.

모레티는 『백년간의 고독』의 유럽에서의 성공을 놀랠 만한 일이 아니라고 말합니다. 그리고 이 작품을 토마스 만의 소설 『부덴브로크가의 사

---

13) 「가르시아 마르케스와 리타 기버트의 대담」, 김홍근 옮김, 『외국문학』, 1993년 겨울호, 321~322쪽, 강조는 인용자.

람들』과 비교합니다. 매우 고전적인 소설로 분류될 수 있는『부덴브로크가의 사람들』과 소위 (포스트)모더니즘적 소설로 분류되는『백년간의 고독』은 도대체 어떤 관계가 있는 것일까요? 일단은 가족사소설이란 기본적으로 시간중심의 서사물일 수밖에 없는데,『백년간의 고독』도 어찌됐든 이것에서 크게 벗어나고 있지는 않다는 점을 이야기할 수 있을 것입니다.

그런데 모더니즘이란 매우 간단히 말하면 시간중심적 서사에 대항하여 공간중심적 서사를 추구한 것이라고 볼 수 있습니다. 대표적인 예로 우리는 조이스의『율리시즈』를 들 수 있을 것입니다. 그런데 시간중심으로 서술한다는 것은 공간이 제한된다는 의미기도 하고, 역으로 공간중심으로 이야기가 전개된다는 것은 시간이 축소된다는 뜻이기도 합니다. 주지하다시피『율리시즈』는 거우 하루 동안에 일어난 이야기입니다.

물론『부덴브로크가의 사람들』의 경우 독일이 아닌 지방도시 뤼벡, 그리고 그것도 한 가문이라는 매우 제한된 공간을 다루는 이야기인 데 반해,『백년간의 고독』도 기본적으로는 마콘도 부엔디아 가문의 이야기이긴 하지만, 외부를 향해 열려있는 공간이어서 이질적인 존재들이 마구 쏟아져 들어온다는 차이가 존재합니다. 하지만 모레티가 보기에 그것은 그다지 중요한 차이가 아닙니다. 예컨대 모레티가 다음과 같은 각주를 달고 있습니다.

> 비록 마콘도는 고립되고 다른 인구중심지로부터 멀리 떨어져 있지만『백년간의 고독』에서는 실제로 농업활동에 대한 아무런 언급도 찾아볼 수 없다. 심지어 전형적인 도시의 기술을 마을로 가지고 오는 바나나회사조차 은밀하게 마콘도를 농촌의 오지로부터 분리시키고 있다.[14]

---

14) 모레티,『근대의 서사시』, 조형준 옮김, 새물결, 2001, 365쪽.

이는 마콘도의 개방성이라는 것이 실은 스스로를 특정 공간(농촌)으로부터 분리시킴으로써 비로소 얻어진 것이라는 이야기입니다. 그렇다면 유럽인들이 『백년간의 고독』에 열광한 것은 단순히 이 작품이 『부덴브로크가의 사람들』처럼 가족사소설이기 때문일까요? 그와는 무관하다고 할 수는 없지만, 이 부분은 우리로 하여금 이 문제를 좀 더 큰 맥락에서 이해하도록 요구합니다.

마콘도는 정말 이상한 곳이다. 광인들의 도시로서, 어느 누구도 다른 사람과 공통점이 없다. **하지만 언어만큼은 누구나 똑같다.** 이 소설을 읽는 사람들은 전혀 이 점에 주목하지 않는다. 그만큼 멋진 소설이기 때문일 것이다. 하지만 조금 떨어져서 다시 소설을 읽어본다면 **화자의 비인칭적인 목소리가 텍스트 공간의 거의 90%를 차지하고 있음을 발견할 수 있다.** (……) 이 소설이 아무리 멋지더라도 **결국 독백주의가 진정한 승리를 거두고 있다.**

다성성에서 독백주의로. 19세기에, 즉 괴테에서 플로베르로 이행할 때도 똑같은 일이 일어났다. 그리고 이제 다시 20세기에, 조이스에서 마르케스로 이동하면서 똑같은 일이 일어난다. (……) 하지만 뭔가가 더 있다. 즉 『백년간의 고독』의 문체, 즉 다성성 없는 글쓰기, 아이러니 없는 글쓰기, 어느 맑은 여름아침처럼 투명한 글쓰기(이 소설이 성공을 거둔 데는 아마 이러한 점이 크게 힘입었을 것이다)는 **유럽에서는 이미 오래 전에 불가능해졌다.** 사방에서 이데올로기에 짓눌려 **'객관적' 관점**이 전혀 허용되지 않았기 때문이다. 마치 어느 천재의 휘광이 마르케스에게 **교양 있는 유럽독자들의 은밀한 바람, 즉 다시 한 번 이야기를 읽어보고 싶다**는 바람을 밝게 비추어준 듯하다. 기이하고 복잡한 이야기를 읽는다, 좋다. 하지만 **'객관적'이어야 한다.** 간단히 말해 **이데올로기 없는 소설**을 읽고 싶었던 것이다.[15]

---

15) 모레티, 『근대의 서사시』, 376~377쪽, 강조는 인용자.

다채로운 존재들이 등장하지만, 모두가 똑같은 언어를 쓰고 있다? 이것은 사실상 공간의 폐쇄성을 역으로 증명해주는 것이 아니라면 무엇일까요? 그런데 이보다 중요한 것은 '화자의 비인칭적 목소리'가 무려 90%나 점하고 있다는 데에 있습니다. 여기서 '화자의 비인칭적 목소리'란 가라타니식의 말하면 '3인칭 객관', 즉 리얼리즘이라 할 수 있을 것입니다. 따라서 모레티가 말하는 '독백주의의 승리'란 단도직입적으로 말해 모더니즘에서 리얼리즘으로의 후퇴를 의미합니다.

그렇습니다. 그의 주장에 따르면, 『백년간의 고독』은 모더니즘의 연장으로서의 포스트모더니즘 소설이 아니었던 것입니다. 바꿔 말해, 유럽인들은 모더니즘(초현실주의 포함)에 의해 해체되어버린 '이야기 중심의 객관적 소설'을 마르케스의 소설에서 재발견한 것에 지나지 않습니다. 따라서 『백년간의 고독』은 라틴아메리카소설의 세계적 성공을 보여준 작품이라기보다는 오히려 유럽독자들의 보수성을 확인시켜준 작품이 아닌가 합니다. 그리고 이것은 어쩌면 소위 라틴아메리카문학 전체에 해당되는 이야기인지도 모릅니다. 굳이 명명하자면, '전성기(19세기) 유럽문학의 향수로서 발견된 라틴아메리카 문학'이라고나 할까요.

4. 희망고문으로서의 세계문학

10여 년 전 파스칼 카자노바는 한국에서 행한 한 강연에서 한국을 아일랜드와 유사한 나라로 보고, 아일랜드가 어떻게 문학강국이 되었는지를 서술한 바 있습니다.

> 1890년까지만 해도, 영국의 의도적인 탄압 정책의 결과 문학자산이라고는 없었으며, 출판체제도 전혀 갖춰지지 못했고, 게다가 국민의 대다수는 문맹이었던 이 작은 나라가 1890년에서 1930년까지 40

여 년 동안에 국민문학을 이루어냈고 노벨상을 두 번이나 수상함으로
써 세계문학계의 인정을 얻어냈다. 특히 이 세기의 가장 위대한 작가
들인 제임스 조이스, 윌리엄 버틀러 예이츠, 사무엘 베케트 등의 거장
을 탄생시켰다. (······) 아일랜드인들은 세계문학 공간에서 가장 현재
적이고 가장 혁신적인 이슈와 미학을 수입, 자신들의 환경에 맞게 개
조, 채택하였다. 전통적인 동화와 전설, 민중시가를 수집한 예이츠에
서부터 완전히 새로운 언어로 더블린이라는 도시와 도시생활을 재창
조한 조이스에 이르기까지 아일랜드인들은 자국의 문학자산을 모으
는 데 성공했고 그것을 인정해주는 중앙기관, 즉 비평가, 번역가, 출판
사, 여러 문학상의 심사위원들에게 인정받는 데 성공했다. 이렇게 해
서 아일랜드는 문학적으로 세계에 존재하게 된 것이다.[16]

이것은 문학대국 프랑스에서 온 젊은 여성학자가 '신흥문학'의 위상을
국제적으로 알리려고 노력하는 한국인들에게 일종의 서비스차원에서 보
여준 소국의 성공사례라고 할 수 있습니다. 그리고 그녀는 글의 마지막에
아예 몇몇 번역가들의 훌륭한 중재 덕분에 "한국문학이 민족문학이면서
도 세계문학 대열에 들 수 있게 될 것이다"라는 희망적인 덕담까지 하고
있습니다. 하지만 지금까지 저와 함께 이 문제에 대해 생각해온 분들은
이런 덕담이 실은 희망고문에 불과하다는 것을 아실 것입니다.

한국문학번역원 원장을 맡기도 했던 윤지관은 '언어'문제(즉 영어를 쓰
기 때문에 번역이라는 문제를 고민할 필요가 없었다)를 들어 아일랜드와
우리는 다르다고 거리를 유지하지만,[17] 여기서 그보다 더 중요한 게 있습
니다. 조이스와 베케트의 경우는 앞에서 다루었기 때문에 제외하고 생각
한다면, 먼저 카자노바의 지적처럼 아일랜드가 노벨문학상을 두 명이나

---

16) 파스칼 카자노바, 「문학의 세계화의 길, 노벨문학상」, 『경계를 넘어 글쓰기』, 민음
    사, 2001, 338쪽.
17) 윤지관, 「한국문학의 세계화를 둘러싼 쟁점들」, 김영희 · 유희석 엮음, 『세계문학론
    』, 창비, 2010, 208~209쪽 참조.

배출한 것은 사실이지만, 그 둘 모두가 모두 시인이라는 점을 놓쳐서는 안 됩니다. 예이츠와 셰이머스 히니가 그들이지요. 소설가든 시인이든 상관이 없지 않느냐? 라고 하실 분이 있을지 모르지만, 실은 매우 상관이 있습니다. 이는 일본 쪽과 비교하면 확연히 드러납니다. 알다시피 일본은 두 명이 다 소설가입니다.

저는 '시'는 세계문학일 수 없다고 생각합니다. 왜냐하면 그것은 기본적으로 비교불가능하기 때문입니다. 예컨대 토마스 만의 소설이 염상섭이나 채만식의 소설보다 훨씬 뛰어나다는 것에는 이의를 제기하기 힘듭니다. 하지만 예이츠의 시가 김소월의 시보다 뛰어나다고 말할 수가 있을까요? 흔히 '시'는 번역불가능하다는 말을 하는데, 그것은 단순히 번역기술상의 어려움만을 뜻하지 않습니다. 비교불가능하다는 것은 순위를 매길 수 없다는 것이고, 순위를 매길 수 없다는 것은 상賞이 문학 외적인 것에 의해 좌우될 확률이 높다는 것을 뜻합니다.

둘째로 카자노바는 문학적 소국이었던 아일랜드가 세계적인 문학강국이 되었다고 말하고 있습니다만, 어디까지나 그것은 매우 제한적으로만 그러합니다. 예컨대 여러분 중 최근 아일랜드소설을 읽으신 분이 계신가요? 아니 아일랜드에서 지금도 활동하고 있는 소설가의 이름을 하나라도 아시는 분 혹시 계신가요? 아마 한분도 없으실 것입니다. 이는 비단 우리만의 문제는 아닐 것입니다. 일본이나 미국에서도 아일랜드 문학은 '과거형'(예컨대, 예이츠, 조이스, 베케트)으로서만 인정받고 있을 뿐입니다.

이는 전통적인 문학 강국과는 크게 다른 점입니다. 예컨대 웬만한 독서가라면 현재 활동하는 영국작가나 독일작가 또는 프랑스작가의 이름 하나 정도는 충분히 댈 수 있을 것입니다. 저의 관점에서 볼 때, 이런 현상은 앞으로도 계속될 것입니다. 그렇지만 우리는 이런 사실을 외면한 채 '한국문학의 세계화' 가능성을 아일랜드문학이나 라틴아메리카문학 등에서 찾는데, 이제까지 살펴본 대로 그것은 문제의 본질을 애써 외면하려는 것 그 이상도 그 이하도 아닙니다.

그렇다면 '그럼에도 불구하고' 여전히 그런 주장이나 논의가 설득력을 갖는 이유는 도대체 무엇일까요? 아마도 그것은 '근대문학'의 특수성을 인정하지 않으려는, 즉 근대문학을 보편적인 것으로 보려는 자세가 우리 안에 뿌리 깊게 박혀있기 때문입니다. 근대국가와 근대문학이 떼려야 뗄 수 없는 관계라는 것을 '머리로는 인정하면서도' 그렇게 인정하는 자신도 그 관계 속에서 탄생했다는 사실은 애써 보지 않으려는 것이지요.

* (2012년 10월 순천대 학술대회에서 발표됨)

타인이면서 타인이 아닌, 문학

– 최인호, 『낯익은 타인들의 도시』, (여백, 2011)

박 인 성

"그는 마치 부활하는 것처럼 보였다" 우리 뇌리 깊숙이에 이러한 문장을 남긴 「타인의 방」에서, 최인호는 일찍이 일상화되어버린 현대인의 소외와 정체성의 혼란, 불안한 심리를 보여주었다. 그 강렬한 전상前像을 기억하는 우리에게 최인호가 스스로의 언급처럼 '제3기의 문학'으로 부활하여 돌아왔다면, 그는 순전히 '낯익은 타인'의 형상으로 읽혀진다. 그리하여 『낯익은 타인들의 도시』에서 그는 '타인의 방'으로부터 벗어나 한층 '낯설며' '낯익은' 요령부득의 세계를 만들어냈다. '낯섦'과 '낯익음'이라는 이음동의異音同意로 이루어진 세계, <POWER ON>로 시작하여 <POWER OFF>라는 기계적 신호로 끝마쳐지는 이 세계는 …(STOP)…(FF)…(PLAY)…로 진행되는 디스플레이display의 신호로 구성된 연극적 무대라 할 수 있다.

K에게 있어서 영화 <트루먼쇼>를 방불케 하는 이 "정체불명의 쇼"(366쪽)는 "섀도 박스 속에서 벌어지는 제3의 입체 공간"(55쪽), 혹은 "인위로 조작된 테쿠파주"(69쪽)로 지각된다. 개인의 의지와 그것을 넘어서는 초월적인 절대자의 무대 연출 사이에서, 실제의 공간과 연극적 공간이 서로 구분할 수 없게 뒤섞여 버린 이 혼성적인 공간을 창출하는 동인動因을 단

순히 K의 정신적 분열만으로 설명할 수는 없을 것이다. "정신병을 치료하는 H야말로 정신병 환자이며 섹스 중독자이며 더러운 개자식"(153쪽)이 되는 역설처럼, 현실의 모든 것은 일상과 비일상 사이에서 손쉽게 전도顚倒되며 극도의 허위로 가득 차있다.

일상과 비일상, 현실과 매트릭스Matrix, 분신(double)과 평행우주(Parallel worlds)를 아우르는, K를 둘러싼 이 "시뮬레이션 연극"(377쪽)의 무대 공간은 엄밀히 말해 기술복제 시대의 현실세계 그 자체이다. 모든 사람은 자기인 동시에 그 자신의 복제 인간이며, 자신의 원본이나 기원을 잃어버린 것처럼 절단된 감각을 가진 채로 살아간다. 그렇기에 K가 자신의 잃어버린 정체성을 찾아가는 3일 간의 여정은 "거울을 통해 환자가 느끼는 통증이 실제로 존재하는 통증이 아니라 환상사지幻想四肢에 대한 착각임을 인지케 하는 대중요법"(229쪽)이라기보다, 거꾸로 그 환상사지에 대한 착각, 상실된 감각이 일반화되어버린 세계 자체에 대한 탐색의 여정이라 할 수 있다.

이러한 기술복제 세계에서 그 모든 타인들은 '익숙하지만 낯선', 그렇기에 언캐니uncanny한 형상으로 나타난다. 총체적이고 단일한 현실의 지평은 무너지고, 적절하게 배치되어 있던 것들이 부적절하게, 친숙하던 것들은 이질적으로 K를 엄습하고 불안케 한다. 이 와중에 일인다역一人多役을 수행하는 각각의 인물들과 조우하는 데자뷰deja vu의 연속 속에서 원본과 사본을 분별하는 일이란 불가능한 것처럼 여겨진다. 이제 『낯익은 타인들의 도시』의 서사는 "크레파스 통 속에 들어 있는 열두 가지 빛깔의 색체와는 관계없는 무채색의 인간"(166쪽)이었던 K가 어느 순간 '세계-내-존재'(In-der-Welt-sein)로서 세계와 직접 대면해나가는 여정이 된다. 그렇기에 이 이야기는 단순히 일상에서 비일상으로의 전변만을 다루는 것이 아니라, 일상 그 자체가 거대한 텍스트처럼 분석 대상이 되어야만 하는 현실 자체의 허구성에 주목하고 있는 것이다.

내가 이해할 수 없고 납득할 수 없는 것은 아내의 부정이 아니라 자신의 정체를 숨기고 가짜 아내가 진짜 아내의 역할을 대신하면서 나를 속이고 우롱하는 것이다. 불륜은 육체의 그림자놀이에 불과하지만 거짓은 영혼을 병들게 하는 검은 그림자다.(157쪽)

그러나 만약 K가 이 허구적인 세계에서 단 하나의 진실, 이 모든 무대를 만들어내고 조종하는 "절대적 존재"(186쪽)를 찾고자 한다면, 결과적으로 그는 실패할 수밖에 없다. 1시간 30분의 '잃어버린 시간'을 찾는 여정이 그 기억의 복원을 통한 원본으로의 회귀가 될 수 없듯이, 무대 위에 올라선 배우가 커튼 뒤의 연출자를 발견하는 유일한 방법은 무대의 막이 내려지기 전에는 불가능하다. 그리하여 '속지 않는 자가 방황한다'는 라캉의 전언처럼, 그가 유일한 정상인이자 하나의 원본으로서 동일성의 복원으로 육박해 가려할 때, 그는 필연적으로 실패할 뿐만 아니라, 원본이 아닌 그것과의 '차이'만을 확인하는 것이다. 그 '차이'가 반복되면서 드러나는 진실이란 "K 본인이 가짜이며, 짝퉁이며, 복제인간이자, 추적자이며, 위조인간"(296쪽)이라는 사실, 그 자신이야 말로 자기 자신의 타인이라는 아이러니이다. 이것은 동시에 절대적 존재에 대한 원망이 아니라, K 자신의 전도된 감각, 그 자신의 죄의식으로 도출된다. "모든 것이 내 탓이며, 메아 쿨파이고, 메아 막시마 쿨파다."(297쪽) 이처럼 K의 자기 정체성을 찾기 위한 여정은 어느 순간에 이르러 그 자신의 분신, 혹은 타인으로서의 자신을 찾는 여정과 더 이상 구분되지 않는다는 점에서, 뫼비우스의 띠처럼 안과 밖을 구분할 수 없는 영역으로 임박해 간다.

그리하여 출근길에 지하철 에스컬레이터를 내려가며 일종의 "몹신mob scene"(372쪽)처럼 지난 이틀 간 마주친 타인들과 다시금 마주치며 작별해 나가는 3부의 결말은 인상적이다. K는 그들과의 작별의 와중에, 자기 자신의 얼굴, 그러나 그가 소유할 수 없었던 타인의 얼굴과 마주치게 되는 하나의 문턱에 도달한다. 그것은 바로 나의 얼굴의 타인의 얼굴을 닮아가는 문턱이며, 동시에 바로 이 시뮬레이션 연극 무대의 막이 내리는 장소, '죽기에 완벽한 장소'이다. 원본과 사본, 나와 타인이라는 이항대립은 사라지고, 실제의 현실과 연극적 현실이 일치하는 그 순간이란, 다름 아니라 지진의 발생한 뒤 K가 지하철이 달려오는 선로 위에 떨어진 타인을 향해 스스로 뛰어드는 '타인됨'의 순간으로 그려진다. 그 순간, 분열되었던 K1과 K2가 '합체'하게 되며, "오직 말씀만이 존재하던 카오스의 신세기이자, 오메가의 천국"(378쪽)과 같은 '최초의 장면'(primal scene)이 되살아난다.

물론 이것이 진정 K의 정체성의 회복, 최초의 장면의 복원이라고 말하기는 어렵다. 오히려 그것은 여전히 환상에 불과하며, 단지 K의 죽음을 의미화하는 또 하나의 무대연출에 불과한 것인지도 모른다. 그럼에도 불구하고 철저한 시뮬레이션이라 여겨졌던 이 무대의 막이 내리는 <POWER OFF>의 순간, 그 절대적인 격리의 순간에 K는 그 어떤 절대자(독자)의 응시에도 조망되지 않는 행위이자 몸짓의 차원에 있다. 그의 죽음은 무목적적이며, 상징화되지 않는 가장 순수한 욕망의 형태로, 영속하는 생生으로 전도된다. "남에게 읽히기 위한 문학이 아닌 오직 나만을 위한, 나중에는 단 하나의 독자인 나마저도 사라져버리는"(7쪽) 문학을 하겠다는 최인호의 다짐이 가장 순수한 이야기의 욕망으로 우리에게 응답하는 이유도 아마 여기에 있다 할 것이다. 존재자 없이도 존재가 흐르듯, 모두가 사라져도 이야기는 계속될 것이다. 여기 죽음의 순간에 '마치 부활하는 것처럼' 보이는, 어떤 의지의 울림이 그칠 줄 모르듯.

보 드 카 의 밤

허 윤 진

"상제께서 내게 가뭄을 내리시겠습니까? 내리지 않으시겠습니까(上帝降我嘆莫? 帝不我嘆莫?)"[1] 중국 고대 국가인 상商의 왕은 점을 치면서 이렇게 물었다. 상대商代의 왕은 고대 국가의 왕이 으레 그렇듯이 사회 전체를 대표하는 기능을 지니고 있었다. 왕은 자신을 '여일인余一人'이라고 불렀는데, 이것은 인간을 대표하는 존재라는 뜻이었고, 왕은 최고신인 상제와 인간사회를 중재하는 연결점으로서 모든 복의 매개자로 생각되었다.[2]

후대 유교에서 인간의 윤리학적 과제는 수신修身에 이어 치국治國이라는 다소간 통제적인 차원으로 확장되곤 했지만, 원시 유교의 맥락에서 보면 군자나 왕이 수신에 이어 실천해야 하는 윤리학적 과제는 '안인安人'이었다고 한다.[3] 사람들을 평화롭게 하는 것은 사회의 지도자가 수행해야

---

1) 김승혜,『유교의 뿌리를 찾아서』, 지식의 풍경, 2001(개정판), 61쪽.
2) 위의 책, 60쪽.
3) 유교 담론을 재구성하면서 정치이론으로 '치국(治國)' 대신 '안인(安人)'의 논리를 중요하게 여기는 김승혜 교수의 주장은 다음과 같다. ≪『논어』 자체에서 '치(治)'라는 동사는 사람을 목적어로 갖는 경우는 없고, 군무(軍務)를 맡아보는 일(「공야장」 8), 빈적과 종묘를 관장하는 일(「헌문」 19) 등 사무 분장을 담당할 때에나, "무위이치(無爲而治, 작위함이 없이 다스린다)"(「위령공」 5)와 "천하치(天下治, 천하가 다스려진다)"(「태백」

할, 좀 더 인격적이고 온건한 방식의 정치였다. 왕은 사람들을 위해서 무엇을 바라는가? 그는 사람들의 행복幸福을 바랐을 것이다. 질병과 기근과 죽음의 그림자가 드리워지지 않은 풍요롭고 활기 넘치는 상태를 말이다. 왕은 바란다. 부디 가뭄이 나我, 그러니까 모든 사람을 덮치지 않기를.

위기와 갈등이 없는 평형 상태, 혹은 원래적 균형 상태를 회복하고자 하는 인간의 열망은 자연스러운 것이다. 고통과 병과 죽음처럼, 세계의 균형이 깨진 상태만 지속되어도 좋다고 하는 사람이 있다면, 그는 '균형 없는 삶'에 대한 감수성이 없거나 솔직하지 못한 것일지 모른다. 아이가 먹을 것이 없어 죽어 가는데, 그 경험에도 의미가 있으니 우선 참고 있으라고 하는 부모가 있다고 하자. 우리는 과연 그들을 지지할 수 있을까? 물리적으로, 혹은 심리적으로 균형이 깨져 있는 상태, 복을 잃은 상태에 처해 있는 사람이 있다면, 우리는 동료 인간으로서 그 사람의 회복을 희구할 것이다. 어떤 식으로든 지금의 불균형 상태로부터 '낫기'를 바라는 인간의 바람을 단순한 우매와 엄살로만 치부할 수 없는 것은 이런 이유 때문이다.[4]

* * *

러시아의 걸출한 시인인 안나 아흐마토바(1889~1966)가 스탈린 치하에서 썼던 시에 관한 인상적인 예화가 있다. ≪아흐마토바는 세계 2차 대전 전후戰後에 침묵을 지키면서 번역으로 생계를 유지했다. 그러던 중 아들 레

---

20)와 같이 다스림을 추상적으로 말할 때만 쓰이고 있다. 공자의 사상에서 사실 사람이란 다스려야 할 대상이 아니라 편안케 하여야 할 주체라고 보아야 할 것이다.≫ 위의 책, 131쪽.

4) 종교학자 김성례 교수는 인간이 복을 바라는 것을 '욕망'의 문제로 보는 필자에게 행복하고 건강한 삶을 바라는 것은 인간의 역사를 유지시키는 윤리적 의지라는 의견을 주었다. '기복신앙'은 고대 신앙이나 한국 무교 신앙의 특수한 속성이거나 실용주의적 욕망의 발현이 아니라는 것이다. 대부분의 종교에서 나타나는 '기복신앙'을 인류의 보편적 윤리, 보편 종교의 정서로 볼 수 있었던 데에는 김성례 교수와 나눈 대화와 다음의 연구에서 도움을 받았다. 김성례, 「기복신앙의 윤리와 자본주의 문화」, 『종교연구』, 한국종교학회, Vol.27, 61~86쪽; 김승혜 · 김성례, 『그리스도교와 무교』, 바오로딸, 1998.

프는 당국에 의해 체포되고, 아들의 목숨이 위태롭다고 느낀 아흐마토바는 1950년 스탈린을 찬양하는 15편의 시로 이루어진 ≪평화에 부치는 찬가 Slava miru≫를 발표했다. 아흐마토바의 스타일이나 주제와는 동떨어진 이 시편들은 그녀에게 평생 고통스러운 기억으로 남게 되었으나, 결과적으로 아들의 목숨을 구해 주었고, 아들 레프는 1956년에 석방되었다≫.[5]

스탈린은 신학교 출신이었다.[6] 그리고 그는 우상을 넘어 신이 되기를 원한 사람이었다. 오스만 투르크가 콘스탄티노플을 침략하고(1453) 러시아에서 타타르 지배가 종식된(1480) 것이 시기적으로 대략 일치하면서, 러시아인들은 모스크바를 제 3의 로마라고 믿었다.[7] 황제를 뜻하는 러시아어 '차르'가 로마 황제 카이사르Caesar의 이름에 연원을 두고 있듯이, 스탈린은 로마 황제, 즉 인신人神의 꿈을 꾸었던 수많은 독재자들 중 한 명이었다. 스탈린은 러시아 정교회가 자신을 신으로 대접하기를 원했다. 러시아 정교회는 그들의 진정한 신에게 도전해오는 현대의 황제를 '조국을 수호한 전략의 천재'라고 찬미하며 가까스로 살아남았다.[8]

러시아 정교회를 포함한 동방 정교회의 예배는 리투르기아(liturgia, 전례)라고 불린다. 전례에 포함된 성사를 통해, 신자들은 빵을 나누고 포도주를 나눈다. 이 성사에서 흥미로운 것은 공동체가 하나의 잔으로 포도주를 나눠 마신다는 점이다. 동방 정교회의 성사에서 나타나는 이 형식적 차이는 어떤 심미적이고 윤리적인 태도를 보여준다. 전례를 집전하는 사제는 잔을 가슴께에 들고 있는데, 회중은 포도주를 마시기 위해 무릎을 구부리고 '위에서 아래로 흐르는' 포도주를 받아 마신다. 공동체가 탄생하

---

5) 석영중, 『러시아 정교 – 역사 · 신학 · 예술』, 고려대학교 출판부, 2005, 193쪽.
6) 석영중, 위의 책, 188쪽.
7) Iu. M. 로트만 · B. A.우스펜스키, 「표트르 대제의 이데올로기에 나타난 '모스끄바—제 3의 로마 개념의 반향」, 유리 로트만 외, 이인영 엮음, 『러시아 기호학의 이해』, 1993, 265쪽. 위의 책, 76~77쪽에서 재인용.
8) 석영중, 앞의 책, 193쪽.

는 일은 이처럼 '겸손'을 체현하면서 완성된다. 그리고 동방 정교회의 신학적 입장 역시 주인의 피 앞에서 '무릎을 구부리는 태도'와 맞닿아 있다.

정교회의 신학은 '신비신학'이라고 불릴 정도로 신비나 침묵을 중요하게 여긴다. 정교회는 "신비(mysterion)"라는 단어 안에 "비밀(secret)"이라는 의미를 부여하며, 친밀하게 알려지는 것을 두려워한다.[9] 정교회는 개인의 존재 안에서 일어나는 신비로운 화학 작용을 개인의 몫으로 남겨두기를 원하는 것 같다. 정교회는 하나의 "신비"가 "증명할 수 있는 일반 원리(theorem)"나 사법적인 제도가 되지 않기를 원한다.[10] '완전히 이해할 수는 없음'을 중요하게 여기는 신비신학의 진통은 인간의 앎을 부정함으로써만 신을 향해 나아갈 수 있다는 부정신학의 경향을 띤다.[11] 정교회의 신학은 우리가 "절대적 무지의 어둠"이라는 막막한 지평 속에서 절대자를 향해 나아간다고 본다. 나지안주스의 그레고리오스 같은 교부는 신을, 진리를 안다고 상상하는 자는 부패했다고까지 말했다.[12] 신에 대해서도 인간에 대해서도 전적으로 안다는 것은 불가능하다고 보고 오히려 무지 속에서 앎을 기다리는 정교회의 전통은 비참과 슬픔이 인간적으로 얼룩진 오래된 교회당처럼 보인다.

키에프 루스는 러시아의 모태가 된 나라이다. 850~1110년까지의 키에프 루스 역사를 다룬 『원초 연대기Povest' Vremyann'nykh Let』에서는 러시아와 정교회의 결합을 이렇게 설명하고 있다. ≪키에프 루스의 통치자였던 블라디미르 공후가 여러 종교 중에서 하필이면 동방 정교회를 수용했던 이유는 흥미롭다. 당시에 키에프 루스에는 이슬람교, 유대교, 로

---

9) 정교회의 익명의 수도사, 최대형 역, 『정교회 영성』, 은성출판사, 2004, 58쪽.
10) 같은 쪽.
11) 블라디미르 로스끼, 박노양 역, 『동방교회의 신비신학에 대하여』, 한장사, 2003, 36~38쪽 참조.
12) Gregorius Nazianzenus, Carmina Moralia, X: Περι αρετης, P.G., t. 37, col. 748. 위의 책, 53쪽에서 재인용.

마 카톨릭, 그리스의 동방 정교 등이 전파되었다. 그런데 이슬람 신도들은 술을 마실 수가 없었고, 블라디미르 공후는 "술은 러시아인들의 기쁨이니, 그런 기쁨 없이는 살 수가 없도다."라고 탄식했다. 그는 현자들에게 각 종교의 예배 의식을 보고 오라고 명령했다. 그들은 이슬람 예배에서는 슬픔만을 보았고, 가톨릭 미사에서는 영광을 보지 못했다. 반면 콘스탄티노플의 성 소피아 사원에는 만 여 개의 촛불이 빛을 발하고 있었다. 현자들은 "그 사람들[그리스인들]의 예배 의식은 다른 민족의 예배의식보다 더 아름답다"고 전했다. 그 이듬해인 988년에 블라디미르 공후는 정교회 세례를 받았고, 키예프 루스 전체는 그리스도교(동방 정교)로 개종했다.≫[13]

러시아 정교회의 탄생은 미적 자의식으로부터 출발한다고 할 수 있을 것이다. 술과 무지와 어둠과 아름다움과 겸손이 혼재된 정교회의 역사를 상상하노라면, 먼지를 빨아들인 이콘聖畫의 심원한 빛깔이, 고독하게 함께 앉아 있는 예술가들이 떠오른다. 부정신학이 지닌 '겸손'이라는 신학적·윤리학적 태도는 자칫하면 불가지론과 무신론으로 빠질 수 있는 위험이 있는 것 같다. 소비에트 시기에 나타난 무신론을 정교회 특유의 부정신학이 역설적으로 발전한 형태라고 보는 것도 과언이 아니다.[14]

러시아어로 '예술가(khudozhnik)'는 '악/재난(khudo)'이라는 낱말에서 파생되었다고 한다.[15] 미하일 엡슈테인은 러시아에서 '나쁜 것(khudo)'에 해당하는 것들, 그러니까 나쁜 경제사정, 나쁜 사회평론, 나쁜 철학 등등이 '예술가(khudozhenik)'와 예술을 성장시켰다고 말한다.[16]

외부의 압력에 의해 재현 대상을 선택하고 자신이 바라보는 진실을 감추는 일은, 시인에게 시의 사망선고처럼 느껴졌을 것이다. 시인은 타인의

---

13) 석영중, 앞의 책, 16~17쪽.
14) 미하일 엡슈테인, 조준래 역,『미래 이후의 미래: 러시아 포스트모더니즘 문학의 기원과 향방』, 한울, 2009, 296쪽.
15) 위의 책, 277쪽.
16) 위의 책, 277~278쪽.

고통으로 인해 고통 받으며, 타인을 고통으로부터 구하기 위하여 거짓과 진실을 맞바꾼다. 시인의 시조차도 타인의 고통 앞에서는 얼마든지 포기할 수 있는 것이 된다. 시는 이처럼 존재 앞에서는 그리 대단치 않은 것이다. 동시에 시는 대단한 것이기도 하다. 아흐마토바가 남긴 '최악의 시'조차 타인의 목숨을 구할 수 있었으니 말이다. 문학은 타인의 고통 앞에서 무력하게 버려지고 훼손될 만큼 연약하지만, 가장 증오하는 적조차도 기꺼이 끌어안을 수 있을 만큼 강인하고 너그럽다.

* * *

안톤 체호프(1860~1904)가 문학가였을 뿐만 아니라 의사이기도 했다는 사실은 잘 알려져 있다. 여러 비평가들은 체호프가 의사였다는 전기적 사실과 작품의 특성을 결부시키려 했다. V. A.갈쩨프는 다음과 같이 썼다. "체호프는 교양이 있는 의사이고, 체호프의 기법들 속에서 묘사의 단순함, 선명함, 그리고 정확함에서 우리는 또한 자연과학자를 인지하오."[17] A. 암피찌아뜨로프는 "의사란 직업은 완전히 독특한 성격을 부가하면서, 그의 모든 작품에 선명하고 깊은 흔적을 새긴다. 개인보다는 구성에 더 큰 관심을 갖는 것과, 재능 있는 의술의 진단이 변칙들의 우연성 속에 그리고 일반적 원인들의 메커니즘 속에 사소한 것에까지 이 분석적이고 상세한 심사숙고를 만들어 낸다"고 말했다.[18]

작품의 의미를 예술가의 삶에만 귀속시키는 것은 불가능하다. 작품은 예술가가 의식하지 못한 의미의 지평에서 독립적인 삶을 살아간다. 20세기의 수용미학과 독자반응비평은 작품이 예술가를 떠나 타자들과 더불어

---

17) V.갈쩨프, 「A.P.체호프, 문학적 특성의 경험」, 『러시아 사상』, No.5, 1894, 46~48쪽. 추다코프(A.P.Chudakov), 강명수 역, 『체호프와 그의 시대』, 소명출판, 2004, 464쪽에서 재인용.
18) A.V.암피찌아뜨로프, 작품집 14권, 뻬쩨르부르그, 1912, 27쪽. 위의 책, 465쪽에서 재인용.

새로운 삶을 살아갈 수 있다는 것을 알려주었다. 아니, 작품 자체가 예술가에게는 강력한 타자성 그 자체일 것이다. 자신으로부터 나왔지만 자신도 알지 못하는 무수한 요소들이 결합하고 화학적으로 변성變性하는 것을 보면서, 예술가는 작품으로부터 분리된다.

이런 맥락에서 아도르노가 예술에 있어서 주체와 객체가 맺는 관계에 대해 논한 내용은 많은 영감을 준다. "현실적으로 작품을 만드는 자는 작품과의 관계 속에서 볼 때 다른 계기들과 마찬가지로 현실의 한 계기이다. 예술 작품의 실제적인 생산에 있어서 개인이 결정적인 역할을 하는 경우는 결코 없다. 예술작품은 암암리에 분업을 요하며 개인은 작품 속에서 미리부터 분업적인 기능을 지닌다."19) 작품의 '생산'에 참여하는 분업자가 다양할 수밖에 없다면, 작품의 계기를 촉발한 최초의 개인은 작품에 관해 아주 적은 지분만을 갖게 된다. 안톤 체호프의 단편소설「검은 수사 Chyorny monakh」(1894)는 '의사'인 안톤 체호프로부터 어떻게 '치료 불가능성'이라는 역설적인 주제가 발생하는지를 보여주는 작품이다.20)

「검은 수사」는 안드레이 바실리치 코브린 박사라는 인물이 신경쇠약에 걸렸다는 진술로 시작된다. 그는 자신의 후견인이자 유명한 원예가인 페소츠키의 집으로 떠난다. 코브린을 맞아주는 페소츠키의 정원에 관한 묘사는 이런 식으로 시작된다. "영국식으로 구획된 고풍스럽고 엄격한 스타일의 정원은 어딘지 우울해 보였다. 정원은 집에서 강에 이르는, 1베르스타는 족히 되는 거리 끝까지 이어지다 점토질로 이루어진 가파른 강기슭에 이르러서야 끝이 났다. 강기슭에는 털이 부숭부숭 난 동물의 발 같은 뿌리를 드러낸 소나무들이 자라고 있었다(78쪽)".

---

19) T.W.아도르노, 홍승용 역,『미학이론』, 문학과지성사, 1984/1997, 264~265쪽.
20) 이 글에서 다루는 안톤 체호프의 단편소설「검은 수사」는 다음의 번역본을 따랐다.
　　안톤 체호프, 안지영 역,『사랑에 관하여』, 펭귄 클래식 코리아, 2010. 작품을 인용할
　　때는 쪽수만 표기하기로 한다.

소설의 시작에서부터 개인의 불행은 예고되어 있다. 그는 원예가의 정원이 지닌 기하학적 질서에 동화될 수 없다. 코브린의 시선에 더 강력하게 호소하고 있는 것은 동물적으로까지 보이는 강기슭의 소나무들이다. 온순하게 정리된 세계와 그것을 묘사하는 문장들 '옆에' 야성적으로 약동하는 세계와 그에 상응하는 문장들이 '살고' 있다는 것을 기억해 두기로 하자.

정원을 가득 채운 꽃에 대한 묘사도 특이하다. "그곳[페소츠키의 정원]에는 놀랍도록 아름다운 장미와 백합, 동백 그리고 선명한 흰빛에서 카본처럼 검은빛에 이르는 온갖 색상의 튤립이 피어있었다(78쪽)". 정상적인 시력을 가진 사람이라면 '튤립'이라는 일반 명사에서 노랗고 빨간 꽃들을 떠올릴 것이다. 그러나 튤립을 묘사할 때 체호프는 마치 심각한 적록색맹이기라도 한 것처럼 명암만을 구분한다.[21] 붉은색과 초록색이 숨을 죽인 정원에서 흰색과 검은색은 그 어떤 색들보다 화려하게 강조된다.

수많은 색 중에서도 특히 무채색이 부각되는 정원의 세계에 '검은 수사'라는 형상이 출현하는 것은 자연스럽다. 코브린은 페소츠키 가家에서 요양을 하던 중, 전설 속의 검은 수사를 보게 된다. 코브린의 말처럼 이 전설은 실체가 '분명치 않다'. 검은 의복을 입은 정교회의 수도승들과 악마적인 메피스토텔레스를 동시에 연상하게 하는 검은 수사(black monk)는 혼란스러운 양가성을 지니고 있다. 체호프는 검은 수사에 대해 서술할 때, 모든 것이 "광학"의 문제라는 이야기를 한다. 예컨대 코브린이 타냐에게 검은 수사의 전설을 이야기하는 장면을 보자. "천 년 전에 검은 옷을 입은 한 수사가 시리아나 아라비아 어딘가의 광야를 걷고 있었어……. 그런데 그가 걷고 있던 장소에서 몇 마일 떨어진 곳에서 어부들이 호수 위를 천천히 걷는 또 다른 검은 수사를 본 거야. 결국 이 두 번째 수사는 환영이었던 거지. 이제 광학의 모든 법칙을 잊고 계속 들어봐. 이 전설은 그

---

21) 물론 흰색 튤립과 검은색에 가까운 자주색 튤립도 있다. 그러나 튤립의 흰색과 검은색은 「검은 수사」에서 분명히 강조되어 있다.

런 걸 인정하지 않는 것 같으니까."(87쪽)

체호프는 과학으로부터 많은 것을 배웠으며, 진화론을 적극적으로 받아들이기로 했다. 1892년 러시아에 콜레라가 유행했을 때, 체호프는 현상을 진화론적인 세계관에서 해석한다. ≪중부 러시아에서는 말이 독감에 걸려 죽어갑니다. 만일 자연에서 일어나는 모든 것에 목적이 있다고 본다면, 자연은 아무 쓸모없는 연약한 유기체들을 없애기 위해 어떤 일이든 하는 거군요. 기근, 콜레라, 독감……. 건강한 것과 강한 것만이 남을 것입니다.≫[22]

코브린은 근대의 과학 지식을 지닌 사람답게, 전설을, 환영을, '광학적 기만'이라는 과학적 수사로 표현하려 한다. 그러나 명백한 명명이 세계의 불확실성을 완전히 해결해 줄 수는 없다. 검은 수사는 코브린과 대면하여, 스스로 자신이 '환영'이고 '허깨비'라고 말한다. 코브린이 과학의 성실한 신자라면 그는 '광학적 기만'을 부정하고 건강한 현실에 잘 적응했을 것이다. 허나 그는 검은 수사가 전한 예언의 메시지, 즉 '당신은 신에게 특별히 선택되었으며 진리를 널리 알리게 될 것이다'라는 말에 사로잡혔다. 대학이 요구하고 전파하는 '정상적이고 건강한' 상식이 있는 지식인은 그만 천재성과 광기의 중간지대에 빠져 버린다.

예고르 세묘니치(페소츠키의 이름과 부칭父稱)와 그의 딸 타냐는 검은 수사를 보지 못한다. 코브린은 수사의 "검은 옷뿐 아니라 얼굴과 눈까지 분명히 볼 수 있었다는 사실"에 흡족해 하는 사람이며, "전설이 사실"이라고 믿는 사람이다(100쪽). 코브린의 삶이 소위 불건강하며 병적인 상태로 빠져든 것은 그가 역사와 허구 사이에 있는 전설을 믿는 자였기 때문인지도 모른다. 나와는 거리가 먼 과거의 이야기가 현재의 내 삶에 언어로서 실재할 때, 삶의 구조는 혁명적으로 뒤바뀔 수밖에 없다. 이야기가

---

22) 1892년 5월 28일 체호프가 수보린Suvorin에게 보낸 편지 중에서. John Tulloch, Chekhov, a Structuralist Study, London: Macmillan, 1980, 94쪽에서 재인용.

현실을 압도하는 삶은 상궤를 벗어난 것처럼 보일 것이다. 검은 수사는 "상상 역시 자연의 일부"라고 코브린에게 말해준다. 코브린이 건강을 점차 잃어간 것은 상상이 자연 자체가 되었기 때문은 아닐까. 현실에 존재하는 요소들로부터 시작되어 현실을 초월하기에 이르는 상상과 허구의 힘은 이처럼 한 인간의 삶에 폭풍처럼, 지진처럼, 압도적으로 다가온다.

환영인 검은 수사와 대화를 나누던 어느 겨울밤, 코브린은 자신이 느끼는 감정이 "오직 기쁨뿐"이라는 것이 이상하다고 느낀다(111쪽). 그는 "비탄, 슬픔, 권태"의 의미를 찾는 사람이다. 혼잣말을 하면서 기뻐하는 그는 영락없는 미친 사람이다. 그는 장인이 된 예고르 세묘니치와 아내가 된 타냐를 불안하게 만든다. 보이지 않는 것을 믿는 자가 지닌 순수한 열정은 광기와 구별이 되지 않을 때가 많다. 어떤 것이 되었든 비가시적인 세계를 보는 자는 사회의 안정을 위해 치료하고 감호하는 대상이 될 수밖에 없다. 푸코의 고고학적 작업을 통해 알 수 있듯이, 광기가 선재하는 것이 아니라 오히려 치료와 감호가 광기를 산출해 낸다. 코브린이 갈수록 더 광기에 빠져든 것은 장인과 아내의 뜻대로 치료를 받았기 때문인지도 모른다. 코브린은 말한다. "착한 친척들이나 의사들이 그들의 광기와 영감을 치료하지 않았으니 부처나 마호메트, 셰익스피어는 얼마나 행복한 인간들인지!"(116쪽)

* * *

우리는 분명히 복福의 상태를 희구한다. 고통과 악 속에서만 살기를 바랄 수는 없다. 그러나 복을 받기 위해서, 우리는 많은 것을 '고쳐야 한다'고 세상은 말한다. 다 낫지 않으면, 다 고쳐지지 않으면 사랑받을 수 없을 거라고 속삭이는 자본주의의 손은 우리의 눈을 찢고 우리의 입에 약을 넣는다. 자본주의는 선한 치료자를 가장하는 백색 환영 같다.

존재의 자연스러움, 우리의 인간다움에 KS 마크를 붙이는 행위야말로 병적이다. 우리가 건강해야 하고 치유되어야 한다는 공공의 이데올로기는 때로 은밀하고 위험한 우생학적인 열망을 내포하고 있는 것 같다. 병은 인간 실존의 자연스러운 양태인데도 육체적·정신적인 병은 열등의 표지로서 은폐되고 구조악이 낳았을 수 있는 고통과 상처는 개인이 스스로 노력해서 관리해야 할 '약점'의 차원에 국한된다. '치유 권하는 사회'에서는 역설적이게도 지금, 그리고 앞으로, 병들어 있고 병들게 될 자들이 존재할 처소가 없는 것이다.

「검은 수사」에서 정원은 이런 방식으로도 묘사된다. "연기는 나무들을 엷은 막으로 감싸주어 수천 루블을 영하의 추위로부터 지켜내고 있었다. 나무들은 서양장기들의 말처럼 심어져 있었는데, 군인들의 대오처럼 반듯하고 정확했다(179쪽)." 아름다운 것이 아니라 예쁜 정원은 합목적적인 질서와 규율이 지배하는 세계이다.

예고르 세묘니치 페소츠키는 원예학의 대가로서, 정원을 지키는 것은 '사랑'이라고 말했다. 그런데 그가 말하는 사랑이란 '타인의 도움을 받으면 신경질이 나며 과실을 위협하는 벌레는 다 잡아 죽여야 직성이 풀리는 것'이다. 누군가의 내면이 어떤 자연 상태라면, 그곳에 '잡초' 같은 것들이 자라고 있을 때 그것을 잡아 뜯으려 하는 의지를 우리는 사랑이라기보다는 폭력이라고 부를 것이다. 「검은 수사」에서 사람들이 겪은 모든 슬픔과 불행의 원인은 심리의 원예학이 아니었을까?

보이지 않는 고통과 아픔이 과연 나을 수 있을까. 나아야 하는 것인가. 안톤 체호프의 또 다른 단편소설인 「산딸기」(1898)는 비가 올 듯 비구름으로 뒤덮인 음산한 하늘을 묘사하는 것으로 시작된다. 사람들의 이야기가 오고 가고, 사람들의 얼굴과 이름 뒤에 숨겨져 있던 고통스러운 진실은 조금씩 형체를 드러낸다. 그리고 소설은 밤새 비가 그치지 않는다는 문장으로 끝을 맺는다. 안톤 체호프의 소설에 자주 등장하여 세계관을 압축해서 보여주는 '연극적인 날씨'는 교화를 바라지 않은 체호프의 의도와는 상관없이 많은 영감을 준다. 우리는 날씨와 계절을 통제할 수도, 소유할 수도, 고칠 수도 없다. 날씨와 계절은, 그러니까 사랑은, 예상치 못한 때에 인간을 찾아오고, 예상치 못한 때에 뒷걸음질 쳐 사라진다. 인간의 영혼이 매일의 날씨 같은 것이라면, 우리는 시시각각 변화하는 신비를 평가할 필요 없이 그 아름다움을 완상玩賞할 수 있을 것 같다.

벌레들이 나무를 갉아먹고, 새들이 나무를 쪼아서, 나무가 자연스러운 반응으로 상처에서 피 같은 수액을 흘리고, 굳어가는 수액 속에 벌레들이 갇히고, 때로는 나무를 부드럽게 흔들고 때로는 나무를 꺾어버리는 바람이 불기도 하는 숲이 혹시 지상의 천국은 아닐까. 사람의 시선에서는 잔인한 광기로 느껴지는 상태가 숲에서 살아가는 존재들에게는 지복至福의 상태일지도 모른다. 사람의 내면은 정원보다는 숲에 가까워 보인다. 흔들리는 숲에 어떤 존재들이 살고 있는지, 그 숲이 어떤 날씨와 계절을 경험하고 있는지, 타인들은 다 알 수 없다.

어둡고 추운 죽음이 흑림黑林과 백림白林을 뒤덮고 있다 해도 두려워 말라. 흑림은 백림이 다 알 수 없는 제 몫의 신비를, 백림은 흑림이 다 알 수 없는 제 몫의 신비를 완수하고 있을 것이기 때문이다. 모두가 교정을 하고 똑같이 하얗고 예쁘게 빛나는 치아를 드러내며 웃는 미국뿐만 아니라 공산주의라는 이상주의적 환영이 참담하게 지나가 버린 러시아의 춥고 낡은 예배당에서도 인간학의 새로운 지평을 발견할 수 있을 것이라고 믿는다.

조세희가 『난장이가 쏘아올린 작은 공』에서 인용한 탈무드의 예화에서처럼, 함께 굴뚝을 청소한 두 사람 중에서 한 사람의 얼굴만 깨끗하다는 것은 있을 수 없는 일이다. 내면을 결벽증적으로 청소하려고 노력하는 것은 무익한 일처럼 보인다. 나의 불완전함으로 말미암아 나는 타인을 고통에 빠뜨리고, 타인의 슬픔과 아픔으로 말미암아 더 큰 비참에 빠질 것이기 때문이다. 이 세상에 누군가 한 사람이라도 균형을 잃고 복福을 잃었고 내가 그와 연대하는 한, 나 역시 복을 잃은 상태가 된다. 상호주관적으로 구성되는 삶—서사는 결국 저자로서의 개인이 지닌 정리벽과는 무관하게, 아름답게 흐트러지고 우아하게 비대칭적인 운명을 지니게 될 것이다.

* * *

이 밤, 우리는 보드카를 마시고 연초煙草를 태운다. 어쩌면 우리에게는 알코올로도 소독되지 않고 연기로도 가려지지 않는 심연이 있는지도 모른다. 보드카에 레몬을 넣어 이 신산辛酸한 삶을 마셔 없애고 싶다. 우리는 누구나 물과 빛을 필요로 한다. 그런데 우리 앞에 주어진 것이 보드카와 연초뿐이라면 무엇을 해야 할까.

나는 시장에 나가 피 흘리는 심장을 1파운드씩 팔 것이다. 그리고는 연초를 한 아름 사서 당신들이 있는 곳으로 기쁘게 돌아올 것이다. 우리의 모든 고통과 슬픔이 언젠가는 모두 태워지기를 간절히 바라면서. 불타오르는 거대한 연초 다발을 안은 팔은, 아무런 해도 입지 않을 것이다. 불타오르는 물은 향기롭게 흩어질 것이다.

* 이 글은 계간『문학과 사회』2013년 여름호에 발표되었다.

질문 2.0 : 무엇이 '인간'인가

— 상실 너머, '인간' 주체의 복원을 꿈꾸며

이 소 연

0. 왜 '인간'을 묻는가?

빈곤은 어느 시대에나 있었다. 헤아릴 수 없이 많은 사람들이 몇 년 걸러 닥치는 기근이나 역병으로 죽어가곤 했다. 전쟁도 마찬가지다. 인간의 역사는 수없이 반복되는 전쟁과 테러의 기록으로 얼룩져 있다. 사람들은 속수무책으로 무자비한 폭력에 노출되는 일이 빈번했고, 이를 피하기 위해 고향을 등지고 뿔뿔이 흩어지는 일도 적지 않았다. 그렇다면 오늘날 세계를 휩쓸고 있는 빈곤과 억압, 착취는 새로운 것이라고 할 수 있는가? 우리가 살고 있는, 이 시대가 다른 시대에 비해 유난히 엄혹하고, 야만적이라고 주장할 수 있는 근거는 어디에 있는가? 어쩌면 우리가 처해 있는 시대의 고난을 강조하는 것은 자기중심적인 사고방식에서 비롯된 오류가 아닌가? 일반적으로 사람들은 자신들이 거의 종말에 근접한, 가장 나쁜 시대에 살고 있다고 상상하기 마련이다.

만일 우리가 경험하고 있는 불행이 일차적으로 '객관적 결핍(Der objektive Mangel)'에 한정되어 있다면, 이러한 반성에는 일리가 있을 법하다. 장 지글러가 마르크스에게서 참조했다고 말하는 이 용어는 지구상의 물질재가 가장 기본적인 인간의 욕구를 충족시키기 위해 객관적으로 불충분한 상황을 가리킨다.[1] 그러나 분명한 사실은, 우리가 직면하고 있는 어려움은 생존에 필요한 재화의 양이 절대적으로 부족하기 때문이 아니라는 점이다. 특히 이십 세기 이후에 비약적으로 발전한 산업, 기술, 과학 덕분에 오늘날 지구상에 존재하는 재화와 부는 증산에 증산을 거듭하여 넘쳐날 지경에까지 이르렀다. 그런데 그것들은 다 어디로 갔으며 지금 누구의 손에 있단 말인가? 우리의 불행은 단지 가난하기 때문에 발생한 것이 아니라 누군가 부당한 방법으로 그것을 빼앗고 나누지 않는데서 비롯된다. 이른바 일 퍼센트의 지배계급이 구십구 퍼센트의 피지배계급을 억압, 착취하고, 이로부터 생산된 재화를 독식하고 있는 것이 현실이다. 더욱이 이러한 상황을 더욱 부채질하는 것은 도저히 납득할 수 없는 모순을 (적어도 어렴풋하게나마) 알고 있으면서도 외면하거나 체념해버릴 수밖에 없는 나 자신의 무기력한 모습이다. 당연히 분노할 수밖에 없는 현실에 반응하다가도 곧 체념하고 마는 나, 내가 서 있는 자리가 역병의 근원지와 멀지 않다는 사실은 더욱 불안을 가중시킨다. 천재지변을 일으키는 천체나 왕들 주변이 아니라.

가장 나쁜 일이 시작되고 있다. 우리는 모두가 평등하게 태어났고 공정하게 대접받아야 할 존엄성을 가진 '인간'이라는 지위에서 점점 미끄러지고 있다. '자연적'이거나 '객관적'이지 않은 '인위적 결핍'을 발생시키는 구조는 그 안에 참여하고 있는 개체들에게 윤리적인 짐을 부과한다. 대부분의 부를 독점하고 있는 소수와 이들에게 억압, 착취당하고 있는 대다수의 사람들을 동등한 '인간'의 관점에서 보는 일이 가능할 리 없다. 계급과 계급 간에 존재하는 생활수준, 지위의 격차가 극심해지면 질수록 유적존재

---

1) 장 지글러, 『탐욕의 시대』, 양영란 옮김, 갈라파고스, 2008, 33쪽.

로서의 '인간'들에게 보편적으로 적용되는 가치, 기준은 흐릿해질 수밖에 없다. 더 나쁜 일은, 구십구 퍼센트에 해당하는 나머지 사람들에게 할당된 몫을 둘러싸고 마치 정글에서 벌어지는 것과 같은 극심한 생존 경쟁이 벌어지고 있다는 점이다. 그 경쟁에서 밀려난 사람들, 즉 '자격 미달'의 존재들은 점점 더 불어나게 되어 있고, 쓰레기가 되어 세계의 어느 구석으로 버려지기 마련이다. '인간'으로 태어난 줄 알았던 사람들은 이제 스스로 '인간'이 되기 위한 '자격'을 취득해야만 하는 상황에 던져지고 말았다. 이러한 '인정투쟁' 속에서 살아남기 위해 '인간'임을 거부하는 일이 만연해진 것도 이상한 일이 아니다. 그렇다면 곧이어 우리는 다음과 같은 질문을 던지지 않을 수 없다. 우리 가운데 누가 (살 만한) '자격'이 있는 '인간'인가? 그리고 그들을 '인간'으로 만들어주는 그 '자격'이란 대체 어떤 것인가?

프리모 레비는 아우슈비츠 수용소의 비극을 몸소 체험한 뒤 쓴 책에서 '이것이 인간인가'라는 질문을 던진다. 극한의 폭력에 노출되었을 때 인간이 존엄성을 상실하고 타락하는 과정을 지켜보는 일은 고통스럽다. 아우슈비츠만큼 직접적인 타격이나 구속의 형태를 취하고 있지는 않지만, 재화와 권력을 독점하고 있는 소수가 삶의 질서를 전면적으로 흔들고 있다는 점에서 오늘날 우리는 급하게 그가 던졌던 화두를 다시 상기하지 않을 수 없다. 아니, 과거부터 지니고 있던, 보편적이고도 일반적인 개념을 회억이라도 할 수 있던 시대는 그래도 행복했을지도 모른다. 눈앞에 있는 처참한 형상, 과연 '이것'이 우리가 '인간(the human)'이라고 불렀던 그것인가? 이러한 질문은 '인간'이라는 단어가 의미하는 대상이 무엇인지, '인간성'이란 상태는 과연 어떤 것인지 개념조차 잡지 못해 허우적대는 오늘날에는 "'무엇'을 가리켜 '인간'이라는 개념을 부여할 수 있는가?"라는 질문으로 수정되어야 할 필요가 있다. 너무 늦은 것은 아닌가? 지금이라도 서둘러 묻지 않으면 이러한 질문은 "왜 하필 다른 것에 앞서 '인간'을 사유해야 하는가? '인간'이라는 개념을 유표화할 이유가 있는가?"하는 물음으로 바뀔지 모른다. 물론 우리가 상상할 수 있는 가장 나쁜 상태는, 질문이라는 행위 자체가 무의미해져버리는 상황일 것이다. 묻는 입이 사라지면, 질문도 사라질 것이므로.

1. 우리는 왜 우울할까? – 단자화된 개인들

이런 이야기가 있다. 인간이 인간다운 말을 하지 못하는 세상이 있고, 인간이 아니면서도 인간처럼 말을 하는 '입'을 가진 고양이가 있다. 그가 인간을 향해 질문을 던진다. 당신들도 인간이냐고.

> 그렇다면 그대들에게는 먹고사는 것 외에 중요하게 여기며 추구하는 다른 것이라도 있다는 말인가, 삼가 묻는다면, 고양이 따위가 알까, 도대체 다른 것을 추구할 수 없을 정도로 먹고살기만으로도 각박한 인사(人事)를 길에서 빌어먹는 고양이 따위가 알까, 라는 면박이나 들을 수 있을까. 먹고살기를 방패삼아 이 몸처럼 조그만 생물과의 공생조차 생각할 여지를 두지 않는 짐승의 대답이란 기대할 것도 없는 것이다.[2]

적어도 이 고양이는 '인간'을 결코 '짐승'의 상대어로 생각하고 있지 않은 것 같다. 그가 보기에 '인간'은 동료와 약한 짐승 들에게 폭력을 행사하는 비정한 포식자이거나 자신을 향한 폭력에 제대로 저항 한번 못하는 음울한 피식자 이상도 이하도 아닐 것이다. 황정은은 짧은 소설 「묘씨생」에서 입이 있는 뭇 피조물로부터 욕을 먹어 마땅한 인간들의 상태를 기소하

---

2) 황정은, 「묘씨생」(『파씨의 입문』, 창비, 2012, 114쪽). 강조는 인용자. 이 작품 외에 이 글에서 주로 인용하는 작품들이 수록되어 있는 작품집과 도서명은 다음과 같다. 김미월, 『아무도 펼쳐보지 않는 책』, 창비, 2012; 김애란, 『비행운』, 문학과지성사, 2012; 김연수, 『파도가 바다의 일이라면』, 자음과모음, 2012. 이후 본문에서 이 작품들을 인용할 때는 제목과 쪽수만 표기하기로 한다.

고 있는 참이다. 원래부터 변변치 않았지만 나름 존중할 만한 위세를 갖추었노라고 자부하던 인간이 자신의 이름을 폐기 처분할 정도로 몰락한 이유는 무엇일까.

약식으로나마 기소의 형식을 갖추기 위해서 과거에 일어난 몇 가지 사건과 이에 연루되어 있는 개념 들을 빌려오기로 하자. 최근 우리가 경험하고 있는 악덕, 빈곤, 재난의 기원을 되짚어 보면 1990년대 말기의 경제 위기와 이로 인해 급속도로 우리 사회를 잠식해버린 '신자유주의'라는 이름의 교의敎義를 고려하지 않을 수 없다. 사회 전체를 매섭게 강타한 금융 위기 이후 우리 사회는 '경제'적인 영역, 다시 말해 부와 재화에 관련된 척도를 둘러싸고 완전히 재편성되었다. 그 결과는? 우리는 이미 영원히 치유될 수 없는 트라우마를 입고 말았다. 신자유주의는 가장 거시적인 영역부터 미시적인 부분까지 모조리 붕괴시킨 후 자신의 기획에 맞추어 다시 짜 맞추거나 내버리는 작업을 지난 십수 년간 계속 진행해왔다. 그 와중에서 개인의 고유한 삶은 찢겨지다 못해 거의 삭제될 지경에 이르렀다. 지금 경제적인 생존만을 두고 하는 얘기가 아니다. 앞서도 '교의'란 용어를 사용했던 것처럼, 신자유주의 논리의 무서움을 이해하려면 사람들의 정신과 영혼에 미치는 영향을 짚어보지 않으면 안 된다. 신자유주의가 재구성하고 있는 것은 바로 '인간 조건' 자체라고 해도 전혀 과장된 말이 아닐 것이다. 이제 '인간'은 어떻게든 '먹고살기 위해' 생존을 쟁취해야 하는 존재, 치열한 경쟁을 뚫고 이겨내야만 '인간 대접'을 받을 수 있는 존재로 바뀌어버렸다.

무엇보다 가장 두려운 것은 이전에 개인 혹은 공동체가 갖고 있던 '가치'들이 전면적으로 부정된다는 점이다. 하늘에서 숭고하게 빛나는 별이 하루아침에 떨어져 진흙 속에서 구른다고 상상해보라. 소중하게 여겨온 것들의 상실로 인해 주체의 영혼에는 빈자리가 발생한다. 그 결과 우울증은 돌림병처럼 이 시대에 만연한 질병이 되었다. 신자유주의 시대의 주체들은 겉보기에는 자신들에게 부과된 새로운 가치 기준에 적응하기 위해 무진 애를 쓰는 것처럼 보이지만 영혼 깊숙한 곳을 들여다보면 수동적 슬픔에 속속들이 잠겨 헤어 나오지 못하는 이율배반적인 모습을 하고 있다. 생존 경쟁에서 패배한 사람들의 경우는 더 말할 것도 없다. 추상적인 차원에서 '가치'의 상실로 논할 수 있는 문제가 이들에게는 한층 구체적인 '일상 자체'의 상실로 육박해 들어오곤 한다. 문제는 우리 주변을 둘러싸고 있는 대부분의 사람들이 승자보다는 패자 쪽에 속한다는 사실이다.

애도하지 못한 슬픔을 떨치지 못한 채 경쟁에서 뒤처지지 않으려고 뛰고 달리는 사람들은 피로에 시달릴 수밖에 없다. 만성이 되고 고질이 된 피로, 억울함, 회한은 이 시대를 사는 사람들 모두 경험하는 공통감각이 되어버린 것이 아닌가? "그는 세상의 주변이었다. 서점 베스트셀러 진열대 뒤 구석에 꽂힌, 아무도 펼쳐보지 않는 책이었다. 엄연히 존재하지만 아무도 입어주지 않는 옷이고 아무도 불러주지 않는 노래였다."(「아무도 펼쳐보지 않는 책」, 『아무도 펼쳐보지 않는 책』, 25쪽). 이들은 읊조리고 작가는 눌러 적는다. 성장하기도 전에 늙어버린 젊은 패배자의 주문을. "곧이어 내가 살아 있어, 혹은 사는 동안, 누군가가 많이 아팠을 거라는 생각이 들었다. 나도 모르는 곳에서, 내가 아는, 혹은 모르는 누군가가 나 때문에 많이 아팠을 거라는 느낌이. 그렇게 쉬운 생각을 그동안 왜 한 번도 하지 못한 건지 당혹스러웠다. 별안간 뺨 위로 주르륵 눈물이 흘러내렸다. 재빨리 한 손으로 눈물을 닦아냈다. 하지만 눈물은 그치지 않고 계속해서 나왔다. 결국 나는 두 손으로 얼굴을 가린 채 크게 울어버리고 말았다."(「너의 여름은 어떠니」, 『비행운』, 44쪽).

선량한 사람들은 자신에게 상처를 입힌 이들에게 노하거나 실망하지 않고 되레 그 비난의 화살을 자기 자신을 향해 돌리곤 한다. 우울은 말 그대로 "우리 시대 젊은 세대의 어떤 집단무의식 내지 아비투스"[3]가 되고 만 것이 아닌가. 그리고 자주 이들의 눈물은 우리의 마음 밑바닥에 눌려 있던 양심을 호출한다. 이들과 함께 울면서 우리는 서로가 동일한 감각의 권역대 안에 함께 존재하는 사이임을 깨닫게 된다. 어쩌면 한 줌의 '윤리'라는 것은 이러한 찰나의 공감에서 시작되는지도 모른다. 그러나 함께 우는 데서 그치지 않고 우리는 이러한 아픔을 안겨준 사람들, 사회의 시스템, 그 안에 스며들어 있는 권력의지에 대해 대화하는 데까지 관계를 발전시킬 수 있다. 그러나 이 선량한 사람들이 그런 기회조차 갖지 못하는 이유는, 이들이 철저하게 혼자이기 때문이다. 이 시대에 우리가 기댈 수 있는 마지막 윤리적 디딤대가 이러한 '선량한 우울증'에 불과한 것인가? 아마도 아닐 것이다. 우리는 타인을 향한 갈망을 결코 포기할 수 없을 것이다. 마르크스가 말한 '인간은 유적존재(Gattungswesen)이다'라는 저 유명한 명제 역시 개인은 자기 자신뿐만 아니라 인간 전체, 즉 자신의 '유'와 관계 맺지 않고서는 존재할 수 없다는 사실을 알려준다. 사랑과 우애를 갈구하는 가난한 마음으로 인해 '나'는 인간이 된다.

그런데 왜 우리는 지금 이렇게 외로운가? 대체 우리가 이렇게까지 고독했던 적이 있었는가? 그것은 우리가 서로 깊이 있는 관계를 맺을 시간도, 안정적인 기반도 갖고 있지 못하기 때문이다. 신자유주의의 표어처럼 되어 버린 "no long term"이란 구호처럼, 오늘날 대부분의 일자리는 단기계약에 의한 비정규직, 임시직, 아르바이트 등으로 변질되었다. 새로운 무산계급을 형성하고 있는 이들 프레카리아트들은 대개 자주 근무지를 이동하고, 혼자서 자신의 일을 책임지는 위치에 놓여 있고, 수시로 성과 체크를 받기 때문에 동료들과 경쟁할 수밖에 없다.[4] 일시적이고 불안정한

---

3) 우찬제, 「비행운의 꿈, 혹은 행복을 기다리는 비행운—김애란과 그 막막한 친구들」, 『비행운』, 320쪽.
4) 프레카리아트(precariate)는 불안정한 노동에 종사하는 이들을 가리키는 새로운 조어이

작업 환경과 무한 경쟁 시스템은 곁에 있는 사람을 무시하게끔 하거나 최악의 경우, 잠재적인 적으로 여기게 한다. "이제 사랑의 자리는 경쟁이 차지했다. 경쟁에서 승리하려면 언제든 자신의 사랑과 친구를 포기하고 파괴하여야 한다. 친밀함이나 유대감은 경쟁관계 속에서 일시적이고 불안정하게 되었다."5)

이런 삭막한, 아니 사악한 환경 속에서 개인들이 서로 연대하는 일은 불가능한 꿈이 되었는가? 인간을 향해 독설을 날리는 「묘씨생」의 고양이에게 변명하기 위해 나는 또하나의 단편을 읽어낼 것이다. 김미월의 또다른 소설 「중국어 수업」은 이주 노동자들의 가슴 아픈 현실을 우리에게 고발한다. 이 소설에는 낯선 땅에서 환대는커녕 인간 대접도 못 받고 노동에 시달리다 사랑하는 연인마저 뺏긴 채 강제 송환 당할 처지에 놓인 한 젊은이가 등장한다. 그리고 그를 바라보는 화자 역시 단기 계약직으로 학원에서 근근이 일하는 임시 강사에 불과하다. 그는 매일 아침 같은 회선의 지하철을 타고 출퇴근하다보니 같은 시간대에 열차를 이용하는 사람들과 차츰 낯이 익게 된다. 이 소설은 인간이란 이토록 짧은, 심지어는 덧없는 만남만으로 얼마나 쉽게 연민과 공감을 나눌 수 있는 존재인지 보여준다. 옆 좌석에 앉은 화교 남매에게 짧은 회화를 배우는 노인, 휴대폰을 만지작거리는 젊은이, 생활 정보지를 옆구리에 낀 사내 모두가 낯익은 사람들이다. 계약직 강사와 이주노동자, 열차 칸에서 우연히 만난 사이, 이들끼리 맺을 수 있는 관계의 밀도와 깊이라는 건 새삼 설명하지 않아도

다. 이 단어는 일본의 비정규 노동운동에서 주로 사용된 개념으로 이탈리아어에서 불안정함을 뜻하는 '프레카리오(precario)'와 '무산계급'을 뜻하는 '프롤레타리아트(prolatriat)'를 합친 말이다. 이 단어는 프롤레타리아트라는 말에 포함된 애초의 노동자와 새롭게 대두한 비정규직들, 심지어 불안정한 위치에 있는 정규직들도 포함하며 실업자, 노숙자, 히키코모리, DV(가정 폭력으로 인해 가출한 피해자들), 장애인, 정신 불안정자 등 모든 이질적인 대상들을 포함하고 있다(이진경·신지영, 『만국의 프레카리아트여, 공모하라!』, 그린비, 2012, 26~27쪽 참조).
5) 엄기호, 『아무도 남을 돌보지 마라』, 낮은산, 2009, 75쪽.

자명하다. 그러나 어느새 이들 가운데 서로의 언어를 매개로 한 공감, 그리고 타인을 향한 배려, 그의 아픔을 덜어주기 위해 선물하는 '두툼한 파커 한 벌'만큼의 온기가 싹트는 것만은 어쩔 수 없다. 이 소설은 인간은 아주 작은 계기만 있어도 희미한 끈으로나마 서로 연결되길 갈구하는 존재임을 알려주고 있다.

소설이나 TV, 영화를 보지 않아도, 지하철 옆자리나 맞은편에 앉아 있는 사람들의 모습에서, 그리고 차창에 비친 내 얼굴에서 우울은 너무도 쉽게 목격되는 표정이 되어버렸다. 비록 선량한 얼굴을 하고 있다 해도, 우울은 인간성의 점진적인 상실이 전염병처럼 퍼져나가고 있다는 징조를 알리는 첫 번째 예후가 아닐 수 없다. 한때 분명 '인간'이었던 사람들 사이에 퍼져나가 그들을 마비시키고 무기력하게 만드는 슬픔의 정조에 맞서기 위해 필요한 것은 함께 나눌 수 있는 온기와 위로이다. 내면 깊숙한 곳에 불씨처럼 잠재되어 있는 그것을 어떻게 꺼내어 환히 타오르게 할 것인가.

2. 무엇이 우리를 얽매는가? – 신자유주의의 수인들, 호모 데비토르 (Homo debitor)

올해 서른이 된 한 아가씨가 있다. 그녀는 지방에 있는 집을 떠나 서울에서 홀로 대학을 마친 후 취업 준비를 하고 있다. 다른 젊은이들처럼, 그녀역시 빠듯한 생활고와 고독에 치여 순탄치 않은 학창 시절을 보냈다. 그녀의 삶이 더욱 나빠지기 시작한 계기는 한순간의 그릇된 판단으로 인해 다단계 판매업체에 발을 디디면서부터다. 그녀는 그곳에서 빠져나오기 위해 학원 강사로 일하던 시절 자신을 끔찍이 따랐던 제자 한 명을 자기 대신 끌어들이고 만다. 그녀의 이름은 강수인. 그녀의 이름은 더이상 도망칠 곳 없는 막다른 지경에 몰린 이 시대 젊은이들의 절박한 처지를 상징한다. 그녀는 거짓 희망과 빚으로 개인을 속박하는 시대의 '수인囚人'이나 다름없다.

수인이 증언하는 세계는 채무, 변제, 상품가치 등으로 만사를 환산하고 규제하는 '금융화(financialization)'된 사회의 부끄러운 민낯이다. 이른바 포스트포디즘post fordism의 세례이후 우리를 둘러싼 모든 일상은 금융을 통해 운영, 관리되는 기형적인 시스템의 일부로 감쪽같이 다시 태어나고 말았다. 이제 저 '친절한 상담원'들의 가면을 쓴 이들은 개인들을 '채무자' 즉 그들의 금고에서 돈을 빌려간 '고객님'으로 호명한다. 대출 혹은 부채와 그에 따른 채권자−채무자 관계는 주체를 특수한 방식으로 생산·통제하는 특수한 메커니즘을 구성한다. 문제는 이 '부채'의 성격이 물질적, 경제적인 차원에만 머무는 것이 아니라는 점이다. 체불된 빚의 굴레는 각각의 마음속에 내면화됨으로써 우리의 영혼과 신체를 간섭한다. 단지 그뿐인가? '신용'이라는 명목으로 우리의 시간과 기대, 미래까지 마음까지 주무른다. "연속된 금융 위기 이후 현대 자본주의의 주체적 형상은 빚을 진 인간(L'homme endetté)의 모습으로 육화되는 것처럼 보인다"[6]는 한 철학자의 경고는 소설 속에 스며들어 이렇게 풀 죽은 비명으로 몸을 바꾼다. "무슨 일이 있었던 거냐고요? 저도 그걸 잘 설명할 수 있었으면 좋겠어요. 어느 날 눈뜨고 보니 제가 다른 사람이 돼 있더라고요. 이전에도 채무자. 지금도 채무자. 예나 지금이나 빚을 진 사람이라는 건 똑같은데. 좀더 나쁜 채무자가 되었다고 하는 게 맞을까요."(「서른」, 『비행운』, 298쪽).

김애란의 단편 「서른」에 등장하는 청년 수인의 모습은 호모 데비토르(Homo debitor), 즉 채무인간으로 전락한 우리 자신의 서글픈 초상이다. 자본주의 시민의 필수품이 되어버린 신용카드를 발급하는 순간 사회는 개인을 채무인간의 일원으로 명부에 등록한다. 금융자본주의 사회에서 모든 예속과 소외는 '대출'과 함께 시작되며 '연체'로 인해 영속화되는 반면, 우리는 자신의 신용을 '보증'할 수 있는 자로서 윤리적인 주체로 승인

---

6) 마우리치오 라자라토, 『부채인간』, 허경·양진성 옮김, 메디치, 2012, 67쪽.

받게 된다. 이전에 개인의 삶과 공동체를 묶어주던 끈끈한 인정, 우애, 혈연, 지연 같은 것이 점차 느슨해지거나 녹아내린 지금, 이러한 파편들을 연결시키는 가장 질긴 끈은 '빚'이 되었다. 망각 저편으로 사라져버린 줄 알았던 과거로부터 기어 올라와 서로에게 상처를 남긴 인연과 죄를 호출하는 것도 역시 '빚'이다. 빚은 시간과 공간적 거리를 뛰어넘고 세대 간의 간극도 초월함으로써 개인들을 한데 포섭해 변제와 상환, 복리와 담보 등의 원리로 빈틈없이 맞물려 있는 금융 시스템의 부속품으로 변화시킨다. 그리고 빚은 부자를 더욱 부자로, 빈자를 더욱 빈자로 만드는 마력을 부려 개인들을 자신이 속해 있는 계급에서 영영 벗어날 수 없도록 꽁꽁 묶어두는 역할을 하기도 한다. 수험 공부에 지친 아이들을 보며 "너는 자라 내가 되겠지…… 겨우 내가 되겠지"(297쪽)라고 되뇌는 수인이나 피곤에 젖은 샐러리맨들을 보며 "어차피 질 시합인 것을 알면서 링에 오르는 복서의 심정이 이럴까"(「모자 속의 비둘기」, 『아무도 펼쳐보지 않는 책』, 116쪽)라고 중얼거리는 김미월 소설 속의 인물들에게 '계급'은 또하나의 감옥이 아닐 수 없다.[7]

그러나 빚이 인간에게 미치는 더 치명적인 영향력은 마음에 관한 것이다. 이 부채인간들은 자신에게 덮쳐온 불행을 모두 경솔하게 빚을 진 개인 자신의 책임으로 돌린다. 라자라토는 니체의 『도덕의 계보』를 빌려와 채권자-채무자 관계에서 비롯된 부채가 내면화되어 개인의 양심과 죄책감의 문제로 환원되는 것에 대해 통렬하게 비판하고 있다.[8] 수많은 젊은

---

7) 보편화된 채무 의식과 더불어 인용된 소설들은 현대사회에서 가난이 벗어날 수 없는 감옥처럼 여겨지는 경향을 정확히 반영하고 있다. '빈곤의 감옥화, 형벌화' 현상은 신경제에서 뚜렷이 나타나는 특징이며, 이로 인해 신자유주의국가들은 점차 빈곤층을 관리하는 공권력을 강화하는 '형벌국가'로 변신하고 있다. 빈곤층, 노동계층에 대해 엄격히 적용되는 관리권력은 '빈자는 계속 빈자로 살아갈 수밖에 없다'는 암울한 전망을 더욱 강화시킨다.
8) "죄의식, 전체적인 '양심의 가책'이라는 저 다른 '음울한 사실'은 도대체 어떻게 세상에 나타났단 말인가? (……) 지금까지 이들 도덕의 계보학자들은, 예들 들어 '죄(Schuld)'

이들이 자유롭게 자신의 꿈을 펼치지 못하고 온갖 빚에 시달리다가 불법 다단계 사업에 빠져 인생을 탕진하는 사태가 어떻게 한 사람의 죄과, 혹은 실책으로 돌릴 수 있는 문제인가? 호모 데비토르가 갖고 있는 더 심각한 문제는 사회구조적인 모순, 집단적으로 가해지는 폭력의 실체를 보지 못하고 혁명을 일으킬 수 있는 잠재적인 에너지를 소진해버린다는 데 있다.

> 위기의 시기에, 자본주의가 모든 영역을 통해 '최대한' 부추기고 끌어들이는 것은 인지가 아니라, 국가와 기업을 통해 외부화되는 비용과 위험에 대한 자기 장악(Prise sur soi)이다. 생산성의 차이는 '앎' 혹은 정보에서 오는 것이 아니다. 그것은 인지의 생산, 수혜자 활동, 혹은 그밖의 모든 종류의 행위를 막론하고, 비용과 위험에 대한 '주체의 책임을 지는 행동'에서 비롯된다. (……) 죄책감, 양심의 가책, 책임감에 찌든 채무자라는 이 주체적 형상은, 위기가 깊어짐에 따라 신자유주의 경제 초기 불리어지던 인지와 혁신에 대한 찬양의 노래를 지워버린다.[9]

수시로 '그래 모든 건 다 내 잘못이야.'라고 자책하는 마음의 소리가 들리는가? 중요한 것은 마음 내부에서 속삭이는 초자아의 암시에서 벗어나 우리를 가두고 있는 담론 및 부채의 도덕으로부터 빠져나오는 일이다. 인간을 감옥 속의 수인으로 만드는 빚의 메커니즘을 벗어나기 위해서는 단호하게 빚의 악순환을 끊고 계급투쟁을 전개하는 것 외에 방법이 없다. 그리고 지금 머물러 있는 자리에서 소외된 채 죽어가는 자의 '어리석음'과 '죄'를 구분할 필요가 있다. 이것이 호모 데비토르들에게 '단 한 푼도 상환하지 말라'는 도덕의 새로운 계보가 요구되는 이유이다. 고대 이스라엘에는 오십 년마다 한 번씩 가난한 이들의 채무와 더불어 노예 신분을 탕감

라는 저 도덕의 주요 개념이 '부채(Schulden)'라는 극히 물질적인 개념에서 유래되었다는 것을 막연하나마 생각해본 적이 있었던가?"(프리드리히 니체, 『도덕의 계보』, 김정현 옮김, 책세상, 2006, 402쪽).

9) 마우리치오 라자라토, 같은 책, 82~83쪽. 강조는 원문에 따름.

해주는 '희년(year of jubilee, 禧年)' 이란 제도가 있었다. 이러한 희년 경제 전통은 수메르 인들을 비롯한 다른 고대 근동 국가에서도 그 흔적을 찾을 수 있다. 부채를 기록한 점토판을 모두 모아 파괴해버리고 새롭게 시작하는 전통은 오늘날 노예해방, 채무면제와 같은 인권 사상의 근간이 된다. 이러한 전통은 무자비하고 비인간적인 신자유주의 경제 메커니즘 아래에서는 꿈도 꿀 수 없는 일이다. 우리에게는 이렇게 서로의 물질, 마음의 빚을 탕감해줄 수 있는 정신적 기초가 남아 있지 않다. '한 푼도 상환하기를 거부하는' 혁명의 결기, '서로의 빚을 탕감하는' 사랑이 없는 사회에 희망의 가능성 같은 것이 남아있을 리 없다. 서로의 빚을 거부하거나 탕감한다는 아름다운 진실은 이제 소설의 한 장면에서 스치듯이 볼 수 있는 소박한 추억이 되어 버렸는지도 모르겠다.

> 시무룩하게 말하는 도도에게 디디는 자기 우산을 내밀었다. 이거 가져가라, 내 우산 가져가라. 한사코 거절하는 도도에게 디디는 우산에 관해 말했다. **돌려주지 못했던 우산에 대해서 여태 남은 부채감에 대해서.** 이야기를 듣고 난 도도는 디디의 우산을 받아들고 물끄러미 보다가 너는 집이 어딘데, 라고 물었다. 디디는 집 앞까지 도도와 함께 우산을 쓰고 걸어갔다.
> ─「디디의 우산」, 『파씨의 입문』, 165쪽, 강조는 인용자

어렸을 때부터 자신의 우산을 갖는 것이 소원이었던 아이, 디디가 품고 있던 것은 자신이 돌려주지 못했던 우산에 대한 죄책감이었다. 그리고 어느 날 어른이 된 디디가 그 우산의 주인 도도에게 그 마음의 빚에 대해 고백한 날, 말없이 이루어진 탕감과 함께 사랑을 시작한다. 이 소설은 빚의 탕감과 사랑, 순수한 선물과 혁명에 대해 이야기한다. 변제와 상환의 도덕률을 초극하지 않거나, 서로를 의무로부터 면제하는 사랑이 없으면 우리는 영영 어떤 것도 될 수 없을 것이다. 아무 일도 일어나지 않을 것이다.

3. 무엇을 원하는가?-호모 콘수무스(Homo consumus)와 동물/속물들

우리가 가난, 불안, 고독 같은 나쁜 상황에서 벗어나지 못하는 이유가, 바로 장본인인 우리 자신이 게으르고 무력하기 때문이라는 비난은 거짓말, 순전한 사기이다. '요즘 젊은이들'은 아침부터 밤까지 매우 부지런하게 뛰어다니면서 이른바 '스펙'을 쌓고 여러 정보를 모으고 이런 저런 '알바'를 전전하며 생활비를 벌면서 자신의 몸값을 올리는 일에 뒤처지지 않으려고 사력을 다한다. 정말 심각한 문제는 이렇게 발바닥이 닳도록 뛰어다니는데도 별로 얻어지는 게 없다는 사실이지, 이들이 노력하기를 포기하기 때문이 아니다. 이러한 상황은 카프카의 소설에 나오는 악몽 속의 세계와 매우 닮은 것 같다. 카프카 소설 속의 등장인물들은 모종의 지령을 받고 어딘가 있을 출구, 혹은 목표 지점을 향해 부지런히 헤매고 다니지만 영원히 미궁 같은 길에서 나오지 못하는 암담한 운명의 소유자들이다.[10]

악몽의 전염력은 우리가 상상하는 수준을 훌쩍 뛰어넘는다. 이는 세계의 모습을 변형시키는 데서 그치지 않고 그 안에 살고 있는 사람들의 모습도 곧잘 기괴하게 일그러뜨리곤 한다. 이들은 김홍중이 지적했던 것처럼 "타인의 욕망에 의해 주체의 욕망이 계획되고, 추동되고, 소비되는, 오직 타인의 욕망만이 지배하는 그러한 유형의 자아"인 미국적인 '동물'의 모습, 혹은 "자신의 모든 것이 오직 전시의 대상이 되기 때문"에 표피적인

---

10) 최근 작품에서 미궁을 헤매는 경험을 다룬 모티프가 많이 등장하는 것도 하나의 징후로 보인다. 최진영의 소설 「어디쯤」의 주인공에게 그 악몽은 아버지가 직접 그린 약도를 들고 그가 지시한 장소를 찾아 헤매는 한 직장인의 신세와 겹쳐진다. 그런가 하면 김숨의 소설 「명당」에서 좋은 목에 위치한 땅을 찾아서 점점 외딴 산길로 들어가는 한 중년층 부부의 불안한 행로 역시 카프카식 미궁의 변주라고 할 수 있다. 이들이 불확실한 길에 자신을 던지는 이유는 '더 안정된 직장, 더 풍족한 수입, 더 좋은 부동산을 찾아라!'라는 외설적 초자아의 명령과 이들이 주입하는 한 줌의 '욕망' 때문이다. 그런가하면 이영훈의 「모두가 소녀시대를 좋아해」는 역시 미궁 탐색을 모티프로 하고 있지만 인간의 생리적 본능마저 억압하는 신자유주의의 생체관리권력과 이에 저항하는 개인의 욕망의 갈등을 그리고 있다는 점에서 다소 차별성을 보인다.

과시, 형식, 게임을 추구하는 순수한 '속물'의 모습으로 육화되어 출현한 다.[11] 왜, 대체 어떤 상황에서 이렇게 인간들은 스스로 자신의 정체성을 버리고 '몸'을 바꾸는 길을 선택하는가?

> 저에게는 출구가 없었습니다. 그렇지만 저는 그것을 마련해야만 했습니다. 왜냐하면 그것 없이는 살 수가 없었기 때문입니다. 언제까 지나 이런 궤짝 벽에 갇혀 있다면―저는 죽음을 피할 수 없을 것입니 다. (……) 그러니 이제 저는 원숭이이기를 그만두었습니다.[12]

인간들에게 사로잡힌 원숭이 '빨간 페터'가 살아남기 위해 스스로 '원 숭이임'을 포기한 것처럼, 인간은 이제 거꾸로 그들을 '동물화하는' 세계 에서 스스로 인간임을 포기하고 인간 이하의 몸으로 스스로를 퇴화시키 고 있다. 어떤 사람은 '경제적 인간'으로 체질을 확 바꿔버리고 지독한 속 물이 되는 방법을 택한다. 그러나 이들은 경제로 환산할 수 없는 것을 경 제로 환산하는 불가능한 과업을 수행하고 있기 때문에 항상 불안한 존재 들이다. 그리고 소설은 암담하기 짝이 없는 미궁 같은 세계 속에서 운명 처럼 속물로 변해가는 이들의 쓸쓸함에 대해 눈길을 돌리기 시작한다. 동 물 혹은 속물들에 대해 연민을 품는 일은 망가뜨린 인간의 얼굴을 기억하 는 자들의 몫이다. 더욱이 탐욕과 자기 비하로 얼룩진 사람들의 일그러진 모습을 응시하기 위해 우리에게는 아이러니가 필요하다. 이야기만이 베 풀어줄 수 있는 자비로운 표정이.

김애란의 소설에 등장하는 또 한 명의 젊은 여성의 삶을 들여다보기로 하자. 그녀는 비교적 안정된 직장인 외국계 제약회사에 다니고 있으며 자

---

11) 김홍중, 『마음의 사회학』, 문학동네, 2009, 58~59쪽.
12) 프란츠 카프카, 「학술원에 드리는 보고」, 『변신 : 카프카 전집 1』, 이주동 옮김, 솔, 2007, 260쪽.

기 관리에 대한 관심도 적지 않다. 그녀는 소비에 투여할 수 있는 약간의 여유와 어느 정도 누리고 있는 인정에 대해 자부심을 갖고 있다.

> 이런저런 곁눈질과 시행착오 끝에 가까스로 얻게 된 한 줌의 취향. 안도할 만한 기준을 얻는 데 얼마나 많은 비용이 들었던지. 상품 사이를 산책할 때 나는 엄격한 동시에 부드러운 사람이 됐다. 내가 원하는 게 뭔지 알고 있다는 데서 오는 여유. 그러나 원하지 않는 것 역시 정확하게 알고 있다는 식의 까다로움. 내가 틀릴 수도 있다는 의심을 버리자 쇼핑에 자신감이 붙었다. 그리고 원하는 게 많아졌다.
>
> — 「큐티클」, 『비행운』, 210~211쪽

그녀가 보기에 주변 사람들의 삶의 질을 증명해주는 것은 "그 사람의 환경, 영양상태, 심리적 안정감, 여가, 자신감 등 모든 것이 어우러져 드러나는 '총체적인 안색'"이다. 그녀 역시 자신의 '안색'을 관리하기 위해 이런저런 "유행과 문법" 등을 섭렵해나가고 마침내 스스로 "궁극의 사치"라고 여겼던 네일아트를 받기 시작한다. 자기를 '관리'하고 또한 누군가로부터 '관리'받고 싶다는 욕구를 충족 받으며 그녀는 마치 영적인 회심에 비견될 만한 체험을 한다.

> 어느 순간 '나는 케어 받고 싶다. 나는 관리 받고 싶다. 누군가 나를 이렇게 영원히 보살펴주었으면 좋겠다. 어린아이처럼'하고 고해하고 싶은 충동이 일었다. 누군가 나를 오랫동안 정성스럽게 만져주고 꾸며주고 아껴주자 나는 아주 조그마해지는 것 같았고, 그렇게 안락한 세계에서 바싹 오그라든 채 잠들고 싶어졌다.
>
> — 같은 책, 226쪽

그녀의 고백은 이 시대의 욕망을 아주 소박하게 축소시켜놓은, 앙증맞은 타락의 미니어처라고 할 만하다. 가까스로 진입한 '소비 계급'의 문턱에서 아직 '타락'이 무언지도 모르는 어린 아가씨는 지극히 순진한 방식으로 자신의 속물성과 한계를 드러내고 있다. 그리고 그녀가 어쩐지 채워지지 않는 공허와 어쩐지 자꾸 훼손되는 듯한 자아를 거울에 비추듯 마주하는 순간 우리는 한없는 가여움을 느낀다. 이 시대의 고독한 개인들을 연결해주는 공통감각은 긴 하루를 보낸 뒤 참아내야 하는 이 '피로감'인지도 모르겠다.

우리 사회를 가리켜 '소비자사회'라고 명명하는 데 이의를 달 사람은 없을 것이다.[13) 개인의 소비 능력은 이 사회에서 살 가치를 인정받기 위해 반드시 갖추어야 할, 가장 중요한 역량이 되었다. 도심의 거리를 채우고 있는 화려한 백화점과 아케이드는 타인의 눈에 일정 수준의 구매 능력을 갖지 못한 사람으로 비춰질 경우 멸시받고 종내는 기준에 미달해 사회로부터 도태되고 말리라는 두려움을 전염병처럼 퍼뜨린다. 우리 대부분은 이미 한정된 '돈'과 불확실한 생계에 쫓겨 스스로를 '결함 있는 소비자'로서 기소하면서 살아가고 있지 않은가. 이러한 '소비자사회'의 중요한 특징은 소비의 욕망을 하나의 '미학'으로 승화시킨다는 점이다.[14) 오늘날 호모 콘수무스로 전락한 노동계층을 심문하는 최종심급은 양심이나 도덕적인 고결함과는 거리가 한참 멀다. 이제 이들을 초조하게 하고 부끄럽게 하는 것은 다름 아닌 외모의 '추함'이다. 자신이 아름답고, 깨끗해 보이지 않는다는 것만큼 이들을 시험에 들게 만드는 일은 없을 것이다. 자신을 자기계발, 자기 조절의 주체로 만들어야 한다는 사회의 교의는 외모마저 관리

---

13) 지그문트 바우만, 『새로운 빈곤』, 이수영 옮김, 천지인, 2010, 46~47쪽 참조. 바우만은 '생산자사회'로 불렸던 과거와는 달리, 포스트모던 사회가 구성원들을 일차적으로 소비자로 호명한다는 점에서 '소비자사회'라는 용어를 사용한다.

14) 바우만에 따르면 지난날 노동 윤리가 지배했던 부분을 채우고 있는 것은 소비의 미학이다. 이런 사회에서 "가장 자주 사용되는 세계지도는 인지적이거나 도덕적이라기보다 미적"이며, 미적 기준이 지배하는 사회에서 도덕적인 고귀함이라는 명목은 사라지고 "짜릿한 사건들과 체험을 불러일으키는 능력"만 남는다(바우만, 같은 책, 63~64쪽).

대상으로 상품화시키는 신자유주의의 세태와 딱 맞아떨어져 사람들의 욕망을 부추기고 있다. 이들은 이제 어떤 브랜드를 소비하고 어떤 이미지로 포장하느냐에 따라 정체성을 구성하는 '상품 자아'로 변형되는 길을 택한 것이다. 겨드랑이에 찬 땀이 다른 사람들의 눈에 띌지도 모른다는 염려(「큐티클」)나 여러 사람 앞에서 볼품없는 '몸'을 드러냈다는 자괴심(「너의 여름은 어떠니」) 때문에 죽고 싶은 마음이 되는 사람들은 얼마나 연약하기 짝이 없는 존재들인가. 그러나 그들은 오늘도 불어나는 체중이나 웰빙 식품에 부쩍 관심을 기울이고 있는 '나' '당신'과 다르지 않은 이들이다.

아이러니는 소설 속에 등장하는 그 인물들, 우리의 연민과 공감을 자아내는 누이나 딸 같은 그들이 결코 '속물'이 될 수 없는 사람들이라는 데서 발생한다. 그들은 '속물'이 속해 있는 계급에 진입하고자 열심히 그들의 규범을 내면화하고 있지만, 계속 그 초입에서 미끄러지는 일만 반복할 뿐이다. 카프카의 소설에 등장하는 빨간 페터가 아무리 사람 흉내를 내도, 심지어는 사람보다 더 사람답게 행동해도 관객은 그가 결국 '원숭이'라는 사실을 알고 있는 것처럼, 독자는 그들이 아무리 속물 흉내를 내도 평생 살아온 가난의 테두리를 벗어나지 못하는 평범한 인간임을 일찌감치 눈치채버렸는지 모른다.

자신의 상품을 팔기 위해 인간들을 소비자로서, 혹은 상품 자체로서 호명하는 시대의 암울한 초상을 보라. 이들은 변제할 길이 막막한 짐을 지고 출구 없는 폐쇄 회로에서 헤매는 실종된 자들이다. 이들은 마치 행선지도 목적지도 없는 비행선에 갇힌 우주 미아처럼, 신용 불량자에 빈털터리가 되어 생명마저 담보 잡힌 채 고아처럼 이 세계를 부유하는 먼지들이 되었다. 이들이 한때 인간이었다는 기억을 잊지 않기 위해 우리는 또다시 이야기를 만들어낸다.

4. 누가 인간인가?―새로운 세대의 윤리적 주체, 애도의 공동체

이 시대는 집단 상흔을 앓고 있다. 광범위한 탈인간화(dehumanization) 프로젝트로 인해, 경제적인 단위로 환산되지 않고 관리나 배제의 대상으로 분류되지 않는 인간의 개념은 점차 훼손되고 있다. 그리고 우리는 이제까지 인간으로 여겨져왔던 많은 존재들이 너무 손쉽게 삶으로부터 밀려나가고, 사라지는 모습을 목격하고 있다. 그러면 삭제된 인간의 자리는 그대로 망각될 수 있는가? 주디스 버틀러는 누가 인간이고 인간이 아닌지 결정짓는 틀을 거부하고 부인된 애도(disavowed mourning)를 수행할 때 우리는 우울한 상태에서 벗어날 수 있다고 말한다. 그에 따르면 '인간'은 살아 있을 만한 삶, 소멸된 후에 애도할 만한 죽음을 구성하는 존재로서 정의된다.15) 따라서 그들의 인간됨을 완성하기 위해 필요한 것은, 다름 아닌 살아남아 있는 이들의 애도라고 할 수 있다. 중요한 것은 내가 애도하는 죽음에 의해서 나 자신도 구성된다는 사실이다. 우울증 환자는 자기를 "쓸모없고, 무능력하고, 도덕적으로 타락한 자아"라고 생각하고 그 때문에 "스스로를 비난하고, 스스로에게 욕설을 퍼붓고, 스스로가 이 사회에서 추방되어 처벌받기를 기대한다".16) 따라서 이 사회가 애도를 부인한 대상을 망각에서 끌어내고, 그 얼굴을 복원한다는 것은 곧 남아 있는 우리를 '인간' 주체로서 재구성하는 정치적인 행위가 된다.

상실한 사람들을 되살려내는 일이 가능한가? 그 불가능성은 언제나 우리에게 뼈아픈 아픔을 준다. 유령을 불러내거나 마주할 능력도, 기적도 허락되지 않는 대부분의 평범한 사람들이 할 수 있는 일은 그저 그들에 대해 끈덕지게 이야기하는 일이다. 이 시대의 이야기꾼들이 끈질기게 말

---

15) 주디스 버틀러, 『불확실한 삶 : 애도와 폭력의 권력들』, 양효실 옮김, 경성대학교출판부, 2008, 15쪽.
16) 지그문트 프로이트, 「슬픔과 우울증」, 『정신분석학의 근본개념』, 윤희기 옮김, 열린책들, 2004, 247쪽.

하는 이유도 어쩌면 인간이 되기 위한 외로운 저항 같은 것이리라. 하나씩 예를 들어보자. 황정은은 거듭하여 지워지고 망가져가는 얼굴을 되살리는 일의 힘겨움에 대해 이야기한다. 경장편인 『백의 그림자』에서도 그랬거니와 「옹기전」이나 「뼈도둑」 같은 소품에서도 그는 마치 동어반복인 양 애도의 서사를 멈출 생각이 없어 보인다. 이를테면 이런 대목에서, 그는 이렇게 말하려는 듯하다. 연인의 얼굴을 불러오고, 기억하려는 몸부림이야말로 충심의 절정이며, 끊임없이 그 실패에 대해 상상하는 일이야말로 사랑의 완성이라고.

> 그는 상상하고 있었다.
> 문이 열리고, 텅 빈 납골당으로 들어서는 사람, 눈사람과도 같은 거인, 그의 등과 머리에 쌓인 눈, 체온의 냄새. 한발 한발 전진해갈 때마다 그는 그에 관한 꿈을 꾸었다. 그에 관한 꿈으로 완전에 가까워지고 있었으므로 그는 갈 수 있었고, 살 수 있었다.
> ─「뼈도둑」, 『파씨의 입문』, 205쪽

못내 잊지 못할 사건을 상기시키는 다음과 같은 대목은 어떠한가.

> 십여 분을 기다린 끝에, 내내 말없이 오른손으로 눈물을 닦으며 서 있던 그 여자의 옆에 나란히 서서 죽은 대통령의 초상을 바라봤다. 그의 얼굴을 보는데 이상한 기분이 들었다. (……) 난 아마 섭섭한 표정이었을 것이다. 그리고 불가해하고 비현실적이어서 아무런 근거도 찾을 수 없는 슬픔, 거대한 슬픔이 다시 한번 내 몸을 휩쓸고 지나갔다.[17]

한 전직 대통령이 스스로 목숨을 끊었다. 2009년 5월 23일에 있었던 일이다. 공과는 여전히 논란의 대상이 되고 있으나 죽기 직전까지 '한국 진

---

17) 김연수, 「푸른색으로 우리가 쓸 수 있는 것」, 『문학과사회』 2012년 여름호, 100쪽.

보주의의 미래'를 고민했던 대통령이 '주류에 의한 비주류의 타살'로 일컬어지는 죽음을 맞이한 사건18)에 대해 우리 사회는 아직 제대로 된 애도를 하지 못한 것으로 보인다. 아니, 진정으로 적절한 애도는 결코 완수할 수 없는 것임을 상기하면, 그에 대한 애도는 앞으로도 계속 지속되어야 할 숙제와 같은 것이리라. 그의 죽음이 대변하는 '비주류에 대한 타살'에는 다른 많은 억울한 죽음의 이름들이 대신 기입될 수 있을 것이다. 우리 사회에는 용산 참사 희생자와 그 가족들, 쌍용자동차 해고자 및 희생자 가족들, 수많은 프레카리아트 노동자들, 부조리한 교육 현실을 견디다 못해 목숨을 끊은 어린 학생들, 이주 노동자와 성소수자 들, 그 밖에 죽거나 살아도 산목숨이 아닌 호모 사케르들이 존재한다. 이들의 존재는 이들에게 폭력을 행사한 이들의 죄과 때문에, 혹은 대부분 사람들의 허약함 또는 개인주의 때문에 '애도성이 무한히 지연되어야 하는' 상태로 내쫓기고 있다.

김미월의 「프라자 호텔」에서도 우리는 고 노무현 대통령의 죽음과 그의 분향소 앞에서 흰 국화꽃을 들고 손등으로 눈을 훔치는 등장인물의 모습, 용산 참사 피해민들의 시위 모습을 오버랩시키는 장면을 목격한다. 애도는 이렇게 반복됨으로써 애도되지 못한 목숨의 그림자와 그로 인해 우리가 앓고 있는 병의 징후를 끊임없이 전면에 소환시킨다. 이 글의 전반부에서 인용했던 김애란의 「서른」은 어떠한가? 죄책감의 굴레에 묶여 무기력하기만 한 화자는 자신의 훼손을 무릅쓰고 제자 혜미의 과거 모습을 회상하고 그 기억을 다른 사람에게 고백하는 행위를 통해서 윤리적인 주체

---

18) 전 대통령 노무현의 죽음에 대한 기록은 다음 두 권의 책을 참조했다. 노무현재단기록위원회, 『내 마음 속 대통령 ― 노무현, 서거와 추모의 기록1』(한걸음 더, 2009), 임철규, 「카토, 그리고 노무현」, 『죽음』(한길사, 2012). 앞의 책에서, 임철규는 노무현의 죽음에 대해 다음과 같이 말한다. "'진보'의 가치와, 그 가치가 우리의 현실에서 어떻게 실현되어야 하는가에 대해 진지하게 성찰하고, 이에 따르는 '행동'을 '기획'하고, '지지'하여, 이것이 '사건'으로, 즉 혁명이나 구원을 향하는 '희망'으로 이어지게 하는 것, 이것이 그를 '온몸으로' 애도했던 휴머니티라는 연대의 본질이 아닌가?"(88쪽).

로 조금씩 다시 태어나기 시작한다. 어쩌면 자신의 죄과 때문에 신세를 망쳤을지도 모르는 다른 사람의 얼굴을 기억하는 일은 자신을 해체하는 고통을 수반할 것이다. 그러나 죽어가거나 이미 사멸한 자의 존재를 자신의 '삶' 안에 포섭하는 행위를 통해, 우리는 자신의 죄를 모두 면제받지는 못할지언정 '인간'이 될 수는 있을 것이다. "외면하지 말자. 우리는 상대방 때문에 훼손된다. 그게 아니면 우리는 뭔가를 놓치고 있는 것이다. (……) 최선을 다해서 노력한다고 해도 결국 우리는 타자에 직면해서, 즉 접촉, 냄새, 감정, 감촉에 대한 기대, 느낌에 대한 기억으로 인해 훼손된다."[19]

그렇다면 누가 자신의 훼손을 무릅쓰고 죽고 몸을 망친 사람들의 운명에 기꺼이 연루되려 하겠는가? 누가 가장 먼저 죽은 자와 산 자의 세계에 걸친 사람, 애도하는 자, '인간'이 되려 할 것인가? 예정된 실패를 통해 자신의 결핍을 드러내는 여정에 착수하는 자는 누구인가? 이러한 부름에 가장 먼저 답하는 이들은 살아 있되 죽은 것이나 다름없는 자들, 이미 가장 소중한 것을 상실했기에 더 잃을 것이 없는 사람들이다. 이미 한 번 (거의) 죽었던 사람들은, 가까스로 살아나는 순간 애도하는 사람으로 새로운 삶을 얻는다. 나는 이런 역설을 확인하기 위해 김연수의 장편소설 『파도가 바다의 일이라면』을 읽을 것이다.

'나'에서 '너', 그리고 '우리'라는 세 개의 인칭을 중심으로 구성되어 있는 이 소설은 입양아 출신 고아 여성 카밀라에서 그녀의 죽은 어머니 지은을 경유하여 카밀라의 본명이기도 한 두 명의 희재에 도착하는 과정을 그린다. 카밀라는 자신의 출생에 얽힌 비참한 사연에 절망한 나머지 바다에 몸을 던져 자살 시도를 한다. 그리고 그 유사-죽음의 궁지 속에서 그녀는 어머니의 얼굴을 목격했다고 진술한다. 그리도 그리워하던, 이제 이 세상에 없는 어머니 정지은의 얼굴을.

---

19) 주디스 버틀러, 같은 책, 51쪽.

"맞아요. 거기 바닷속에 한 사람이 더 있었어요. 그러니까…… 엄마가. 사진으로 봤을 뿐 한 번도 만나본 일이 없었지만 엄마라는 걸 알겠더라구요. 열아홉 살 그 모습 그대로, 눈을 감고 있었어요. 내 말이 믿기지 않겠지만, 거기 엄마가 있었던 건 사실이에요. 혹시 눈을 뜰까 싶어서 손을 뻗어 얼굴을 만졌는데, 그 살의 부드러움과 그 뼈의 단단함이 고스란히 느껴졌어요. 그 느낌은 한동안 손끝에 생생하게 남아있어요. 말하자면 그 손끝의 감각에서 나는 다시 태어난 거예요."
— 『파도가 바다의 일이라면』, 227~228쪽

김연수는 카밀라를 통해 애도의 신비야말로 가장 슬프고 고독한 사람의 몫임을 증명하고 있다. 한편 카밀라에게는 애도를 금하는 사람들과 싸워 이겨야 한다는 시련이 기다리고 있다. 마치 폴리스의 법을 어기고 혈육을 애도했던 안티고네처럼, 그녀는 정지은의 죽음에 책임이 있는 최성식 부부와 그녀의 동창생들, 그리고 과거 진남조선공업 사건의 비극과 관련 있는 사람들의 질서를 뒤흔드는 불순한 존재가 아닐 수 없다. 어머니와 자신의 진짜 이름을 찾고자 하는 그녀의 어깨에는 어머니 외에도 여러 사람의 죽음이 함께 얹혀 있다. 진남조선공업 노동 쟁의 때 억울하게 죽은 외할아버지와 동료 노동자들, 양관의 원래 주인인 앨리스, 그 밖에 진남에서 억울하게 죽거나 갑자기 몰락한 집안 사람들의 원혼까지. 카밀라는 자신의 애도를 방해하는 시도에 맞서서 진실을 찾고자 하는 싸움을 멈추지 않는다. 사랑은 지치지 않는 법이므로. 가장 나약하고, 아무런 사회적 영향력도 없고, 가장 가난하고 가여운 여인 카밀라가 가장 먼저 그리고 가장 마지막까지 남아 애도하는 사람이다. 이것이 애도의 비밀이다. 그리고 그녀를 매개로 하여 사적애도는 공적애도와 겹쳐진다.[20]

---

20) 대리언 리더는 애도의 상호주체적이고 공적인 차원을 매우 강조한다. 공동체 차원에서 애도가 이루어짐으로써 개인은 자신의 사적인 상실을 상징계적인 공간에 좀 더 용이하게 등록할 수 있다는 것이다. "죽음을 사회 차원에서 정교하게 상징화하면 할수록, 애도자의 슬픔은 더 많이 공동체로 편입되어 들어간다. 신체 증상과 신체화 중

『파도가 바다의 일이라면』을 비롯하여 망자에 대한 애도와 과거에 대한 기억을 강조하는 경향은 신자유주의의 인간성 말살에 맞서 새로운 '인간' 주체를 구성하고자 하는 노력을 반영하고 있다고 할 수 있다. 이 소설의 마지막 장은 보기 드물게 '우리'라는 복수형의 인칭을 사용하고 있다. 소설 속에서 이들을 묶는 중요한 매체는 트위터 같은 SNS와 스마트폰 등의 디지털 기기들이다. 작가는 단자들처럼 각자 흩어져 떠도는 개인들을 하나로 묶을 수 있는 새로운 연대의 가능성을 우리에게 제시하고 있는 것일까. 이들을 통해서 하나로 묶인 새로운 윤리적 주체, 애도의 주체가 탄생한다. 김연수는 이 이야기를 통해서 디지털 매체를 통해 재구성된 신체로서의 '우리'와 역사를 기록하는 새로운 방식으로서 '아카이브'의 가능성을 타진하고 있는 듯하다. 또한 그의 구상 속에서 이 두 요소는 진실을 담지하는 한 가지 방식으로서 '이야기의 어소시에이션(association)'을 구축하는 데 핵심적인 역할을 담당하고 있는 것으로 보인다. 익명성과 순간성, 무질서함을 이유로 SNS가 진정한 주체의 의사소통 도구로 사용될 수 있을 것인지 회의적인 시각을 취하고 있는 사람들도 적지 않은 것이 사실이다.[21] 이러한 일상의 디지털화는 인간 사이의 대면 접촉과 신체 감각을 상실하게 함으로써 인간의 존재감을 더욱 유령화시킬 것인가? 아니면 이러한 현상은 단자화된 인간들을 조립하여 새로운 활동적 삶(vita activa)을 가능하게 할 새로운 신체로 재편하고 있는 것인가?[22] 수많은 정보와 파

상(somatization)은 애도가 폐색 상태에 빠졌거나 성공적이지 못했을 때 발생한다." 대리언 리더, 『우리는 왜 우울할까』, 우달임 역, 동녘사이언스, 2011, 110~111쪽.

[21] 지그문트 바우만은 『고독을 잃어버린 시간』(조은평 · 강지은 역, 동녘, 2012)에 담겨 있는 짧은 에세이에서 인터넷, SNS, 휴대전화나 아이팟 등으로 인해 정보의 홍수라는 더 무서운 해악에서 익사할지도 모른다는 위협감에 대해 피력하고 있다. 친밀감과 영속성 같은 과거의 가치가 빠르게 변화하는 매체 환경에서 상실될 것을 우려하는 현자의 목소리는 귀담아 들을 만하다.

[22] 제러드 듀발은 1979년에서 1997년 사이에 출생한 '밀레니엄 세대'는 "네트워크로 연결되는 인간 관계의 위력을 아"는 세대라고 말한다. 그는 이 세대는 신매체를 기반으

편화된 개체 들을 연결, 증폭하고 여과하여 새로운 '주체성'을 만들어낼 가능성이 우리에게 잠재되어 있는 것일까?

중요한 것은 '인간'을 삭제하고 공동체를 부수는 기존의 세계 질서에 맞서기 위해 우리는 어떻게든 서로를 연결시킬 고리를 찾아 헤매야 한다는 사실이다. 어쩌면 그 고리는 우리 안팎에, 중심과 주변에 이미 주어져 있는지도 모른다. 이 삭막한 세계 한가운데서, 우리는 서로 기대지 않고는 살 수 없다는 진실을 그토록 아프게 곱씹어오지 않았던가. 고통, 슬픔, 상실에 상시 노출되어 있다는 그 취약성으로 인해 연대해야 한다는 것, 이는 포스트신자유주의 시대를 예고하는 징후이자, 다음 시대의 포스트휴먼들이 떠맡아야 할 숙제와도 같은 것이다. 그러기 위해 인간이 사라진 상황을 무대화하고 그러한 애도 가능성 안에서 '인간'을 확립하는 서사적 수단을 제공하는 일이야말로 소설이 떠맡아야 할 무엇보다 중요한 책무이다. 이러한 희망은 서로의 상실로 인해 고통 받는 인간들이 있는 한 사랑은 여전히 존재한다는 소박한 믿음과 통하는 바가 있다. 어떤 '인간'의 부재가 우리를 슬프게 하는가. 이를 정치적으로 결정하는 일은 죽어간 자들을 기록하고 추모하는 우리의 행동에 달려 있을 것이다. '파도가 바다의 일이라면' 이라는 제목은 우리로 하여금 다음과 같이 화답해달라고, 요청하고 탄원한다. '너('인간')를 생각하고/기억하고/애도하고/망각으로부터 구원하는 것은 나/우리의 일이었다.'

로 하는 새로운 거버넌스에 대해 열려있을 뿐만 아니라 이미 적극적으로 활용하기 시작했다고 지적한다. "오픈 소스 운동과 밀레니엄 세대, 그리고 테크놀로지에 기반한 시민 역량 강화의 새로운 형식들"은 웹2.0 시대에 걸맞은 새로운 어소시에이션의 출현을 예고하는 것인가? 『넥스트데모크라시』, 이선주 역, 민음사, 2012, 173, 236쪽.

누구에게 이것을 바칠까? (2)

양 경 언

자기 테크놀로지로의 '인유' : 2010년대 시 읽기를 위한 또 하나의 방편

2010년대에 이르러서 첫 시집을 발표한 시인들의 작품에서 우리는, 생의 소용돌이에 자신이 휩쓸리지 않기 위한 방편으로 '쓰기'가 진행될 수 있음을 확인하기도 한다.[1] (어쩌면 이들의 화법을 일반화해서 설명하는 방식 자체가 실패를 껴안은 채 진행될 수밖에 없음을 예감하리만큼 이 '쓰기'의 방식은 다양하게 분화되어 있지만) "자기 자신을 작품의 재료로 간주해서 '실존의 미학'으로써 쓰기를 중시하는 모습"[2]은 말 그대로 '쓰

---

[1] 이 글은, 2010년대에 들어서서 첫 시집을 발표한 최정진과 황인찬의 시를 "외재적 법과 질서에 대한 불신 및 거부, 하지만 또 다른 비전을 형성할만한 토대를 구축하지 못한 이들의 '끼인 시기'가 재촉한 '자기 테크놀로지'로의 쓰기"로 평가한 바 있었던 「누구에게 이것을 바칠까?」와 짝패 관계를 맺고 있다.

[2] 『문학과사회』 2013년 봄호의 「좌담 ─한국문학의 현재를 가늠하는 울울창창 조감도 ─ 젊은 평론가들의 현장 발화(發話/發火)」에서 필자가 했던 말을 인용했다. 「누구에게 이것을 바칠까?」에서도 밝힌 바 있지만 2010년대 첫 시집을 발표한 시인들의 평가를 진행하고자 하는 이 글은, 당시 좌담 자리에서 필자가 꺼냈던 의견을 해명하는 데에 바쳐질 것이다. 그 자리에서 풍부한 영감을 제공해주셨던 여러 선생님들께 감사의 인사를 드린다.

기 주체'가 저 자신과 어떻게 관계 설정을 하는지 드러내면서 동시에 이들의 시대에 대한 대응 방식 역시도 확인할 수 있게 해주는 단초로 제공되는 것이기도 하다.[3] 역시, 문제는 '자기'에 (즉, '주체'에) 있다. 최정진과 황인찬이 강렬한 윤리적 기제 내에서 저 자신을 스스로 운용하고 있음을 흐릿한 잉크로 표현한 바 있다면, 역으로 주하림과 조인호는 (윤리적 기제의 강제는 흐릿해졌을지언정) 각양각색의 텍스트들과의 연루 속에서 자기 자신을 콜라주하여 드러내는 방식을 취하면서 진한 잉크로 비非윤리적인 세계의 환기 및 윤리적 기제의 해체 (아니 어쩌면 해체보다 '폭파'에 가깝겠다)를 표현하고 있는 것이다. 이 글에서는 주하림과 조인호의 시가 시대를 살아가는 방편으로 '자기 테크놀로지'를 발휘하기 위해 이들이 '인유'라는 수사에 어떻게 기대어 쓰기를 이어가는지를 밝히고자 한다.[4]

왜 '인유(allusion)'인가? '자기 테크놀로지'로의 글쓰기는 "새로운 자기 체험을 포함"[5]하는 것이다. 인간은 끊임없이 글을 쓰는 행위와 결합되어야만 새로운 문법(질서)을 창안할 수 있는 주체로 구성될 수 있기도 하거니와 그때 자신의 경험이 형식으로 내장되어 이후를 기약할 수 있게 된다. 그러나 지금 시대의 주체들에게는 정작 기록행위를 통해 스스로를 형성할 수 있을 만큼의 '경험'이란 것이 전무하다시피 한 상황.[6]

---

3) 푸코가 설명한 '개인에 관한 정치의 테크놀로지'란 우리가 자신을 하나의 사회로, 하나의 사회적 실체의 일부분으로, 하나의 국가나 정부의 일부분으로 인식하게 되는 방식이다 (미셸 푸코 외, 이희원 역, 『자기의 테크놀로지』(동문선, 1997), 246쪽). 하지만 이 글에서 다루는 '자기 테크놀로지'의 개념은 어디까지나 문학 텍스트를 통해 직시할 수 있는 시적 주체에 초점화가 되어 있음을 염두에 두어야 한다. 이는 문학 작품에서의 '자기 테크놀로지'라는 용어가 비평의 '쓰기' 과정을 통해 사회학적으로 한정된 용어를 어떻게 전유할 수 있는지를 시도하는 작업이기도 하다.

4) 이 글에서 분석 대상으로 삼은 작품은 시인들의 첫 시집인 주하림의 『비버리힐스의 포르노 배우와 유령들』(창작과 비평, 2013), 조인호의 『방독면』(문학동네, 2011)으로 제한을 두기로 한다.

5) 미셸 푸코 외, 이희원 역, 앞의 책, 52쪽.

6) 이 문장은 경험이 파괴되고, 소거된 상황에 대해 논했던 아감벤의 입장에 의문을 품고

그렇다면 어떻게 '자기 테크놀로지'로의 '쓰기'가 가능할 수 있을 것인가. 이 글에서 함께 읽을 주하림과 조인호의 시에서는 유독 제사題詞나 주석, 인용구들이 눈에 띈다. 경험이 소거된 자리, 혹은 희미하게 경험의 흔적이 잔존해 있는 그 자리에 다른 텍스트들이 들어서기 시작하는 것이다. 요컨대 경험을 통한 삶의 표현이 아닌, 인유의 모자이크를 통해 자신의 삶을 '만들어가는', 임시적이고 가변적인 "주체들"이 '쓰기'를 추동하고 있다. 이 때, 앞서 상정된 텍스트들과 영향관계를 맺고, 새로운 의미를 창안하는 방식이 바로 '인유'다.

파스코는 인유를 일컬어 어떤 텍스트의 저자가 그의 창작물 위에 또 다른 텍스트를 접합시켜(grafted) 은유적인 결합을 이루어 내는 '모드' 혹은 '전략'이라 했다.7) 텍스트 내부에 인유된(alluded) 부분은 인유한 텍스트에 확장적인 의미를 생성시키는 내재적 기능을 담당하게 되는 것이다. 때문에 인유는 단절되고 소거된 경험의 연속성을 이어가는 역할을 자처하기도 한다. 하지만 이 글의 관심은 '인유하는―인유되는' 텍스트의 관계 속에서 드러나는 시적 주체의 태도 및 '쓰기 주체'의 상황에 대한 파악에 있을 듯하다.

인유하는 말들 ― 공작부인과 가짜 거북의 분투 : 주하림의 경우

2000년대 이후 등장한 몇몇 시인들의 특이성―혼종적인 목소리의 출현, 유희에 몸을 실은 언어들, 기이하리만큼 다종다양한 동물들의 등장 등―은 때때로 루이스 캐럴의 『이상한 나라의 앨리스』(1865)에서 활용된

있는 필자의 입장이 실린 것이다. 위베르만을 빌려 인유의 가능성을 논해보자면, 인유는 '경험 없음', 혹은 '경험의 빈곤' 자체를 이미지의 연쇄를 통해 하나의 경험으로 만들 수 있을 것이라고 조심스럽게 추측해본다.
7) Allan H. Pasco, Allusion A literary Graft, Rookwood Press, Charlottesville, 2002, p.6. 참조.

말들과 빗대어 지기도 했다.[8] 꼭 그래서만은 아니지만, (선배 시인들의 화법과의 영향관계 속에서 형성되었으리라 짐작되는) 그 시기 이후의 시인들의 표현 방식을 이해하기 위해서도 해당 동화의 한 장면을 경유해보기로 한다.

앨리스가 만난 '공작부인'과 '가짜 거북'이 남긴 말들 때문이다.[9] '공작부인'은 '모든 일에는 교훈이 있는 것'이라며 상황에 대한 평가부터 시작해서 자신의 기분 상태에 관한 표현에 이르기까지, 그 어떤 '말(words)'에도 과도한 의미를 부여하려 한다. 특히나 그녀가 강조하는 '교훈 찾기'란 대개 이 동화가 쓰였던 시기에 많은 이들의 입으로 공유됐던 속담이나 노랫말, 문학 작품, 비평문 속의 문장들로 구사된다. 인유가 넘쳐난다. 흥미로운 점은 '공작부인'이 인유한 아포리즘들이 하나같이 정합적인 맥락을 형성하지 못한 채 제각각으로 흩어진다는 데에 있다. 다양한 인용구들 때문에 얼핏 보기에 공작부인은 '무언가를 많이 아는 듯'이 보이지만, (이후 앨리스가 엉터리로 노래를 부를 때, 가짜 거북이 '저런 걸 외우는 게 무슨 소용이 있어? 설명도 못하면서 계속 외우기만 한다면 말이야.'와 같은 핀잔을 던진 것과 같이) 그 말들의 의미가 조직적으로 짜이지 못하는 까닭에 공작부인의 수다는 결국 허영 가득한 도덕주의자의 발화 이상으로 여겨지지 않는다. '가짜 거북'은 어떤가. 앨리스가 여왕에게 이끌려 만나게

---

8) 일찍이 권혁웅은 『미래파』(문학과지성사, 2005)에서 김민정의 시를 언급할 때, 김민정 시의 발화자인 '검은 나나'를 '이상한 나라의 앨리스'와 견주어 바라본 바 있으며, 이장욱은 황병승의 첫 시집인 『여장남자시코쿠』(랜덤하우스중앙, 2005)에 대한 해설을 '체셔 고양이'의 웃음이 가진 의미의 흔적을 좇아 '무정형의 몸과 웃음'으로 넘쳐나는 황병승의 「Cheshire Cat's Psycho Boots - 7th sauce」로 포문을 열었었다. 그리고 최근 기혁의 「다정한 말, 이상한 나라의 존재방식 - 김행숙 시 다시읽기」(≪세계일보≫, 2013. 1. 1)에 이르기까지, 『이상한 나라의 앨리스』는 2000년대 이후 시들의 현장을 설명하기 위한 키워드로 계속해서 호출되고 있다.
9) 이 글에서 언급한 장면들은 모두 루이스 캐럴, 이소연 역, 『이상한 나라의 앨리스』(펭귄클래식 코리아, 2010), 217~243쪽 참조.

된 '가짜 거북'은 내내 한숨을 쉬고, 눈물을 흘리며 비극적인 몸짓을 취하는 데에 도취되어 있다. 앨리스는 '가짜 거북'이 무슨 얘기를 하는지 제대로 알아들을 수가 없는데, 그 이유는 '가짜 거북'이 우느라고 말을 유창하게 이어나가지 못하고 있기 때문이다. 그러나 '가짜 거북'의 말을 자세히 들어보면, 그 이야기들은 도무지 조금도 슬픈 얘기가 아닌 것이다. '공작부인'과 '가짜 거북'의 말하기를 요약하자면 아마도 질서를 잃은 인유의 과잉, 도취된 감정 표현이 남기는 신뢰할 수 없는 정념이라고 할 수 있을 듯하다. '공작부인'과 '가짜거북'의 화법이 합쳐져서 동시에 발휘되는 자리에 주하림의 시가 있다. 하지만 오해는 말 것. 두서없는 '공작부인' 과는 다르게 시인은 독자에게 작품에서 '무엇을' 인유하는지에 주목을 요하며 (때문에 '인유하는 텍스트'인 주하림의 시와 '인유되는 텍스트' 사이의 관계가 부각될 수밖에 없겠다. 이는 인유로 활용되는 '원천[source]'에의 관심이기 보다는, 현재 쓰이고 있는 텍스트가 이전 텍스트를 어떻게 대할지 시적주체에게 판단 및 관계 설정을 요하는 것이다), 눈물을 조절 못하는 '가짜 거북'과는 다르게 시적 주체는 감정을 과잉 설정함으로써 오히려 독자에게 '낯설게 말하기'를 시도, 독자로 하여금 시적 현장과 어느 정도 거리를 형성할 수 있게끔 한다.

너처럼 아름다운 불면증 환자는 처음이다 // 뜨거운 새, 관념, 관념에 다가가는 자세 / 우리가 달아나려 하는 한 그것은 우리의 운명* // 사람들 귀에 새 부리를 걸어주었지만 / 처음 배운 날갯짓조차 하지 못하더군 / 간밤의 지긋지긋한 비가 진눈깨비로 바뀌는 순간 / 우리 그림자는 섹스만 해서 눈이 멀어버린 것일까 / 창을 조금 열고 펑펑 쏟아지는 알약을 상상하다 깊은 잠이 들었다 // 당신의 잠든 피부를, 벗겨진 엉덩이를 / 비유하느라 단잠 잘 수 있는 기회를 다섯 번이나 놓치고 / 당신은 꿈속에서 젖꼭지 자국이 선명한 초록색 티셔츠를 원했다 / 뺄을 때마다 멀어지고 두꺼워지는 자국들 진짜 젖꼭지가 되어 / 튀어나올 때까지의 고백, 어지러운 고백은 이어질 것이다 // 지금 담장이라는 말은 위태롭고 / 손을 잡고 떨어져 걷는 시간들은 행복했다 / 당신은 그렇게 형편없이 적고 있었다 부끄러움을 몰라 / <u>바보들은 시도 때도 없이 상징에 대해 묻고 / 더 나은 바보들을 상대하다 지쳐 지나가던 형 제나 / 자매들을 불러 싸우고 화해하기에 이르렀다 / 긴 행렬을 보며 우리는 이빨이 튀어나갈 때까지 웃었지 / 모두 담장 너머의 이야기 // 여기서는 손도 몸도 일으킬 필요가 없지 / 창을 뚫고 바닥에 쏟아지는 빛, 빛의 본성</u> / 헤어지잔 한마디에 마구간을 부수던 말들이 병들어가 는데 // 너처럼 더러운 내벽을 가진 분열증 환자는 처음이다

― 「빛의 볼륨」 전문(밑줄은 인용자)
* 장뤼크 고다르의 영화 「미치광이 삐에로」 중에서

  인용한 위의 시에서 "우리가 달아나려 하는 한 그것은 우리의 운명"이 라는 구절은 언술 주체가 표기한 바와 같이 장뤼크 고다르의 영화의 일부 분을 인유한 것이다.[10] 하지만 이 구절 때문에, 1연 1행에서 '너'로 호명한 이가 영화 속 인물인 '페르디낭', 혹은 '마리안'으로 좁혀지지만은 않는다. 오히려 "뜨거운 새, 관념", "관념에 다가가는 자세"와 같이 '관념'을 기점 으로 '새'가 '자세'로 가뿐히 탈바꿈한 두 번째 행과의 연결 속에서 1연 1 행의 '너'는 고정된 인물을 일컫기 보다는 움직임이 자유로운 관념들 사이 를 가리키는 말로 확장되는 것이다. 하지만 그렇다고 해서 고다르 영화에 대한 언급이 시에서 활용된 언어들의 의미 확장에 도움을 주지 않는 것은 또 아니다. 「미치광이 삐에로」(1965)는 어떤 영화인가. 고다르 특유의 나 레이션으로 영화가 진행되는 동안 다른 영화들이 인유되기도 하고, 르누 와르와 모딜리아니 같은 유명 그림들이나, 베트남 전쟁 혹은 케네디 암살 과 같은 역사적 사건들 역시도 빈번하게 출현하는 영화가 아닌가. 겹겹의

---

10) 1965년에 제작된 장뤼크 고다르의 <미치광이 삐에로 Pierrot Le Fou>는 전직 스페 인어 교사인 페르디낭이 딸을 돌보기 위해 온 마리안과 묘한 기류에 휩싸이다 훌쩍 여행을 떠나는 얘기가 페르디낭의 일기로 진행되는 영화다.

텍스트로 구성된 영화 속 대사가 시의 초반부에 눈길을 끄는 자리에 있을 때, 독자는 영화와 병렬적인 구조를 형성하고 있는 위의 시 역시도 겹겹의 의미를 퇴적시키며 지층을 이루는 구조라며 여길 수 있게 되는 것이다. 하지만 이 퇴적층의 강도는 어쩐지 미심쩍다. '관념'은 '새'처럼 가볍게 택할 수 있을 '자세'일 뿐인데 사람들은 "날갯짓조차 하지 못"할 정도로 스스로를 속박하고 있고, 반면 그 사이에 '우리'는 "깊은 잠에 들었"다가 "단잠 잘 수 있는 기회"를 놓치는 상충적인 자세만을 취하는 장면이 이어지고 있어서다. 의미가 쌓일수록 시에서 말하고자 하는 바는 단단해지지 않고 분무한다. 마치 '빛'의 두께가 '느껴지는' 층위의 것일 뿐 단단하게 고정시킬 수 있는 것이 아니듯. 다시 말해 '관념'은 '새'처럼 가볍게 택할 수 있을 '자세'일 뿐이므로, 빛이 어떤 물리적 성질에 구애받지 않고 자유로이 투과되듯이, 시적 주체에게 있어서는 말이 불확정적이고 무질서한 의미를 표하는 것이야말로 저 자신의 당연한 성질에(운명에) 따르는 것이 되겠다. 우리가 질서로부터 "달아나려 하는 한", "그것은 우리의 운명"인 것.

하지만 말이 자유로이 미끄러지는 상황을 전하기 위하여, 시적주체는 반드시 고다르의 영화를 통했어야만 했을까. 주하림의 시에서 가장 주목을 요하는 시구절이 대부분 위의 시에서와 같이 인유로 처리되어 있기에 이 질문은 핵심적이다. 위의 시에서 영화 대사를 인유한 이후를 재차 보기로 한다. 그 지점에서부터 말들의 호흡은 가빠지고, 어조는 냉소와 무시가 느껴지리만큼 퉁명스럽다는 인상을 주기 시작한다. 모든 인유들과의 그 어떤 관계도 설명하지 않음으로써 오히려 거기에 매어있음을 보여주었던 '공작부인'과 견주어볼 때, 시적 주체는 점점 자신이 끌고 온 장 뤼크 고다르의 영화에 지배를 받지 않으려고 무단히 애를 쓰는 모습을 보인다. 이는 고다르가 없이는 관념의 필연적인 자유로움, 말의 본래적인 비고정성에 대해 전할 수가 없었겠지만 그렇다고 해서 그와 무난한 동료

관계를 형성하기에는 어딘가 억울한 감이 있다는 시적 주체의 표식으로 느껴진다. "모두 담장 너머의 이야기"라지 않은가. 시의 저변에 형성되고 있는 시적 주체가 처한 상황 층위를 정리하자면 다음과 같다.

① '내'가 구획된 곳에서 주어진 말로는 표현하는 데에 한계가 있다.
② "창을 뚫고 바닥에 쏟아지는 빛", "빛의 본성"에 기대야만 이야기를 이어갈 수 있음을 시적주체는 '이미 알고 있다.'[11]
③ 때문에 인유한 부분과 시라는 몸체(body) 사이에 긴장관계를 형성시켜 위태로운 느낌의 말들이라도 배치하여, 그를 통해 전할 말을 전한다.
④ 시적 주체가 서 있는 곳에 부재한 것(−)은 인유한 고다르의 영화 대사가 있는 바로 거기에서 드러난다.

　'고립된' 내가 유일하게 시간의 흐름을 감지할 수 있을만한 방식이 이처럼 '나'를 둘러싼 담장 너머로부터 달려드는 텍스트들과의 연결 속에서야 가능해질 수 있음을 시적 주체가 스스로 시인하는 모습은, 시인의 다른 시편들에서도 나타나는 특징이다. ("그대 입술에서 흘러나온 저음의 각서 − 어젯밤 뜯어버린 / 시간 그것은 공포, 흐른다는 것과 흐르지 않는다는 사실 너머 / 너는 고립이라 하지만 나는 증오라고 적네 / 우리를 떠난 시간들만 그것을 시간이라고 순수하게 가리키지 / 세상 밖의 이야기 / 쏟아지는 빛" −「어린 여왕이 매음굴에서 운다 − 떨렁는 흙, 푸른 잎사귀, 요설」부분)「빛의 볼륨」에서 활용된 인유는 따라서 시인이 활용하는 잦은 인유(과잉의 인유)가 연속성 보다는 단절감을 느끼는 고립된 시적 주

---

11) 주하림의 또 다른 시「레오까디아와의 동거」에서 시적 주체는 "빛 없는 세계"에서 (이뤄질 수도 있을) 수많은 탄생에 대한 두려움을 표한다. 그리고 나서 저 스스로의 혀를 깨물지 못해 탄생하지 못하는 존재들은 결국 무언가를 '더 훔치는 방식'을 쉽게 떠올리는 모습을 보이는 것이다. 주하림의 시에서 '빛'은 세상 밖의 이야기 혹은, 시적 주체에게 고립감과 동시에 연속성을 안겨주는 지형의 다른 이름이다.

체가, 그 단절감을 떠안은 채 시도하는 연결 방식으로서의 '쓰기'에 대한 은유로 읽힌다. 그러나 다른 텍스트를(혹은 '타자'를) 포섭했다하여, 시의 몸체는 결코 그를 소유할 수 없다. 이것은 주하림의 시적 주체들이 처한 상황이다. 다른 텍스트와의 대면 속에서 시적 주체는 그것이 원한의 감정이든, 다른 무언가가 있어야만 말하기가 가능한 자기 자신에 대한 의심이든 (사실 원한과 의심은 동시에 발생한다) 자기 자신에 대한 판단을 가동시키기 시작하고, 이 때 다른 텍스트가 떠받치고 있던 맥락이 무너져 기존의 상징질서에 대한 판단을 진행시키기 시작하는 것이다. 이것은 주하림의 시적 주체들이 대응하는 방식이다. 그러니 "장면"이 순서 없이 안겼다가 지워졌다가 흘러가는 상황은 ("왜 장면은 순서를 묻고 안고 지우며 흘러가는가 / 내가 원하는 진짜 장면은 / 사랑이든 엉망이든 빠져나오지 못할 곳을 찾아 헤매는 것" ―「유독 그날 밤의 슬픈 이야기를 완성하려는」 부분) 데리다가 「시란 무엇인가?」에서 언급했던 "타자에게서 오는 것과 타자의 것을 받아쓰는 것, 즉 암기하는 것"[12] 으로 시를 활용할 수밖에 없는 시적주체들의 몸짓의 일부라 할 수 있을 것 같다. 잔혹하게 말을 하는 듯이 보여도, 그것이 가짜 거북의 말들처럼 정념을 남기는 데에 일조하지 않고 오히려 시적 주체가 창출해내는 감정들이 타당한지, 정당한지, 괜찮은지, 그러면 안 되는지, 그럴 수 있는지에 대한 물음을 발아하는 데에 역할 한다고 여기게 되는 이유 또한 바로 인유한 텍스트와의 대면으로부터 기인한 것이라 할 수 있겠다. (이는 종종 주하림의 시적 주체들이 연기를 하는 듯이 느껴지는 이유이기도 하다.)

> 나의 배후에는 아무것도 없어요 흔해빠진 누나 형도 없어요 …(중략)… // 벌거벗고 다녀도 이상할 게 없는 날, 사각팬티만 걸친 채 오늘

---

12) 데리다의 에세이 「시란 무엇인가?」에 대한 번역 및 설명은 니콜러스 로일이 『자크 데리다의 유령들』(오문석 역, 앨피, 2007)에서 진행한 것을 따랐음을 밝힌다. 275쪽 참조.

도 그녀만 기다리다 쭉 찢어버린 페이지 그녀를 죽였다 올라탔다 도려냈다 밟았다 뺐다 꼈다 품었다 날려보냈다 달이 뜨면 <u>너의 방에서 내 몸은 나올 수 없어</u>* 마셔라 달고 따뜻한 여자의 피를, 나는 마침내 그녀가 던지고 간 메시지처럼 복잡해져갑니다

　　　　　　　　　　　　　　　　　　－「입실」부분 (밑줄은 인용자)

　　　　　　　　　　　　　　* 오까노 레이꼬의 만화 『음양사』 중에서.

　　"나의 배후에는 아무것도 없"다는 말은 오까노 레이꼬의 만화로부터 인유한 "너의 방에서 내 몸은 나올 수 없어"라는 말과 충돌하게 된다. 무언가를 써 나가기 시작하는 '쓰기 주체'가 진한 잉크 자국을 남기면 남길수록, 저 자신의 견고한 독창성으로 비약할 수 없다는 것, 그 보다는 "페이지"에 "죽였다 올라탔다 도려냈다 밟았다 뺐다 꼈다 품었다 날려보냈다" 등의 행위를 취하며 기존의 상징 질서와 관계를 맺을 수밖에 없다는 것. 이 상황이 시적 주체를 극단적으로 분방하게 만든다.

　　그러나 '글 쓰는 자'에 대한 (혹은 글을 쓰는 시적 주체 스스로에 대한) 믿음을 거두고, 경멸을 보내면서도 ("소설가는 진실만을 씁니다 / 경험만을 중요하게 생각합니다 요새 많이 야위었어요 / …(중략)… / 한 문장 두 문장 건너뛸 때 / 젖은 분 냄새가 밀가루 반죽처럼 엉킵니다 / 무심코 건드리기만 해도, 새로운 여자쯤 금세 탄생하지요" －「타노시이 선술집」부분, "어디선가 냄새가 난다 글 잘 쓰는 사람들에게서 올리브 냄새가 / 아니 호두 냄새 / 호두의 기가 막힌 젖 냄새 / 그게 아닐 바엔 누렇고 시커먼 브래지어가 되어 누군가의 어깨에 매달려 죽어야지" －「미찌꼬의 호사가들」부분) 쓰기를 이어갈 수밖에 없는 시적 주체는, 시의 몸 안으로 끌어들인 '인유되는' 대상이 단지 기존의 체제 질서에 복무하는 방식의 것이 아닐 수도 있음을, 그러니까 "쏟아지는 빛"으로의 "세상 너머의 이야기"일 수도 있음을 (단지) 주시 (정도는 거뜬히) 하고 있는 것 같다(때문에 쓰기 안에서, 그는 더욱 '분방해'지는 것이겠다). 시의 말들은 비틀거리며(reeling) 가

면으로 삼기 위한 '세상 너머의 이야기'를 읽고(reading), 그를 받아 안아 몸부림치며(writhing) 쓰기(writing)를 이어간다.[13] 주하림의 '쓰기 주체'는 정직하게 시대를 앓기 위해 '진짜' 없이 가면을 쓴다.

인유되는 말들 − 관습의 기록/재기록 : 조인호의 경우

주하림이 불특정 다수의 텍스트에 내재하고 있는 문장들과 관계하는 한편, 조인호는 관습적인 비유의 활용을 극대화시킴으로써 '친숙한 낯섦'을 형성한다. 주하림 못지 않게 조인호 역시 첫 시집에 수록된 시편들의 길이가 장황한 편에 속하는데, 어쩌면 이 넘치는 말들을 지탱하기 위해서라도 기존의 비유나 상징들이 시 텍스트 내부로 적극적으로 들어와야만 하는 것인지도 모를 일이다. 그러나 중요한 것은 이 기나긴, 넘치는 말들이 어디를 향해 있는가에 있을 터이다. 관습적인 표현들을 고스란히 인유하면서, 시적 주체는 그 '관습'이 꾀하는 절망적인 결과를 노골적으로 폭로한다.

> 철과 장미의 문명 속에서 그는 용접공으로 일했다 철가면을 쓰면 산소용접기 밖으로 장미처럼 피어오르는 불꽃이 보였다 그는 철과 장미를 사랑했다 불이 붙는 독한 술을 즐겨 마셨고 쇠못을 씹어 먹는 철인이었다 중금속에 중독된 그의 눈은 세상이 온통 붉은색 셀로판지처럼 보이게 만들었다 용접 불꽃이 그의 눈을 멀게 만들수록 세상에 없는 단 하나의 붉은 색을 지닌 철의 장미를 그는 볼 수 있었다 그의 피는 붉은 철로 철철 흘러 넘쳤고 그는 조금씩 녹슬어 갔다 // 그의 철근 콘크리트 지하방은 습하고 어두운 철가면 같았다 철가면은 심해 속으로 가라앉는 자물쇠처럼 무거웠다 강철 수면 위로 드러난 그의 얼굴은 점점 철가면을 닮아갔다 그는 눈을 뜰 때마다 철가면을 쓴 채 욕조

---

13) 가짜거북은 앨리스에게 학교에서 "맨 먼저 비틀거리기와 몸부림치기"를 배웠다며 울면서 말을 하는데, 이때 활용된 말장난에 기댄 문장이다. 루이스 캐럴, 이소연 역, 앞의 책, 301쪽의 주해 참조.

안에 몸을 담근 자신을 발견하곤 했다 파이프들이 붉은 녹을 떨어뜨리며 삐걱거렸다 욕조 속의 물이 용광로처럼 부글부글 끓었다 그의 알몸은 장미 잎 같은 붉은 화상 자국투성이였다 // 그는 일생 동안 불꽃만을 바라본 몽상가에 가까웠다 그는 용접 불꽃 속에서 살아 있는 구멍들을 보았다 오, 입벌린 구멍들 모음들 비명들이 불타오르는 지옥을 보았다 그 구멍 저 편에선 아름다운 붉은 장미의 정원이 펼쳐져 있었다 그의 두 눈엔 콘센트 구멍 같은 어둠이 고여갔다 // 그는 철가면을 쓴 채 홍등이 켜진 도살장 골목을 붉은 쇳물처럼 흘러다녔다 도살장 골목 어둠 저편 번쩍거리는 칼날들이 뱀의 혀 같은 용접 불꽃처럼 쉭쉭거렸다 붉은 장화를 신은 인부들이 소 머리가 가득 쌓인 수레를 끌고 다녔다 도살장 담벼락엔 덩굴장미가 대퇴부 핏물처럼 번지고 있었다 담벼락 너머 높다란 송전탑에서 철근들이 금속성의 동물 울음소리를 내며 뒤틀렸다 도살장 시멘트 바닥 물웅덩이 위로 뜨거운 김이 피어올랐고 고압전류 같은 찌릿찌릿한 비가 내렸다 // 그는 송전탑 꼭대기 위로 덩굴장미처럼 기어오르기 시작했다 번쩍, 가시철조망 같은 번개가 송전탑에 내리꽂혔다 고압전류 속에서 그는 자신의 철가면과 함께 흐물거리며 녹아들었다 철가면이 송전탑의 철근 속으로 들러붙고 있었다 송전탑 밑 지상의 사람들이 붉은 뼈를 드러낸 채 해골처럼 웃고 웃었다 번개가 번쩍거릴 때마다 // 송전탑은 거대한 한 송이 붉은 장미로 피어났다

— 조인호, 「철가면」 전문 (밑줄은 인용자)

시에서 초점화된 '그'는 용접 일을 하기 위해 '철가면'을 쓰기도 하지만, '철을 다루는 노동자'라는 의미에서 인접성에 의거한 환유적인 표현으로 '철가면'이라 표현되기도 한다. 하지만 '철의 노동자'라니. 이는 쇳불에 담금질할수록 그 강도가 세지는 철과 같이, (마르크스의 표현에 따라) 노동자가 노동자에 대한 탄압과 착취를 거세게 받으면 받을수록 세상을 움직일 수 있는 힘을 자기 자신으로부터 길러낼 수 있다는, 노동자 자신의 계급적 정체성을 확고히 하기 위한, 유사성에 의거한 은유적인 표현이라고도 볼 수 있을 터인데, 이 같은 의미는 우리 모두가 이미 공유하고 있는 바

다. 한국 사회의 노동운동사와 함께 형성되어온 오래된 비유이자, 비유성보다 지시성을 더 강하게 획득해버린 표현인 '철인'은, 그 맥락을 전혀 제거하지 않은 채로 천연덕스럽게 시 내부에 자리한다(한편 이 같은 관습적인 표현은 노동자를 철과 같이 단단한 이미지로 구체화하기도 하지만, 뉴스에서는 이러한 노동자들을 쇠파이프를 들고 있는 전사들로 묘사하며 소위 '폭력적인 시위'의 선두주자들로 형상화하기도 한다). 조인호의「철가면」은 '철의 노동자'라는 예의 저 오래된 비유를 통해 도리어 "쇠못을 씹어 먹는 철인"인 노동자의 '녹슬고', '무거우며', '어두운' 이면, 즉 관습적 표현이 은폐했던 측면을 부각시킨다.

주지하다시피 관습적 은유는 원관념과 보조관념 사이의 긴장관계가 형성되어 있지 않다. 반복적인 비유의 사용 속에서 긴장 자체가 탈각되어 지시성 자체가 지배적으로 그 의미를 차지하고 있기 때문이다. 문제는 탈각된 긴장 상태에 이데올로기 효과가 자리하게 된다는 데에 있다. 때문에 이 시의 긴장관계는 관습적인 은유가 형성하고 있는 기존의 맥락을 적극적으로 인유하면서도, 다른 관점으로의 조명을 통해 익숙한 문법이 초래하는 이데올로기적 효과를 중단시키는 방식으로부터 비롯한다.

시의 초반부에서는 감정을 절제하는 듯이 보이는 '철인' 용접공은, 저 자신이 쓰고 있는 '철가면'에 깃들어 있는 익숙한 문법 이면이 드러나면 드러날수록, 절제하고 억눌려 있던 감정을 폭발시키는 듯이 보인다. '철인'인 용접공이 철을 용광로에 담금질하듯 자신의 몸을 욕조에 '담글' 때, 파이프의 '붉은 녹'은 떨어지고 '붉은 화상 자국 투성이'의 몸이 드러나는 장면은 관습적 비유의 지시성이 노동자 스스로의 정체성 형성에도 영향을 끼치고 있음을 보여준다. '용접공'은 정말 '철의 노동자'가 되어 스스로 물화되는 상황을 연출하는 것이다. 이 때, 용접공의 억눌려 있었던 감정은 용접공의 물화된 몸체 대신에 주변을 둘러싼 대상들로 투사된다. '칼날'은 '뱀의 혀'가 되고, '덩굴장미'가 '핏물'처럼 번지며, '송전탑의 철근들'은 '동물'처럼 울음소리를 내기 시작하는 것이다. 끝내 철가면을 벗지 못한 채 그 스스로가 '철인', 즉 철로 된 사람의 형상과 유사한 송전탑으로 물화한 용접공은 세계의 익숙한 비유가 어떤 논리를 정당화하고, 어떤 결과를 초래할 수 있는지에 대한 경고를 섬뜩하게 보여준다.

조인호의 관습적 문맥에 대한 적극적인 인유는 시집 곳곳에 '최후의 인간'이나 '최후의 모음'과 연결되는 구원의 이미지와 '전쟁' 혹은 '다이너마이트'와 같이 파괴적인 이미지가 공존하는 데에서 특히나 두드러지게 읽힌다. 이쯤에서 독자는 의아할 수밖에 없겠다. 세계의 끝에 대한 이미지들의 연쇄 속에서 조인호가 '관습적인 표현'들을 내내 인유하는 까닭은, 거기에 깃든 기존의 의미들을 멈추고 새로운 세계에의 생성에 일조하기 위함인가 아니면 기존의 의미 작동이 완전히 멈추는 자리에만 서 있기 위해서인가(하물며 앞서 인용했던 「철가면」 역시도 쓰기 주체는 송전탑이 거대한 한 송이 장미로 거듭나는 장면에서 마무리를 짓고 있다). 시인이 활용한 '인유'는 그 효과가 상당히 양가적이라 할 수 있는데, 이는 아마도 인유가 애초부터 경험에의 연장을 위해 쓰일 뿐 아니라, 기존의 경험 그 자체를 현시하는 데에 쓰이면서 그에 대한 판단을 독자에게 떠넘기는 방식으로 양가성을 펼쳐내고 있기에 가능한 일일 것이다. 때문에 '인유되는 말'에 좀 더 주의를 집중해서 보아야 한다. 시인이 활용하는 파국적인 시적 현장이 다소 위태롭게 보이는 이유는, '무엇을' 인유하는가에 있어 그 '인유되는' 표현들이 대개 파괴의 이미지에 힘을 더 실어주고 있어서일 수 있다.

어떤 관습은 당연히 파괴되어야 한다. 이것은 백퍼센트 옳은 명제일까? 다음의 경우는 어떤가. 시인은 특히나 시를 쓰는 일을 "최종병기시인"의 임무로 병합시키기 위해 군대식 훈련과정을 인유해 시'쓰기'를 설명한다. 이는 풍자가 아니다.

최종병기시인이 되는 데 필요한 능력 중의 하나는 위장술이다. 뛰
어난 저격수가 되려면 사물의 배후에 그림자처럼 잠입할 줄 알아야
한다. 최종병기시인은 사물의 편에 있다. 이를테면 훈련교관이 매미!
하면, 나무에 매달려 맴맴 울어대는 우리 훈련병들. 그 순간 자신이 매
미라는 사실을 절대 의심하지 않는다(어떤 훈련병은 땅속에서 7년 동
안 매미 유충으로 지낸 적도 있다고 한다). 최종병기시인은 인간이란
허물을 언제든 탈피할 수 있어야 하므로 살아 있는 유령이어야 한다.
보이지 않는 적만큼 위험한 것은 없다.
　　　　　　　　　　　　　　　 ─「최종병기시인훈련소」부분 (밑줄은 인용자)

　‘최종병기시인’, ‘저격수’, ‘훈련병’이라는 말을 지우고 그 자리에 ‘시인’
이라는 말을 채워 읽었을 때, 시인은 “사물의 배후에 그림자처럼 잠입할
줄 알아야” 하고, “사물의 편에” 있어야 하며, 자신이 모방하는 대상을
“절대 의심하지 말아야” 함을 설파한다. 시인의 역할과 ‘최종병기’로 훈련
되어지는 군인의 역할이 병렬 구조를 이루는 가운데, 시인 그 스스로는
언어 질서와 싸우는 ‘최종병기’로 고정화된다. 관습적 표현의 문맥이 시
내부로 인유될 때, 주의해야 할 점은 자칫 인유되는 말 자체가 관습의 고
착화에만 역할하게 될 수도 있다는 데에 있다(관습이라는 말은 얼마나 위
험한가. 관습은 ‘내’ 안의 내장된 질서를 이르는 말이기도 하다). 쓰기 주
체는 인유되는 말에 함몰되어, 글을 쓰는 ‘자기 자신’에 대한 의문 없이 시
적 현장을 봉합시켜버릴 수도 있다. 이 경우의 ‘자기 테크놀로지’로의 쓰
기는 인유하는 문장의 진한 잉크가 흥건해서 끝내 윤리적 주체로 설 수
있는 기회를 잃게 된다. 조인호의 ‘쓰기 주체’는 문제적인 시대에 정면 대
응하기 위해 ‘진짜’로 승인된 가면만을 쓴다. 그리고 그 가면을 끝내 벗어
던지지 못해 거기에 갇히게 되는 비극을 전시하고 만다.

(누구에게) 이것을 바칠까?

이 글의 제목으로 삼은 "누구에게 이것을 바칠까?"는 쥘 바르베 도르비이가 예의 그 악명 높았던 『악마 같은 여인들Les Diaboliques』(1874)을 출판했을 때 책의 맨 앞장에 오만한 마음으로(하지만 그는 정말 아무렇지 않았을까?) 썼던 문장이다. 정치적으로는 프랑스 혁명과 공화주의에 반대한 왕당파였던 바르베를 끌어들인 이유는, 바르베 그 자신이 우매하게도, 저 자신의 '쓰기'의 목표를 저 문장으로 하여금 만천하에 드러나게 했기 때문이다. 이미 '누구'를 상정한 가운데 쓰인 글쓰기에서 바르베는 자유로울 수 없었을 것이다. 더군다나 '바침'이라니. 누구에게 바친단 말인가? 이 글에서는 내내 바로 그 '바침'을 문제 삼았다. 인유하고, 인유되는 속에서 시적 주체들은 은연중에 그 어떤 텍스트의 맥락도 '소유'할 수 없었음을 인지했을지도 모른다. 데리다는 받는 사람과 주는 사람 모두에게 마찬가지로, '선물다운 선물은 선물처럼 보여서는 안된다'고 했다. '인유하는−인유되는' 텍스트가 서로를 도구화하지 않을 때, 인유의 모자이크를 통한 삶의 형성이 진정 가능할지도 모르겠다. 그래야 만이 아직은 가면 쓰기에 머물러 있는 자들도 (다른 누구에 의한 승인이 아닌) 저 자신에의 승인을 밑저리 삼은, 그러한 삶에 대한 사유를 시작할 수 있을지도. 아직, '자기 테크놀로지'로의 쓰기는 수행 중에 있다.

공명(共鳴)하는 생명의 노래

—김형영의 시세계

김 효 은

1. '앓는'(症) 시와 '안는'(抱) 시

글을 시작하기 직전 깊은 숨을 내쉬곤 한다. 깊은 숨과 함께 글쓰기는 시작된다. 창문을 열어놓아도 도시의 밤공기는 여전히 텁텁하고 매캐하다. 그래도 숨 쉬는 일만큼 쉬운 일이 또 어디 있을까 생각해본다. 그러나 병원의 중환자실에 가보면 상황은 다르다. 그들은 인공호흡기로 겨우 숨을 쉰다. 누군가 뒤척여줘야 욕창을 지연시킬 수 있으며, 콧줄로 미음을 받아넘기며, 목에 뚫린 구멍 사이로 쉴 새 없이 가래를 뽑아내줘야 그들은 겨우 숨을 쉴 수 있다. 문학이 취미이거나 부업인 사람들도 있겠지만, 어떤 이에게 문학은 분명 '콧줄'이고, '인공호흡기'이다. 그들은 모두 병을 앓고 있다. 그들은 대개 가난으로 허덕이거나, 불행한 유년의 기억 따위에 붙들려 있거나, 혹은 타나토스의 범람으로 인해 자해와 자살충동에 끊임없이 시달리는 만성이자 급성환자들이다. 그들에게 문학은 수혈이고, 약이고, 호흡이다.

여기 한 시인이 있다. 그는 죽음의 고비를 여러 차례 넘겼고, 그 때마다

시를 썼고, 아직 숨을 쉬고 있다. 나무에게서 마신 들숨은 그의 폐를 돌아 시詩의 날숨이 된다. 그래서 그의 시는 살아있다. 흔히 종교인에게 기도가 호흡으로 비유되듯, 그에게 자연이란, 시란, 호흡이고, 생을 연장해주는 중요한 생명장치인 셈이다. 그 뿐 아니라 그의 시를 읽는 독자들 역시 평온함과 치유의 숨결을 느낄 수 있다.

> "정녕 나무는 내가 안은 게 아니라/나무가 나를 제 몸같이 안아주나니,/산에 오르다 숨이 차거든/나무에 기대어/나무와 함께/나무 안에서/나무와 하나 되어 쉬었다 가자."
>
> — 「나무 안에서」부분

'앓는'(症) 시가 있고, '안는'(抱) 시가 있다. 2000년대 많은 젊은 시인들이 '앓는' 시를 쓰고 있다. 그들은 매우 냉소적이고 어딘가 불안해하며, 정체성 혼란과 복잡다단한 증상의 언어로 요설을 내뿜는다. 시단詩壇에 유행처럼 번진 이 난해하고, 기괴한 시들을 읽으면서 알 수 없는 고통에 공감할 수는 있지만, 고통을 덜 수는 없다. 하지만 김형영의 시는 다르다. 그의 시는 '앓는'시가 아니라 '안는'시다. 다시 말해 상처를 껴안아주고, 고통을 "쓰다듬고 다독여"(「나무들」)주는 열려있는 괄호와도 같은 시인 것이다.

2. 존재의 울음, 그 소리를 보는 눈(目)

김형영 시인은 1966년『문학춘추』신인상에 당선되어 문단에 나온 이래 반세기에 가까운 짧지 않은 시작詩作 기간 동안 총 8권의 시집과 1권의 시선집을 낸 바 있다. 유기체가 생을 유지하는 동안 호흡이 일정할 수만은 없듯이 그의 시세계 역시 45여년의 시간동안 조금씩 변화를 겪어온 것 또한 사실이다. 그의 초기시의 세계는 짐승의 울부짖음처럼 거칠고 숨가

뺐다면, 최근 그의 시세계는 매우 평온하고 고른 호흡을 보여준다. 그것은 사물과도 경계나 장애 없이 교류하고, 신과도 밀접하게 교감하는 영적靈的인 호흡이며, 우주적인 소통에 가깝다.

그의 초기시[1]는 확실히 동물 이미지들로 가득하다. 첫 시집과 두 번째 시집의 목차만 보더라도 시의 제목이나 부제의 상당부분이 동물들인 것을 알 수 있다. 크게는 '짐승들의 울음'에서 작게는 '모기들의 소리'에 이르기까지 그것들은 소통하기 위해 혹은 고통을 인내하기 위해 부지런히 온힘을 다해 "죽으면서도" 아니 죽어서도 "죽음은 곧 사는 길인 듯", "넋으로" 울음을 운다.

> "회색 하늘을 머리에 이고/까마귀가 운다/중략/아, 우리들의 넋으로 우는 까마귀."
>
> — 「까마귀」 부분

> "늑대가 울고 있다./내 혈관을 뒤지며 온 몸에 퍼진/늑대의 울음소리,/그 소리는 나를 잠재우고/ 멀리 달아나고 있다."
>
> — 「늑대」 부분

> "모기들은 죽으면서도 소리를 친다/죽음은 곧 사는 길인 듯이/모기들,/모기들,/모기들,/모기들은 혼자서도 소리를 친다"
>
> — 「모기」 부분

> "아으 배 터지는 소리/아으 피 흐르는 소리/중략/터진 배 움켜쥐고/부러진 허리 매만지며/여름 어느 비 오는 날/우리는 우우우 소리치며"
>
> — 「지렁이」 부분

---

1) 『침묵의 무늬』(샘터사, 1972), 『모기들은 혼자서도 소리를 친다』(문학과지성사, 1979).

이처럼 그의 초기시에서 두드러지게 나타나는 통렬한 울부짖음이나 절박한 소리침은 모기와 같은 작은 곤충에서부터 지렁이, 개구리, 까마귀, 박쥐, 늑대, 풍뎅이, 올빼미, 뱀 등등 수많은 동물들의 것으로 이 "하찮은 것들의 울부짖음"은 "햇빛으로도 지울 수 없는", "살기 위한" 미약한 존재들의 "꿈틀거림"이자, 마지막이면서 "영원한", "온몸으로"의 함성이 된다. 그러나 "개구리 소리,/그 소리는 언제나 개골개골 울어대지만/내 앞을 가로막고 울어대지만/나는 네게로 갈 수가 없다."(「개구리」부분)에서처럼 '울음소리'를 넘어 "나는 네게로 갈 수가 없다." '나'는 '들을' 수는 있지만 '단절'을 넘어설 수 없기 때문이다. 이 같은 동물들의 '울음'은 육체 안에 갇혀있는 것으로 보인다. 특히 김형영의 초기시에 자주 등장하는 '뱀'의 경우 온몸이 '울음'이고 그는 "죽어서도 숨어서" 끊임없이 울어야 할 숙명에 처한 비극적 존재로 드러난다.

"여름을 지낸 아이의 무덤 속에서/능구렁이가 운다./누런 하늘이 그 울음 끝을 떨며 지나간다."

— 「능구렁이」 부분

"순수한/네 부름에 불려간 육체는/미지의 하늘에 박힌/뱀이여, 언제나/널 따르는 動亂을 노래한다."

— 「뱀」 부분

"살모사의 혓바닥으로/울부짖는 널 본다."

— 「滿月」 부분

"내가 뱀이 되어/저승에 어둠을 만들 때/내 껍데기 벗겨지고/피 흘려서/어둠의 향기로 피어라.//중략//너 또한 뱀이 되어 울어라./뱀 중에서 그 중 서러운/능구렁이 되어 울어라."

— 「기다림 以後」 부분

위의 작품들에서 보면 김형영의 초기시에서의 '뱀'은 상대에게 공격을 가하는 가학적 이미지 보다는 "서럽게" 우는 한 마리의 짐승과 다름없다. 다만 다른 짐승들에 비해 그 울음은 "끝이 없어 다시 돌아와 우는" 반복성을 지니고 있다. "묻어 버린 추억들"마저 "수만 마리의 하얀 뱀이 되어 날름거"린다. 그렇기에 "죽어서"까지 끊임없이 울어야 하는 비극적이고 연쇄적인 이 '울음'은 제 꼬리를 문 우로보로스의 그것이다. "울음 끝을 떨며 지나가"는 뱀(구렁이)은 온몸이 '울음'이고 설움이며, "한몸이 되고 싶"은 "널 그리는" 행위이자 사랑하는 너에게로 가는 '길' 자체이다. "그래 이 몸 구렁이 되어서/네 몸 친친 감고 싶구나./네 가장 깊은 곳,/어둠 속으로/어둠 속으로/내 대가리를 처박고/한몸이 되고 싶구나.// (「나는 네 곁에 있고 싶구나」부분)에서 보이듯 '뱀'은 비록 천형의 육신으로 태어났지만 그럼에도 불구하고 존재의 '몸부림'과 울음을 통해 '너'와의 "한몸"을 지향하고 있음을 알 수 있다.

뱀 소재와 관련하여 김현은 제 2시집 해설[2]에서 능구렁이의 울음을 세계와 자아 사이의 근본적인 단절을 해소할 수 있는 가능성으로 보고 있다. 또한 그는 서정주의 뱀과 김형영의 뱀을 비교하는데, 그 차이점을 서정주의 뱀이 '물어뜯음'에 있다면 김형영의 뱀은 자아 밖에 있는 존재를 그리워하는 '울음'에 있다고 본다. 즉 김형영 시에서의 뱀의 '울음'은 '단절의 범주'에서 '사랑의 범주'로 넘어가는 것을 가능케 해주는 일종의 화해를 암시한다. 실제로 자아와 세계가 단절되어 있을 때, '나'와 '너'가 닿을 수 없는 거리와 상황에 처해있을 때, 우리가 취할 수 있는 유일한 제스처는 통렬한 부르짖음이나 울음밖에 없을 것이다. 세상에 무방비상태로 갓 태어난 아이가 할 수 있는 유일한 생명의 몸짓과 언어가 '울음'밖에 없듯이 절박한 시적 자아의 소통방법은 통곡밖에 없었을 것이다. 하지만 이

---

2) 김현, 「자아 파괴의 욕망과 그 극복」, 『모기들은 혼자서도 소리를 친다』, (문학과지성사, 1979), 84~89쪽 참조.

"하찮은 것들의 울부짖음"은 그러나 "죽어도 죽어도 죽지 않"는 나약하지만 강인한 존재의 끝없는 "외침"인 것이다.

이러한 그의 초기 시세계가 지닌 통렬한 목소리, 예민한 청각과는 달리 시적 자아의 '눈'은 멀어있으며, 게다가 그에게는 '얼굴'조차 없다.

> "나는 눈이 멀어 이젠 아무것도 볼 수 없으니/강아지야 강아지야 방울을 흔들어라./중략//나는 얼굴이 없어도 행복하다."
> ─「서시」부분, 『침묵의 무늬』

> "밤을 기다리는 올빼미여/허공 같은 눈구멍이여/그는 끝끝내 보지 못한다."
> ─「올빼미」부분

> "그리고 나는 보았다./내 눈이 썩어가는 것을."
> ─「뱃사공」부분

> "나는 눈 멀었다./바라보면서/눈 멀었다. 떨면서."
> ─「恐怖」부분

뱀이 징그러운 몸뚱어리를 인식하는 것은 다름 아닌 시각을 통해서이다. 누구나 눈을 통해 거울이나 물에 비친 자신의 모습을 보게 된다. 또한 '눈'을 통해 우리는 타자를 보기도 한다. 그러나 시선은 분명 폭력적이다. 푸코를 거론하지 않더라도, 시선은 존재를 감시하고, 구속하고 규정하는 일종의 억압임을 알 수 있다. 이러한 시선은 '나'를 "수인囚人"으로 만들며, "백개의 얼굴"과 시선을 가진 "그들"은 약자를 "죽일 수 있는 權利"이면서 "법"이 된다. "내 눈구멍에선 돌이킬 수 없는 잘못이" 깃들여 있으며, 이 "징그러운 눈"은 다름 아닌 원죄의식에 닿아있다. 신의 금기를 어기고 선악과를 먹은 아담과 이브는 이전과는 다른 '눈'을 뜨게 되는 최초의 죄를 짓게 된다. 따라서 시인은 "두개의 구멍을 파" '눈멀기'를 자처한다. "누구도 보는 이 없을 때 내가 되는 것,//구름은 급히 지나간다./그대들의 이름이 지워진다./이제 부릅뜬 눈의 불을 끄고" 거듭나 '소리의 눈'을 뜨게 된다.

"절망을 넘어/중략/그의 가는 발소리만/가는 소리 보인다."

— 「飛天」 부분

"보이지 않는 당신/보이지 않는 육체/그럼에도 당신은 살아있다./어둠 속 깊이깊이/내 마음 속 깊이깊이/내가 당신을 꿈꾸는 것처럼/당신은 나를 꿈꾸고"

— 「내가 당신을 얼마나 꿈꾸었으면」 부분

"땅 밑으로/밑으로 흐르는 물소리/눈 감는 소리/눈 뜨는 소리"

— 「풀밭에서」 부분

"그 소리에 빠져 잠기면서/그는 미소짓는다/非現實的인/행복한 미소를"

— 「달밤」 부분

아이러니하게도 저 너머에 있는 "보이지 않는 당신"을 시인은 이제 "눈이 멀어" 볼 수 있다. 애당초 시인에게 '당신'은 육신의 눈으로 볼 수 없기에 존재하며, 그래서 무엇보다 존귀하다. "청맹과니"의 눈을 지닌 시인은 이제 누구보다 소리에 민감할 수밖에 없다. 그는 소리와 울부짖음을 듣고, 소리와 울음으로 '그'의 존재를 본다. 그는 소리뿐만 아니라 '침묵의 무늬'까지도 본다. 그에게 시각은 곧 청각이고 청각은 곧 시각이다. 그는 제 6시집『홀로 울게 하소서』 자서에서 이 같은 그의 초기시의 세계를 광기와 악마주의 그리고 저항과 고발의 시라고 스스로 정의내린 바 있지만, 그는 이미 애초부터 광기와 저항을 넘어선 '소리의 눈'을 타고난 시인이었으며, 그는 누구보다 끊임없이 "당신을 꿈꾸"고 갈망해 왔던 단절보다는 소통을 희구하는 대화지향의 시인이었던 것이다.

3. 소리와 침묵 너머, 꽃 피우기

앞서 살펴본 바, 1960~70년대에 쓰여진 그의 초기시는 1980년대에 제 3시집『다른 하늘이 열릴 때』에 들어서면서부터 다소 변화를 겪는다. 그의 시에서 더 이상 짐승의 울부짖음이나 통렬한 부르짖음은 찾아볼 수 없게 된다. "무릎을 꿇어야 겠지요./두 손을 모아야 겠지요./마음 속에 저문 하늘이 보일 때까지/다른 하늘이 열릴 때까지//"(「저문 하늘」부분) 그는 이전에 볼 수 없던 '기도'와 '참회'를 통해 마음을 비우고 대상에게 한층 가까이 다가선다.

> "떠나가고/떠나가고/또 떠나가고,/지금 남은 건/빈 하늘"
> — 「빈 하늘」 전문

> "아름다운 하늘의 별/어느 별 하나/혼자서 아름다운 별 없구나./혼자서 아름다우려 하는/별 없구나."
> — 「별 하나」 부분

> "님의 품이/곧 하늘이기에"
> — 「내사랑」 부분

> "단조롭게/어두워가던 하늘에/번지는/평화"
> — 「上里 1」 부분

시인은 육체적 고통과 죽음충동, 세계를 향한 통렬한 울음마저 걷어내고, 초기시에서 보였던 "죽음을 위한 하늘"과 피로 물든 "내가 죽이는"

"하늘의 무덤"이 아니라 투명한 기다림의 "빈 하늘"을 지향한다. "빈 하늘"은 그러나 비어있음으로 인해 "아름다운 별"들로 가득 찬다. "다른 하늘"에 "별이 하나 둘 돋아나고", "별들 사이사이에서" "하나"가 아닌 어울어진 여럿들 '사이'에서 "네 모습 또한 떠오"른다. 그래서 시인은 "올해의 하늘은 더욱 아름답습니다."라고 고백한다. 또한 중기에 이르면 짐승이나 곤충이 아닌, 꽃이나 나무와 같은 식물들과 더 친화된 모습을 보여준다.

> "나를 바라보는/꽃/바라보고 있으면/나는 비로소/나를 본다."
> 　　　　　　　　　　　　　　　　　　　　　　　　　　－「꽃밭에서」 부분

> "창밖에 목련꽃이 피었다고/어서 와서 보라고"
> 　　　　　　　　　　　　　　　　　　　　　　　　　　－「목련꽃 1」 부분

> "그냥 배추밭에 앉아/배추꽃 바라봄만으로 행복하오나/어머니/한 말씀만 하여주소이다."
> 　　　　　　　　　　　　　　　　　　　　　　　　　　－「배추꽃의 부활」 부분

> "나무가 바람이 되는 즐거움에/바람은 즐거워/바람이 나무가 되는 즐거움에/나무도 즐거워"
> 　　　　　　　　　　　　　　　　　　　　　　　　　　－「즐거운 하루」 부분

위의 시편들에서 보이듯, 그는 자연에게 화해의 손을 내밀기 시작한다. 이제 "죽음도 하나의 꽃잎이 되는" "은총"이며, 피어있는 것은 "꽃"인 동시에 "성모"이며 신의 "말씀"이 되기에 이른다. "꽃을 보는 웃음/웃음 보는 꽃/서로 마주보니/하늘 문 열리네//"(「無念頌 1」 전문)에서처럼 그가 꿈꾸는 "다른 하늘"은 자연과 교감할 때, "너는 나를 부르고/나는 너를 부"(「별」)를 때에 비로소 개화開花하듯 활짝 열리게 되는 것이다. 그리하여 제 5시집 『새벽달처럼』에 이르면 세상의 만물은 살아있음으로 인하여

"우리는 다 아는 사이"가 된다. 시인은 겨울날 위태롭게 매달려 있는 "홍시 하나"에서 외롭게 십자가에 "매달린 예수"를 보고, "기쁜 일에 자꾸 나는 눈물" 속에서도 베드로의 고뇌와 속죄를 본다. "베드로의 남은 눈물을/내 마음속/두 손바닥에 받으면서/나는 비로소 나를 보네//"(「행복」)에서 알 수 있듯, 시인은 참회의 눈물 속에서 잃어버린 자아 역시 되찾고 있는 것이다. 더불어 주목할 점은 초기시에서 주로 청각 이미지에 의존했던 '눈 먼' 시인은 이제 단절을 넘어서서 대상은 물론 자아까지도 '바라보게' 된다. "내가 살아서 가장 잘 하는 것은 멍청히 바라보는 일이다. 산이든 강이든 하늘이든, 하늘에 머물다 사라지는 먹장구름이든, 그저 보이는 대로 바라보는 일이다./중략//보이지 않으면서도 보이는 것들까지도 멍청히 바라보기만 한 이 일 하나는 참 잘한 것 같기도 하다.//"(「나의 시 정신」, 『낮은 수평선』)와 "바라보고 바라보고 바라보나니/너를 바라보듯/나를 바라보는 나조차도//"(「보이지 않아도」)에서처럼 시각과 청각을 넘어 마음과 관계맺음으로 '너머'를 보게 된 것이다. 작은 나뭇잎 하나조차 더 이상 홀로 떨어지지 않는다. "세상을 통해서 떨어지는 나뭇잎이여/세상과 함께 떨어지는 나뭇잎이여/세상 안에서 떨어지는 나뭇잎이여/오늘 나와 함께 떨어지는 나뭇잎이여//"(「나뭇잎이여」 전문). 이처럼 작은 나뭇잎 하나에게서 발견되는 관계 맺음과 교감의 사유는 최근에 상재한 그의 시집 『나무 안에서』3)에서 더욱 심오해진다.

4. '나―너'의 포옹, 그 공명하는 생명의 노래

마르틴 부버는 세상에 '나' 자체는 없으며, 오직 '나―너', '나―그것'의 존재만 있을 뿐이라고 하였다. '나―그것'을 말하는 것은 어디까지나 타자

---

3) 김형영 시인은 이 시집으로 최근 육사시문학상(2009. 11)과 구상문학상(2009. 12)을 동시에 수상하였다.

를 객체화하는 '경험'이나 '이용'을 뜻하며 이는 어디까지나 관찰과 대상화에 의해 이뤄지는 일방적인 만남이다. 반면 '나─너'의 만남은 타자를 객체화하는 것이 아니라, '관계'를 세우는 것이며, 이는 상호적인 것이고 인격적인 소통과 대화를 통해 이뤄진다. 예컨대 그에 의하면 내 앞의 나무 한 그루는 결코 어떤 인상이나 표상의 장난도 아니고, 기분에 따르는 가치도 아니다. 내가 나무를 관찰하면서 나무와의 관계에 끌려들어가는 일이 일어나고 그러면 더 이상 나무는 '그것'이 아니다. 나무는 '나'와 마주서서 살아있으며, '내'가 그 나무와 관계 맺고 있듯이 나무 역시 나와 관계를 맺고 있는 것이 된다.[4] 여기, 대화와 만남 그리고 '관계맺음'의 시편들이 있다.

> "그날 꽃잎의 속삼임은/안 보이는 것을 본 놀라움이었지요./너도 없고 나도 없는/두 영혼의 꽃 속에서의 만남,/그건 생명의 노래였습니다."
> ─「생명의 노래」

> "네가 내 안에 머물고/내가 네 안에 머무니"
> ─「마음이 흔들릴 때」

> "나무들을 하나씩 껴안아본다./쓰다듬고 다독여준다./올해도 안녕하자고./너도, 너도, 너도 모두 다 건강하자고."
> ─「나무들」

> "너와 나 사이/이승과 저승을/우리의 자로 재지는 말자."
> ─「너와 나 사이」

김형영의 여덟 번째 시집 『나무 안에서』에는 '나─너'의 만남이 있고 그 '사이'에 사랑과 평온이 있다. 그의 시를 읽을 때, 우리는 자아와 대상,

---

4) 마르틴 부버, 표재명 역,『나와 너』, 문예출판사, 2001, 7~14쪽 참조.

주체와 객체의 경계가 허물어지고 둘이 아닌 자연스럽게 합일된 존재 자체의 즐거움을 발견하게 된다. 거기에는 어떠한 우월한 시선이나 열등한 자각도 없으며, 이해나 계산을 하는 거리 두기도 없다. 이러한 "두 영혼의 꽃 속에서의 만남"은 "생명의 노래"가 되어 울려 퍼지고, "하늘과 별과/풀과 나무와 새,/물고기와 시냇물"은 "한몸의 지체와 같이 서로 사랑하기에"(「시골 사람들은」) 이르는 것이다. 부버는 사랑이란 개념 역시 '나'에 집착하여 '너'를 단지 '내용'이라든가 대상으로서 소유하는 것이 아니라고 했다. 사랑은 '나'와 '너' '사이'에 있다. 이것을 모르는 사람, 곧 그의 존재를 기울여 이것을 깨달은 사람이 아니면 비록 그가 체험하고, 경험하고, 향수하고, 표현하는 감정을 사랑에 돌린다 하여도 그는 사랑을 모른다. 사랑이란 하나의 우주적인 작용5)인 것이다.

　시인은 앞서 발간한 시선집 『내가 당신을 얼마나 꿈꾸었으면』6)에 실린 자서 「나는 낫지 않는 병을 가지고 있으므로」라는 글에서, "세상의 모든 것을 처음 보는 듯이 놀란 눈으로 보기 위해서는 배운 것을 지워야 하고 또한 보이는 모든 것들이 하나의 거룩한 생명임을 깨닫는 그런 눈으로 보기 위해서 예술가는 종교적일 수밖에 없다"고 말한 바 있다. 실제로 독실한 가톨릭 신자인 그는 이번 시집 표지에 실린 짤막한 산문에서도 "만물은 하느님의 사랑으로 창조되었으므로 만물 안에는 하느님의 영이 깃들어 있으리라고 나는 굳이 믿고 싶기 때문이다."라고 하였는 바, 그에게 세상의 모든 만물은 신성이 깃든 경이롭고 소중한 존재인 것이다. "천년을 산 나무에"도 "나비도 벌도 산들 바람도", "한 눈 뜨고 꿈꾸는 이슬방울에도", "개나 소"에도 "피 없이 태어난 생명"인 "석상"에도 "님은 머무시고" 또한 "그래, 그래 흔들리거라./네가 내안에 머물고/내가 네 안에 머무니" "뿌리 깊은 나무처럼만 흔들리거"라고 신은 그에게 음성을 들려주

5) 앞의 책, 24쪽.
6) 김형영, 『내가 당신을 얼마나 꿈꾸었으면』, 문학과지성사, 2005

기도 한다. 이제 '나−너'의 관계의 가능성은 신神뿐만 아니라 모든 '사물들', '피조물'들과의 관계에서도 동등하게 성립된다.

> "정녕 나무는 내가 안은 게 아니라/나무가 나를 제 몸같이 안아주나니,/산에 오르다 숨이 차거든/나무에 기대어/나무와 함께/나무 안에서/나무와 하나 되어 쉬었다 가자."
>
> −「나무 안에서」부분

시적 자아는 나무를 끌어안는 주체로 머무는 것이 아니라, 나무에 의해 안겨지는 객체가 되고 마침내는 주체와 객체의 경계가 지워지는 합일의 경지에 이르게 된다. 나무는 더 이상 대상으로서의 나무가 아니라 '신과 맺는 참된 관계' 안에서 근원적이고 상호적인 '나와 너'의 대화와 만남에 의해 존재하는 참되고 신성한 '생명'이 되는 것이다. 이 시에서 화자의 목소리는 어느새 지워지거나, 나무의 목소리가 되기도 하며, "수고하고 무거운 짐 진 자들아 다 내게로 오라 내가 너희를 쉬게 하리라(마태복음 11 : 28)"와 같은 예수의 목소리가 되기도 하며, 동시에 이들 전체가 화음을 이루기도 하면서 잔잔한 여운을 안겨준다. 이런 의미에서 이 시집의 작품의 대부분은 평화롭고 우주적인 교감의 순간을 잘 보여준다.

> "나는 나를 걷어치우고/무엇에 홀린 듯 꿈길을 간다."
>
> −「이런 봄날」

> "한 눈 뜨고 꿈꾸는 이슬방울."
>
> −「이슬」

> "꿈에 지쳐 숨 고르는 사이/꿈에 부푼 내 몸"
>
> −「나비」

"몸속에 피 흐르는/생명을 꿈꾸는 구나"

　　　　　　　　　　　　　　　　　　　－「석상에 바치는 송가」

　그에게 '낫지 않는 병'이 있음을 알 수 있다. 그것은 다름 아닌 '바라보는 병', '꿈꾸는 병', '보이지 않는 것을 희구하는 병'이다. 이 낫지 않는 병이 그에게는 시 쓰기 즉 문학이고, 독실한 신앙이면서, 자기 구원이다. 그런데 『나무 안에서』로 오면서 시인의 이러한 불치병은 더욱 깊어진다. 실제로 그는 폐에 병이 생겨 수술직전 죽음의 문턱을 경험한다. 그리고 마침내 시인은 꿈속에서 그야말로 그 병을 실컷 앓다가 마침내 죽어버린다.

　　"수술 전날 밤 꿈에/나는 내 무덤에 가서/거기 나붙은 내 명패와 사진을 보고/한생을 한꺼번에 울고 또/울었다.//중략//그랬구나/그랬구나/이것이 나였구나./좀더 일찍/죽기 전에 죽었으면 좋았을걸."

　　　　　　　　　　　　　　　　　　　　　　　－「나」 부분

　그는 자신의 영전에서 "육신 자루에 가득" 찰 정도의 눈물을 흘리며 "죽기 전에 죽었으면 좋았을걸"하고 후회한다. 애절하게 통곡하고 나서야 다시 살아난 시인은 "세상 어둠에 멀어버린 눈"을 버리고, 이전보다 더 깊은 울림과 "이슬 눈 초롱초롱한" 맑은 시선視線으로 만물의 생을 노래하게 된다. "안 보이는 것의 힘"과 "없는 것의 깊이"를 이제 그는 감지하게 된 것이다. 죽음 근처에 가보거나 어떤 형식으로든 죽어본 사람은 그 누구보다 생명의 소중함과 존귀함을 안다. 시인은 이제 피가 돌지 않는 무생물에서도 생명을 느낀다. 그는 소리를 보기도 하고 꽃과 나무와 새의 마음도 보고, 그 안에서 하느님도 본다. 시인은 더욱 투명해지고 깊어진 마음의 눈으로 '하느님의 영이 깃든' 자연 하나 하나를 꿈꾸고 바라보고 교감하고 노래한다.

5. 비밀을 소문내는 詩, 에 안기기

뱀이 허물을 벗듯, 시인 또한 성장을 위해서는 고통어린 탈피와 부단한 노력이 필요하다. 그러기 위해서 시인은 눈의 껍질 또한 벗겨내야 한다. 김형영 시인은 그런 의미에서 탈피와 개안開眼의 시인이다. 그는 끊임없이 소통하기 위해, 꿈꾸기 위해 온힘을 다해 울고, 침묵하고, 충분히 앓은 후에 그때마다 허물을 벗어왔다. 그도 분명 초기에는 '앓는 시'를 썼다. 그러나 시가 계속해서 '앓는 시'의 차원에만 그쳐서는 고통 안에 유폐되어 더 이상 성장할 수 없다. 그는 충분히 '앓은' 후, 죽음과도 같은 몇 겹의 허물을 벗고, 이제 인식의 폭과 깊이를 더해 '안는' 시의 차원에 이르렀다. 지금 그의 시는 어느 때 보다 투명하고 가볍다. 그러나 그 가벼움이 전해주는 감동과 여운만큼은 결코 가볍지 않다.

> "그 가벼움,/ 세상 가득 깨어난 생명의 율동,/배추밭에 앉으면 배추
> 꽃이 되고/가시밭에 앉으면 가시도 꽃이 되는/만물의 꽃잎,"
>
> ―「나비」 부분

그에게 자연은 "가시밭에 앉으면 가시도 꽃이 되는" 평화이고 "생명의 율동"이며, 그 존재 자체로 하나의 큰 비밀이다. 그는 신비하고 아름답고 성스러운 이 '비밀을 누설'하고 싶은 충동을 참지 못하고, 이번 시편들을 통해 소박하지만 투명하고 단아한 시어로 조심스레 발설해 내고 있다. 어찌 보면 정말 대단하고 신비로운 비밀을 말하는 그의 시이지만 거추장스러운 장식이 없다. 요란한 수사도 현란한 지식이나 이론도 없고, 화려한 기교나 통쾌한 울부짖음도 없다. 그는 여전히 말을 아끼고 아껴 정제되고 겸허한 언어로 시를 쓴다. 그래서 기도에 비유하자면 그의 시는 통성기도가 아니라 묵상기도이다. 조용히 두 손을 모으고 고개를 숙인 채 침묵하

는 기도는 어느 커다란 목소리의 부르짖음의 기도보다 진폭과 전달력과 감동이 크다.

그는 언젠가 「나의 시」[7]라는 작품에서 그의 시가 지나치게 짧고 단순하다고 뭐든 좀 더 붙이고 비틀라는 다른 시인들의 질타에 그런 것들은 다 "썩어버릴 것들"이라고 응수한 바 있다. 그의 시는 평이하고 짧은 언어로 씌어져있어 간이역처럼 스쳐 지나쳐가기 쉽다. 그러나 마음을 비우고 천천히 멈춰서 곱씹어 읽다보면, 오감으로 다가오는 그의 시를 만날 수 있다. 화선지에 그린 수묵화처럼 담백하고 은은한 색채와 펜을 든 시인의 떨리는 손끝의 느낌, 깊은 숲에서만 들이 쉴 수 있는 산소의 상쾌한 맛과 향 그리고 따뜻하게 감겨오는 체온과 시선, 작은 꽃의 옹알거림까지 마음껏 보고, 듣고, 만지고, 느끼고, 마셔볼 수 있다.

> "당신도 한 번은 들었을 텐데요./언젠가 처음 엄마가 되어/아기와 눈 맞췄을 때/옹알거리는 아기의 생각,/본 적 있지요?/그 기쁨은 너무 유쾌해서/말문을 열 수가 없었지요?//어떤 시인이/그 순간을 표현할 수 있을까요./그날 꽃잎의 속삭임은/안 보이는 것을 본 놀라움이었지요./너도 없고 나도 없는/두 영혼의 꽃 속에서의 만남,/그건 생명의 노래였습니다."
>
> ─ 「생명의 노래」 부분

위 시에서 "어떤 시인이/그 순간을 표현할 수 있을까요."라고 시인은 경이롭게 묻고 있지만, 그 숭고하고 유쾌한 '만남의 순간'을 노래할 수 있는 흔치 않은 "어떤 시인"이 바로 김형영 시인 자신임을 알 수 있다. 이처럼

---

7) 김형영, 『낮은 수평선』, 문학과지성사, 2004, 60~61쪽.
"그건 시가 안 된다고/앞뒤로 뭔가 붙어야 한다고/살인지 된장인지 돼지껍데기인지/그래 뭐든 좀더 붙이고/비틀어 꼬면 좋겠다고 한다/나더러 썩어버릴 것들을 붙이라 한다/"(「나의 시」 중 부분).

그의 시에는 무심코 들여다 본 "꽃잎"하나에도 "오물오물"한 속삼임이 있고, "만남"이 있고, 생명에 대한 놀람과 감탄의 노래가 있다. 그는 "숨이 차거든" "나무에 기대어 쉬었다가"자고 '당신'에게 손을 내민다. 그의 시에는 "아낌없이 주는 나무"의 그루터기와도 같은 편안한 온기와 쉼표가 있다. 잠시 거기, 시의 그루터기에 앉아 무거운 고통은 내려놓고, 가쁜 숨을 고르자. 깊은 숨을 고르고, 하늘을 바라보면 거기에 당신을 안아주는 가장 큰 우주가 보일 것이다.

탈분단 연작시집 3부작,
'너나들이'의 이야기시

노 지 영

1. 증상으로서의 분단과 치료로서의 탈분단

'태초胎初'부터 분단이 있었다. 21세기 한반도에서 분단이라는 외상은 과연 어떤 형태로 작동되고 있는가? 물론 분단이라는 외상을 역사적 실재로 직접 경험한 기성세대들이 현재에도 대한민국 내에는 상당수 존재한다. 그러나 21세기를 살고 있는 더 많은 수의 남·북 주민들에게 분단이라는 외상은 경험재로 체험된 것이 아니라 다양한 미디어 속에서 간접화된 흔적을 통해 학습되는 것이다. 태초부터 있었던 분단을, 이해되지 않은 '기표'로 선존재하는 분단을, 한반도 주민들은 사후적으로 구축해가면서 분단을 현재화한다. 아니 현재를 분단화한다. 그리하여 한반도 주민에게 분단이란, 그 체제가 개입된 다양한 삶의 흔적들을 발견하고 이들의 분석적 재구성을 통해서 그 실재적 진리를 알아내야 하는 '태초의 장면'이면서, 언제나 우리를 히스테리컬하게 만드는 현재진행형의 사건이다.

그리하여 한반도 주민에게 분단은 집단적인 증상으로 나타난다. 분단 속에서 우리는 고도의 신경증을 앓는다. 냉전시대가 종식된 지 오래되었지만 전지구적인 자본주의가 작동하여 우리의 삶이 불안정해질수록 우리의 분단에 대한 신경증은 더욱 심각해졌다. 세계 내에 안정적으로 정주하지 못하여 정감적 결속으로서의 자기 공간에 대한 '장소애(topophilia)'가 파괴된 상황이 계속될 때, 자신을 불안하게 하는 외부적 조건에 대한 신경증은 더욱 극심하게 나타난다.

우리의 삶에 기본조건이 된 불안정과 위기 속에서 냉전적 대립 구도는 언제나 유령처럼 귀환하고 있다. '분단'이라는 것은 우리의 삶 속에서 곧잘 망각되지만, 우리 민족의 삶과 의식을 제약하다가 다양한 이해관계 속에서 그 얼굴을 적나라하게 드러내는 존재이다. 그것도 왜곡된 '이데올로기적' 언어로 말이다. 개인의 삶 속에서 잊어버리거나 은폐된 여러 가지 감정과 쇼크들이 합리적인 언어의 의미로 설명되어 해소되지 못할 때, 그것들이 분단 체제라는 틀 속으로 들어와 왜곡된 논리와 명명법으로 변형, 분출되는 모습을 우리는 곧잘 목격할 수 있다. 가령 '종북'이나 '빨갱이'로 상징되는 명명법이 이를 잘 보여준다. 이러한 명명법이 가능한 이유는 사회의 불안과 그것의 학습으로 야기되는 신호적 불안 속에서 우리들이 기억해야 할 역사들은 망각되고 대항기억(counter-memory)들은 적절히 삭제되기 때문이다. 근원을 망각한 채 표면에만 집착하며 언어화한 사후적 작업 속에서 우리는 대사회적 불안을 분단과 '이데올로기 풍의 언어'로 분출시키는 것이다.

우리의 무의식을 의식의 언어로 온전히 번역하여 그러한 신경증과 억압에서 벗어나는 작업은 그래서 중요하다. 그 분단이라는 주제 속에서 콤플렉스를 정화하는 미로를 찾지 못한 채 쉽사리 배설되는 언어, 분단 체제의 실재를 직시하지 못하게 하는 언어를 거부하고 우리는 새로운 언어들의 심인적 작용을 꿈꾸어야 하는 것이다. 왜곡되고 변형된 채 배설된 무수한 말들은 우리를 신경증에서 해방시키는 것이 아니라 대중의 분열을 통해 현재의 분단국가 체제를 공고하게하고 세계 자본의 통치와 운영을 용이하게 하는 원리로 이용되고 있기 때문이다. 삶이 유동적이고 변동이 심할수록 분단의 실체는 망각되고, 분단의 체제만 작동하여 각 개인의 심리적 콤플렉스를 자극하기도 한다. 따라서 그것을 저지하는 새로운 어법을 탐색하는 것은 오늘을 살고 있는 시가 도전해야 할 무엇보다 중요한 과제라고 할 수 있다.

21세기 들어 그러한 과제에 응답하는 시들은 현저히 줄어들고 있다. 적극적이지는 않더라도 서사와 영화 장르가 분단 체제의 현실을 지속적으로 소재화하고 있는 반면 시 장르에서분단의 무의식을 주제화하는 작업들은 점차 희귀해졌다. 시에서 재현의 언어나 거대담론을 피하려는 또 하나의 신경증이 이중으로 작동했기 때문일까. 문학의 자율성을 말하는 시인군은 물론 문학의 정치성을 말하는 시인군에게서도 분단과 통일에 대한 담론적 개입을 찾아보기는 쉽지 않다. 그러한 가운데, 하종오가 '분단 체제'의 한복판에서 지속적으로 언어화하는 일련의 작업은 단연 주목할 만한 것이다.

잘 알려졌다시피 하종오는 세계의 추방된 존재들 사이를 지속적으로 여행해온 대표적인 시인이다. 이전 시집들의 성과는 두말할 것도 없거니와『반대쪽 천국』(2004)이나『입국자들』(2009),『국경없는 공장』(2007),『아시아계 한국인들』(2007),『제국』(2011) 등의 시집들에서 특정 주제를 전면화한 작업들은 이는 우리 시사에서 발견하기 어려운 매우 진귀한 성과라 할 수 있다. 파편화된 징후를 요령껏 보여주거나 소재주의로 빠지는 것을 지양하고 시의 장 안에서 자신의 목소리를 내며 이처럼 적극적으로 담론에 참여한 시인은 우리 시사에서 흔치 않다. 아니 하종오 시인은 기존의 담론에 참여한 시인이라기보다는 담론을 먼저 개척해 온 시인이라고 표현하는 것이 더 적절할 것이다. 그를 통해 시의 장에서도 다문화 담론이 본격적으로 열렸고, 이주 외국인이나 탈북인 같은 하위주체들의 문제가 시의 사례를 통해 학술적으로도 주목되었다.

그러한 그가 다시 『남북상징어사전』(2011)과 『신북한학』(2012)을 거쳐 『남북주민보고서』(2013)로 이어지는 탈분단문학 3부작을 열어내었다. 우리에게 존재하는 '분단'에 대한 신경증은 이처럼 장기적인 관점과 연속적인 전체로서 기획될 필요가 있다. 또 이러한 신경증은 단지 일국적 차원에서 고찰할 것이 아니라 국가의 내·외부적인 요인들을 탐색하여 전지구적인 차원의 문제로 언어화하여야 근본적인 치료가 가능할 것이다. 세계 자본의 체제와 그 모순이 분단이라는 신경증을 통해 노골적이고도 완강하게 뿌리내린 대표적 공간이 한반도라는 점에서 '한반도'의 분단 문제는 실재적 현실을 총체적으로 직시하는 언어를 통해 궁구되어야 하는 것이다. 물리적 분단이 감정적 내전으로 번져 생각과 언어의 진화를 방해하는 오늘날, 그리하여 시인은 『남북주민보고서』를 제출하면서 전세계적 모순 안으로 기꺼이 진입한다. 분단화되는 현재를 통해서 탈분단화의 미래에 도전하는 것이다. 시의 언어에게 다시 응전의 지위를 허락하면서…….

2. 참칭의 시대, 서명의 글쓰기

하종오의 『남북주민보고서』를 열어보기 전에 먼저 본격적인 분단 연작 시집이라 할 수 있 『남북상징어사전』을 언급하지 않을 수 없다. 분단된 북한의 문제는 우리의 실제적인 삶을 빈번하게 제약하는 부분임에도 시인들에게 있어 정직히 응시되지 않거나 표현의 자유를 제약하는 금기의 영역으로 존재해왔다. 후기에 덧붙인 '시인의 말'에서 하종오는 "북한

에 대해서 남한 시인들이 정직하지 못한 듯하다는 비난을 들을 때 나는
몹시 부끄러워"하였다고 고백한 바 있다. 많은 이들이 '시인'임을 자처하
지만, 정직하게 직시하지 않은 어떠한 영역을 남겨둔 채로 '진실을 찾아
가는 시인'을 참칭할 수는 없는 일이다. 무책임하게 자기를 미화하는 세
계에 살고 있는 한 우리 인간은 참칭자(僭稱者, pretender)에 불과하다는
바흐친의 말처럼, 오늘날 한반도의 대내외 현실에 무엇보다 절대적으로
사회적 영향력을 행사하고 있는 분단의 문제에 대해 표현하지 않은 채
'시인'임을 참칭할 수는 없다. 우리 시대 '분단으로부터 도피'하면서 시의
자유를 논한다는 것은 어불성설이다. 실존의 의미를 무책임하게 빠져나
가며 시에 자신의 이름을 '서명'하지 않는 주체들이 진정한 시인을 참칭하
는 세상에서, 그리하여 하종오 시인은 분단의 책임을 감당하는 '서명의
글쓰기'를 해 나간다. 그리고 그러한 각오를 더욱 확고히 보여주겠다는
듯이 자신의 이름을 시 안에 직접 기입하는 방식으로 '하종오 씨' 연작을
쓰는 것이다.

> 남북 전쟁이 끝난 후
> 모년 모월 모일 동시에
> 남한에서 태어난 사내아이와
> 북한에서 태어난 남자아이가
> 하종오라는 이름을
> 각각 부모님으로부터 받았다
>
> 사내아이와 남자아이는 서로
> 생년월일이 같은 것도 모르고
> 성명이 같은 것도 모르고
> 남한과 북한에서 자라났다
>
> 이런 하종오 씨들은 동갑내기였지만

남한에서는 독재 정권이 세워졌다가 무너지기까지
북한에서는 세습 정권이 세워졌다가 튼튼해지기까지
아이 적에는 길바닥에서 흙장난하다가
소년 적에는 학교 다니며 공부하다가
청년 적에는 결혼하여 직장에 다니다가
중년 적에는 일자리가 없어 서성거리다가
노년에 이르러 자식들이 아비 어미 되어 다 떠나가자
남한에서 살기 좋아진 하종오 씨는
구경거리 찾아서 북한에 가고 싶어했고
북한에서 살기 힘들어진 하종오 씨는
먹을거리 찾아서 남한에 가고 싶어했다

다 같이 사내아이로 남자아이로 태어났던
동갑내기 하종오 씨들은 남한과 북한에서
각각 다른 꿈을 꾸며 살아낸 줄 모른 채
한 번 만나 통성명도 하지 못하고 죽었다
                          ―「동갑내기 하종오 씨들」 전문

이 시집에서는 '하종오'라는 이름의 등장인물을 내세우는 시들이 전면에 배치된다. 그러나 언술하는 방식은 시인의 동일적 시선을 강화하면서 자신의 목소리를 문면에 내세우는 여느 서정시의 형식과 매우 다르다. 시인의 실명이면서 시의 등장인물로 설정된 '하종오'라는 이름은 시인 자신의 목소리를 강화하기 위해 사용되고 있지 않다. '하종오 씨'와, 같은 이름을 가진 또 다른 '하종오 씨', 같은 형편을 가지고 있는 또 다른 '하종오 씨들' 그 모두의 삶을 복원하기 위해 자기 동일적 주체가 시의 주변부를 장악하는 어법은 과감히 포기된다.

이 시에서 남한의 '하종오 씨'와 북한의 '하종오씨'는 동등한 비중으로 병치되어 서술된다. 남·북에서 '사내아이'와 '남자아이'로 태어난 '동명이인'의 존재들이 '동명동생同名同生'의 삶에서 탈주하지 못하고 죽어가는 일생이 담담한 어조로 요약되어 있는 것이다. 이 시는 '동갑내기'의 동일한 성명들끼리도 '통성명'할 수 없는 분단 현실을 상징적으로 보여주고 있다. 남한에 속한 '하종오 씨'라는 '개별'적인 이름을 시 안에 서명하면서 이 시는 시작되지만, '독재 정권'이나 '세습 정권'으로 상징되는 남북의 모순적 현실을 '공통'으로 '살아내'는 "이런 하종오 씨들"을 함께 조망하며 시는 '죽어가'는 분단 안의 존재들을 일일이 몽타주한다.

이 시집에서 '하종오 씨들'은 매우 다양한 형태로 시에 출몰한다. 제목만 보아도 알 수 있다. "이산가족 하종오 씨", "광고기획자 하종오 씨", "이남 출신 하종오 씨", "실업자 하종오 씨", "전쟁고아 하종오 씨", "전후 출생 하종오 씨", "이상한 나라의 주민 하종오 씨", "늙은 직장인 하종오 씨", "종단열차 승객 하종오 씨들"과 같이 명명되면서 말이다. "이상한 나라"로 멀어져가는 '북한'을 끊임없이 시에 불러내어 '남한'의 현재를 돌아보는 작업은 "이런 하종오 씨"의 '조상들'이 "지구를 돌아다보며 이젠 참 부끄러워"(「전후 하종오 씨네 가계」)하지 않게 하기 위한 필수적인 시적 전략이다.

한반도 주민들은 분단으로 인해 대륙에서 고립되어 있다. 그리하여 반도 국가임에도 '섬' 국가로서의 무의식 속에서 생존에 대한 신경증을 앓고 있다. 그러한 섬으로서의 분리의식과 생존본능으로서의 공격성을 이겨내기 위해 하종오의 시는 '종단적 상상력'을 추구한다. "두 하종오 씨의 순례"(「두 하종오 씨의 순례─상상도」)나 '종단열차'에서의 '동석'은 그 안에서 언어적 '수다'(「종단열차 승객 하종오 씨들─상상도」)를 필수적으로 동반하면서, 한반도 정세를 좀 더 근본적으로 탐구하는 『신북한학』의 연작 시집으로 이어진다.

『신북한학』의 자서에서 볼 수 있듯이 "남북의 분단 상황과 세계 자본주의 체제 사이에서"는 "남한국민과 북한인민을 포함한 세계시민의 개개인의 일상이 별개일 수 없다." 그리하여 하종오는 "시시콜콜한 현재와 미래의 그런 일들"(「신북한학(新北韓學), 입문」)을 통해 '신'북한학이 실제로 어떠한 형태의 북한'학'이 되어야 하는지를 섬세히 보여주고 있다. 『남북상징어사전』에서는 '장삼이사'의 표본인 '하종오 씨'를 중심으로 하여 남한과 북한의 필부들을 병치시키는 형태로 시를 썼다면, 『신북한학』에서는 북한의 남녀노소 다양한 직군들과 세계시민들의 살아가는 방식을 시집 안에 병치시키는 형태로 시를 쓰고 있다.

우리가 잘 알다시피 세계사는 서구 중심의 화성악적 구도 속에서 기술되어왔다. 그러나 이 시집에서는 서구 중심의 전체적이고 수직적인 화음 속에서 언제나 코러스로 존재하던 지역(도쿄, 중국, 타이완, 몽골, 필리핀, 베트남, 태국, 미얀마, 인도, 아프가니스탄, 예루살렘, 팔레스타인, 중동, 아프리카, 블라디보스토크, 칠레 등)들을 전면에 배치한다. '00 유감 0000년'과 같은 형태의 제목으로 이루어진 이러한 비서구 지역들을 대상으로 한 시는 일련의 연작을 이루며 남북한의 일상들을 담은 '신북한학' 연작시와 함께 한 권의 시집 안에서 대위법적 구도로 배치되는 것이다. 타지와 그곳의 다양한 실상들은 이 한 권의 시집 안에서 어떤 우위를 점하며 서술되지 않는다. 이들 지역은 개별적 독립성 속에서 존재하면서도 북의 현실과 대칭적 배치를 이루며 전체적으로는 한 권의 시집 속에서 조화를 이루는 대위법적 구성을 취하고 있다. 이는 타자의 개별성과 '우리'와의 관계성을 동시에 포기하지 않는 시적 전략이라 할 수 있다.

그리하여 이 시집에서는 1부의 '신북한학' 연작과 n개의 타지역들을 일일이 호명하는 '유감 연작' 등이 수평적으로 병치된 형태를 통해, 우리 민족과 세계 시민이 어떤 방식으로 연대해 나가야 하는지의 윤리적 태도까지 조심스럽게 예시해주고 있다. 시의 등장인물들은 한반도라는 장소에 고착되지 않고, 세계시민들이 속한 개별의 장소들을 상상하면서, 그 지역들을 하나하나 순례한다. 이 시적 주체들은 남북으로 '종단'하여 한반도를 순례하는 주민이면서 동시에 동서의 지역들을 '횡단'하여 세계를 순례하는 작업을 병행하는 세계 주민이다. 이들을 통하여 하종오는 분단의 현실을 말하면서도 자기동일적 낭만주의에 빠지지 않은 채 '한반도 주민'의 실상을 자연스럽게 상상할 수 있는 지경을 열어준다.

3. 이야기시의 진화, '너나들이'의 이야기시

탈분단 연작 시집의 3부작이라 할 수 있는 『남북주민보고서』에서도 세계를 말하는 태도는 유사한 방식으로 나타난다. 남과 북을 보여주는 유표적 자질들은 시 안에서 대등하게 병치되어 제시된다. 서사 장르와 달리 1인칭 자아의 고백적 성향이 두드러지는 시 장르에서는 시적 주체의 발화가 타자의 이미지를 주관적으로 창조하면서 자기 동일적인 주제를 강화하는 형식으로 귀착될 때가 많다. 그러나 하종오는 시 안에서 타자의 자기동일적 병합을 경계하면서 국지적인 장소성에 얽매이는 시적 주체의 목소리를 최대한 내려놓는 방식을 택한다. 아래의 시에서처럼 남한의 '그'와 북한의 '그녀'를 동시에 상상하는 방식은 하종오가 자주 취하는 어법 중에 하나다.

> 육이오 전쟁 후에 김포에서 태어난
> 그가 가보지 못한
> 개성은 그때부터 출입 금지된 도시다
>
> 육이오 전쟁 후에 개성에서 태어난
> 그녀가 가보지 못한
> 김포는 그때부터 출입 금지된 도시다
>
> 그 도시에 군이 다녀와야 하는 이유가
> 전후에 태어난 그와 그녀에게는 없다

다만 전전(戰前)에는
개성 사람들이 김포로 쌀을 사러 갔다가
한강물 잔물결을 바라보며 시름을 씻고 돌아왔다고 하고
그래서 주민들은 맛있는 쌀을 먹었다고 하고
김포 사람들이 개성으로 인삼을 사러 갔다가
송악산 산봉우리 바라보며 시름을 내려놓고 돌아왔다고 하고
그래서 주민들은 좋은 인삼을 먹었다고 한다

둘 다 갱년기에 접어들어 입맛도 밥맛도 없는 차에
그는 꼭 개성 인삼을 먹고 싶지도 않으니
개성에 가고 싶지도 않고
그녀는 꼭 김포 쌀을 먹고 싶지도 않으니
김포에 가고 싶지도 않다
전후에 태어나 한 번도 가보지 못한
개성과 김포에는 둘 다 보고 싶은 풍경이 없다
—「전후 출생」 전문

　이 시에서는 존재의 우위를 확정하는 주체나 일방적으로 타자화시키고 있는 대상이 없다. 남한의 필부匹夫와 북한의 필부匹婦는 거의 복제하듯이 동일한 비중으로 서술된다. 이 시집의 자서에서 시인은 "남한 주민이 남한 주민에게 너나들이하고 푸념하고 시시비비하고 농담하듯이 북한 주민이 북한 주민에게 너나들이하고 푸념하고 시시비비하고 농담하듯이 남북 주민들이 서로 간에 그러해야 탈분단이 남북 주민들에 의해 성취"될 것이라고 이야기한 바 있다. 1인칭 자아의 원근에 의해 타자의 이미지가 일방적으로 기술되는 것이 아니라 북한이나 남한이 상호간에 '너나들이'하고 감응할 수 있는 '이야기시'를 열어내는 것이다.

　'전후 출생'한 한반도 주민들은 분단 체제 속에서 관념적으로 신경증적 방어기제를 작동시키기도 하지만, 실제적인 분단 현실에는 무감각할 때가 많다. 그리하여 분단 시대를 살면서도 정작 분단 현실 속에서는 소외되

기 십상이다. 분단적 삶에서 소외되므로 탈분단의 욕망도 작동되지 못한다. 시에 묘사된 남·북 주민들은 "전후에 태어나 한 번도 가보지 못한 / 개성과 김포"를 두고도 서로 "보고 싶"어하는 "풍경이 없"는 것이다. 남·북한은 서로에게 익숙하지만 그 무엇보다 기이하고(uncanny) '이상한 나라'이며, '출입 금지'된 도시일 뿐이다. "전전戰前"에는 주민들이 "~ 했다고" 전해오지만, 그것 또한 구전으로서의 과거이다. 현재는 분단 체제의 고착으로 인해 '전전'의 풍경은 아예 욕망되지도 못하는 것이다.

분단 현실은 언어로 표현하여 해소해야 할 우리의 내부가 아니라 점차 표상을 통해 배설되어야 할 우리의 외부가 되어가고 있다. 그리하여 하종오는 미디어를 통해 재현되고 표상되는 분단민으로서의 삶이 우리를 감응(affect)시키지 못하고 우리를 더욱 무관심하게 만드는 상황을 문제시한다. 이러한 상황은 일시적인 무관심으로 봉합되거나 때로 더 큰 신경증을 유발하는 상황으로 발전하여 우리 사회의 내부 분열을 심화시킨다.

과거에는 남북 주민들이 '~했다고' 전해오는 것들이 있었다. 그러나 이것이 현재 속에서 정서적 감응을 동반하지 않음으로써 한반도 주민들에게는 헤쳐 나가야 할 미래가 봉쇄되어 버렸다. 지식의 범람이 가속화되고 있는 오늘날에 이르러 이러한 상황은 더욱 심각해졌다. 이는 탈분단에 대한 추상적인 이론을 앞세워서 해결할 수 있는 문제가 아니다. 감정적이고 원초적으로 선존재하는 분단은 외부적 이론이 아닌 내부의 이야기로 대중정서에 가닿아야 하는 것이다. 하종오에게 그것을 가능하게 하는 매개는 바로 '시'의 언어다.

시집의 자서에서 하종오는 "남북 주민들이 서로의 사람살이에 대해" 체험하고 표현하는 상상을 이 시집을 통해 지속적으로 보여주고자 한다고 밝힌 바 있다. 남북한의 다양한 표지들을 동위에 놓고, 오늘날의 다양한 미디어를 통해서도 미처 '보고'되지 않았던 남북 주민들의 '너나들이'

와 '푸념', '시시비비'와 '농담'들을 상상해내는 것이다. 「책」이라는 시에서 표현했듯이 "전후에 태어난 나는 / 육이오 전쟁 전에 일어난 사건들에 관해" "책을 읽어서" 알지만 "책에 쓰이지 않은 디테일이" 엄연히 있다는 것을 알고 있기도 하다. 이를 '추측'하고 상상하면서 시인은 "육이오 전쟁후에 일어난 사건들에 관해서 / 책을 집필해야 하"는 것이다. 그리하여 "기승전결은 물론, / 주민들이 퍼뜨린 자질구레한 / 말실수나 뜬소문도 찾아 덧붙여놓겠다"고 다짐하는 시인은 외부적 '표상(representation)'대신 전해야 할 내부적 '표현(expression)'에 주력한다. 분단에 대한 다양한 표상과 담론들의 생산은 일정 부분 허가되었으나 실제적으로 우리에게 가장 억압되어 있는 금기의 영역은 바로 이러한 내부적 '표현들'이었다. 따라서 시를 통한 '보고'와 '기록'의 표현은 우리들을 최대치의 자유로 인도하는 상상이자, 우리의 신경증이 유발된 근본적 원인들을 탐색하고 산책해가는 과정이 된다.

어느 먼 뒷날 근린공원 산책하다가
한 주민과 나란히 걷게 되어
수인사하다가 말동무가 되어서
그는 북한 출신 노동자라는 걸
나는 남한 출신 시인이라는 걸
서로 알고는 그가 나에게
이 도시를 건설하는 데 참가했는데
낯선 사람들이 모여 살도록 세웠다고
이 동네를 조성하는 데 한몫했는데
좋은 이웃들이 생겨나도록 만들었다고
시시콜콜 자랑한다면
나는 기꺼이 받아 적은 후
문장을 만들고 다듬어 놓겠다

어느 먼먼 뒷날 어느 먼먼 뒷날
우연히 그 원고를 읽는 주민들 모두
저마다 자기 이야기라고 목소리를 높이면 좋겠다
　　　　　　　　　　　　　－「대필가와 기록자」부분

대동강에 어스름이 내릴 무렵,
산책하러 나온 내 나이쯤 된 남자가
둔치에 서 있는 나무들이 뿌리를 뽑아 들고
강물 위를 걸어 다니며 물소리를 낼 때
그 광경을 바라보다가
한강 둔치에 서 있는 나무들도 뿌리를 뽑아 드는지
강물 위를 걸어 다니며 물소리도 내는지
그 광경을 상상하다가
걸핏하면 북한과 남한을 동시에 생각하는
자신의 사고방식이 비정상인지 의심할지도 모른다

강에 어스름이 내리기 시작하면
남한에서도 북한에서도 강변에 나가
마음대로 보고 마음대로 상상하는 건 인지상정이라고
서로 전할 수 있는 시간이 올 것이다
　　　　　　　　　　　　　－「산책시간」부분

　　앞의 시 「대필가와 기록자」에서 보듯이 시인이란 세계를 산책하면서
'너나들이'할 말동무와의 이야기를 기록하는 존재로 간주된다. "한 주민과
나란히 걷게 되는" 수평적인 산책의 길이 "먼먼 뒷날" 이야기의 역사로 바
뀌는 순간을 기록하고 있는 이 시는 '근린공원'이라는 공간에서 '좋은 이
웃'들의 시시콜콜한 '이야기'를 자연스럽게 미래의 시간과 연결하고 있다.
　　남북의 가보지 않은 공간을 상상하는 것은 하종오에게 산책하고 순례
하는 길을 통해 미래의 시간을 도래하게 하는 가능성으로 설명될 때가 많
다. 위의 시 「산책시간」에서 보듯이 풍경과 광경을 산책하면서 만나는 존

재들은 "마음대로 보고 마음대로 상상하는 건 인지상정이라고 / 서로 전할 수 있는" 미래의 소통적 '시간'을 개방한다.

우리는 "마음대로 보고 마음대로 상상하는" 것이 "비정상인지 의심"되고 우리의 상상조차 끊임없이 검열되어야 하는 세계 속에서 살고 있다. 그러나 남·북한을 서로 분리된 존재이자 상관성이 없는 개체로 생각하는 것이 자연화된 세상에서, 흐르는 강변을 산책하고 실제적인 자연물을 관찰하는 것은 한반도의 주민들에게 연속되는 '인지상정'의 상상을 가능하게 한다. 한강에서 대동강을 상상하고 대동강에서 한강을 상상하는 동시적 작업은 강을 따라 산책하는 이에게는 또한 '인지상정'이기도 하다. 흐르는 강물의 몸체를 '분단'할 수 없듯이 남과 북이라는 한반도의 신체를 "동시에 생각"하는 것은 매우 '정상'적인 일인 것이다.

우리는 기계적으로 분단의 틀 속에서 국경과 민족과 안보와 경제와 개인의 문제를 사유해왔다. 그리고 한반도 다수의 주민들은 선험적으로 주어진 분단이라는 상황을 이러한 절연의 표상들 속에서 개인적으로 이해하면서 신경증적인 삶을 유지해왔다. 그 속에서 남·북은 폐쇄적이고 내부적인 '자기 공동체'를 상정하고 그 영역의 정체성과 동일성에 대한 집착을 보이며 서로에 대한 기억들을 망각해왔다. 때문에 삶 속에서 분단의 문제를 통해 야기되는 현상들을 부분적으로 맞닥뜨렸을 때는 감응되지 못한 감정들로 인해 뒤틀린 언어들을 배설하거나 적대의 언어만을 내세우기도 한다. 이처럼 남과 북이 서로를 외부화하며, 서로를 '존재의 공존재(co-being of being)'로 상상하지 않을 때, 언어는 우리를 해방시키는 것이 아니라 더 강력한 적대와 냉소의 감옥 안에 우리를 감금하기도 하는 것이다.

이러한 현실 속에서 하종오가 기획한 연작 시편들은 단연 독보적인 의의를 갖는다. 이들 시를 통해 그는 남에게는 제거된 북의 영역을, 북에게는 삭제된 남의 영역을 의미의 우위 없이 개방하고 있다. 이를 대위법적 구성과 병치의 언술 양식으로 기술하고 있는 것은 특기할 만하다. '존재의 공존재'로서의 이야기시가 어떤 형식으로 가능한지를 누구보다 적극적인 시 언어로 보여주는 것이다. 남과 북의 주민들은 주체와 타자의 구분이 없이 수평적으로 시 속에 존재하며 언어적 표현 속에서 '너나들이'를 상상해 나간다. 오늘날 한반도의 '분단 기계'로서 살아온 주민들, 그리하여 '자기보존'을 위해 무수한 연상을 절단해 온 우리들은, 남과 북이라는 부분적 개체를 한반도라는 전체적 신체로 연상하면서 시를 통해 신경증을 치유하고 '자기극복'의 단초들을 마련하게 된다. 이러한 남과 북을 통한 '세계─내─공간'의 상상적 확장은 현재 정주하고 있는 공간을 극복하여 '세계─외─시간'으로서의 미래를 꿈꾸게 하는 작업으로 이어진다. 남과 북이 동시적으로 발화되는 '장소' 속에서 비로소 남과 북이 "서로 전할 수 있는 시간이 올 것"이기 때문이다. 미래는 그렇게 현재를 극복하며 도래한다.

4. 억압의 히스테리에서 해방의 히스토리로

분단사회에서 분단화를 저지할 수 있는 가장 효과적인 방식이 언어뿐이라는 듯이, 하종오는 분단문제를 시화하는 작업에 정력적으로 몰두해왔다. 특히 기존의 선행 작업들을 포괄하는 동시에 그것들을 결산하는 『남북주민보고서』는 우리에게 허락된 공간만을 상상하는 것이 아니라 시 속에서 금기시된 새로운 공간적 육체로서의 세계를 동시적으로 상상하게 하였다. 그리하여 부분만을 묘사하며 하염없이 신경증적 불안과 반동에 시달려 온 우리의 언어를 상상의 전체상 속에서 '너나들게' 해 주었다. 특정 공간에 '소유'되어 억압되는 언어가 아니라 세계의 실상을 상상하여 전체의 '향유'를 꿈꾸는 언술의 형태를 도모한 것이다. 이는 분단 현실의 실체를 고민하고 한반도 주민들의 신경증을 치유하는 기초적인 작업이 될 것이다.

한반도의 주민들에게는 분단을 과거화하기 위해 분단의 이야기를 현재화하여, 다시 탈분단의 미래를 준비해야 하는 숙명적인 과제가 주어져 있다. 하종오의 시는 그러한 과제에 적극적으로 대답하기 위해 시의 등장 인물들의 공간을 더욱 다변화하는 노력을 보여 준다. 같은 시기 출간이 예정되어 있는 『세계의 시간』이라는 시집은 다국의 이름 모를 노동자들의 이름을 일일이 명명하면서 분단자본주의와 세계자본주의가 밀착된 곳에 현미경을 들이댄다. 이 시집은 『남북주민보고서』와의 대칭적 관계 속에서 공명하면서 분단 자본주의와 세계 자본주의의 상관성을 진지하게 묻고 있다. 그리하여 일련의 탈분단 연작 시집에서 호명하던 방식으로 "돈을 남들보다 더 벌어야 행복한 시대(「행복한 시대에」, 『세계의 시간』)"에 "이코노미 석"에 탑승하여 무수히 "경제적으로 검토"되고 있는 "서로 모르는 승객"(「이코노미 석」, 『세계의 시간』)들의 이름을 일일이 호명한다. 분단 자본주의 속에서 신경증을 앓느라 '너나들이'를 억압하던 '하종오 씨'는 이제 세계자본주의 속에서 신경증을 앓느라 소통을 억압하고 있는 다국의 '도구적 부속품들'과 같이 하면서 '세계의 시간'을 고민하는 것이다.

물론 하종오의 이러한 시 작업 이전에도 분단 문제를 묘파한 다양한 시들이 있었다. 그러나 이들의 상당수가 자기동일적 목소리로 분단 문제를 담론화하는 '이론의 시'였던 것도 사실이다. 이러한 시들 앞에서 하종오는 남·북민들을 일일이 호명하여 그들의 상상 속을 '너나드는' 새로운 형태의 시를 제안한다. 여기서 남북 주민들에 대한 호명은 그들의 이름을 기입하여 민족적인 공동체성의 족보를 만드는 폐쇄적 작업과는 거리가 멀다. 이는 내부의 정체성을 구축하는 족보를 과감히 찢어버리고, 전지구적 자본주의의 외부로 걸어나가는 작업으로 나타나는 것이다. 우리 너머의 외부를 내부화하면서 그 속에서 병증을 앓고 있는 환자들과 교류하고 연대하는 새로운 보고서를 작성하는 방식이다. 『남북주민보고서』와 마찬가지로 『세계의 시간』에서도 그는 세계 주민들의 이름을 시 속에 일일이

기입하는 작업을 병행하면서 거대 자본 너머에 있는 모든 소수자들과 타자들에게 걸어 나간다. 세계 자본주의의 '사람살이'가 남북의 '히스테리'와 연동되는 지점을 선언하는 방식으로 말이다. 그리하여 하종오의 시적 여정 속에서 '분단민―되기의 역사'는 '한반도 전체의 주민―되기'의 역사이면서 '세계 주민―되기'의 역사와 연결된다. 이러한 남북 주민과 세계 주민들로 향하는 '이름의 시', 즉 '오천만인보'에서 '칠천만인보'를 거쳐 '칠십억만인보'를 향해 걸어가는 '이름들의 시'는 정녕 지금의 시대가 요구하는 '이야기시'의 진화라 할 수 있을 것이다.

이 시집은 남북 주민과 세계 주민들의 상처의 역사, 불안의 역사를 담고 있지만, 그 개별의 차이와 반복은 복수의 집합체를 이루며 시집 전체의 신체를 형성한다. 스스로 전지구적 자본주의의 심인을 드러내며 세계 내부의 원인으로 구성되면서, 상처와 불안의 경험들을 퍼즐화하여 세계를 구성하는 밑그림을 그려내는 것이다. 시집 자체가 세계 주민을 모으는 공동체이자 집합적 신체로 구성되어 미래에 도래할 '세계의 시간'을 열어 준다.

하나의 시집이 위로와 전망을 동시에 보여주기는 쉽지 않다. 그럼에도 불구하고 한반도의 신체, 세계적 신체 속에 '너나드는' 하종오의 언어들은 물리적 분단을 넘어 심리적 분단이나 상상적 가능성과의 절연을 견디고 있는 한반도의 주민들에게 위로이자 전망이 되는 시의 실상을 보여준다. 이러한 남·북한 주민들을 향해 걸어가는 '칠천만인보'의 상상이, 새로운 '단위의 공동체'를 꿈꾸는 언어적 순례가, 우리를 억압의 '히스테리'에서 해방시켜 진정한 시의 '히스토리'로 인도할 때까지 아마도 하종오는 그 집합적 신체의 한복판을 뚜벅뚜벅 걸어갈 것이다. 그리고 오늘과 같은 '사건'의 시집을 내보이면서, 다시, 앓고도 앓고 있는 분단의 우리들을 충만케 하리라.

*『남북주민보고서』 해설(도서출판B)

레토리카와 에티카 사이의 문장들

— 이기호의 「탄원의 문장」을 읽다[1]

노 대 원

감탄의 문장

놀랍다. 이기호의 최근 두 단편 「저기 사람이 나무처럼 걸어간다」와 「탄원의 문장」[2]을 읽고서 든 생각이었다. 물론 그 놀라움은, 쉽게 만나기 어려운 탁월한 단편소설을 읽게 되어 생긴, 반가운 놀라움이었다. 그리고 그 놀라움은, 소설가 이기호의 기존 스타일과는 전혀 다르게 보이는 소설을 읽게 되어 생긴, 변화에 대한 의아한 놀라움이었다. 기발한 형식적 비틀기와 재치 넘치는 어법, 어수룩하고 모자라지만 착하고 더없이 친근한 인물 '시봉'. 이것이 '이기호표' 아니던가? 한마디로 유쾌 발랄한 이야기꾼. 그런데, 최근 단편의 세계는 어떤가? 더 없이 진중하고 섬세하다. 유머로 승화되고 정리된, 세계에 대한 고정된 시선의 결론을 의도적으로 허물고 만다. 분명한 답이 아니라, 혼란스럽지만 우리를 생각의 흐름 속으

---

1) 이 글은 『자음과모음』 2012년 봄호에 실렸던 글이다.
2) 각각 『현대문학』 2011년 1월호와 『문학과사회』 2011년 겨울호에 실렸다. 이하 「나무」
   와 「탄원」으로 약칭.

로 이끄는 질문들을 소설의 끝에서 더욱 강화하고 증폭한다. 우리는 이기호 소설을, 눈을 씻고 다시 읽어야 한다. (고백하자면, 나 또한 이 놀라움에 고무되고 자극되어, 뒤늦게 이기호의 장편『사과는 잘해요』(현대문학, 2009. 이하『사과』로 약칭)를 찾아 읽었다. 이기호 소설의 변화를 더 가늠해보고 싶어서, 그리고 이 놀라움의 정체를 더 알아보기 위해서.)

그러니 에두르지 말자. 이기호의 최근 두 단편은 소설을 읽는 보람을 새삼 뿌듯하게 느끼도록 해준다. 어떠한 울림도, 어떠한 어지러움도 주지 못하는 저 많고 많은 소설들에 지치고 지루해진 마음을 달래어 다시금 소설 앞으로 눈을 내어주도록, 몸과 마음을 내어주도록, 흔든다. 이제는 그 놀라움과 반가움을 되살려, 감탄이 아닌 질문과 해석의 문장으로 다시 써내려가는 일뿐이다.

얼굴 없는 죽음에서 그대의 죽음으로

좋은 소설이 그렇듯이, 「탄원」은 구체적이고 특정한 사건 앞에 독자를 대면시켜 쉽게 답이 내려지지 않는 복합적인 질문과 사유를 짊어지게 한다. 특히 죽음에 관해서라면, 살아 있는 자와 죽은 자의 관계를, 그리하여 죽은 자에 대한 윤리를 고민하도록 촉구하는 소설이다. "사건은 누군가의 죽음으로부터 시작되었다."(82쪽) 일인칭 서술자인 소설가 교수는 식사 도중 학과 조교로부터 박수희라는 여학생의 부고를 접한다. 그러나 그는 이 소식에 무관심하다. 그가 신경 쓰는 것은 먹기 싫은 장례식장 음식이다. 그는 식사를 계속한다. 잘 알지 못하는 제자의 죽음을, 결국은 타인의 죽음을, 씹어 삼킨다. 그러자 그의 아내는 "이거, 괴물 다 됐네."(83쪽)라고 무덤덤한 목소리로 비아냥거린다.[3] 서둘러 말해서, 그리고 윤리적 독

---

3) 「나무」의 경우도 전도사의 아내가 그의 윤리적 고뇌를 가중시키고 촉진시킨다는 점에서, 두 소설에서 여성 인물의 역할은 유사하다. 그녀들은 서술 분량이 적은, 남성 인

법으로 말해서, 내면에 도사린 '괴물'의 차원과 대면하게 하고 그것을 반성하게 하는 것이 이 소설의 진로다. 그런데 이 장면이 인물들의 언행을 의도적으로 클로즈업하고 있는 소설이 아니라 현실 속에서 무심하게 흘러가는 한 장면이었다면, 그리고 '괴물'이란 말 때문에 우리가 주인공의 행동을 반성적으로 돌이켜보지 않는다면, 어땠을까? 그저 자연스럽게 흘러버리지 않았을까? 어째서인가?

> '3인칭'(내가 모르는 사람, 얼굴도 이름도 없는 '타인')의 소멸은 추상적 의미로만 다가온다. 단지 인구학적/통계적 개념만 있으며, 그 소멸의 숫자가 아무리 크게 나타나더라도 그렇다. 그런 소멸은 내게 회복할 수 없는 상실로 느껴지지 않는다. (……) 그러므로 오직 한 가지 종류의 죽음, '그대'의 죽음, '3인칭'이 아닌 '2인칭'의 소멸, 내게 가깝고 내가 아끼는 사람의 상실, 나의 삶과 한데 얽혀 있는 사람의 영원한 부재만이 '특별한 철학적 경험(privileged philosophical experience)'으로 이어진다. 그런 죽음은 내게 죽음의 종말성을, 회복 불가능성을 일깨워주기 때문이다.[4]

교수는 박수희의 죽음을 얼굴 없는 '3인칭의 죽음'으로 접하고 있기 때문이다. 「나무」에서 전도사가 직면하는 윤리적 고뇌도 이 지점에서 함께 읽어볼 수 있다. 여기서는, 죽어가는 자, 또는 머지않아 죽음을 맞이하게 될 자에 대한 윤리적 불안을 서사화한다. 앞을 볼 수 없는 전도사에게 눈을 기증해줄 사고자 여성은 더없이 고마운 존재이지만, 그럼에도 불구하고 그녀는 한 번도 친밀한 관계를 맺은 적 없는, 이름도 얼굴도 알지 못하는 타인이다. 그녀는 3인칭의 소멸(죽음)을 선고받은 자다. 아니, 어쩌면 이것은 문제를 너무 우회하는 설명인지도 모른다. 고쳐 말하자. '그녀가

물들의 보조자이지만, 주인공의 내면을 비추는 양심의 전짓불이다.
4) 지그문트 바우만, 『유동하는 공포』, 함규진 옮김, 산책자, 2009, 76~77쪽.

죽어야 내가 눈을 얻을 수 있다.' 주인공은 단 한 번도 그런 마음을 품은 적 없으나, 전도사의 내적 갈등을 야멸치게 표면화시키면 결코 이와 다르다고 할 수 없다. 죽음과 애도 앞에서 취해야 할 윤리적 태도와 오랫동안 회원해온 개안開眼의 욕망 사이에서 벌어지는 긴장이야말로 이 소설의 미학적 동인動因이다.

　다시 「탄원」으로 돌아가자. 만약 이 소설이 우리에게 고통스러운 감동을 선사한다면, 그 이유는 무엇일까? 익명의 죽음에 불과했던 '3인칭의 죽음'을 '그대의 죽음'으로 받아들일 수밖에 없는 주인공의 혼란스러운 윤리적 행보에 독자 역시 참여하기 때문이다. 물론, 타인의 죽음에 대한 이 시선 전환은 소설의 주인공으로서는 전혀 의도치 않은 것이며, 오히려 본래는 회피하려 했던 것이었다. 교수에게 제자 P는 문학도로서 자신의 분신이자 친구, 어떤 의미에서는 아들에 가까운 존재였다. 그 점에서, 일차적으로 소설은 우리가 현실에서도 자주 대면하지만 풀기 어려운 윤리적 질문을 제출한다. '나와 가까운 이웃과 친지가 저지른 가해 행위에 대해서 나는 어떤 태도를 취해야 하는가? 피해자 앞에서 나는 그를 옹호해도 되는가?'

　가라타니 고진은 가해자 부모의 책임을 물어 부모가 자살에까지 이르는 일본 사회에 대해 문제를 제기한 바 있다. 한국 사회에서는 부모가 그 아이를 지키며 부모가 자살하는 일도 없다고 들었다는 것이다.[5] 가해자 아이가 책임져야 할 자유로운 주체로서 존재한다는 것을 인정해야 한다는 논조였다. 옳은 견해이나, 한국 사회의 경우를 그렇게 단순하게 볼 수 있을까? 혹은 그 반대편 자리에 「탄원」이 제기하는 윤리적 문제는 발생하지는 않겠는가? 가해자의 보호자가 아이를 더욱 지키려는 노력이 큰 만큼이나 피해자 앞에서의 윤리적 고뇌도 비례해서 증폭된다. 예컨대, 이창동의 영화 <시>의 경우를 보자. 물론 가해자의 할머니인 미자는 손자를

---

5) 가라타니 고진, 『윤리 21』, 송태욱 옮김, 사회평론, 2009, 21쪽.

독립된 인격으로 취급해서 가해자로서의 윤리적 책임을 짊어지운다. 우리가 말하고 싶은 것은, 영화는 거기서 끝나지 않았다는 것이다. 영화의 마지막 장면은 피해자 소녀의 자살과 함께 미자의 자살을 중의적으로 암시한다. 미자가 자살을 택한 것이 아닐지라도, 우리는 미자와 함께, 죽은 소녀가 느꼈던 고통을 추체험한다. 미자는 가해자의 할머니이면서 그 자리를 떠나 타인의 고통을 읽는 시인이었으므로. 그러니 단지 가해자나 부모에게 책임 여부를 묻는 문제를 넘어선다. 얼굴 없는 타자의 죽음이 우리 앞에 현현하는 순간, 그대의 죽음으로 변모하는 순간을, 영화 <시>와 이기호의 소설은 그린다.

법률의 문장, 소설의 문장

「탄원」에서 변호사는 박수희의 죽음을 철저히 직업적으로, 사무적으로 대한다. "그는 넥타이에 조끼까지 갖춰 입고 있었지만, 아래는 발목 부근에 고무줄이 넓게 들어간 파란색 추리닝을 입고 있었다."(80쪽) 법의 이면, 법의 아랫도리란 이런 것일까? 과도한 형식미를 떠받치고 있는 것은 후줄근한 토대가 가리키는 진정성의 부재에 불과한가? 그러면 이 변호사에게 "문장"이란 무엇인가? 그에게 문장, 즉 언어란 혹시 저 위아래가 어긋나는 의복의 기만 같은 것은 아닌가? 그에게 언어는, 기능적 차원에서 필요한 실용적인 도구에 가깝다. 아무리 설득과 호소를 위한 "문장 싸움"(80쪽)을 벌이더라도 그 언어는 최종적으로 도구적 수단에 머물기 때문이다. 그가 생각하기에, 탄원서의 문장이란 승소를 위한 목적으로 당장 쓰임을 받는, "그래도 없는 것보다야 백배" 나은 "참고 자료"(81쪽)이다. 탄원서는 '사건'에 대한 기존 해석을 뒤집지는 못한다. 정해진 '판단'에 인간적인 연민과 동정의 표를 얻으려는 노력이기 때문이다. 그래서 변호사는 탄원서를 "사건에 대해서 이렇다 저렇다 판단하는 내용 말고요, 그냥 사건 외적인 것을 중심으로……"(81쪽) 쓰기를 바란다. 탄원서는 수단이 되 보조 수단이다.

변호사는 주인공의 문장을, 그의 문장력을 도구적으로 취하고자 한다. 그때 소설가의 언어는 단지 직업적인 기술이나 기능으로 떨어진다. 이 주인공은 그 사실에 분개하지는 않는다. 그는 어떤 "의외의 열기"(81쪽)를 느낀다. 이 열기의 정체는 대체 무엇인가? "이건 마치 문장으로 제자를 구해내라는 명령 같네"(81쪽)라는 생각이 그 질문에 대한 열쇠가 되지 않겠는가. 그는 이 계기를 통해 언어의 힘, 언어의 수행성을 증명해 보이라는 도전/요구 앞에 서게 된다. 그는 소설가이므로, 이 요구는 자기 능력에 대한 시험을 거치는, 언어의 힘에 대한 시험이다. 그것은 무거운 존재 증명의 시험이므로, 그는 순간 어떤 긴장 어린 열정에 휩싸이게 된 것이다. 확실히 그것은 "법에 애원하면서 법과 싸우"(99쪽)는 모순된 열정이다.

이 소설에서 법과 문학은 끊임없이 서로를 손짓하며 끌어당기고, 거칠게 밀쳐내기를 반복한다. 학교의 징계위원회에서 발화되는 '행정의 문장'들은 또 어떤가? 그것은 법의 언어에 종속된, 법의 언어를 두려워하는 언어다. 행정학에서 문학으로 전향한 P는 말하지 않았던가. "제가 한 학기밖에 안 다녀서 잘은 모르지만…… 행정이라는 게 항상 법 뒤에 오는 거래요. 거기 교수님이 그러시더라구요. 법을 따라갈 수밖에 없는 게 행정의 운명이라구요. 한데 문학은 안 그렇잖아요? 진짜 문학은 항상 법 앞에 있는 거잖아요? 안 그런가요, 선생님?"(91~92쪽) 이 소설이 법과 문학의 우월성을 따지려 드는 것은 아니다. 다만 '입증 가능한 사실들'만을 앞세우는 법 앞에서 '입증 불가능한 세계'를 자꾸만 가리키려는 문학의 혼란스런 맨얼굴을 보여주려 한다.

법은 정의를 추구하지만, 사실을 통한 입증과 변론의 형식적 과정을 거처서 그것을 향해 나아갈 뿐 개인의 진실이나 윤리의 핵심에 도달할 수 있을지 불투명하다. 그런데 이런 진부한 인식보다 우리를 더 곤혹스럽게 하는 것은 무엇인가? 문학 역시 그 일을 제대로 성취할 수 있을 지 언제나 불투명하다는 것이다. 문학이 '입증 가능한 사실들'이 아닌 '입증 불가능한 세계'를 위해 고심하며 선택한 형식이 고백이다. 아마도 「나무」의 일인칭 서술자인 전도사의 신앙 간증이나 내면 서술은 이에 대한 아주 모범적인 사례일 것이다. 물론, 「탄원」에서 崔가 탄원서 형식으로 교수에게 제출한 진실 찾기의 여정이나 교수 자신의 서술 또한 고백의 한 형식이 될 것이다. 그런데 이 고백 안에서도 진실은 더욱 불투명한 것으로 남겨지지 않던가. 「탄원」은 한 교수가 제자를 위한 탄원서를 요청받고 써나가는 과정을 그린다. 그런데 소설 자체가 제자를 위한 탄원서가 되어 이미 쓰이고 있는 중이라면 어쩌겠는가. 소설은 거기서 멈추지 않았다. 서술자는 탄원서를 쓰고 제출했으되, 또 다른 탄원서에 막혀 이 고백의 형식을 빌린 소설적 기록을 탄원서로 완성하는 데 실패하고 만다. '탄원서로서의 소설'이라는 소설론은 여기서 실패하고 만다. 탄원을 위한 수사修辭의 문장은 진실을 위한 수사搜查의 문장으로 건너간다. 입증 불가능한 세계를 언어로 입증하려는 노력은 언제나 그 불가능의 입증으로 끝나는 실패의 여정인가? 소설이 보여주는 것은 진실의 전부가 아니라 진실의 그림자이거나 그 그림자에 대한 물음표이다.

볼 수 없는 세상, 볼 수 없는 진실

「나무」의 주인공은 앞을 볼 수 없는 전도사다. 주인공이 눈을 잃은 대가로 소설이 얻는 것은 오히려 더욱 섬세한 감각의 열림이며 내면의 떨림이다. 「탄원」에서 주인공 교수는 P의 진실도, 죽은 박수희의 진실도 제대로 가늠해볼 수 없다. 그는 죽은 박수희의 진실에 다가가려는 최의 "문장을 감당해낼 자신도 없었다."(108쪽) 우리가 두 눈을 뜨고 태양을 결코 직시할 수 없듯이, 그는 결코 진실을 볼 수 없다. 『사과』에서 시봉과 주인공 또한 부족한 지능과 정체불명의 약 때문에 제대로 된 정상적인 판단을 내리지 못한다. 이처럼 이기호의 최근 소설에서 인물들은 눈이 멀었거나, 진실을 분명하게 볼 수 없거나, 최소한의 사리 분별마저도 어려운 처지다. 이들은 예전 이기호 소설에 나오는 순진하고 어리석기에 독자의 웃음을 불러일으키는 착한 루저들6)과는 다르다.

인물들에게 시각과 지능, 서사적 정보를 제한하고 그것을 능숙하게 조절해가는 탁월한 솜씨야말로 이기호의 근작들에 내장된 미학과 윤리의 비밀은 아닐까. 이 소설들에서 독자는 주인공들이 (제대로) 볼 수 없기에 그들과 더불어 답답해하며 모종의 불안을 체감하게 된다. 그 불안의 정체는 무엇인가? 물론, 볼 수 없고 알 수 없는 것이 일으키는 불안은, 내면 깊은 곳의 죄의식 그리고 양심에 닿아 있다. 오이디푸스가 자기 죄의 진실을 '보고서' 두 눈을 희생해야 했듯이, 진실에 너무 근접해가는 일은 언제나 너무도 큰 희생을 담보로 한다. 거꾸로 우리가 제대로 보고, 알고, 믿을 수 있는 것은 얼마나 될까? 타인의 죄와 욕망은 물론, 심지어 나 자신의 죄와 욕망까지 포함해서…… 우리는 그런 의문과 조우한다.

지금까지 시각의 제한을 말했지만, 시각의 이동, 관점의 이동이야말로 「탄원」이 추구하는 윤리일 것이다. 3인칭의 죽음을 그대의 죽음으로 바꿔놓는 것은 결국 타자에 대한 관점 이동으로만 가능한 일이기 때문이다. 소설의 중반부까지 P를 변론하려고 노력하던 교수의 입장은 역설적으로

---

6) 「탄원」에서 교수의 아내가 하는 말은 마치 이기호의 인물들을 가리키는 듯하다. "어머, 너 그러면 잘못 왔다, 얘. 이이는 준법정신이 투철해서 소설 속에 나오는 애들도 순 자기 같은 애들만 그리는데…… 어떻게 된 게 애들이 죄다 당하기만 하지 짱돌 한 번을 못 던져요."(92쪽).

그 과도한 노력 덕분에 와해되고 만다. 그는 고백적 서술을 통한 탄원서 쓰기/자기 변론을 수행하다 우연히 타자의 시각이 틈입하게 되는 것을 경험한다. 그리하여 독자는 교수의 시선에서 P의 시선으로, 다시 최의 시선으로, 그리고 끝내 판결문에서만 존재하던 죽은 박수희에게로 시선을 돌린다. 이 소설의 마지막에 교수가 박수희가 마지막으로 했다던 한마디 속에서 "이, 이, 이, 이, 이"를 끌어내 고통스럽게 반복하는 행위는, '이'가 단순한 지시관형사인지 "하나의 커다란 고유명사"(104쪽)인지 가늠해보려는 일이 아니다. 그것은 그녀의 죽음을 다시 죽어보는(이런 말이 가능하다면) 일이다.

레토리카와 에티카 사이

「탄원」에서 P가 법에 대한 문학의 우월성을 신뢰하거나, 교수가 은밀히 마음속으로 그것을 인정하면서 '문장의 힘'으로 제자를 구해내려 했을 때 그 문학의 힘은, 결코 이 소설에서 입증되지 못했다. 그러나 분명한 것은, 최의 세공되지 않은 탄식의 문장들이야말로 바른 의미에서의 문학에 근접하고 있다. 그렇게 볼 수 있다면, 최의 문장들로 인해 누군가의 얼굴 없는 죽음이 그대의 죽음으로, 특정한 슬픔과 고통으로 다가오는 순간이야말로 문장의 힘을 증명하고 있는 것은 아닐까. 그러니, 언어와 문학이 수사학적인 위력을, 다시 말해 수행적이며 정치적인 설득의 힘을 지닌다고 하면, 그 힘이 가장 힘 있게 발휘될 때는 우리가 바라는 바대로 유용한 도구성을 현실에 최대한 끌어냈을 때가 아니라, 역설적으로 어떠한 유용성도 도구성도 찾지 못한 실패의 순간일 수 있다. 백지 위에 상처의 흔적을 새기듯 문장을 쓰면서만 겨우 게워내는 좌절과 슬픔의 순간, 타인의 고통을 가까스로 들여다볼 수 있게 되는 순간, 차라리 그 문장이 저주스러워지고 회피하고 싶어지는 순간……. 그 순간, 문학의 수사학, 문학의 정치학은 참담한 실패 속에서 문학의 윤리학으로 거듭난다. 문장은 가지 않으려던 길을 걸으면서 역설적으로 가장 찬란한 빛을 발한다.

늪지대

김 해 준

가슴을 죄는 파문이 허물을 벗으며 길을 연다
새로 디딘 자리마다 중심이 되어 뱀눈을 감는다
부레를 물고 죽은 물고기가 길섶으로 밀려나고
썩지 못한 낙엽이 후끈한 바람을 불러들이면
먹먹히 울리는 심장 소리를 듣다 귀를 먹는다
수면에 스민 별의 흔적을 토해내는 홀수선(吃水線)이
점점이 먼 곳에 닿아 빛을 깨트린다 배를 밀수록
밤하늘이 녹색으로 일렁이고 풀은 꽃을 떨군다
자신의 자취를 지우며 바닥으로 가라앉는 형상들
늪은 몇 겹의 표피를 벗어 상처 난 곳을 덮고
물살을 새기려 나이테를 두르지 않은 생물들은
늪이 품은 지형을 따라 유영을 한다
기름진 달을 태운 유체의 밀도가 높아
등 뒤로 엉킨 발자국은 살얼음이 되어 부서진다
지나온 길에 다시 이를 수 없는 늪은 얼마나 깊은가

어둠 속에서 발끝을 띄우는 유속은 느리고
떠내려가는 것들이 사타구니에서 갈구친다
서로 뿌리를 감아 일군 수련지대를 지나
마른 억새가 번개로 일어난 기슭에서
독을 품은 뱀이 땅에 머리를 걸 듯
검은 물에 손을 씻어 뭍으로 내어놓으면
늪은 사람의 배후를 삼켜 팽창을 멈추고
흐느적거리며 감았던 육신을 풀어준다
나는 걸음 몇 잎을 떨구고 다 피지 못한 채
바람에 밀려 유랑을 마친다

현기증

세상이 사라질 때까지 스프를 끓인다
휘휘 감겨든 사물이 젖빛으로 녹아
원시가 심한 새벽에는 먼 곳을 본다
무너져야 완성이 되는 도미노를 하듯
물질은 흔적을 잠그며 혈관을 풀어 놓는다
한 떼의 열목어가 파문을 횡단해
소름으로 잉태한 아이들을 산란할 것이다
가마는 달빛을 다스릴 줄 모르고
불길이 닿는 곳마다 소금 깨지는 소리
시력에 바람이 들어 안개가 서린다
삭아가는 국자의 목이 언제 떨어질지
그리운 것들이 모두 녹은 하류의 수면
연탄이 꺼진 장판 위로 요의가 선다
코끝의 한기를 감싸며 꿈에서 깬 뒤
벽을 따라 일어서는 노인의 그림자가

어둠에 먹혀 끓어 넘치는 것을 본다
열어둔 창에서 불어온 신록이 진하고
뒤란에 흐르는 물이 크게 운다

머플러

여자는 커피향이 나는 붉은 립스틱을 밀랍도장으로 쓰겠다고 하였다 나는 무덤으로 가는 오솔길에 검은 머플러를 감아두고 비를 기다렸다 가뭄이 이십년쯤 된 것 같아 자조하며 성년식을 지낸 새벽녘, 모래를 녹여 만들었다는 세라믹 변기가 뜨거워질 때까지 주사바늘이 꽂혔던 허벅지의 멍을 문질렀다 피부에 뭉친 멍울이 풀려나와 하혈을 하고 물길이 실타래가 흘러가는 것을 지켜보았다 하나의 수신지만 가진 피가 가랑이에서 뜨거워졌고 물이 찬 수조 같은 홑창에 빛이 닿아 휘어졌다 연락 닿지 않는 이들이 세상에서 사라질 순 없을까 태어날 때 다친 상처가 아직 아물지 않고 있어 미친 사람이 미쳤다는 사실을 인식하듯 거울에 비친 모습이 섬뜩했다 나는 내가 아닐지 몰라 불 꺼진 화장실의 한 줄기 틈에 담배 연기를 뿜으며 배꼽에서 끊어진 혈육을 생각했다 스무 밤만 자면 몸에 묻힌 매듭을 풀어낼 수 있을 거야 목을 감고 있던 머플러의 꼬리가 구름까지 닿으면 보풀로 된 비가 내릴 거야 새로운 신을 신고 거리로 나갈 거야 마지막으로 면도를 하고 옷장 앞에서 여자를 기다린다 내가 가진 배경에서 천천히 걸어 나와 내가 쓴 편지를 봉하는 손을 깍지껴본다

녹각(鹿角)

깨진 두개골 바깥으로 흘러나온 피가
생장점을 찢고 자란 말간 돌기로 솟아
얼굴보다 먼저 검게 식은 녹각 한 뿌리
쓰고 비린 봄밤에 네 숨의 뒷맛이 났고
감각을 잃기 전에 상처를 쓰다듬는 손은
잔털이 덮인 몇 겹의 나이테를 확인하였다
멀리서 바람이 가지를 꺾으며 울 때
숲의 경계에서 눈을 감는 잎사귀들
등 돌린 곳으로부터 산길이 지워지고
강직된 근육이 멈춰선 귓전의 두근거림
가죽 밑으로 올라온 반점을 팽팽히 당기면
날을 대기만 해도 살이 찢어졌다 검붉은
손이 양분을 빨아들이듯 뿔을 뽑았다
어깨에 얹은 수컷의 머리와 부대 속의 몸
연한 혀와 똥구멍에 구더기가 꼬이기 전에

긴 붓질을 산막까지 이어갔다
인화를 품은 무덤이 찍힌 비탈마다
은은히 코끝을 간질이는 밤꽃냄새
사람의 손이 허공을 찢고 또 찢으며
피를 품은 뿔로 솟는다

우인회랑(偶人回廊) 2

　구멍을 쥐고 잠든 태아가 자물쇠로 잠겨있는 초음파사진, 그곳의 기후
가 떠오르지 않아 심해에서 생긴 얼음결정이 녹지 않고 바닥에 쌓인다는
극지의 내해(內海)를 생각했다 깊은 수심에 닿아 물살을 견디는 머리에
가마를 감고 지문과 족문을 파는 해류, 멀미를 하는 애인의 이마를 짚어
주면 당신이 품고 있는 바다가 그리워, 파도 부서지는 흰모래에 약간의
미열을 느낀다 쇄골을 비켜나오는 기침에 멍울진 품을 쓰다듬으며 두 개
의 맥박이 짚인다는 손목을 잡아보았다 피가 마른 것인지 유독 푸르고 가
문 힘줄이 돋아 늘어난 체중을 버티고 있었다 우리는 양수에서 밀려나 퇴
적된 지형으로 서로의 만(灣)을 껴안는 원시를 꿈꾸었다

　옥편을 떠도는 문자를 읽기 위해 안경의 서리를 닦으면 불투명했던 세
계가 투명하게 녹아내렸다 돌림자가 없지만 설문해자에 묻혀있는 이름에
돋아난 가시가 혀라는 살을 입고 부드럽게 발음되었다 우리는 지금 숨을
참으며 자맥질을 하고 있는 것이 아닐까 태동을 느끼며 잠든 얼굴을 보다
가 콧숨을 느끼는 상완(上腕)에 울리는 물밑의 소음, 당신의 길이 얼마간

닫혀있었는지 모르지만 입술에 물려있던 머리카락을 귓바퀴 뒤로 쓸어 넘겨주었다 어쩌면 이별을 생각할지 모르는 붉은 뺨, 살갗의 감촉이 아이의 잠을 깨우기 직전의 소음으로 변해가는 그 복도의 끝을 우리는 모른다

레코드 속 밀림

황 유 원

1

예술은 두 종류,
차가워지거나 뜨거워지거나

목이 쉬면 빛이 바래는 가사가 있고
휘발된 노래 밑바닥에 반정부군처럼 살아남아
지구 반대편 지원군을 불러 모으는 가사가 있지
그러거나 말거나 변함없는 사실은

마음을 다하면
판은 돌아가는 거

2

봄밤, 짐승들이 합창하는
레코드 속 밀림의 고요
식지 않은 피를 싣고서 최대한 무리하지 않게
어슬렁거리는 무리들

이것이 바로 열대우림에서 맞는 봄밤
따뜻한 비를 맞는 호랑이들의 피부에 핀 착한 꽃들이 질 때
그들을 달래며 적어보는 부드러운 밀림서

호랑이는 두 종류,
찢어지거나 불타오르거나

밤의 정적 속에 점화되는 눈알들의 냉정함
밤의 고요 속에 이글대는 살가죽의 뜨거움

그걸 헷갈리면 당신은 끝장

마음이 다하면, 결국
판은 그만 돌아가는 거

3

울울창창 밀림이 깊어만 가는 밤이고
그래봤자 무료한 반복재생
겨우 ㅁ과 ㄹ의 자리바꿈에 불과하겠지만

마음이 다한 자린 이미 겨울이어서
두꺼운 침묵 한 장 껴입고 사냥을 나설 때
얼굴엔 짜작, 단번에 금이 가는 거

잊고 지냈던 화려함들은 어느새 훌륭한 장작이 되어있었네
그 위에서 불타는 마음

4

호랑이 요리는 두 종류,
꽁꽁 언 눈알의 단단한 차가움과
가죽의 뜨거운 화염

차가운 눈빛 삼킬 땐
밀림에 찬비 내려
이글거리던 내장이 식고
칼로 썬 화염 씹어 먹을 땐
뜨거운 아궁이 속에서 들끓는 비명
누구라도 뻘뻘 땀을 흘리지

젖는 건 마찬가지

있을 수 없지 밀림의 암전(暗轉)이란
호랑이의 얌전은 가당치 않아

그러므로 우리란,
산산조각난 레코드판에서
죽지도 못하고 기어이 기어 나오고 있는 것

마음이 있는 한.

인식의 힘

—Notes on Blindness[1]

비가 내리고 있었다

여느 때처럼 내리는

빗소릴 듣고 있었고

내리는 비가 때리는

물질들이 내는 소릴 듣고 있었다

창밖에서는 둔탁한 소릴 내다

창을 열면 크고 선명해지는

빗소리는 끊이지 않았고

빗소리는 무엇 하나 소외시키지 않았으므로

비로소 간극 없이 이어진 세계 속에서

내리는 비가 때리는 온갖 물질들이 내는 소릴 듣고 있었다

내리는 비가 때리는 물질들을 하나씩 분간해 낼 때마다

세계는 확장되고 있었고

세계는 재구성되고 있었고

---

1) 신학자 존 헐(John Hull)이 실명 이후 3년간 카세트 테이프에 녹음한 일기를 그대로 사용하여 제작된 단편 다큐멘터리.

때로 한밤중에

가는 물줄기 어딘가 부딪치고 있을 때

밤비 오시나

엄마 또 자다 깨 오줌 누시나

분간해 낼 수 없을 때도 있지만

침대에 누워서도 듣고

창문을 열어 두고도 듣고 있었다

문득 뒤돌아보면

고요한 실내

잠시 비 그치면 다시

고요한 세계

그러나 다시 빗소리 들려오기 시작하면

때로 나는 그게 다시 멀리서 비 내리기 시작한 건지

아니면 벌거벗은 네가 욕조에 들어가 샤워를 하기

시작한 건지 분간해 낼 수 없고

그럴 때마다 세계는 뒤섞이고 있었고

세계는 재구성되고 있었다

이어지는 빗소리 속에서

볼 수 있었으면 없었을 세계

비가 내리지 않았다면 없었을 세계

비가 내리지 않을 땐 정말로 없는 세계 속에서

모든 물질들이 내리는 빗속에서 어깨동무하는 광경을

가만히 듣고 있었다

도대체 뭐가 뭔지 하나도

모르게 돼버렸을 때까지

비는 내리고 있었고

뭐가 뭔지 아는 것 따윈 하나도

중요하지 않게 돼버렸을 때까지

비는 내리고 있었고

비는 때리고 있었고

나는 그 모든 물질들의 한가운데 있었다
나는 여전히 창가에 머물고 있었고
나는 문을 열고 밖으로
나아가고 있었다

총칭하는 종소리

빗속에 울리는 종소리

그것을 우중(雨中) 행군이라 총칭한다

모든 것을 총칭하느라 아주 멀리까지 퍼진 종소리가

좌좌 비를 맞으며

불완전군장으로

판초도 없이 푹

숙이고 간다

속옷까지 젖어버린 종소리

이 지경까지 헐벗은 행군

종소리는 좌우로 밀착하고 종소리는 불현듯

천둥을 함축한다

구름을 소화한다 번개를 배출한다

전투기를 잡아먹고 초음속 비행하는 소리를 흉내 내는 구름들

과거시와 현재시와 미래시를 압축하고 속으로 깜빡깜빡 비상등을 켜보며

격추당하는 소리를 흉내 내는 삐뚤빼뚤한 사선들

꽃밭에는 꽃들이 모여 살고요

종 속에는 기합이 모여들지요

총동원할 것

물집을 식량을 다양한 군사지식을

뭉쳐서 장음(長音)이 되는 온갖 단음(短音)들을

이를테면 바다가 넓은 줄 알아 무한정 마서대는 고래들[2]처럼

불가능을 진동시키며 오로지 웅웅거림으로써만 기능할 것

집중된 독재자의 연설

뻗어나간다

마이크 없이

온몸을 마이크로 쓸 줄 알아서

퍼붓는 빗속에 플러그를 꼽아버리며

종은 종 안의 인간을 여기 다 풀어놓기로 한다

종소리는

_____

2) "鯨知海大無糧飮", 出處未詳.

죽지 않는다 낙오하지 않는다 오직 적멸에 들뿐

푹 젖은 상하의 탈의하지 않는다

그 앞에 고개 숙이고 땅바닥에 최대한 가까워져

절하는 세상 모든 빗소리들

그 대량의 고개 숙임들 위로 종은 또 한 번 와락 종 속의 내부를

쏟아내고야 만다

귓구멍 속으로 기어들어가 장착되고

만장일치로 폭발을 시도하기로

이제 제발 작작 좀 해라

세상의 장단에 좀 놀아나면 어때

해가 좀 뜬다

계급도 군번도 없다

빗소리 잦아들어

이때를 경배하라

마른 종의 침묵이 귓속 심해로 가라앉는 소리

속에서 좍

벌어진 채 다시는 붙지 않는

다리처럼 턱관절처럼

연한 식물의 줄기들 같은 흔들림 속에서

쥐죽은 듯 취침할 것

좌로 취침하든

우로 취침하든

아무려면 어때

그것을 궁극의 잠꼬대라 총칭한다

이것이 내 몸에서 난 소리라는 사실에 뒤늦게 놀라 뒤틀리며

그 놀람이 내려친 맑음 속에서

골 때리도록

골 때리도록

이토록 청정한 무량광 속에서

나도 모르는 사이

너라는 운해에 스며들고 있었다

운해의 성분들을 뒤엎고 갈아치우며

도처에서 세워지고 무너져 내리는 음향의 적멸보궁이 되어

와라

와서 나의 극광이 되어라

허공 속으로 쫙

찢어지는 번개처럼

한달음에 달려가 두 눈 꽉 감고

최선의 소리로

최전선의 소리로

확! 거기 뛰어들어라 울려 퍼져라

두 발 쭉 뻗어버려라

가서 너의 극락이 되겠다

비 맞는 운동장

비 맞는 운동장을 본 적이 있는가

단 한 방울의 비도 피할 수 없이

그 넓은 운동장에서 빗줄기 하나 피할 데 없이

누구도 달리지 않아 혼자 비 맞는 운동장

어쩌면 운동장은 자발적으로 비 맞고 있다

아주 비에 환장을 한 것처럼

혼자서만 비를 다 맞으려는 저 사지(四肢)의 펼쳐짐

머리끝까지 난 화를 식히기 위해서라면

운동장 전체에 내리는 비로도 부족하다는 듯이

벌 서는 사람이 되어 비를 맞고

벤치에 앉은 사람이 되어 비를 맞고

아예 하늘 보고 드러누운 사람이 되어 비를 맞다가

바닥을 향해 엎드려뻗쳐 한 사람이 되어 비를 맞아버린다

혼자 비 맞고 있는 운동장, 누가 그쪽으로

우산을 든 채 걸어 들어가는 걸 본 적이 있다

검은 우산을 들고 있어서 멀리서 보면 무슨 작은

구멍 같아 보이는 사람이 벌써 몇 바퀴째

혼자서 운동장을 돌고 있는 것이었다

아무도 비 맞으며 뛰놀진 않는 운동장

웅덩이 위로 빗방울만 뛰노는 운동장에서

어쩌면 운동장 구석구석에 우산을 씌워 주기 위해

어쩌면 그건 그냥 운동장의 가슴에 난 구멍이

빗물에 이리저리 떠다니고 있는 건지도 몰랐지만

공중을 달려온 비들이

골인 지점을 통과한 주자들처럼 모두

함께 운동장 위로 엎질러지는 동안

고여서 잠시, 한 뭉테기로 휴식하는 동안

우산은 분명

운동하고 있었다

혼자서 공 차고 노는 사람이

혼자서 차고

혼자서 받으러 가듯

비바람에 고개 숙이며 간신히 거꾸로

뒤집어지지 않는 운동이었다

상하 전후 좌우로 쏟아지는 여름의 십자포화(十字砲火)를 견디며

마치 자기가 배수구라도 되겠다는 양

그 구멍 속으로 이 시의 제목까지 다 빨려들어가버려

종이 위엔 작은 구멍 하나만이 남아있을 때까지

이번에야말로 기필코 자신을 소멸시키겠다는 듯이

가까스로 만들어낸 비좁은 내부 속으로

하염없이 쏟아지는 빗소릴

집중시키고 있었다

몬순 블루스

쌀국수, 하고 불러보면 벼 이삭은 갑자기 누렇게 익어 저녁 논의 혼을
다 빼놓고

창녀들은 국수를 먹는다 문밖으로 비는 내리고
노곤한 나방들 하나둘 벽지(壁紙)로 스며들 즈음
자전거에 실려 가던 오징어들의 몸은
젖어들기 시작하겠지

난생 처음 찾아온 우기와
처음 만들어본 우산 사이의 어느 오후 같다

멍하니 비는 내리고 내려 앞에 놓인 국수가 다 불어터지는 동안에도 남
자들은 기껏해야 따뜻한 물이나 흘러댈 줄밖에 모르는데
창밖으론 한 무리의 오징어들 거대한 물기둥 헤엄쳐 올라 수면으로 상
승하고 있었다

여전히 납작이 눌린 꼴이라지만 물속에서는 얼마나 우아한가, 투명한가!
자전거를 버리고 뒤에서 열심히 따라 헤엄쳐 오고 있는 오징어 장수의
자세와 표정 역시

비가 억수 같이 퍼부을 땐 우산 따윈 아무 소용도 없다는 걸 깨달으며
가게 안에 들어가 바깥의 온갖 것들이 함께 비 맞는 걸
둘이서만 지켜본 오후 같다

수면 위로 올라온 오징어는 풀풀 짠내를 풍기며 두 손으로 북북 찢기는
능지처참 끝에 찬 맥주와 함께 소비되고 말 테고
오징어 장수는 남은 오징어들 데리고 딸랑딸랑 빗속으로 사라지고 말
테지만

천천히 언덕을 오르내리는 듯한[陵遲] 처참의 지속,
끝도 없이 퍼붓는 비와 갑자기 터지는 웃음들이 저녁 언덕의 혼을 다
빼놓을 동안

창녀들은 벌써 국수를 다 먹었고

어느새 늙어 죽을 나이가 된 남자들만이 문가에 앉아 생애 마지막으로
내리는 비를 쳐다보고 있을 때
    고장 난 우산처럼 난데없이 자꾸 여기
    저기서, 펼쳐지는 허접한 꽃들의 오지랖이여!

    ……거기서도 누가 비를 피해 가는 거겠지

조영일

서강대 대학원 국문과 박사과정 수료.
쓴 책으로『가라타니 고진과 한국문학』,『한국문학과 그 적들』,『세계문학의 구조』등
이 있고 옮긴 책으로『근대문학의 종언』,『세계사의 구조』등이 있다.

박인성

서강대 대학원 국문과 박사과정 수료.
2011년『경향신문』신춘문예에 평론으로 등단.

허윤진

서강대 대학원 국문과 박사과정 졸업.
2003년『문학과사회』등단.
전『세계의문학』,『문예중앙』,『문학과사회』편집위원 및 편집동인.

이소연

서강대 대학원 국문과 박사과정 수료.
2009년『현대문학』등단.
『현대문학』편집자문위원.

양경언

서강대 대학원 국문과 박사과정 수료.
2011년『현대문학』평론 부문으로 등단.

김효은

서강대 대학원 국문과 박사과정 수료.
2003년 『전국 가사 · 시조 창작대회』 대상 수상.
2004년 『광주일보』 신춘문예 시 당선.
2010년 계간 『시에』 평론 당선.

노지영

서강대 대학원 국문과 박사과정 수료.
2010년 『시인』, 『내일을 여는 작가』에 글을 쓰며 평론 활동 시작.
전 『리얼리스트』 편집위원.
민족문학연구소 연구원.

노대원

서강대 대학원 국문과 박사과정 수료.
2007년 대산대학문학상 평론 부문을 수상.
2011년 『문화일보』 신춘문예에 평론으로 등단.

김해준

서강대 대학원 국문과 석사과정.
2012 『문예중앙』 신인상으로 등단.

황유원

서강대 종교학과와 철학과 졸업.
2013 『문학동네』 신인상으로 등단.

서강,
우리 시대
문학을
말하다

| 초판 1쇄 발행일 | 2014년 11월 20일 |
| 초판 1쇄 발행일 | 2014년 11월 21일 |

지은이	조영일 · 박인성 · 허윤진 · 이소연 · 양경언
	김효은 · 노지영 · 노대원 · 김해준 · 황유원
펴낸이	정구형
편집장	김효은
편집/디자인	박재원 우정민 김진솔 윤혜영
마케팅	정찬용 정진이
영업관리	한선희 이선건 허준영 홍지은
책임편집	우정민
표지디자인	김진솔
인쇄처	월드문화사
펴낸곳	**국학자료원**

등록일 2006 11 02 제2007-12호
서울시 강동구 성내동 447-11 현영빌딩 2층
Tel 442-4623 Fax 442-4625
www.kookhak.co.kr
kookhak2001@hanmail.net

| ISBN | 978-89-279-0863-0 *93800 |
| 가격 | 19,000원 |

* 저자와의 협의하에 인지는 생략합니다.
  잘못된 책은 구입하신 곳에서 교환하여 드립니다.